岩佐昌暲著

中国現代詩史研究

汲古書院

中国現代詩史研究

目　次

中国現代詩史研究

序　章　中国現代詩史を貫くもの
――〈暗黒／光明〉という創作モデル――

はじめに

作家が文学作品を生み出すときに、その基になる発想法というものがあるであろう。それはその作家が生活している社会や時代に、その根本のところでは規定されているということができるであろう。そういう前提に立つと「元になる発想法」の中には、ある特定の社会の、特定の時期に生活する作家ならば、どの作家も大なり小なりそれを逃れがたいような「時代に共通の発想法」と、個々の作家を他の作家と区別する、彼の作品の独自性を形成する基盤になっているような「作家固有の発想法」との、二種類の発想法があるだろうと考えられてくる。

前者の「共通の発想法」を仮にある時代・ある社会の「支配的な発想法」とよぶことにすると、「支配的な発想法」を軸に文学史（の時期区分）を構想することができるように思う。つまりある「支配的な発想法」によって作品が書かれている時期が一つの文学時期であり、次にそれと異なる新しい発想法が生れ、それが支配的になったときから新しい文学時期が始まるという時期区分の考え方である。こういう考え方は別に新しいものではなく、文学史の時期区分には必ずそういう考え方が前提されているはずである。それなのにわざわざこういうことを言い出すのは、中国現代文学においては政治史・社会史の時期区分をもとにした「近代―現代―当代」という時期区分が、文学史を考える上での大きな枠組みとしてまだ存在しているからなのである。(1)

中国現代詩を読んでいくと、五四時期（以下、本書では一九一五年―二〇年の期間をこう呼ぶこととする）以後、中華人民共和国成立までの詩人が時代や社会をとらえるとき、ほとんど肯定的にそれをとらえていないことに気づく。そして詩人たちが時代や社会を総括的に表現する際にもっとも頻繁に、もっとも普通に使用したのは〈暗黒〉（原文は〈黒暗〉。以下本文ではすべて〈暗黒〉という語を用いる）〈暗夜〉〈長夜〉といった語であったこと、また、これと対をなす概念を表すのに〈光明〉、〈黎明〉、〈太陽〉などの語が頻繁に使用されることも見出す。序章では中国現代詩史の底流にある発想法の一つとして、この〈光明／暗黒〉という考え方に注目し、それが少なくとも八〇年代末までの「支配的な発想」だったのではないか、という見通しを述べてみたい。

一　〈暗黒〉と〈光明〉という語をめぐって

（一）〈暗黒〉・〈光明〉の内容

はじめに〈暗黒〉〈光明〉という語がいつごろから用いられはじめたかについて見ておこう。詳しく調べていないが、例えば近代中国の最初の思想雑誌だった『新青年』の評論には、以下のように、すでに「否定的な現実、現実の腐敗」などのイメージを現すものとして「黒暗」という語が現れている。

わが民を二十世紀の世界以外に駆りたて、奴隷牛馬の暗黒の溝の中に収めるだけだ。

（陳独秀「敬告青年」『新青年』一巻一号、一九一五年九月）

（青年は）理性に基づき、努力し、前進して後ろを振り返ってはならない。暗黒に背を向け、光明に向い、世界のために文明を進め、人類のために幸福を造れ……

わが憐れむべき同胞を導いて暗黒を出て光明に入らせる。

（李大釗「青春」『新青年』二巻一号、一九一六年九月）

（陳独秀「袁世凱復活」『新青年』二巻四号、一六年十二月）

> かりそめの生を生き延び無能怯堕なわが国民は、革命を蛇蝎のように畏れている。故に政治界は三度の革命を経たにも関わらず、暗黒がいまだに消滅していない。（陳独秀「文学革命論」『新青年』二巻六号、一七年二月）

また、次のように〈光明〉も出現している。

> 世界の変動は即ち進化である。月ごとに異なり年ごとに同じでない。人類光明の歴史は推移のたびに速まるのだ。（陳独秀「一六年」『新青年』一巻五号、一六年一月）

> 幸いにして一筋の光明があるならば……（陳独秀「新青年」『新青年』二巻一号、一六年九月）

さらに右の例から知られるように、李大釗（一八八九―一九二七）「青春」や陳独秀（一八七九―一九四二）「袁世凱復活」では〈暗黒〉と〈光明〉が「暗黒の現実と光明の未来」の意味で対比的に用いられている。

では、〈暗黒〉や〈光明〉は具体的には何を指すのだろうか。そのヒントになりそうなのが陳独秀による「新青年宣言」（一九年十二月、『新青年』第七巻一期）である。彼はその中で、社会の進歩を求めるには旧観念を打ち破り、新観念を創造し、新時代の精神を樹立し、新社会の環境に適応させねばならないと主張したあと、理想とする新社会について、それは「誠実的、進歩的、積極的、自由的、平等的、創造的、美的、善的、和平的、相愛互助的、労働而愉快的、全社会幸福的」社会だと書いている。そして消滅すべき現象として、「虚偽的、保守的、消極的、束縛的、階級的、因習的、醜的、悪的、戦争的、軋轢不安的、懶堕而煩悶的、少数幸福的」を挙げている。明言されてはいないが、これは陳独秀の〈光明〉と〈暗黒〉の内容（少なくともその一部）だったと考えていいだろう。また、李大釗には、一九二〇年四月に書いた「アジア青年の光明運動」なる文章がある。

> 今日のアジア諸民族の青年運動は、みな暗黒から光明に向かう運動である。中国青年の強権に反抗する運動、日本青年の普通選挙運動、労働運動、朝鮮青年の自治運動は表面上、形式上は異なっており、かつ互いに衝突す

る点はあるが、精神上、実質上はみな同じ精神に基づき、同じ方向に向かっているのである。

（「亜細亜青年的光明運動」『少年中国』二巻二号、二〇年八月）

李大釗の言う〈光明運動〉とは政治的、社会的な運動であり、そこに含意され、イメージされている〈光明〉とは禁じられ、剝奪されている権利を獲得した後に作り出される「新しい政治、新しい社会」である。「光明運動」という語で言えば、鄭振鐸（一八九八―一九五八）もまた「光明運動の開始」という文章を書いている。（「／」は改行を「／／」は改連を示す（以下同じ））

ああ、旧劇はすでにこのように崩壊し、新劇もまたこのように堕落している。壁はすでに破裂した。あらたな光明はどこにあるのか？『長夜漫漫としていつ明けん？』光明はあるいは自分で作らねばならないだろう／そうだ！われわれは自分で光明を作らねばならない。／（中略）／旧いものはすべて捨て去るべきだ。堕落したものはすべて捨て去るべきだ。光明運動は始めなければならない。直ちに始めよう！／光明はかならず自分で作るべきだ。

（「光明運動的開始」『戯劇』一巻三期、二一年七月）

中国の戯劇は、旧劇も新劇もすでに価値がなく、それを守ってきた伝統の壁は倒壊している。断裂した壁の隙間から、新しい光（光明）を射し込ませなければならない、具体的には、伝統と断絶した新しい戯劇を作らなければならないが、その新しい光は自分たちで作るべきだという主張である。ここでは〈光明〉に演劇界再建の希望と、再建を実現できる具体的な組織が托されている。

このように〈光明〉（特に「光明運動」はとりわけそうだが）や〈暗黒〉は、使用者の主観的な思惟やイメージを投入できる、内容の規定できない、無限定的な記号だったということには注意しておきたいと思う（このこと後述）。

（二）出発期現代詩における〈暗黒〉と〈光明〉

中国現代文学は胡適（一八九一―一九六二）の「文学改良芻義」（一七年）に端を発する「文学革命」から始まる。「文学改良芻義」で胡適は新文学の要点として八項目を挙げたが、その最初は「須言之有物」（訴えたい思想や感情がなければならない）であった。陳独秀は胡適の主張に呼応し、「貴族文学」「古典文学」「山林文学」を「推倒（打倒）」すべき文学、それに代えて新しく「国民文学」「写実文学」「社会文学」を建設すべしと主張した。だがその具体的な内容は明らかにされたわけではなかった。具体的に新文学の内容を語ったのは胡適の「建設的文学革命論」だった。その唯一の宗旨（最大綱領）は「国語の文学、文学の国語」だと自身が言うように、胡適が意図したのは新文学の基礎となる中国語の建設を訴えることにあった。その中で胡適は「文学の方法」に触れて、こう述べている。

官界、妓院および齷齪の社会、この三つの区域は、文学の材料として十分取り上げられていない。今日の貧民社会、たとえば工場の男女工、人力車夫、地方の農家、各地の行商人、小店舗などの一切の苦痛の様は、いずれも文学上の位置を占めたことがない。かつまた今日新旧の文明の接触による、すべての家庭の悲惨な変化、婚姻の苦しみ、女性の地位、教育の不適切、などなど、種々の問題はすべて文学の材料にできる。

（「建設的文学革命論」一八年四月）

これは本章の文脈で言えば、現実社会の〈暗黒〉を描けという呼びかけにほかならない。こうして『新青年』がその先陣を切った五四時期の新詩＝現代詩には、人力車夫（胡適、沈尹黙）、乞食、見習工、鍛冶屋、貧農、大工（劉半農）、雪掻人夫（周作人）など下層社会の人々の苦しみ、広く言えば社会の〈暗黒〉の現実を扱う作品が登場することになる。このように現代詩はその出発期に、まず社会に存在する様々な〈暗黒〉を描いた。ただ彼らはそれを〈暗黒〉

の語で示したわけではない。

これに対し〈光明〉という語は、おそらく現実の中に表現するに値する具体的な〈光明〉を見出すことが困難だったからであろう、最初から〈光明〉の語が用いられている。例えば、鄭振鐸「僕は少年だ」は次のように書かれる。

僕は少年だ！僕は少年だ！／僕には沸き立つような熱血と活発な進取の気象がある。／僕は前進したい！前進だ！前進だ！／僕には同胞の感情があり、／博愛の心がある。／僕には前方の光明が見える、／僕は波を蹴立てる大船を駆り、可愛そうな同胞を満載して、／前進したい！前進するぞ！前進するぞ！／濁った浪が空を覆い、強風が吹きすさぼうと構うものか、／僕はひたすら光明の在り処に向い、前進するのだ！前進だ！前進だ！

（「我是少年」『新社会』一九年一号）

ここに見られるのは〈光明〉の実体をよくイメージできないでいながら、現実を否定する余り激しく〈光明〉を求めている精神である。そしてそれが〝五四〟時代の時代精神の真実でもあったと思う。同じ時期、朱自清（一八九八―一九四八）もまた〈光明〉を追求する詩を書いている。

風雨激しい夜／前方一面荒涼たる原野の郊外。／原野を歩きぬくと／そこは人の通る道。／ああ！暗黒の中には何万何千もの岐路、／どう行けばいいのか？／「神よ！はやく私に光明を少し下さい、／私が前に進みやすいように！」／神は慌てて言った「光明だと？／お前に探してやれるような所はない！／光明が要るなら、／自分で作ることだ！」

（「光明」一九年十一月）

以上のように、五四時代には、すでに〈暗黒〉は、現実における様々な否定的な社会事象を総括的に表象する、〈光明〉は、実体は定かでないがやがて到来するであろう理想的な社会を表象する文学用語として使われていた。それは文学の作り手であり、かつ享受者でもある当時の先進的な知識階層において「いまは暗黒の時代だ」という認識(2)と、にもかかわらずその〈暗黒〉は永続するものではなく、やがて〈光明〉が訪れるという当為が共有されていたからであろう。そして、こうした先進的な知識階層の知的リーダーたち（例えば『新青年』の執筆者たち）にとって、中国人にとって期待される精神は「〈暗黒〉を脱け出して〈光明〉を希求する」ことだった。鄭振鐸の詩が示すのは、彼が自分の人生の目標に「〈暗黒〉に打ち勝って〈光明〉を獲得すること、あるいはそのために奮闘すること」をおいており、それを中国の青年たちにも求めていたということだろう。

（三）〈光明〉に対する三種の認識

ところで、その〈光明〉については詩人たちの認識、考え方はさまざまであり、恐らく次の三種の考え方があった。(3)

第一は、〈光明〉は国内にはない、国外にある。国外に〈光明〉を求めるべし、というものである。例えば、瞿秋白（一八九九―一九三五）がそうである。彼は〈光明〉は〝餓郷〟（ソ連）にありと考えた。後に中国共産党の指導者になる若き日の瞿秋白は、ロシア革命を「暗黒」の中国（「陰鬱で、どす黒く、寒風骨を刺し、なまぐさく、じめじめしたところ」）に射してきた「一筋の光」に喩え、その「光りの路をうち開く」ためにロシアに向った。その記録「俄郷紀程」（増田渉訳では「革命のモスクワへ――新ロシア遊記」）の前書きに彼はこう書きつけている。

仲間たち、私の親愛な仲間たちよ！どうかしばらく待ってくれ、あわてることはない。陰うつな、どす黒い天地の間に、ふと一すじのかすかな細い光がさしてきたのだ。仲間たち、どうかしばらく待ってくれ。これこそいわゆる太陽の光だ、――やって来たのだ。私たちに見えるのはただ一すじでしかないが、私はそれは必ずやだんだんひろがって行って、間もなく私たちの同胞、私たちの兄弟をあまねく照すことと思う。どうかしばらく待ってくれよ。（「俄郷紀程」前書、一九二〇年十一月、増田渉訳）

一九二〇年代の詩人徐志摩（一八九七―一九三一）も、国内に〈光明〉を求めて得られないことを予感する詩（「一つの明るい星を探すために」）を書いている。

私は目の見えないびっこの馬に乗って、／闇夜に向って鞭を加える――／闇夜に向って鞭を加え、／私は盲いたびっこの馬に乗っている。／／私はこの真っ暗な夜につっこむ、／明るい星を探すために、／私はこのぼうぼうと暗い荒野に突入する。／／ああ疲れた、私を乗せた家畜は疲れた、／明るい星を探すために――／明るい星はまだ現れない――／あの明るい星はまだ現れないのに、／ああすっかり疲れてしまった、馬上の身体。／／こんどは水晶のような光明が空を突き破って現れた、／荒野には一頭の家畜が倒れている、／荒野にはひとつの死体が倒れている、／今度は水晶のような光明が空を突き破って現れた。

（「為要尋一顆明星」二四年十二月）

徐志摩のこの詩は二〇年代中国知識人の「目のみえないびっこの馬に乗り闇夜に突入する」ような人生感覚を形象化しているように思われる。もちろんこの「闇夜」は中国の現実であり、その現実を生きるのは「目のみえないびっこの馬に乗」り闇夜と暗い荒野をさまようようだという生の実感を歌うことが、この詩のモチーフである。だが詩人は〈暗黒〉をつきぬけて〈光明〉を求めたいと思いながら、それを見つけないまま倒れるかもしれないと予感している。中国には〈光明〉は存在しない、というのがこの詩における詩人の結論のようだ。

第二は光明は国外に求めるべきではない、国内に建設すべきだ、という考えである。彼らは「光明がいるなら、自分で作れ」（朱自清）、「光明は自分で作れ」（鄭振鐸）と主張した。郭沫若（一八九二―一九七八）もまた同じ考えを述べている。

諸君！諸君は烏煙瘴気の暗黒世界のただなかにいて、恐らくもう座り厭きておられることでしょう。恐らく光明を渇望しておられることでしょう！この詩劇を書いた詩人は、ここまで書いて筆を停めました。彼は新たな光明と新たなエネルギーを造ろうと本当に海外に逃れたのです。諸君、諸君は新生の太陽に現れてほしいのでしょうか？それとも自分の力で未来を創造したいのでしょうか？私たちは太陽が出現したとき再会しましょう！

この他に、光明はこの世界にはない、と考える者があった。恐らく魯迅（一八八一―一九三六）がそうである。彼は『吶喚』自序で、銭玄同に『新青年』への寄稿を求められ、こう答えたと書いている。

（「女神之再生」二一年二月）

「たとえばだね、鉄の部屋があるとする。一つも窓がないし、衝破ることも出来んのだ。中には沢山の熟睡している人間がいる。間もなく全部窒息してしまうだろう。しかし昏睡から死に移るので、死ぬという悲哀は少しも感じぬのだ。いま君が大声を出して、その中のやや意識のある数人を喚び覚ましてやる。そしてこの不幸な少数者にどうせ助からぬ臨終の苦痛を与えてやって、それでしかも君は彼らに気の毒だとは思わんかね」／「しかし数人が覚めたとすればだ、その鉄の部屋を破壊する希望が絶対にないとは云えんだろう」／そうだ。私は私なりの確信を持っているが、希望ということになればこれは抹殺出来ぬだろう。……そこで、私は結局、彼に文章を書くことを承諾した。

（『吶喊』自序、二二年十二月、竹内好訳）

「鉄の部屋」が魯迅にとっての中国社会の比喩であることは間違いないだろう。それは今〈光明〉がなく、将来もまた〈光明〉のない社会である。中国社会が〈暗黒〉で〈光明〉がないことに「私はわたしなりの確信をもっている」。魯迅のこういう〈光明〉観はそれ以後の現代詩史でこれを受け継いだものはいない。魯迅自身も後にはこの考えを捨てている。

以上、〈暗黒〉と〈光明〉について、概括的なことを述べた。次にこの語が五四時期以後の現代詩の作品の中でどのような姿であらわれるか、それを簡単に追跡してみよう。

二　中国現代詩史における〈暗黒〉と〈光明〉

（一）〈暗黒／光明〉モデルの成立

五四時期の現代詩において〈暗黒〉や〈光明〉という言葉が用いられ、その含意する内容についても漠然とした了解が成立していたことは、前に述べてきたことから明らかであろう。ただそれらの用法からは、〈暗黒〉という現実認識、時代認識と、〈光明〉という希求が結び付いて、文学創作の発想法が成立していたようには思えない。この時期、この二つは認識と希求という別々のものとして作品に現れていたように思う。

これが文学の発想、つまり「〈暗黒〉が種々の社会的な要因によってもたらされており、中国がよくなり、中国人がよき人生を獲得するためには〈暗黒〉を作り出している社会的要因を打破しなければならず、中国社会の〈光明〉を目指してたたかわなければならない」というふうに明確な形で文学作品に表現されるのは、二〇年代に入ってからだと思う。私見によれば、それを最も明確に主張したのは初期の共産主義者たち、例えば鄧中夏（一八九四—一九三三）、惲代英（一八九五—一九三一）、沈沢民（一九〇二—三三）らだった。彼らは二三、二四年頃『中国青年』に拠って「革命文学」について論陣を張っていた。それらの文章は革命に対し「革命文学」が大きな役割を果たすことを認め、「革命文学」を書くこと、またそれ以前に作者自身が革命に参加すべきことを訴えていた。では彼らの言う「革命文学」とはいかなるものだったのか。鄧中夏は「新詩人に捧ぐ」を書いてその見解を述べている。

もしも新詩人が社会の実際生活を描いた作品を多く書いて、徹底した露骨さをもって暗黒地獄を存分にあばき、人びとの不安をかきたて、人びとの希望を示唆できれば、社会改造の目的はすみやかに首尾よく達せられるのだ。

（「貢献于新詩人之前」『中国青年』十期、二三年十二月、大石智良訳）

鄧中夏ら初期共産主義者は、現代詩の方法として、現実の〈暗黒〉（暗黒地獄）を徹底的に暴露したうえで、〈光明〉（希望）を示し、以て読者をアジテートすべきだと考えていたのである。この明快であるだけにやや単純な方法こそ、私見に拠れば、その後の中国現代詩創作の「支配的発想法」の原型であった。こういう文学創作の発想スタイルをいま仮に「〈暗黒〉に打ち勝って〈光明〉を求めるという発想」という風にモデル化（定式化）し、この発想法を〈暗黒／光明〉モデルとよぶことにすると、〈暗黒〉という認識と、〈光明〉を求めるという実行への希求が、「革命文学」において結びつき、ここに文学創作の新しい発想モデルが出現したと言える。一九二三―二五年は革命の熱気が全中国をおおった時であり、創造社が左旋回した時期でもある。こうした時代の雰囲気も相俟って、このモデルは「支配的発想法」の地位を確立していく、というのが私の基本的な認識である。

ところで、さきに触れたが〈暗黒〉と〈光明〉が何か具体的な事実や現象を指しているとは考えるべきではないだろう。この語は現代文学の中では初めから一種の象徴的な記号だったと考えるべきだろう。〈暗黒〉は現実の中のあらゆるマイナスの要因を、〈光明〉はプラスの要因を象徴する記号であった。そして、まさに記号であったからこそ、このモデルは広く受け入れられるものになり得た。社会の下層に関心と同情を寄せる穏やかな人道主義者であれ、社会の徹底した変革を訴える共産主義者であれ、彼らはこのモデルに基づいて詩（および各種の文学作品）を書くことができ、同時に、このモデルに基づいて詩（および各種の文学作品）を鑑賞することができたのである。

（二）〈暗黒／光明〉モデルによる作品の出現

〈暗黒／光明〉モデルに基づいて書かれた作品は多い。それはおおむね、まず現実の暗黒を描写し、最後に「だが、いつか光明が来るだろう」という未来への期待か、「暗黒を終らせるためにがんばるぞ（頑張ろう）」といった決意、呼び掛けで終っている。この作詩形式は、その後〈暗黒／光明〉モデルの詩作品の一つの典型的なスタイルとなった。

例えば蔣光慈の作品をみよう。彼は二一年から二四年までソ連に留学し、帰国後文学活動に従事した。第一詩集『新夢』（二五年）はソ連滞在時期の作品である。引用の「中国を哀しむ」は同名の詩集『哀中国』（二五年）に収める。

ぼくの悲しい中国よ／ぼくの哀しい中国よ／／……／／国中いたるところ戦火／国中の様子の何と悲惨なことか！／悪魔の軍閥は互いに攻めあうことしか知らず、／憐れむべき小庶民は家族も命も一文の値打ちもない！／卑賤な政客は自分の利益を図るのみ！／友よ、それを話すとぼくの心はぞっとする、――／ぼくの哀れな中国よ！／いつになったらこの暗黒の淵から飛び出すのだ？／／……／／ああ　ぼくの悲しく哀しい中国よ！／ぼくは信じない　お前が大破壊の中に永遠に沈淪しているとは／ぼくは信じない　お前に復興の日が永遠にないとは。

（「哀中国」二四年十一月）

蔣光慈は二七年銭杏邨（一九〇〇―七七）とプロレタリア文学結社・太陽社を設立する。次はその機関誌『太陽月刊』の創刊宣言である。

兄弟たち！太陽に向かって、光明に向かって歩もう！／……／われわれは信じる。闇夜は終わり、黎明の時の来ることを、正義もついには悪魔の手に屈服することのないことを。／／われわれには奮闘あるのみだ。なぜなら奮闘する以外に出口はないからだ。／もしわれわれが勇敢ならば、われわれも太陽のように、われわれの光を全宇宙に遍く照らすことになろう。

（《太陽月刊》創刊号巻頭語、二八年一月一日）

殷夫は中学時代から革命運動に従事、二八年太陽社に参加、翌年ストライキを指導して逮捕、三〇年左翼作家聯盟に参加、三一年逮捕され殺害された詩人である。彼の作品、特に一九二八年以後書かれた詩は、多く〈暗黒／光明〉モデルに従う。まず現実の〈暗黒〉を描き、〈光明〉へのあこがれや〈光明〉を勝ち取る決意で文字を終えるのである。以下は彼の詩の末尾の例である。

夜更けの人静かな寂しい窓にしばらく寄りかかり、／未来の東方の朝日を熱望するのだ！

（「独立窓頭（一人窓頭に立つ）」二八年）

暗黒と暴風は終に過ぎ去るだろう、／おまえ、清らかな光よ、永久に残れ！　（「孤泪」二八年）
しばらく奴らにもう一晩楽しませてやろう、／見ていろ、明日の清らかな朝を誰が占有するかを？
（「都市的黄昏」二九年四月）

ぼくは光明の太陽が欲しい、／お前の暗黒が、沈黙し、蒼ざめて大空に充満するように。
（「囚窓（獄窓にて）」三〇年一月）

三〇年代はすでにみたように日本帝国主義の中国侵略が本格化し、抗日愛国の民族主義が高まる時期である。三一年満州事変勃発、三二年上海事変、満州国建国と危機的な事件が相次いだ。蒲風らの中国詩歌会はこうした情勢の中で誕生した。蒲風の「地球の中心の火」は、地下活動に従事する共産党員を描き、彼らに中国の〈光明〉を見ようとしている。

白い霧が闇夜を頼んで大地を占拠している、／野獣も暗黒を借りて地面を横行している。／だが地面一面、いたるところ暴風雨が隠れ潜み、／光明が、光明が暗黒の中ですでに目覚めている！／見よ！あの煌めく星を、／あの暗黒の中を移動する二つの人影を。
（「地心的火」三二年）

農村の悲惨を描いた「はてしなき夜」も暗夜の雷鳴に〈光明〉を見る詩である。

暗黒！暗黒！暗黒！／雷鳴！雷鳴！雷鳴！／稲光が空中を突撃し、／暗黒の中に光明が誕生する！
（「茫々夜——農村前奏曲」三三年六月）

（三）　抗戦詩の中の〈暗黒／光明〉モデル

三〇年代に発展をとげたプロレタリア革命文学運動も国家と民族の存亡の危機をその文学的テーマに選ぶようにな

り、「抗日救亡」の文学思潮が現れた。一九三七年抗日戦争が始まると、「抗日救亡」の文学思潮は急速に文学界全体の主流へと発展していった。現実（日本による侵略）は〈暗黒〉であるという認識は普遍的であり、〈光明〉（抗日戦争の勝利——侵略からの解放）が待たれた。こういう状況下で〈暗黒／光明〉モデルは詩創作の発想の主流となった。三〇年代詩の多く、ことに抗戦時期の詩は〈暗黒／光明〉モデルに従って書かれている。歌唱の形式は詩人によって異なるけれども。

〈暗黒／光明〉モデルの〈暗黒〉と〈光明〉は、具体的な事物や現象を象徴する記号になっている。〈暗黒〉は日本軍やその協力者たち、および彼らによってもたらされた様々な惨禍であり、〈光明〉はかつてのように現在の〈暗黒〉の後にやって来るであろう何か遠い未来の希求や希望といったものではなく、もっと具体的な、切実な獲得目標（抗日戦争勝利）を意味する記号と化しているのである。抗戦開始直後に書かれた胡風（「祖国のために歌う」）の〈暗黒〉が指示するものは日本軍の侵略であるし、「勝利」「自由で幸福な明日」が詩には明示されていない〈光明〉の内容である。

暗黒のなか　重圧の下　侮辱の中で／苦痛に喘ぎ　呻き　もがいているのは／わが祖国／わが受難の祖国だ！／／……／／盧溝橋で／南口で／黄浦江で／敵の鉄蹄が踏み躙ったすべての場所で／銃声が　砲声が　爆弾がうなりをたてている——／祖国よ／お前のために／勇敢なお前の息子と娘たちのために／明日のために／思いの限り歌おう

（「為祖国而歌」三七年八月二十四日）

何其芳の「成都よ、お前を叩き起こしてやる」の「暗闇」や「光明」が指すのもむろん日本軍の侵略と抗日戦勝利である。

盲人の目がついに開いたときのように／暗闇の深みからぼくには光が見える／その大きな光明／ぼくに向かってやって来る／ぼくたちの国家に向かってやって来る……

（「成都、譲我把你揺醒」三八年六月）

任鈞は具体的なイメージで抗戦勝利の日への渇望（「その日が来た時には」）を書く。

漆黒の夜／あの必ずやってくるにちがいない夜明けを／渇望していたように――／いま、我らもまた／生と死の格闘の中で／渇望している／――あの必ずやってくるに違いない日を／――バラと月桂の香りを／漂わせているあの日を／太陽の光と色を／染み込ませているあの日を／歌声と喜びの笑顔に／充たされているあの日を／敵に打ち勝つ／あの最後の日を

（「当那一天来到的時候」四一年一月）

（四）〈暗黒／光明〉をめぐる論争

三〇年代末から四〇年代初めにかけて〈暗黒／光明〉をめぐる問題で重要な論争が起こった。以下、それについて触れておきたい。

抗日戦争初期には、文学の役割について「抗日の宣伝こそが重要で、芸術的質は次要の問題だ」という考え方が強く存在した[4]。初期の作品には、抗日の戦士はすべて素晴らしい人物、敵は非人間的といった固定的なイメージで書かれるものがあり、抗戦文学は概念的、公式的であるとの批判をよんでいた。だが、戦場では「味方でなければ即ち敵」という形で現実が形成される。敵と生死をかけて闘っている者から見れば、「敵のなかにもいい人もいるし、味方の中にもダメなやつがいる」などという見方はナンセンスである。また抗日戦士を、個々の人間として見た場合、すべて素晴らしい人物であるわけはない。また抗日運動に従事している人々がすべて完全無欠であって、運動内部には矛盾がなく、理想的に展開されているということもありえないだろう。仮にそうした視点で敵を描いた作品が現れた場合、実際に戦闘に参加している兵士たちや、厳しい政治環境で抗日運動を行っている人びとから、その作者に対して「敵をほめたり、味方の中の〈暗黒〉を批判したりしてほしくない」という要求が生まれるのは当然だろう。従って抗日戦争の初期に、抗日の陣営は〈光明〉のイメージで、敵やその協力者（漢奸）が〈暗黒〉のイメージで描かれた

のもまた当然のことであった。

しかし、現実には味方の中にも〈暗黒〉があり、敵の中にも〈光明〉はある。そういうふうに現実を認識するのが弁証法的な視点というものであろう。一九三八年、作家・張天翼（一九〇八―八五）が「華威先生」という作品を発表した。主人公の華威先生は抗戦陣営で多少名の知れた国民党の小官僚である。彼は毎日会議から会議を渡り歩き発言するが、抗日の実際活動は何一つしない。彼の関心は抗日の指導権を握ることだけである。張天翼は抗日陣営に実際に存在するそういう指導者を華威先生という人物像に形象化して風刺した、本章の用語でいえば、「抗日陣営の中に存在する〈暗黒〉」を風刺の手法で暴露したのである。[5] この作品は増田渉によって日本で翻訳紹介されたが、それがきっかけで味方の〈暗黒〉を描くべきかどうかという論議（普通「暴露と風刺」の論争とよばれる）が巻き起こったのである。抗戦陣営内部の〈暗黒〉を暴露したり、風刺したりすることは抗日戦争の形象を損ない、抗日戦争に損失をもたらすというのが論争提起者の主張だった。[6]

当時の左派系雑誌『文芸陣地』、『抗戦文芸』、『七月』などは張天翼を支持し、抗戦の現実の中に〈暗黒〉がある以上、それを暴露することは無害であるだけでなく有益だと主張した。作家たちの多くは、今後はより深く現実を観察し、〈暗黒〉の生まれる根源を掘り、〈暗黒〉を暴露し、〈暗黒〉を撃つべきだと考えた。この論争は四〇年の下半期まで続き、ようやく下火になった。[7]

（五）　一九四二年　延安での論争

同じ問題が延安でも起こった。抗日戦争のさなか、中国共産党中央の所在地・延安は抗日の一つの中心だった。そこで多数の知識人・作家・学生が延安に集まった。彼らは「〈暗黒〉の国民党支配区を逃れ〈光明〉の解放区へ」という気持ちで「革命の聖地」延安に来た。しかし解放区に来てみると、そこは必ずしも〈光明〉ではなく、共産党内の官僚主義や非民主、女性差別など種々の問題〈暗黒〉が存在していた。〈光明〉の中に存在する〈暗黒〉をどうとらえるか、この問題をめぐって延安で四〇年ごろから論争が始まった。最初、艾思奇、周揚ら文芸界の指導者は、世界には純粋な〈光明〉などない。革命陣営のなかに〈暗黒〉があれば、それを書いてもかまわない、という立場だった。

例えば艾思奇（一九〇九—六六）は「光明」でこう書いている。

……光明は単純平静なものではない。それは闘争の現れだ。光明のある所には新と旧の闘争がある。凡そ光明を見ることのできる所には、二つの勢力が存在する。／だが光明はたんに二つの勢力の存在を示しているだけではない。光明は、新旧の間に闘争があるからだけでなく、さらに新が絶えず旧を克服し、旧が絶えず新に取って代わられるために、新が常に成長し、同じに旧が常に没落・衰退していく。それでこそ光明なのだ。／光明は純粋の進歩ではなく、至善至美ではない。進歩的で、比較的善く比較的美しいものが常に優勢を示しているにすぎない。／暗黒も絶対の没落、至醜至悪ではない。ただ没落の、比較的醜悪なものが圧迫者の地位にいるから暗黒であるにすぎない。／光明の世界は完全無欠の天国ではない。光明は世界の欠陥に対する闘いに源がある。不断に腐れ切った障害を打破して前進し、不断に旧い外殻を砕いて新たな生命を発展させる。世界はこのようにしてこそ燦爛たる光を放つのだ。／若い友人たちよ、自分の夢によって光明の内容を推し量ってはいけない。それを宗教や迷信の中の絶対平和の天国世界とみなしてはだめだ。光明の中には長い闘争が含まれているのだ。その中には衝突があり、軋轢があり、苦痛があるのだ。／遠くから光明を眺めれば、一面純潔な輝き、一点の単純な火星しか見えない。それは諸君に最高の善、最高の美という幻想を抱かせるだろう。そこで光明に近づきたいと思う。諸君は必ずやそのような幻想を抱いて近づいたことがあろう。／諸君がもしただこのような幻想だけで光明に近づいたのなら、近づくやいなや、諸君は失望し、幻滅するだろう。なぜなら諸君は、いかなる光明の中にも、必ずいくらかの暗黒の要素が含まれていることを見出すだろうから。この暗黒は終には消えてしまうものなのだけれども。

（「光明」『中国文化』二巻六期、四一年五月二十日）

周揚（一九〇八—八九）はその「文学と生活漫談」の中で、延安にやって来たものの延安の生活とうまく調和できない作家たちの心理を推測し、こうした作家たちが延安の〈暗黒〉を批判するのを許し、理解するよう主張している。

……彼は自分の追い求めてきた生活の中に身を置いた。彼は光明を見た。だが太陽の中にも黒点がある。新たな生活には欠陥がないわけではなかったし、時には大変多くさえあった。だが生活は結局は前進している、すばらしい速度で。作家は彼特有の芸術知識分子の歩みで歩んでいるのだから、生活の歩調と必ずしも一致するわけはない。／……もしある作家がいて、ここで苦悶を感じたなら、まず苦悶を引き起こした生活上の原因を取り除くよう努力しなければならない。だから作家と延安の生活とは、たとえうまくいかない点があっても、基本方向が一致し、双方がともに進歩しようと努めているのだから、結局は円満に抱擁しあえるはずだ。……／延安は「聖地」と称されている。だが、私は宗教の信徒ではなく、マルクス主義者だ。われわれは自分と異なる者を排斥しないし、そういう人の批判を熱望している。われわれは自己批判によって進歩するのだ。だから、どの作家かが一言二言延安の悪口を言ったからといって（しかも延安全部がダメと言っているわけではない）、その人がわれわれに反対していると見なすべきではない。

（「漫談文学与生活」『解放日報』四一年七月十七日—十九日）

丁玲（一九〇四—八六）や王実味（一九〇六—四七）らも文章を書き、〈暗黒〉がある以上指摘すべきだと主張し、例えば「われわれには雑文が必要だ」でこう述べている。

今という時代は依然として魯迅先生の時代から遠くない。腐敗し、暗黒で、進歩分子を圧迫し屠殺しており、人民が自分の抗戦を守る自由さえない。そしてわれわれはただ「中国は統一戦線の時代なんだ！」というだけだ。われわれは批判の中でいっそう強固な統一を打建てることを知らなかったため、自分たちの責任を放棄した。／

たとえ進歩的な所で、初歩的な民主があっても、しかしそこでは（民主の）一層の督促、監視がなされなければならない。中国の数千年来の根深いあらゆる封建の悪習は、簡単には取り除けるものではない。そしていわゆる進歩的な場所なども、天から降ってくるわけではなく、中国の旧社会としっかり結びついているのだ。それなのにわれわれは、ここでは雑文を書かない方がいい、ここでは民主的生活や偉大な建設だけをを描くべきだ、などと言っているだけだ。（「我們需要雑文」『解放日報』四一年十月二十三日）

丁玲のこの文章は進歩的で民主が初歩的に実現されている場所（延安）であっても、数千年来の封建社会の遺制から逃れることができない以上、〈暗黒〉があるのは当たり前で、それを指摘し、批判する（＝雑文を書く）ことが〈光明〉をより完全なものにすることになるということを主張している。王実味は、後に毛沢東から名指しの批判を受け、トロツキストとして処刑された作家だが、彼は批判の原因となった「野百合の花」でこう書いている。(8)

われわれの陣営は暗黒の旧社会にある。だからその中には暗黒もある。これは必然的なことだ。そう、それが「マルクス主義」だ。だが、これはマルクス主義の半分にすぎない。もっと重要な残りの半分があるのに、「主観主義セクト主義の大先生たち」に忘れられている。その残りの半分はこういうことであるはずだ。この必然性を認識した後は、われわれは戦闘的ボルシェヴィキの能動性をもって、暗黒の生まれるのを防ぎ、暗黒がはびこるのを減らし、存在に対する意識の反作用を最大限発揮しなければならない。今日のうちに、われわれの陣営の全ての暗黒を消滅しつくすというのは不可能だ。だが、暗黒を最小限まで減らすことは、可能であるばかりか、必要でもある。（「野百合花」『解放日報』「文芸」副刊、四二年三月十三、二十三日、引用は二十三日）

こうした文章から分かるのは、四〇年代初頭の延安で、右に見た作家・思想家たち（彼らは決して無名ではなく、延安の指導的な文化人であった）が一致して、世界には純粋な〈光明〉などなく、〈光明〉の中には必ず多かれ少なかれ〈暗黒〉が存在する、と考えていたことである。そして、丁玲や王実味のような作家は、そうである以上、たとえ革命陣営の中といえども、もし〈暗黒〉が存在するなら、それを暴露し、批判し、消滅させすべきだ、と主張していたことである。私はそれが弁証法的な認識というものだと思うし、その後の中国文学がこの認識を取り入れて〈暗黒／光明〉モデルを創りなおすべきだったと思う。しかし、現実はそのようには展開しなかった。

（六）　延安文芸座談会での毛沢東の講話

四二年五月、延安に在住する文学者たちを集めて、文芸座談会が開かれた。これは〈暗黒／光明〉モデルにとっては決定的な意味をもつ会議だった。毛沢東がこの問題に決着をつけた。毛沢東は席上の講話（「延安文芸座談会での講話」。以下『講話』と記す）で、作品がどのように〈暗黒〉と〈光明〉の問題を処理すべきかについて、次のように述べた。(9)

従来の作品はいずれも光明と暗黒に同じ比重をおき、半々に描いてきた」という。これには多くのあいまいな考えが含まれている。作品は、従来そうしたものではない。多くの小ブルジョア作家は光明を見出したことがなく、その作品は暗黒を暴露するだけで、「暴露文学」とよばれており、さらには、もっぱら悲観、厭世だけを宣伝するものもある。これに反して、ソ連の社会主義建設の時期における文学は、光明を描くことを主としている。かれらも活動における欠陥を描き、否定的人物を描くが、このような描写は全体の光明を引き立たせるためであって、決して「半々」というものではない。反動期のブルジョア文学者・芸術家は、大衆を暴徒、かれら自身を神聖なものとして描き、いわゆる光明と暗黒を逆さまにしている。賛美と暴露の問題を正しく解決できるのは、真の革命的文学者・芸術家だけである。人民大衆に危害をおよぼす全ての暗黒勢力は暴露し、人民大衆の全ての革命闘争は賛美しなければならない。これこそ革命的文学者・芸術家の任務である。

（「在延安文芸座談会上的講話」四二年五月）

毛沢東は革命闘争の実践者の立場に立って、「人民大衆に危害をおよぼす全ての暗黒勢力は暴露し、人民大衆の全ての革命闘争は賛美しなければならない」と言い切っている。彼はこれに続けて、「革命的な文学者・芸術家にとって、暴露の対象となるのは、侵略者、搾取者、抑圧者と、かれらが人民の間に残している悪い影響だけであって人民大衆であってはならない。」と述べる。また「光明を賛美する者はその作品が偉大とはかぎらないし、暗黒を描き出す者は、その作品が矮小とはかぎらない」という言い方について、こう反論する。

ブルジョア文学者・芸術家なら、プロレタリア階級を賛美せずにブルジョア階級を賛美するだろうし、プロレタリア文学者・芸術家なら、ブルジョア階級を賛美せずにプロレタリア階級と勤労人民を賛美するだろう。この二つのうちのどちらかである。ブルジョア階級の光明を賛美する者はその作品が偉大であるとはかぎらず、ブルジョア階級の暗黒を描き出す者は、その作品が矮小であるとはかぎらない。プロレタリア階級の光明を賛美する者はその作品が偉大でないとはかぎらず、プロレタリア階級のいわゆる「暗黒」を描き出す者はその作品が必ず矮小なのである。これを史上の事実ではないとでもいうのだろうか。人民、この人類世界の歴史の創造者を、なぜ賛美してはならないのか、プロレタリア階級、共産党、新民主主義、社会主義をなぜ賛美してはならないのか。

毛沢東のこうした文芸観は、文芸の角度から出てきたものではない。さきにも触れたように革命闘争の実践家の立場から、革命闘争の必要から出てきたものである。四二年は中国共産党と辺区が軍事的、経済的に大きな困難に見舞われていた時である。そういう状況下で革命党の指導者として、彼が文芸に対し、自己の〈光明〉を賛美することだけを求め、〈暗黒〉の暴露を許さなかったのは理解できる。しかし、革命が進展し、毛沢東の党内の権威が確立するにつれ、四二年の延安という特殊な状況の下で生まれた『講話』が絶対化され、中華人民共和国成立後はその文芸における綱領的な文献となる。こうして、「〈暗黒〉に打ち勝ち〈光明〉を求める」という発想を中核におく文学創作モデルだった〈暗黒／光明〉モデルは、『講話』の権威を背景に「敵の〈暗黒〉を暴露し、味方の〈光明〉を賛美する」文学モデルへと、その内容を変化させていった。

抗日戦争勝利を目前にした四五年四月から六月まで、中国共産党第七回全国代表大会が延安で開かれた。冒頭、毛沢東が開会の辞を述べた。「両個中国之運命」と題するその挨拶で、彼は中国人民の前には「光明の中国」と「暗黒の中国」のどちらを選ぶかという二つの選択肢が横たわっているとして次のように述べた。

中国人民の前には、二つの道が横たわっている。光明の道と暗黒の道である。中国には二つの運命がある。光明の中国の運命と暗黒の中国の運命である。いま、日本帝国主義はまだ打ち破られていない。たとえ日本帝国主義を打ち負かしたとしても、まだ次のような二つの前途がある。独立した、自由な、民主的な、統一した、豊かで強い中国、すなわち光明の中国、中国人民が解放された新しい中国か、それとも、もう一つの中国、半植民地・半封建的な、分裂した、貧しく弱い中国、すなわち旧い中国か、である。新中国か、それとも旧中国か、二つの前途が依然として中国人民の前に、中国共産党の前に、われわれの今度の大会の前に存在している。

（「両個中国之運命」〈中国の二つの運命〉四五年、『毛沢東選集』第三巻）

毛沢東は、この後を「われわれは全力をあげて、光明の前途、光明の運命を勝ちとり、もう一つの暗黒の前途、暗黒の運命に反対しなければならない」と結ぶのだが、それは政治の文脈からは〈光明〉とは「独立、自由、民主、統一、富強」の「新中国」を指し、〈暗黒〉は「半植民地・半封建的な、分裂した、貧弱」な「旧中国」だということを明確に言い切ったものであった。ここに文学語彙の〈光明〉〈暗黒〉が政治の文脈に沿って使用される状況が確定するのだと考えられる。それはまた、〈光明〉〈暗黒〉という語が左翼、共産党系の（少なくとも共産党に親近感をもつ）文学者の専用の語彙と化していくことでもあった。そして四九年十月の新中国成立はこの〈光明〉の実現を意味し、以後新中国の〈暗黒〉を語ることは禁じられる（後述）など、中華人民共和国の成立という新しい条件のもとで、

〈暗黒／光明〉モデルは、文芸の自由な創作にとって一種の束縛と化していくのである。

三　当代文学時期（一九四九―現在）

（一）　建国初期の文学と〈暗黒／光明〉モデル

一九四九年十月、中華人民共和国が成立した。新国家建設にあたって、文芸面でどういう政策をとるかは、中共にとって重要な問題だった。そこで、建国前の四九年七月中華全国文芸工作者代表大会が開かれ、『講話』が示した文芸の方向が新中国文芸の「工作指針」「努力方向と任務」となった。(10) 新国家では『講話』の方向に即して「光明を賛美し、暗黒を暴露する」というモデルが確定したのである。これは延安を中心とする解放区の方向を継承するものだったが、解放区以外の国民党支配地区や香港などにいた作家たちからいえば、これは従来の「現実は〈暗黒〉である、〈暗黒〉の現実と闘って、〈光明〉を求める」という発想からの方向転換を強いられるものだった。新中国の成立はこれらの人々がそれを願い、そのために闘ってきた〈光明〉の実現を意味したからである。彼らが長期にわたって対立し、消滅させようとした〈暗黒〉、目に見えるものとしての〈暗黒〉（たとえば、地主、資本家、国民党大官僚など）は打倒された。〈光明〉が生まれ、暴露の対象は消滅したのである。〈暗黒／光明〉モデルの内容は変化しないわけにはいかない。例えば文革までの詩の各種アンソロジーや『詩刊』(11) などを見ると、新中国の〈光明〉賛美の詩が多い。日常生活、政治、経済建設などありとあらゆる素材がとりあげられ、社会主義になってそれがどんなに素晴らしく変化したかが賛美されている。もちろん〈暗黒〉が現れないわけではない。だが、それは例えばつぎのようなパターンの詩にあらわれる。

①「長い苦難の末、ついに〈暗黒〉を打倒し、〈光明〉を勝ち取った。〈光明〉万歳」

②「昔は〈暗黒〉だったが、いまはこんなに〈光明〉だ。素晴らしい。〈光明〉万歳」

③「今はこんなに〈光明〉だ。もし昔だったら〈暗黒〉で大変だったろう。今の〈光明〉万歳」

④「資本主義国（あるいは台湾）は〈暗黒〉だ」

ここで注意を促しておきたいが、当然のことながら、実際の詩作品で「暗黒」、「光明」という語彙がそのまま用いられているわけではない。具体的な、あるいは象徴的な〈暗黒〉の描写があり、具体的な、あるいは象徴的な社会主義の〈光明〉の描写がある。だがそれが必ずしも〈暗黒〉や〈光明〉といった語彙で示されるわけではない。以下、①②③について、それぞれ例を示そう。

①「長い苦難の末、ついに〈暗黒〉を打倒し、〈光明〉を勝ち取った。〈光明〉万歳」

悪夢のような重苦しい苦難が／暗黒の夜とともにすでに消え去ったので、／朝の陽光はこんなにも明るく、／ぼくらに喜びと希望をもたらしてくれた、／生活は果てのない緑の草地のようで、／一筋一筋の道が社会主義に向わせる、／ぼくらはお前（憲法）を高々と掲げる、／旗印のように、また、たいまつのように。／／……／誰にでもその人の記憶がある、／長征を経験した者は雪山や湿原を思い出し、／烈士（革命の犠牲者）の家族は使者を思いだし、／労働者は過去の失業を、／農民は飢饉の境遇を思い出し、／野草の団子を食べ、娘を売ったことを思い出した……／夢の中に　すでに過ぎ去った／暗澹たる生活が現れなかった人がいるだろうか？／夢から覚めてほっと一息つき、／夢と現実の生活を比べなかった人がいるだろうか？／昨日の辛酸はぼくらに／今日の幸福をもっとしっかり抱きしめさすだけではないか？／（以下略）／

（何其芳「討論憲法草案以後」五四年八月）

②「昔は〈暗黒〉だったが、いまはこんなに〈光明〉だ。素晴らしい。〈光明〉万歳」

「韓波はきこりじゃった／一日中山で柴を刈っておった／アレは地主に還しきれぬ／高利の金を借りておった」

／／「アレは一生柴を刈っておった／地主のために煮炊きをしてのぅ。／アレは一生柴を刈っておった／地主のために火を起こし暖めてやってのぅ。」／／「だが自分は死ぬまで／腹をすかせ着るものもなく凍えておった／天気がどんなに悪くても／柴刈りは一日も休まなかった。」／／「あの時も今と同じ、／雨が何日何夜も降ってのぅ、／正月十九日になって／今度は雪に変ったわぃ。」／／「アレは雪のなかで凍え死んだが／何日も誰も構う者はいなかった、／そのうち着ている襤褸の着物も／雪の中で腐ってしまったわぃ。」／／……／／息子が言った「おっかぁ、／韓波が死んだのはホンに可哀想じゃ／けんどそれは昔の話、／わしらの今のことじゃない。」／／「昔わしらの村では、／誰もがみーんな韓波じゃった／だけどわしらの今は、／一人の韓波もおらんぞょ。」／／（後略）／

（馮至「韓波砍柴——記母子夜話——」五二年二月）

③「今はこんなに〈光明〉だ。もし昔だったら〈暗黒〉で大変だったろう。今の〈光明〉万歳」

十数年来の印象では、／阿福はいつもこんなふう——／頭は丸坊主、足は裸足、／鼻水を口まで垂らし、／話し振りは小娘のよう、／歩く姿はおいぼれ山羊のよう。／／今日、ぼくの前に立った阿福、／頭からつま先まで大変り——／伸びた背丈、広い肩幅、／髭はぼくよりもっと長く、／着ているものは灰色の制服、／腰にはピストル、／たくし上げたズボンの裾の泥のすねの先だけは／昔どおりの裸足の大足。／／おばが教えてくれた。／阿福はおととし村長さんで、／今年は党に入ったよ。／／……／／おばは結論を出した。／阿福が人になれたのは、／まったく共産党のおかげさ。／もし村が解放されなかったら、／家を離れて異国に逃げるしかなかったね、／たぶん自分の父親と同じで／家があっても帰れず／南洋で老いぼれて野垂れ死にだったろうよ。／／

（白刃「阿福」五四年夏）

（二）　革命勝利後はすべて〈光明〉なのか？——胡風の批判——

建国後文学のこういう動向に警鐘を鳴らした者がいた。胡風である。彼はもともと『講話』に批判的意見を抱いていたというが[12]、建国後の文学的実践のなかで『講話』の打ち出した〈暗黒／光明〉モデルを教条的に理解した党の文芸官僚が、〈暗黒〉を描いた作品を機械的に批判し、公表禁止にしてしまう事実にいら立っていた。五四年七月、彼は党の文芸政策を批判する長大な「文芸問題に対する意見」（普通「三十万言の書」として知られる[13]）を書き、党中央に提出する。これをきっかけに彼は激しい批判にさらされ、五五年には胡風反革命集団の頭目として逮捕、投獄された。八〇年ようやく名誉回復された。以下はその一部である。

革命が勝利してからは、すべてがさんぜんと輝き、それ以後万事が太平無事になる。だれかの作品のなかに、否定的な現象が書かれていると、それは「真実でない」ことになる。だれかの作品に描かれている労・農・兵の生活が順風満帆に勝利するものでないなら、それはつまり革命を歪曲するものであり、小ブルジョアジーのものだ。／／……／／こういう思想に支配されると（中略）現実の社会はみな一日で好転し、すべてが光明に満ち、たちお蜜のように甘い。それを「革命的楽観主義」と呼ぶ。／／……／／革命が勝利すると、すべてが光明で、たちおくれもないし、暗黒もない。闘争もないし犠牲もない。そうなると公式どおりに製造する以外に作家になにが書けようか。／では、一歩しりぞいて、解放前の蔣介石支配地区における労働者の闘争を書けば、そこにはきっと苦しみがあり、激烈な思想の変化があり、勇敢な流血の犠牲があり、きっといく重にも重なる暗黒から光明をかちとるという作品となるだろう。ところが、それもだめなのである。この理論によると、革命勝利後になお流血をみるというのは容認できないことなのだ。たとえそれが革命前に流された血であってもだ。

（「対文芸問題的意見」五四年七月）

（三） 社会主義の〈暗黒〉の暴露

一九五六年五月毛沢東が最高国務会議で〈百花斉放・百家争鳴〉の方針を提起した。これは芸術の発展と科学の進歩を促進し、中国の社会主義文化の繁栄を促す長期的な方針として打ち出されたものだった。これを受けて同月、党中央宣伝部長だった陸定一（一九〇六—九六）が自然科学。社会科学、医学、の専門家たちに〈百花斉放・百家争鳴〉の趣旨について講演を行い、それは「工作と科学研究における独立思考の自由、弁論の自由、批判の自由、自己の意見を発表する自由」をもつことを意味すると述べた。この結果、五六年から五七年にかけて、文学には建国後姿を消していた現実の暗部を描き批判する作品が登場するようになった。これより前中国作家協会創作部では創作の現状について討論をおこなっており、その過程で「生活に関与する」という問題意識が生まれていた。「生活に関与せよ」を題名に掲げた、唐摯（唐達成、一九二八—九九）の評論によればその主旨は「作家は、自分たちの人生と生活を熱愛し、大胆に生活に関与し、全ての魂で一切の新事物を支持する闘士であれ」[14]というもので、具体的には生活のなかにある矛盾を描き、それと闘う新しい人物を描くべし、という主張である。この主張は〈暗黒／光明〉モデルからみれば、結局「味方の中にも〈暗黒〉があることを認めよ」という延安時代に否定された発想の延長上にあるものといえた。黄秋耘（一九一八—）の「人民の苦しみの前で目を閉ざすな」など、その代表的なものである。

　われわれの作品の主な任務は、偉大な社会主義建設を謳歌し、人民に前進するよう鼓舞することにある。この点には何の疑問もない。しかし、一部の芸術家はただ表面的な謳歌と賛美に満足し、われわれの闘いと成長の困難を覆い隠している。このような賛美はむしろんわれわれ人民の困難な奮闘の革命精神を示すことはできない。そのため明らかに軟弱無力で、読者を感動させることができない。……／一人の芸術家にとって、病態的な悲観主義は恐るべきであり、危険である。だが安っぽい楽観主義も同じように有害である。目下、われわれの領域では、後者の思想状況の方がより注意に値するように思う。／……もし一人の芸術家が、人民の生活にとって鍵となるような問題に積極的に関与し、解決しようという勇気をもたないなら、現実の生活の中の困難と苦痛を直視する勇気をもたないなら、芸術家と言えるだろうか？真の芸術家は必ず勇敢に生活に関与しなければならない。いわゆる生活に関与するとは、つまり生活を肯定もし、また批判もしようとするということだ。……／……われわれが生活の中の困難や苦痛を暴露するのは、正にそれを匡し救済すべく注意を引き起こすためである。またそれらを克服し消滅させるためであり、人民大衆にどのようにそれに対処するかを教えるためである。それに何のいけないところがあろうか？

（「不要人民的疾苦面前閉上眼睛」『人民文学』五六年九月号）

こうした主張とともに一九五六―五七年前半にいわゆる「生活関与」の作品が出現した。その多くは特写と短編小説である。

詩作品は少ない。次はその数少ない詩作品のひとつ、邵燕祥（一九三三―）の「賈桂香」。この作品は黒龍江省ジャムスの農場の女子労働者が党支部書記や共産主義青年団幹部の批判を受け、結局自殺した事件に取材した詩で、共産党内の官僚主義、党幹部の非人道性といった、党内部の〈暗黒〉を批判したものである。

「労働を愛さず、夫に食事を作らない」／青年団支部は思想を自己批判せよと命じた。／そうその通り、祖国では、労働は光栄だ、／小学校の教科書にもそう書いてある。／だが誰が彼らにそういう権利を与えたのか、／妊婦に無理やり大きな竹籠をかついで働かせるという？／賈桂香よ、賈桂香、おまえは疲れ、疲れて、／いつも湿った野菜畑で眠ってしまった……／／彼女はわれわれの同志、われわれの姉妹／二十歳になったばかりの賈桂香。／／賈桂香は青年団員／青年団の幹部がこんなふうに彼女を扱ったのだ！／賈桂香は農場の労働者、／泪をぬぐって農場長に会いに行った／場長は二言三言の批判を許したが、／賈桂香の説明を聞こうとしない／「文句があるなら上部に行って言えばいい！」／場長は机をドンと叩いた。／／「分かりました、上に訴えます！」もし上部に行って／文句が言えればどんなによかっただろう、賈桂香！／／あんたは団支部書記に入り口で遮られた、／そこで立ち止まってはいけなかったんだ！／誤りを犯していないのにどうして自己批判書が書けようか、／一晩の半分が過ぎたがやはり白紙のまま。／そのときあんたは泪で心を沈没させてはいけなかったんだ、／胸一杯の悔しさを胸から掘り出すべきだった、／あんたはそれを全部すっかり書き出して／ぼくらの国家に、ぼくらの党にあてて書くべきだった。／／ぼくはこの最後の文字を書くに忍びない、／中国にはこんな夭折はあってはいけないのだ。／／……／／教えてくれ、答えてくれ、一体どんな／どんな手が、賈桂香を扼殺したのだ！？／

（「賈桂香」五六年十一月）

このような作品と、それを生んだ「生活に関与する文学」の主張は、当時の文壇主流からは、延安で解決ずみの問題の蒸し返しであり、『講話』への反対と受けとられたであろう。だがこの主張は現実を〈暗黒／光明〉の二項対立でとらえ、〈暗黒〉をなくし〈光明〉を求めるというその発想の構造においては、〈暗黒／光明〉モデルの発想の範囲内にあったのであり、社会主義体制に反対する文学主張ではなかった。五七年反右派闘争のなかで彼の詩は「反官僚主義の看板で、歪曲と誇張の手法で……多方面から新社会を攻撃した」「毒草」とされ、彼自身は右派分子と認定され、詩壇から追放された。[15] このような主張は「反党の逆流」「修正主義の文学思潮」として葬りさられた。この後文学が、社会主義の〈暗黒〉を指摘することはなくなる。

（四）文革期の文学と〈暗黒／光明〉モデル

文革期は、江青（一九一四―九一）を中心とする文革左派によって「林彪同志の委託によって江青同志が開いた解放軍部隊の文芸活動工作に関する座談会の紀要」という長い題名の文書がつくられ、それが文革期の活動の綱領的文書となった。江青らは、建国後に建設された基盤（作品と作者、理論の蓄積）を一挙に否定・破壊し、その廃墟の上に自らの指導する新たな世界を建設することを夢想した。彼らは、そのために文革前十七年の文芸界は基本的に反党、反革命、反毛沢東、反社会主義の黒い糸が貫き、それに支配されていたという理論をつくりあげ、建国―文革までの文学、芸術の成果を全否定し、文芸界の指導者とこの時期に活躍した作家、批評家たちを追放した。

彼らに代わって登場した労働者、農民、兵士出身の家たちは、しかし結局は旧来の創作モデル（〈暗黒／光明〉モデル）にしたがって作品をつくるほかなかった。

文革期は「文化大革命の中で生まれたプロレタリアートの新しい英雄像を形象し、文革の中で生まれた新生の事物を賛美する」ことが、その文学の中心にすえられた。従って〈暗黒／光明〉モデルの中の〈暗黒〉と〈光明〉の指すものは変化せざるを得なかった。それは基本的に、文革中の実権派・修正主義路線・反革命を〈暗黒〉、革命派・毛沢東路線・労働者・農民・兵士・人民を〈光明〉とし、前にふれた建国初期の創作のパターンをさまざまに変化させたものであった。

文革期には公然の文学のほかに、反文革ないし非文革的な文学・非公然文学＝「地下文学[16]」が展開されていたことが知られている。だがその「地下文学」の発想も基本的には〈暗黒／光明〉モデルの浸透を受けていた。公然文学は当然〈暗黒／光明〉モデルの支配下にあった。文革期文学は、⑴混沌期（一九六六―六九年）、⑵始動期（七〇―七一年）、⑶展開期（七二―七六年）の三つの時期に分けられるというのが私の考えだが[17]、第一期（混沌期）の主要な文学活動の一つが紅衛兵新聞等に発表される詩だった[18]。次はその中でも有名な「止めないでくれ、おっかさん！」の一節。文革中の武漢事件を背景にした詩で、流血の武闘に参加する我が子を止めようとする母に別れを告げる息子の言葉である。実権派（〈暗黒〉）に打ち勝って最後の勝利（〈光明〉）を得るというパターンである。

人殺しの手の痙攣は／どうしようもない弱さの表れ／悪魔の狂態は／死ぬ前の最後のあがきに過ぎない。／輝かしい勝利は必ずや僕らのもの／革命造反派は永遠に殺しつくせないし叩きつぶせない！

次は八〇年代に朦朧詩として知られるようになる非公然詩である。

友よ、断固として未来を信じよう／不撓不屈の努力を信じよう／死に打ち勝つ若さを信じよう／未来を信じ、生命を熱愛しよう

（食指「相信未来」六八年）

卑劣は卑劣な者の通行証／高尚は高尚な者の墓碑銘。／見よ、あの鍍金をほどこされた大空に、／死者たちの湾曲した影が映し出されて漂っている。／／……／／新たな転機ときらめく星が、／さえぎるもののない大空にちりばめられている。／あれは五千年の象形文字、／あれは未来の人々が凝視する目だ。

（北島「回答」七六年）

（五）新時期における〈暗黒〉の承認

一九七六年九月、毛沢東が逝去、十月、江青ら文革左派（〝四人組〟）が逮捕された。毛沢東の後党主席となった華国鋒（一九二一―二〇〇八）は、毛沢東の指示に従って政治を行っていくことを公言し、基本的に文革派の政治手法を継承した。そのため、七〇年代を通じ、中国社会は文革的体制が継続した。文学界も同様であり、文革終焉後も文革期的〈暗黒／光明〉モデルは基本的に中国詩の発想モデルであり続けた。つまり、〈暗黒〉が「文革時代」や「〝四人組〟集団」に変わり、〈光明〉は「華国鋒主席」たち文革左派を逮捕したグループに変わっただけという始末であった。だが、七八年以後中国の政治社会に徐々に変化があらわれる。その変化は七八年五月から始まった「実践は真理を検証する唯一の基準である」ことを認めるかどうかの論争がきっかけである。この論争は、鄧小平派によって発動されたといわれるが、「毛沢東の指示や理論でも、そのままでは正しいかどうか分からない。実践によってそれが正しいかどうかが検証されなければならない」という主張を暗黙のうちに含むものであり、同時に毛沢東の指示に従う

だけの華国鋒の政治的追い落としが意図されていたと思われる。論争は実践検証派の勝利に終わり、華国鋒は政治的に権威を失墜した。この結果、中国政治は劇的な展開をみせ、七八年十二月党はこれまでの階級闘争路線から経済重視の路線へと路線の転換をおこなう。そして八〇年代に入って中国は経済体制の改革と対外開放政策を展開するにいたる。

七〇年代末から八〇年代の大きな転換期を中国では「社会主義の新時期」とよぶ。文学でも、文革以後の文学を一括して「新時期文学」とよんでいる。〈暗黒／光明〉モデルを軸に文学現象を観察するという本章の立場からいうと、新時期にはこれまでと異なる新しい現象が認められる。それは、社会主義の〈暗黒〉の存在を認めるようになったことである。そのきっかけになったのが七八年八月発表された小説「傷痕」である。「傷痕」は当時復旦大学の学生だった盧新華（一九五四―）の書いた作品で、一人の女子高校生が文革勃発によって体験した辛酸を描き、間接的な、限定された形ではあったが文革批判を試みていた。同じ頃北京の中学教師だった劉心武（一九四二―）も文革によって精神に傷を受けた中学生を主人公にした「班主任」を発表した。これらの作品は大きな反響をよび、その後文革の傷を描いた〈傷痕文学〉の流行をよぶようになる。七九年この傷痕文学について「この種の作品は社会の〈暗黒〉面を暴露し過ぎ、政治的影響がよくない」という批判がおこった。やはり七九年四月広州で「四人組」掲露に反対する「前向きの」論が提起された。同年六月には『河北文芸』に「〝歌徳〟与〝缺徳〟」が発表され、中国の社会主義はこんなに素晴らしいのに、なぜその「徳」を「歌」わず「陰暗な心理で人民の偉大な事業に向かい合うのか」と批判した。こうして〈光明〉と〈暗黒〉をめぐる論争が起きた。これは実質的には五七年の「生活に関与せよ」という論争の再現であった。だが五七年と違い、この論争の中で、生活のなかには〈光明〉もあれば〈暗黒〉もある。それをともに描くことがリアリズムだという認識が一般的になった。初期新時期文学の綱領的論文はさまざまな表現でこのことを確認している。例えば、閻綱（一九三二―）は八四年の講演で次のように述べている。

リアリズム（現実主義）は〝現実〟を見なければなりません。現実生活の中に光明が存在していれば、リアリズムの文学は当然これを賛美します。現実生活の中に不良な現象が存在していれば、リアリズムの文学は当然これを批判します。現実生活の中に暗黒が存在していれば、リアリズムの文学は当然これを暴露します。賛美は応援のため、批判は改善のため、暴露は正義を助けるためです。天地の道理であって、いささかの曖昧な点もありません。何のいけないことがありましょうか？

（「文学四年─在〝中国当代文学研究会第二次学術討論会〟上的発言」『文壇徜徉録』人民文学出版社、八四年三月）

張炯（一九三三─）も八一年に次のように書いている。

光明賛美と暗黒暴露の関係を比較的正確に処理していることは、新時期文学が革命的リアリズムの伝統を回復しまた発揚している一つの重要な成果であり、またメルクマールでもある。……の社会的機能には決して賛美と暴露しかないというわけではない。しかし革命的思想傾向を具えた作家は誰であれ、現実生活の矛盾と闘争を描くときには、賛美もすれば暴露もするということを免れない。残念なのは、五〇年代の中期以後、暗黒暴露が文壇のタブーとなり、社会主義時代の社会生活が全体として光明であるかのようになったことである。だが、三十年間の社会主義の実践が示しているように、資本主義から社会主義への過渡段階として、社会主義社会には依然として旧社会の痕跡が残っており、あれこれの暗い面が存在するのは必然的であるし、また客観的に存在する現実でもある。文学の任務は暗黒を回避したり、現実を粉飾したりすることではない。そうではなく、現実生活の中の新と旧、光明と暗黒の闘争を描いて、読者が正しく現実を認識するのを助け、読者に否定すべき現実と闘い、歴史の前進を推し進めるよう激励することにある。（八一年七月）

（「関于新時期文学的評価問題」『文学真実与作家職責』山西人民出版社、八三年四月）

（六）新時期詩歌と〈暗黒／光明〉モデル

さて、それではこうした状況は新時期の詩歌に対してどのような影響をもたらしただろうか。この問題を考える前に、新時期の詩壇の分裂について言及しておく必要があろう。私の考えでは、現代詩は新時期文学の時期、特に七八年十二月のアングラ雑誌『今天』（後述）成立をもって、二つの詩壇（詩的世界）に分裂する。一つは体制（側）詩壇であり、もう一つが非体制（側）詩壇である。

体制詩壇の状況は七八年までは文革期の継続といっていい。変化があらわれるのは七九年以後である。七九年以後、胡風批判、丁玲批判、反右派闘争など、解放後の一連の政治闘争で批判を受け、文芸界を追われていた理論家、作家、詩人、芸術家たちが名誉回復されて復活を果たした。詩壇では、これらの詩人たちは「帰来的詩人」（「帰ってきた詩人たち」）とよばれ、文革以来の荒廃した詩壇に清新な風を吹きこんだ（本書第四部第三章参照）。しかし、彼らの詩的発想はモダニズム詩人の一部を除き、基本的に〈暗黒／光明〉モデルの枠内にあった。

こうした傾向は決して詩作品だけにみられるものではない。新時期文学の具体的作品の多くはやはり旧来の〈暗黒／光明〉観を逃れていない。これについて、徐文斗は新時期初期の文学の特徴として、多くの作家が「解放後、文革までは〈光明〉だったが、文革で〈暗黒〉となり、文革後また〈光明〉がもどった」と見なし、歴史を「両端は〈光明〉で、中間は〈暗黒〉時代」という「馬鞍型」に描写すると述べている。(19)

非体制詩壇はどうか。七八年秋、天安門事件(20)の名誉回復をきっかけに北京に民主化運動がおこり、全国に波及した。これを〈北京の春〉というが、この運動で多くのアングラ雑誌が発行され、民主化を呼びかけた。このうち、もっぱら文学作品の発表を中心とする雑誌もあらわれた。そのうち最も高い質をもって注目されたのが『今天』だった。(21)『今天』には、北島（一九四九—）、芒克（一九五〇—）、江河（一九四九—）、顧城（一九五六—九三）、楊煉（一九五五—）

などの当時は無名の詩人が結集し、これが初期の非体制詩壇の中心となった。彼らの書いた詩は、その表現方式（暗喩の多用、表現上の飛躍、など）や主張（自我を描く）が解放後の詩歌のもたない新しさをそなえていたため、既成詩人からは理解されず、「朦朧詩」（わけのわからない詩）とよばれた。いうまでもなく朦朧詩のもつ新しさはそれ以後の詩の観念を変革するほどのものであった（本書第四部第一章参照）。だが、詩の大きな発想という点ではやはり〈暗黒／光明〉モデルの枠内をはみ出すものではなかった。以下はその作品の一部である。

すべての星が／暗黒だけを指して／曙光を告げないわけではない。／／……／／すべての現在は未来を孕んでいる／未来のすべては昨日のなかで成長する。／希望し、かつそのために闘おう／どうかこのすべてをあなたの肩にかけてほしい

（舒婷「這也是一切（これもすべて）」七七年七月）

暗黒の夜が私に黒い目をくれた／わたしは、しかしその目で光明を探す。

（顧城「一代人」七九年四月）

私は刑場に向かう、軽蔑して／歴史のこの夜、世界のこの片隅を見ながら／ほかの選択はない、わたしは空を選ぶ／空は腐ることがないから、／私は処刑されるほかない、そうしなければ暗黒が逃れる場所がないから／私は暗黒の中で生まれ、光明を作り出すために、／私は処刑されるほかない、そうしなければ嘘が粉砕されてしまうから

（江河「没有写完的詩（書き終えなかった詩）」）

もし大地のひとつひとつの片隅がすべて光明で満たされているなら／誰がまた星を必要とするだろうか、だれがまた／寒さの中で寂しく／星を求めるわずかの希望を燃やすだろうか

（江河「星星変奏曲」）

私の兄弟よ、死に代表される沈黙を永遠に消滅させよう／大地を覆う雪のように──私の歌声は／「人」の字を作る雁たちと肩をならべて飛び帰り／あらゆる人たちと一緒に、光明にむかって歩むだろう

（楊煉「大雁塔」）

以上の例は、意識的に〈光明〉〈暗黒〉という語を含むものを選んでいるが、詩の骨格をなす発想は「現実は〈暗

黒〉だが、それを克服して〈光明〉を目指す」といった、五四時期の〈暗黒／光明〉モデルに近いもののように思う。

（七）〈暗黒／光明〉モデルの衰退

非体制詩壇の詩人たち、特に朦朧詩派の詩人たち（すべてではない）の作品の根底にはおおむね右のような発想が存在する。彼らの作品は朦朧詩派を中心に広範な読者を獲得していく。体制詩壇もこれを無視できず、『詩刊』の主催する「青春詩会」[22]などを通じて彼らを取り込もうとするが失敗する。その結果発生した確執が一九八〇年—八二年の朦朧詩論争[23]である。体制詩壇は八三—八四年の精神汚染反対キャンペーンを利用して朦朧詩派を攻撃し、朦朧詩派はこれに屈服する。朦朧詩論争は八四年、この批判のきっかけとなった評論「崛起的詩群」（八三年）を書いた徐敬亜（一九四九—）が自己批判することで一応決着する（詳しくは第四部第一章参照）。

しかし、この八二年ころから、非体制詩壇の中に生まれ始めていた新しい詩人グループが八四—八五年から朦朧詩派にかわって非体制詩壇の中心になっていった。彼らは「新生代」あるいは「第三代」と呼ばれるが、この詩人たちに共通するのは、社会的関心の稀薄さである。彼らには現実を〈暗黒／光明〉のイメージで捕らえる発想はない。

こんどもまた　五時に／灯がまだ点かないころ／ぼくは山に登り　黎明を見張った／何年も前　母親の子宮の中で／ぼくの手を引く　あの手を待っていたように／不安に　東に向かって／大きな廟の門は深く閉ざされ／世界は暗黒の中に浸っている／……／黎明が来た　肌なめらかな　黒い婦人が／もうそっと着物を脱いでいる／黎明が来た　藍色の透明な血液が／ゆっくりと世界の手足に染み込むように／……／どの人もがそうするように／ぼくは立ち上がり　陽光の中　山を下りる／最も当たり前な朝が　毎日来る／怠けずに　少し早起きさえすれば／窓を少し開けるか　戸外に出さえすれば

（于堅「守望黎明（黎明を見張る）」八八年十二月）

今夜は暴雨が来る／誰かが通りを走っている／君は髪を洗ったところだ／……／空は一面青色を湛え　樹の葉

が人心を激しく揺さぶる／書架には各時代の魂／かつて暴乱を煽った思想が立ち並ぶ／今は一面静かだ／……／
ぼくらはこんな雨の夜を体験してきた／もう不思議ではない／雨が叩きつけるころ／ぼくらはもう安眠している
／安眠している

（于堅「這個夜晩暴雨将至」八八年）

于堅（一九五四―）は第三代詩の代表的な詩人である。彼の詩の「暗黒」「黎明」「暴雨」などに〈暗黒／光明〉モデルがはらんでいた時代や社会に関わるイメージや切迫感はなく、平凡な日常に自足している精神しか見いだせないのは明らかであろう。（なお、第四部第四章の韓東の詩を参照されたい）

八〇年代後半から、特に反権力的姿勢をもっていた朦朧詩派が詩的グループとして解体してから、非体制詩人たちは体制詩壇と対立しなくなり、体制と非体制の区別はほとんどなくなった。九〇年代の中国詩壇の主流はかつての〈新生代〉詩人たちである。こうした状況の下で〈暗黒／光明〉モデルは、詩創作の支配的な発想モデルとしての地位を失った。

小説の世界でも〈暗黒／光明〉モデルは支配的な発想の地位を降りる。その没落の兆候は八五年ごろから流行し始めた「尋根文学（ルーツ文学）」出現のころに見られる。「尋根文学」に続いて文壇には西欧の諸思潮の影響をうけた各種の文学が現れ、いわゆる「文学多元化」の状況が出現する。文学は実験的な芸術創作重視の傾向を強めていき、従来のように国家や社会の前途が〈光明〉であるかどうか、現実社会が〈暗黒〉であるかどうか、といった問題を取上げることが少なくなった。こうした現象は政治と文学、現実と文学、といった角度からみれば、文学が政治との摩擦をさけ、生活に関与することを避けていることの現れである。文学は「現実を回避し、作家の内部世界と芸術形式に関心の重点を移す[24]」ようになったのである。

八九年ごろ、現実生活に取材し、それを正面から描く文学が現れた。これを「新写実主義文学」という。それは現実の〈暗黒〉を描く。しかしそれは〈暗黒〉を暴露し、その克服を目指すためではない。現実の〈光明〉を描くこともするが、それは社会主義や党を賛美するためではない。現実をありのままに描けば、〈暗黒〉も〈光明〉も自然に書いてしまう結果になるというにすぎない。つまり、手法としては一種の自然主義リアリズムに近い。ここでは〈暗黒／光明〉モデルの適用は意識されていないのである。

このように、支配的な発想としての〈暗黒／光明〉モデルは、八〇年代後半から徐々にその力を失い始めたといってよさそうである。おそらく二十一世紀の今、中国で新しい文学時期が始まろうとしているのは間違いない。

おわりに

以上、一九一〇年代中期以後の文学創作の発想法を〈暗黒／光明〉モデルとして概念化し、そのモデルによって作られた作品を、詩歌について見てきた。

五四時期以降、〈現実は暗黒だが、必ず光明が存在する〉という認識（あるいは信念、感情）が生まれた。二〇年代になり、初期の革命文学に〈現実の暗黒を暴露し、読者に代わって光明への期待を述べる〉という文学方法が現れた。これは〈暗黒／光明〉モデルの、現実の〈暗黒〉に対する認識、未来の〈光明〉に対する信念の吐露の方法が文学創作の方法に発展したものである。こうした認識を基礎として〈暗黒を打ち破って、光明を求める〉という文学創作の発想が生まれた。

三〇年代後期、抗戦文学の発展過程で、〈抗戦内部の〈暗黒〉を暴露していいかどうか〉をめぐる論争が起こった。これは文学創作の方法としての〈暗黒／光明〉モデルにおいて、〈暗黒〉と〈光明〉をどう処理すればいいかについての論争だった。四〇年代初期にこんどは延安と解放区で〈解放区内部の暗黒を暴露することの是非〉をめぐって論争が起こった。一九四二年延安で文芸座談会が開かれ、毛沢東が『講話』を行い、この問題を「解決」した。彼は革命的文芸は敵の〈暗黒〉を暴露すべきであり、味方については〈光明〉を賛美すべきだ、と述べた。この結果〈暗黒／光明〉モデルは変化（「変質」というべきか）した。それは〈敵の暗黒を暴露、批判し、味方の光明を賛美する〉という発想モデルに変った。

　四九年中華人民共和国成立後、『講話』が活動の綱領となり、文学創作は、この変質した〈暗黒／光明〉モデルに従って展開されることになる。五六年、〈社会主義社会の暗黒も暴露する〉という主張を暗暗里に内包する〈生活に関与する〉文学が現れた。しかし、反右派闘争の中でこの文学とその作者は弾圧され、この主張は潰えた。これ以後、七〇年代末まで『講話』式の〈暗黒／光明〉モデルが支配的となった。文革期は文革左派による指導が行われた。彼らは建国後の文学的蓄積を全否定し、新しい作家による文学世界の構築を試みたが、創作モデルとしては〈暗黒／光明〉モデルにしたがうほかなかった。文革期に出現した非公然文学にも〈暗黒／光明〉モデルの痕跡がある。

　八〇年代に至り、新時期文学が発展をみるが、その過程で西欧の手法、観念が移入され、文芸界の関心は文学それ自身に集中し、種々の実験的な文学が書かれるようになる。そのひとつの結果として、文学の現実に対する関心は次第に希薄になっていく。詩歌界では、八五年以後、「新生代」の誕生をひとつの目安として、〈暗黒／光明〉モデル衰退の局面が現れる。

　九〇年代になって「新時期文学の終焉→ポスト新時期文学時代の開始」が議論されるようになる。その前提には、新時期文学を支えた文学意識（＝国家や民族の現状・前途への憂慮の意識や、国家・民族の革新、改革という五四時期の文芸を支えたのと同じ啓蒙意識）が九〇年代に入って明らかに衰退した、という共通認識があった。私たちは、新時期文学を支えた文学意識が、〈暗黒／光明〉モデルを生み出したものと同じ基盤からうまれたものだったことを想起できよう。その文学意識の衰退は、当然ながら〈暗黒／光明〉モデルの成立基盤の衰退ということである。中国の研究者たちによって唱えられた「新時期文学の終焉」は、本章の視点から言えば「〈暗黒／光明〉モデルの終焉」と同義である。

二〇世紀の中国文学の大半は、創作の発想という点でいえば、〈暗黒／光明〉モデルの枠の中にあった。その〈暗黒／光明〉モデルが完全に終わったという結論を出すわけには、まだいかない。詩や小説の鑑賞や批評の方法として、このモデルはまだ生きているし、今後も生き続けるだろうと思う。しかし、このモデルがもはや創作における支配的な発想ではなくなった、言い換えればこのモデルが何らかの新しい文学表現を生み出せなくなった、のは明らかである。このモデルを衰退させたのは、いうまでもなく改革・開放のもとで生まれた新しい社会（とりわけ九三年から始まる、実質的な資本主義にほかならない「社会主義市場経済」の社会）である。この社会が今後これに代わるどういう新しい支配的な文学発想モデルを生み出すか、私にはまだ分からない。さまざまな発想による文学が出現している。個々の作家や詩人が自分の納得する作品を作るべく苦闘する時代がしばらく続くだろう。新しい創作発想モデルはそういう苦闘の中から生み出されるほかないだろう。だが、そのどれかが今後支配的な発想になることがあるのか、私には予測できない。

顧みれば、このモデルを生み出したのは、主要には二〇世紀初頭以来の中国の政治的社会的暗黒（支配階級の過酷な搾取、政治腐敗、戦乱、外国帝国主義の侵略等）を背景に、その暗黒を撃ち、光明を追求しようという歴史的潮流であった。だが改革開放の生み出した「社会主義市場経済」下の社会は、次々に政治的経済的〈暗黒〉（例えば、非民主的な統治システム、政治腐敗、人権抑圧、都市農村の経済格差、職業による所得格差等）を再生産し、その〈暗黒〉への抗議は時には暴動のような形態さえとって噴出している。だが共産党政権はそうした〈暗黒〉の暴露や追及を政治的に抑圧し、〈光明〉を改革開放によって可能になった「豊かな生活」にすり替え、その実現は個人の奮闘努力の結果であるような見かけを作りだしている。こうした現実はやがてそのような〈暗黒〉を主題とする文学を生みだすことになるだろう。そのときかつて「社会主義」に〈光明〉を見出した〈暗黒／光明〉モデルは、「社会主義」の〈暗黒〉を撃ち、その先に〈光明〉を求める文学創作モデルとして、新たな装いで蘇るかもしれない、と言うことはできる。

（二〇〇三年三月十五日、二〇一二年八月修正補筆）

注

（1）中国近現代文学の時期区分について、少なくとも一九四九年以後は「近代―現代―当代」の三つに区分するのが一般的であった。これは毛沢東が「新民主主義論」で展開した一八四〇年アヘン戦争から中国は封建社会から脱したが、半封建半植民地社会に転落したという観点、および五四運動はブルジョア階級の民主革命を新旧二つの段階に分け、文化思想戦線では五四以前と五四以後では二つの異なる歴史時期を構成する、という歴史観に基づいている。

建国後最初の現代文学史たる王瑤の『中国新文学史稿（上・下）』（［上］開明書店、五一年、［下］新文芸出版社、五三年）はこの観点を忠実に文学史に応用し、五四以後の文学を新民主主義革命時期の文学として叙述したものといっていい。ただこの書物は「現代文学史」という語を使用していない。「現代文学」の語を冠した最も早いものは丁易『中国現代文学史略』（作家出版社、五五年七月）であろうか。以後、孫中田等『中国現代文学史（上、下）』（吉林人民出版社、五七年九月）、復旦大学中文系学生集体編著『中国現代文学史』（上海文芸出版社、五九年八月）などが次々に出版される。毛沢東の観点を文学史に応用すれば、当然アヘン戦争から五四までの旧民主主義革時期の文学を独立してとらえる考えが生まれる。それを叙述したものが「近代文学史」であり、復旦大学中文系五六年級中国近代文学史稿編写小組編著『中国近代文学史稿』（中華書局、六〇年、未見）、という書物があるが、これなどがその最も早い例ではあるまいか。

「当代文学」については華中師範学院中国語言文学系編著『中国当代文学史稿』（科学出版社、六二年九月、内部発行）が建国後最初の書物であるという。その後、当代文学史の出版は途切れるが、これは建国後間断なく展開された政治運動で、作家や作品の評価が動揺し続けたことによるだろう。文革後は、八〇年五月、二十二院校編写組『中国当代文学史（一―三）』（福建人民出版社）の第一巻が、十二月に郭志剛、董健ら『中国当代文学史初稿（上、下）』（人民文学出版社）が出版されたことに始まり、次々に新しい文学史が生まれている。

しかし八〇年以後、こういう時期区分に対する疑問が提出され、学界全体をまきこむ論点となった。そのきっかけになったのは、七九年第四次文大会で茅盾が柳亜子の文学史上の評価に言及し、これに対し姚雪垠が現代文学は清末の文学結社・南社の詩人や五四後の旧体詩、章回小説等も含むべしという公開書簡（「中国現代文学史的另一種編写法」『新華月報文摘版』八〇年五号）を送ったことがきっかけだという。その後、八二年全国第一次近代文学討論会で近代文学の時期区分と百年の文学史構想が提起され、八四年第二次近代文学討論会で近代文学の性質と時期区分が中心的議題となった。『中国現代文学研究叢刊』は八三年から「中国現代文学の研究と教育の新局面をいかにして創出するか」という連載をおこなった。八五年には中山大学がこれをテーマとする学術集会を開いた。こうして八五年以後この問題は中国現代文学研究の大きな論点となっている（以上は、亦簫「十九至二十世紀中国文学断代問題討論綜述」『中国現代文学研究叢刊』八七年一号による）。

時期区分をめぐる論争ではさまざまな提案が論文の形で出され、今も模索が続いているといっていいが、大きく分ければ「文学史の時期区分も社会発展史（あるいは政治史）の時期区分と同じであるべきだ」という意見と、「文学の時期区分という以上は、文学プロパーの視点をもつべきではないか」という問題意識とに分類できよう。本章もその提案の一つである。

この問題についての日本での論稿に、尾崎文昭「近二十年の中国における現代文学史叙述の基本的枠組みの考え方について」（『東洋文化』八四号、二〇〇四年三月）がある。

（2）　時代はやや遅れるが、鄭振鐸の「光明に向かって歩もう」という文章がある。

いま、われわれはどのような時代にいるのか？私は間違いなくそうだと思うのだが、こう聞かれた人はみな、必ず眉をしかめ、心中溜息をつきながら答えることだろう。「暗黒の時代さ！」／そう、その通り、いまは暗黒の時代なのだ。／政治、社会、国際、家庭、なんと多くの濃い陰影が覆っていることか！多言はしないが、この多くの、多くの暗黒の事実は、とても一遍には言い尽くせないほどだ。／だが〝光明〟はすでにこれらの〝暗黒〟の後ろに隠れているのだ！われわれは光明が必ず来ることを信じよう。ただ信じるだけでなく、光明を迎えに行こう。（中略）われわれは暗黒の中に生きているが、暗黒の中で光明を迎える努力を行うべきだ。だが、たぶんわれわれ自身は光明を目にできないだろう。／人類全体が永続的に絶えず光明に向かって歩むならば、光明は終にやって来るだろう。／歩もう、歩もう、光明に向かって歩もう。／光明は終にはやって来るのだ！
（「向光明走去」『文学週報』二二七期、二六年五月）

この文章は、当時の知識人たちが、最も根本の社会・時代認識として「中国の現実は暗黒である」と考えていたことを示している。そして、中国の現実を〈暗黒〉ととらえた文学者たちは、その対極にある「肯定的な社会、肯定的な未来」を表す語として〈光明〉を想定していた、と言っていいように思う。この認識が文学に向かったあらゆる人に共通のものだったとは断言できないとしても。

（3）〈光明〉をどう考えたかで文学者の型や流派を分類することができるように思う。例えば、〈光明〉はロシアにありと考えた者や中国に将来作るべしと考えた者はマルクス主義、革命文学の流れを形成し、欧米にありと考えた者は例えば「新月」派を形成した、等々。ただし、今はまだ思いつきにすぎない。

（4）郭沫若「抗戦与文化問題」（『自由中国』三号、三八年六月）。

（5）「華威先生」（『文芸陣地』一巻一〇期）、増田渉訳は『改造』（三八年十一月号）に発表。

（6）この論争は最初の問題提起者・林林が、肝心の増田訳を参照せず、伝聞によって議論を展開したため、増田が抗日戦争を批判するためにこの小説を訳したなどという誤解を生んだ。誤解は現在も解消されていない。この誤解については弓削俊洋の解説「「華威先生」の〝訪日〟――日中戦争下の文学交流と非交流」（『愛媛大学法文学部論集文学科編』二十三号、九〇年）がある。また当時の経緯を記述し、誤解を批判した拙稿「我們需要回到史料中去――有関《華威先生》的研究」（『抗戦文史研究』第二輯、西南師範大学出版社、二〇一一年十一月）がある。

（7）藍海『中国抗戦文芸史』（山東文芸出版社、八四年三月）による。

（8）九一年二月、処刑の理由は冤罪だったとして名誉回復された。

（9）『講話』の翻訳は『毛沢東選集』第三巻（外文出版社［北京］六八年七月）による。ただしひらがなを漢字に改めるなど表記の仕方を変えたところがある。

（10）「大会的決議」（『中華全国文学芸術工作者代表大会記念文集』新華書店、五〇年）。斯炎偉『全国第一次文代会与新中国文学体制的建構』（人民文学出版社、二〇〇八年十月）など。

(11) 例えば『中国新文芸体系（一九四九―一九六六）・詩集』（中国文連出版社、九〇年六月）。『詩刊』は五七年創刊、六四年に停刊。
(12) 李輝『胡風集団冤案始末』（人民日報出版社、八九年二月）、邦訳・千野拓政、平井博『囚われた文学者たち　毛沢東と胡風事件』（[上・下]岩波書店、九六年十月[上]、十一月[下]）による。
(13) 邦訳、杉本達夫・牧田英二「文芸問題に対する意見」（『現代中国文学十二――評論・散文』河出書房新社、七一年十月）。
(14) 唐摯「必須干預生活」（『人民文学』五六年二月号）。
(15) 邵燕祥が「賈桂香」執筆に関する自身の体験を書いた書『沈船』（上海遠東出版社、九六年二月）による。
(16) 楊健『文革期的地下文学』（朝陽出版社、九三年一月）の命名。私は「非公然文学」と名付けている。注（17）参照。
(17) 拙著『文革期の文学』（花書院、二〇〇四年三月）の第一章「文革期文学とは何か――その辞書的定義」を参照されたい。
(18) 紅衛兵詩のアンソロジーに、岩佐昌暲・劉福春編『紅衛兵詩選』（中国書店［福岡］、二〇〇一年三月）がある。
(19) 徐文斗『新時期小説的文化選択』（中国広播電視出版社、九一年三月）。
(20) 一九七六年四月周恩来追悼に端を発した民衆暴動。反革命事件として多数の市民が逮捕され、事件の黒幕として鄧小平が失脚したが、この決定は毛沢東の下したものであったため、鄧小平および天安門事件関係者の名誉回復は困難を極めた。
(21) 『今天』については拙稿「朦朧詩の源流・雑誌《今天》について」（九州大学教養部『文学論輯』三十二号、八六年十二月）にその概要を書いた。
(22) 「青春詩会」は有望な無名詩人を集め、一定期間の詩的訓練を行って、詩壇に登場させることを目指し、八〇年から始まった。「青春詩会」については拙稿「一九八〇年夏の青春詩会と朦朧詩批判」（九州大学教養部『文学論輯』三十三号、八七年十二月）がある。
(23) この問題については拙稿「〝朦朧詩の発見〟――「論争」から「批判」へ――」（九州大学大学院言語文化研究院言語研究会『言語科学』第四〇号、二〇〇五年三月）に述べた。
(24) 王紀人「新時期文学的終結」『文論報』九三年六月二日。このあたりの事情については拙稿「改革・開放と文学――「新時期文学」終焉論を中心に」（日本現代中国学会『現代中国』第七十号、九六年七月）で触れた。

第一部　曙光の時代

第一章　中国現代詩史（一九一七年―四九年）概略

はじめに

第一部は五四から中華人民共和国成立（一九四九年）までの、いわゆる「現代文学」時期の現代詩を扱う。中国現代詩は序章に見たように、五四時期の一九一七年二月『新青年』が胡適の「白話詩八首」を発表したことに始まる。第一部の各論に入る前に、この時期の現代詩の歩みを概観しておきたい。

従来の研究では、四九年までの歴史を、創始期（一九一七―二七年）、発展期（二七―三七年）、成熟期（三七―四九年）という三つの時期に分けて記述しており、これが定説的な理解のようである。[1] 本章でもそれに則して、教科書風に詩史の流れを記述する。なお、本章では序章ですでに述べた詩人の生没年や詩的事項の時間（雑誌の刊行年、詩作品の発表年、詩社の結成年等）についても、重複を厭わず記すことにする。

一　一九一七年―二七年　創始期

一九一七年から二七年までが現代詩史の第一段階、「創始期」である。創始期に最も功績のあったのは胡適で、彼らの努力によって白話新詩＝現代詩の最初の作品が誕生した。彼の『嘗試集』（二〇年）も中国現代詩史の最初の詩集である。胡適はまた現代詩の理論建設でも貢献があり、大きな影響を与えた。彼の影響下に「初期白話詩」の作者たちが生まれた。沈尹黙（一八八三―一九七一）、劉半農（一八九一―一九三四）、劉大白（一八八〇―一九三二）、康白情（一八九六―一九四五）らがそれである。また周作人（一八八五―一九六七）、魯迅（一八八一―一九三六）ら『新青年』の同人も白話詩の創作に加わった。

初期白話詩に啓発され、また外国のロマン派詩人の影響を受け新しい詩を作り出した者に郭沫若がいる。彼の『女神』（二一年）は中国現代詩に巨大な影響を与えた。郭沫若の詩風の影響下に創造社の詩人たちも程度は違うがロマン主義の色彩をもつ詩を書いた。創造社のロマン主義的詩風に近い詩人に馮至（一九〇五―九三）がいる。五四時期以後の青年知識人の内心の苦悶、光明への憧れを描いた馮至は後に魯迅から「中国の最も傑出した抒情詩人」と称えられた。

創造社とならび二〇年代中国文学を牽引した文学研究会の詩人たちは質朴、真摯なリアリズムの作風を主張した。彼らは質朴、真摯なことばで個人の内面に投影される時代精神を描き、社会の暗黒と不公平に憤懣と抗議の声をあげた。社会の暗黒、労働し苦しむ者の悲劇、自由、光明、理想に対する個人の追求と憧れを書いた彼らの詩は、五四運動の中で目覚めた青年世代の心の叫びを歌いあげていた。朱自清、兪平伯（一九〇〇―九〇）、徐玉諾（一八九四―一九五八）、王統照（一八九七―一九五七）らは影響力のある詩集を出し、朱自清、鄭振鐸、葉聖陶（一八九四―一九八八）、周作人ら八人の詩人による詩集『雪朝』（二二年）は文学研究会の詩人の作風や関心を表している。劉延陵（一八九四―一九八八）、葉聖陶、朱自清らはまた中国新詩社の名で最初の詩歌専門誌『詩』（二二年）を創刊した。

リアリズムとロマン主義の中間に位置する結社に、馮雪峰（一九〇三―七六）、応修人（一九〇〇―三三）、潘漠華（一九〇二―三四）、汪静之（一九〇二―九六）ら杭州の青年によって組織された湖畔詩社がある。二〇年代前半にはまた冰心（謝冰心、一九〇〇―九九）を代表とする「小詩運動」が生まれた。インドのタゴールと日本の短歌、俳句などの影響を受けて生まれたもので、冰心には小詩集『繁星』（二三年）、『春水』（二三年）がある。彼女の影響下、小詩の創作が盛んにおこなわれ、宗白華（一八九七―一九八六）の『流雲小詩』（二三年）が有名である。これも二五年五・三〇運動の後に次第に衰えた。

五四の後、西欧の象徴主義詩の紹介がおこなわれるようになり、梁宗岱（一九〇三―九〇）のようにそれを試みる者も出た。しかし真の意味で象徴主義詩が生まれるのは、李金髪（一九〇〇―七六）以後である。創造社の詩人にも二〇年代中期に象徴詩を書く者が現れた。王独清（一八九八―一九四〇）、穆木天（一九〇〇―七二）、馮乃超（一九〇一―八三）らである。

現代詩はその出発の時から旧詩の格律（字数、平仄、押韻など定型の規則）に叛逆して始まったが、聞一多（一八九九―一九四六）、徐志摩らは、過度に自由になりすぎていると考え、新しい形式と格律の探求をおこなっていた。彼らは二六年『晨報』の副刊『詩鐫』を創刊し、新しい格律の理論と創作を提唱した。聞一多は現代詩は音楽美（音節）、絵画美（詞藻）、建築美（詩形式の均整）を備えなければならないと主張した。当時この新しい格律詩を試みる者は多く、ほかに朱湘（一九〇四―三三）、劉夢葦（一九〇〇―二六）、饒孟侃（一九〇二―六七）らがいる。彼らは後に新月派というグループとしてくくられることになる。

二　二七年―三七年　発展期

二五年国共合作による国民政府が広東で成立、二六年中華民国再建を目指す国民革命＝北伐が始まる。だが二七年四月国民革命軍総司令蒋介石が反共クーデターを起こし、国民革命は挫折、国共は分裂、北伐軍の共産党部隊は蜂起するも敗北、南方山岳地帯にソビエト地区を建設し、南京に国民政府を建てた国民党と対峙する。中国は国共が政治的に激しく対立抗争する時代に突入する。三〇年代は日本帝国主義の中国侵略が本格化した。一九三一年九・一八事変（満州事変）を起こして東北三省を侵略したのをはじめ、三二年には一二・八事変（上海事変）を起こし、さらに満州国を建国、三三年には熱河省を侵略した。日本軍の侵略行為は中国人民の憤激を呼び起こし、抗日・愛国の思潮が高まった。これらの状況は中国の社会的現実と知識人の精神を変え、同時に現代詩をふくむ中国現代文学の発展の方向を変えた。現代詩には政治的傾向の異なる多様な芸術的探求がみられるようになった。進歩的な、あるいは左翼的な詩作品が社会的、政治的重圧の下で曲折した、しかし生き生きした発展をとげたのは、三〇年代詩の極めて重要な歴史現象である。

こうした中で、五四時代の詩人の一部は個性の自由と光明を追求する啓蒙の詩から転じて、暗黒の時代への反抗の声をあげるようになった。そうした詩人に『前茅』（二八年）、『恢復』（二八年）を出版した郭沫若があり、同じ作風の革命詩人蔣光慈（一九〇一—三一）がいる。蔣光慈はソ連から帰国後多くの戦闘的詩篇を書いた。二八年には上海でプロレタリア文学結社・太陽社を作り、『太陽月刊』（二八年）を創刊した。三〇年三月左翼陣営の文学者が統一して左翼作家聯盟（通称「左聯」）を結成、「無産階級革命文学」の旗を掲げて活動することになる。前述の詩人たちも多数がこれに参加した。蔣光慈らはまた左聯の影響下に普羅詩社（プロレタリア詩社）を設立し、プロレタリア階級の詩歌運動を提唱した。プロレタリア詩では胡也頻（一九〇三—三一）や殷夫（一九〇九—三一）が活躍したが、彼らは革命運動に身を投じ、左聯作家として逮捕、殺害されたのであり、生命と鮮血でその詩を書いたといえる。

三〇年代には文学芸術の大衆化（文芸を人民大衆のものにするにはどうすればいいか）が問題となり、左聯内部で討論が展開された。この討論の結果、リアリズム詩が通俗化、大衆化の方向に向かうべきことが、左翼詩人たちの共通認識、実践課題となった。三二年象徴派からリアリズムに転じた穆木天が、蒲風（一九一一—四二）、楊騒（一八九九—六〇）、任鈞（一九〇九—二〇〇三）らと上海で中国詩歌会を興し、続いて週刊詩誌『新詩歌』を創刊、「詩の歌謡化」と大衆化のスローガンを掲げた。中国詩歌会で、影響力と成果の最も大きかったのは蒲風だった。

この時代、偉大な民族を育てた土地に根付いた歌をうたうよう呼びかけ、書いた者に艾青（一九一〇―九六）がいる。彼はヨーロッパから帰り、牢獄の中で詩作を始めた。旧世界に叛逆するヒューマニズムに満ちた声、多彩なイメージと自然で親しみやすい口語で、独自の風格の芸術世界を作り上げた。ほかに、貧困に満ちた破産した農村の出身で、農民の悲惨な生活と境遇を書いた臧克家（一九〇五―二〇〇四）、革命の激情と切迫した短い詩句で、この時代の中国農民の憤懣を歌い、現実の暗黒と自己の不平を歌った田間（一九一六―八五）は、リアリズム潮流の重要な詩人である。

二〇年代に格律詩を提唱した詩人たちは、この時期に新たな発展と成果をみせた。二八年徐志摩、胡適、梁実秋（一九〇三―八七）らが雑誌『新月』を創刊、三一年徐志摩はまた『詩刊』を出版した。同じ年、新たに新月派に加わった陳夢家（一九一一―六六）が『新月詩選』を出版、これより新月派の詩人たちはより大きな影響力をもつようになった。この時期に際立った成果をあげた新月派詩人には、孫大雨（一九〇五―九七）、陳夢家、林徽因（一九〇三―五五）、方瑋徳（一九〇八―三五）らがいる。

二〇年代中期に興った象徴派詩は、三〇年代初期に新たな進展をとげた。戴望舒（一九〇五―五〇）、卞之琳（一九一〇―）、何其芳（一九一二―七七）、廃名（馮文炳、一九〇一―六七）、林庚（一九一〇―二〇〇六）、金克木（一九一二―二〇〇〇）、徐遅（一九一四―九六）、路易士（紀弦、一九一三―）らがそれに貢献した。この時期、戴望舒『我的記憶』（二九年）、『望舒草』（三三年）、卞之琳『三秋集』（三三年）、『魚目集』（三五年）、何其芳・卞之琳・李広田（一九〇六―六八）共著『漢園集』（三六年）などの重要な詩集が相次いで出版された。三六年には戴望舒、卞之琳、馮至、孫大雨、梁宗岱らが詩誌『新詩』を創刊した。こうした動きで三〇年代の象徴派、現代派（モダニズム）の潮流の伸長が促された。

三二年施蟄存（一九〇五―二〇〇三）ら主編の雑誌『現代』が創刊されたが、この雑誌によって名を得た現代派は、三〇年代詩壇では中国詩歌会の新詩歌派、徐志摩の代表する新月詩派と鼎立する三大詩派の一つとみなされ、ともに現代詩の「復興期」（蒲風）を構成した。だが現代派はその芸術的限界により、時代の発展に適応できず、抗日戦争の嵐の前で解体するほかなかった。

三　三七年—四九年　成熟期

三七年七月盧溝橋事変が勃発、日本軍の中国への全面的侵略、それに対する中国民族の抗日戦争が始まった。これは中国現代詩の進展に歴史的な変化を及ぼさざるをえなかった。

リアリズムの詩潮流とロマン主義の潮流が発展し合流し、この時代の詩の主調となった。多くの詩人たちが抗日の旗印の下に結集し、詩を民族存亡の危機を救う戦闘的なラッパに変えた。穆木天、馮乃超らの編んだ詩刊『時調』が三七年十月に発刊され、詩人たちに各自の声で闘いに投じるよう呼びかけた。引き続き、各地の新聞雑誌や、詩歌結社で抗日を主題とする朗読詩の発表や詩の朗読活動の展開が呼びかけられ、それに呼応した朗読詩運動の高まりが起こった。延安では詩人たちによる壁詩や街頭詩の運動が起こった。現代詩は初めて広く街頭に出現し、人民大衆の中に入り込んで、その戦闘的役割を発揮した。当時朗読詩や街頭詩を提唱したものに、高蘭（一九〇九—八七）、徐遅、光未然（張光年、一九一三—二〇〇二）、田間らがいる。当時、日本に亡命生活を送っていた郭沫若も、抗日戦争が始まるや秘密裏に帰国、闘いに身を投じた。沈黙久しい詩人は再び声をあげ、その作品は多く、『戦声集』（三八年）に収められている。

抗日戦の初期、空虚な政治スローガンの詩が広く出現したが、多くの詩人たちの共同の努力によって厚い生活内容と豊かな芸術的形象をそなえた作品が現れるようになった。この時期芸術的にすぐれた詩作を生んだ者に、艾青、臧克家、田間らがいる。

四〇年代中期の政治的暗黒時代の後、国民党支配地区には政治風刺詩創作の流れが現れた。臧克家はこの潮流の積極的な参与者だった。この面で大きな成果を挙げ、影響力のあった詩人は袁水拍（馬凡陀、一九一六—八二）である。彼の風刺詩集『馬凡陀山歌』（四六年）、『馬凡陀山歌（続集）』（四八年）は現代詩史の上で独特の価値がある。抗日戦の八年間、現代詩創作で活躍した者には、ほかに林林（一九一〇—二〇一一）、韓北屛（一九一四—七〇）、黄寧嬰（一九一五—七九）、陳残雲（一九一四—二〇〇二）らがいる。

抗日戦勃発後間もない三七年十月、胡風（一九〇二—八五）は雑誌『七月』を創刊、以後また『希望』を創刊し、彼の美学的観点で選んだ詩作品を発表した。彼はまた『七月詩叢』を編纂し青年詩人の作品の発表に務めた。彼ら「七月詩派」の主な詩人には阿壠（一九〇七—六七）、緑原（一九二二—二〇〇九）、魯藜（一九一四—九九）、天藍（一九一二—八四）、冀汸（一九二〇—）、曾卓（一九二二—二〇〇二）、牛漢（一九二三—）らがいる。また鄭思（一九一七—五五）、杜谷（一九二〇—）、孫鈿（一九一七—二〇一一）、彭燕郊（一九二〇—二〇〇八）、方然（一九一九—六六）、鍾瑄（一九二〇—）、胡征（一九一七—二〇〇七）、蘆甸（一九二〇—七三）、徐放（一九二一—二〇一一）、魯煤（一九二三—）、化鉄（一九二五—）、朱健（一九二三—）、朱谷懐（一九二二—九二）、羅洛（一九二七—九八）らがいる。建国後、この詩人グループは胡風の冤罪事件に連座し、ある者は自殺し、多くは詩の創作を数十年にわたって中断せざるを得ない運命に陥った。これは中国現代詩史上最大の悲劇である。

ほかに抗日根拠地で活躍した詩人たちがいる。彼らは生命と血で戦いに身を投じ、同時に詩を武器として民族の苦難と新生のために歌った。晋察冀抗日根拠地には二つの詩結社があった。戦地社と鉄流社がそれで、田間がその仲間であり、詩風の鼓吹者だった。彼らは戦士であり同時に詩人だった。そのうち比較的影響力のあった詩人に、蕭三（一八九六—一九八三）、蔡其矯（一九一八—二〇〇七）、方冰（一九一四—九七）、魏巍（一九二〇—二〇〇八）、陳輝（一九二〇—四四）らがいる。彼らは「詩人は時代のラッパだ」（袁勃）と主張した。

四〇年代には一部の詩人が長編叙事詩に取り組み、喜ぶべき成果を挙げた。柯仲平（一九〇二―六四）「辺区自衛軍」（四〇年）、力揚（一九〇八―六四）「射虎者及其家族（虎を射る者とその家族）」（四三年）などはその代表的作品である。

四〇年代はモダニズム詩が力をもった時代でもある。その代表が四〇年代中期に勃興した辛笛（一九一二―二〇〇二）、穆旦（一九一八―七七）ら『中国新詩』に拠った詩人群である。彼らは三〇年代に現代派風の詩を書いていた辛笛、陳敬容（一九一七―八九）や、雲南省昆明にあった西南聯合大学の学生として聞一多、馮至、卞之琳らの影響と指導を受けていた穆旦、鄭敏（一九二〇―）、杜運燮（一九一八―二〇〇二）、袁可嘉（一九二一―二〇〇八）、あるいは上海や西北の地で独自に詩作を続けていた詩人など、来歴はさまざまであったが四〇年代中後期についに影響力のある詩歌グループを形成するに至る。四八年、彼らは『中国新詩』を出版、その芸術的特色を示すことになる。彼らを「中国新詩派」と呼ぶ研究者（例えば孫玉石）がいるのはそのためである。この詩人群にはほかに、杭約赫（曹辛之、一九一七―九五）、唐祈（一九二〇―九〇）、唐湜（一九二〇―二〇〇五）などがいる。文革後の八〇年代に、彼らの作品を集めた『九葉集』（八〇年）が出版され、これを契機にこの作家群は「九葉派」と呼ばれるようになり、その再評価も進んだ。中国新詩派＝九葉派は、七月派とともに四〇年代の中国詩を理論的にも表現領域面でも開拓し、深化させた。

四〇年代の注目すべき詩歌現象として、民謡体現代詩の勃興がある。抗日戦争の中で延安を中心とする解放区に、これまで大都市にいた作家や詩人たちが大量に移動した。毛沢東の「延安文芸講話」は彼らに文芸は労農兵（労働者、農民、兵士）に奉仕するものでなければならないと説き、文芸の源泉である人民の生活の中に入っていかねばならないと説いた。こうして作家、詩人は意識的に解放区や抗日根拠地に入っていき、そこでの人民大衆の生活と闘いに作品の素材や主題や、詩の大衆化の解決の道を見出すようになった。民謡はこのようにして発見された。その成果としては李季（一九二二―八〇）の長編叙事詩「王貴与李香香（王貴と李香香）」（四六年）、阮章競（一九一四―二〇〇〇）「漳河水（漳河の流れ）」（五〇年）などがあり、また詩の大衆化の成功した試みとして田間「趕車伝（御者伝）」（四九年）、張志民（一九二六—九八）「死不着（死に損ない）」（五〇年）などがある。

抗日戦争が終わると、国民党と共産党との内戦がはじまる。しかし現代詩は時代と社会の現実に関わることを止めず、新しい歴史段階に向かって歩み続けるのである。

注

（1）現代詩史の通史で管見に入ったものとしては朱光燦『中国現代詩歌史』（山東大学出版社、九七年一月）、陸耀東の『中国新詩史（一九一六—一九四九）』（全三巻、長江文芸出版社、二〇〇九年八月第二巻まで刊行。ただ、陸教授は先年逝去された）、張新『20世紀中国新詩史』（復旦大学出版社、二〇〇九年八月）、孫玉石『中国現代詩学叢論』（北京大学出版社、二〇一〇年一月）所収「二〇世紀中国新詩：一九一七—一九四九」があり、また孫玉石『中国現代主義詩潮史論』（北京大学出版社、九九年三月）、龍泉明『中国新詩流変論』（人民文学出版社、九九年十二月）、周暁風『新詩的歴程——現代新詩文体流変（一九一九—一九四九）』（重慶出版社、二〇〇一年一月）など通史の形をとった専門書がある。ここでは、基本的に孫玉石「二〇世紀中国新詩：一九一七—一九四九」により、適宜他の資料を参考にした。なお、日本語資料として、本章記述の詩人の作品の多くを翻訳紹介した、謝冕著、岩佐編訳『中国現代詩の歩み』（中国書店、二〇一二年三月）がある。

第二章　世紀末の毒

――馮至の「蛇」をめぐって――

一

馮至[1]の「蛇」は彼の初期作品の中で最も高い評価を受けているものの一つである。

蛇

我的寂寞是一条長蛇、
氷冷地没有言語――
姑娘、你万一夢到它時、
千万啊、莫要悚惧！

它是我忠誠的侶伴、
心里害着熱烈的郷思：
它在想着那茂密的草原、――
你頭上的、濃郁的烏絲。

蛇

僕の寂寞は一匹の長い蛇
氷のように冷たく、言葉をもたぬ――
娘さん、もし夢で出会っても
決して恐れないでほしい。

蛇は僕の忠実な伴侶で
激しいホームシックにかかっている。
あの草生い茂る草原が恋しいのだ――
君の頭上の、濃く匂う黒髪が。

它月光一般軽軽地、　　　　　　蛇は月の光のようにそっと
従你那児潜潜地走過；　　　　　ひっそりと君の所をよぎり
為我把你的夢境銜了来、　　　　君の夢の世界をくわえてきてくれた
像一隻緋紅色花朶。　　　　　　一輪の真紅の花のような。

馮至は一九二七年に第一詩集『昨日之歌』を北新書局から出版した。「蛇」はその中に収録されている。いささか考証的なことを記せば、八〇年に出版された『馮至詩集』(2)と八五年刊の『馮至選集』(3)第二巻所収の「蛇」では、以下のように各連にそれぞれ訂正が行われ、計七箇所の異動がある。(4)

第1連　長蛇→蛇　　氷冷地没有言語→静静地没有言語　　姑娘→削除
第2連　它在想着→它想
第3連　月光→月影　　潜潜地走過→軽軽走過　　為我把你的夢境→它把你的夢境

私見によれば、この改変は成功しているとはいえない。例えば「氷冷」が「静静」に変わることで元の詩の味わい——蛇の感触だとか、作者の「寂寞」が漂わせている一種孤高の雰囲気だとか、は全て失われてしまう。「在想着」と現在進行のアスペクトを用いることによって表されている恋情のなまなましさといったものも消え失せるように思う。「潜潜」によって示されているのは単に蛇の動作だけではない。そこには眠っている娘に知られずに密かに彼女の夢の世界を垣間見ようとする、恋をしている男の心の動きまでもが象徴されているはずなのである。それを「軽軽」と言ったのでは、そうした複雑な感じがなくなってしまうではないか、等々。つまり私見によればこれは全くの改悪にほかならないのだが、その問題にはこれ以上は触れない。ここで問題にしたいのは「蛇」という詩の解釈である。

二

一九二〇年代の詩壇は今から振り返るとまるで百花繚乱の花園のような趣がある。ロマンティシズムを掲げた郭沫若ら創造社の詩人、李金髪、王独清、穆木天、馮乃超ら象徴主義の詩人群、聞一多、徐志摩ら新月派の詩人たち、彼ら中国詩史に輝く巨匠たちが二〇年代詩壇にその作品を競っていたのである。そうした詩壇の巨人たちに比べれば、馮至は大きな存在ではない。彼が所属していた『浅草』[5]や『沈鐘』[6]なども、最近でこそその文学史的意義が評価されるようになったが、[7]二〇年代の当時はほとんど無名に近い小さな文学グループの一つであるにすぎなかった。この文学結社が世に知られるようになったのは魯迅が彼らを紹介したからである。[8]それまでは馮至という詩人は群小詩人の一人であり、「蛇」という作品も詩壇レベルでは注目されていなかった。

「蛇」を最初に取り上げたのは詩人の何其芳、解放後のことである。何其芳は一九五八年十月に創刊された『文学知識』に翌五九年九月号まで「新詩話」と題する詩についてのエッセイを連載していたが、その第十回目に聞一多の詩とともに馮至の作品をとりあげた。[9]彼は「かつて魯迅から〝中国の最も傑出した抒情詩人〟と称えられた馮至の、その初期の詩はあまり修飾を加えていないが、しかし感染力は大変つよい」と述べ、その例として「蛇」と「南方的夜」を挙げた。これが「蛇」の取り上げられた最初であるが、五九年当時、中国社会科学院文学研究所所長、『文学評論』編集長として令名高かった何其芳の影響力は大きく、その後の馮至詩の見方、「蛇」の馮至詩における位置や、その評価の仕方までに、この何其芳のエッセイは大きな影を落としている。さて、では何其芳はこのエッセイで「蛇」をどう評価したのか。

『昨日の歌』と『北游及び其の它』の中で少なからぬものが愛をうたった抒情詩と叙事詩である。ここに挙げた二首（「蛇」「南方的夜」）はその中で比較的短く、またかなり出色の作品である。（中略）作者が解放後編んだ『詩文選集』には昔書いた愛情詩を余り収めていない。この「南方の夜」と「何が君を喜ばせるのか」「暮春の花園」などの感動的な作品はどれも選ばれていない。一部の読者と批評家から非難されることを恐れたのであろうか。しかし愛を渇望し、愛のなかで苦痛を感じるのが、まさに「〝五四〟以後の一部の青年たちの苦悩」[10]の重要な側面であった。作者が『西郊集』の「後記」で言っているように、当時の青年たちは好んで次のような言い方をした。「花もなく、光もなく、愛もない」。こういう苦悶は当時にあっては典型的なものだった。もし我々が歴史主義の目でみるならば、当時の若い詩人たちはなぜあのような愛情詩を書いたのか、と非難したりはしないだろう。逆にそれも当時の時代精神のある面での現われだったと認めるだろう。「蛇」が表現しているものも愛に対する渇望にほかならない。しかし常套に陥らず、色彩豊かに書かれている。私はこの詩の長所を、たかだか構想の巧妙さにのみ帰せしむべきではないと思う。（馮至の詩の特に優れた点は決して精緻と巧妙ではない）。そして作者は青年期に「寂寞」を身にしみて体験していたからこそ、寂寞が「氷のように冷たく、言葉を持たぬ」、まるで一匹の蛇のようだ、という奇抜な比喩を思いつくことができたのだ。詩全体はこのような想像から展開されているにほかならない。

「蛇」が愛をうたった抒情詩だというのは今日ではまず定説的な理解であり、多くの注釈はその愛が具体的な対象に捧げられたものという解釈をしている[11]。しかし何其芳の理解は少し違う。彼も「蛇」を、馮至の初期作品の特徴の一つである「愛をうたった抒情詩」の代表作だとしている（というより、そういう定説の元になったのが彼のこの文章だったのだ）。だが、同時にそれが、「〝五四〟以後の一部の青年たちの苦悩」の典型的な在り方である「愛を渇望し、愛のなかで苦痛を感じる」という一種の〈意識の型〉あるいは〈時代精神〉に則って書かれていると考えている。そういう理解に立って彼は、「蛇」が表現しているものは「愛に対する渇望にほかならない」と断言するのである。私は何其芳のこういう見方に賛成である。

「愛に対する渇望」という言葉にみちびかれ、この詩について以下私なりの解釈を試みてみたい。

「蛇」に描かれている愛、それは愛すべき具体的な対象をもたない観念的な愛である。仮に、誰か具体的な女性に対する思慕恋情だとしても、獲得されることのない、充たされることのない愛、いわば〈非在の愛〉である。そのことによって生じる限りない空しさこそ「寂寞」の内容であり、「氷のように冷たく、言葉を持たぬ」ものだというのである。「氷のように冷たく、言葉をもたぬ」存在、それを馮至は蛇で表しているのである。かくして「僕の寂寞」は「一匹の長い蛇」と化し、僕に代わって恋する人の夢の世界に入り込む。僕の分身たる蛇は自分の生まれた「草生い茂る草原」を激しく恋しがっているが、それはほかでもなくこの僕が恋する人の黒髪を激しく想っているのである。夢の世界に入り込んだ蛇は、それを口にくわえ、僕に持って帰ってくれた。その世界はまるで真っ赤な花のようだ。

　寂寞が蛇に変身し、恋する女性の夢の中に入り込み、その夢をくわえて帰って来るが、それはまるで赤い花のようだ、という「蛇」が描き出した世界は、美しいメルヘンのようにも、怪奇な幻想の物語のようにも思える。馮至の詩にはこのようなメルヘン的な世界や幻想的な世界を描いたもの、ありきたりな情景を描きながら不意に不調和な詩句をはさんで幻想的な、あるいはドラマチックな雰囲気を醸し出しているものも少なくない。ここではそのほんの一例だけを紹介する。

小　艇　　　　小さな船

心湖的　　　　心の奥の湖の
蘆葦深処、　　蘆葦の茂み
一個採菱的　　ヒシの実を採る

小艇停泊；　　　小船の浮かぶ。
它的主人、　　　船の持ち主
一去無消息、——　行方も知れず
風風雨雨、　　　風に晒され雨も打ち
小小的船蓬将折！　ちっぽけな船の苫さえはや朽ちかける！

一九二三年五月北京での作。その夏北京大学の夏期休暇を帰省先の河北省琢県で過ごしたとき整理完成したもの。全十三首を「残余的酒」のタイトルに纏めたものの一首。私見によれば、心の中に大切にしていたもの（思い出か、恋か。私は亡き母の面影といったものではないかと思うが、それに確たる根拠はない）が失われていこうとする悲しみを象徴的にうたった詩である。この年十二月所属していた雑誌『浅草』第一巻三期に発表された。メルヘン的世界の例である。

右に見たようなメルヘン的な、あるいは幻想的な世界というのは馮至詩にあっては決して珍しいものではない。むしろそういう世界を作り出すことにこそ馮至の抒情詩の真骨頂もまたあるというべきなのである。そして「蛇」はそうした馮至のメルヘン・幻想系列の詩の最も優れた作品といっていいであろう。

ところで、自らも詩人である何其芳は馮至の抒情の本質を見抜いていたように思える。前引の文章の中で、彼はこう書いている。

（馮至の詩は）文字にはたいして修飾が加えられていないが、一種の重々しく濃密な感情が表現されており、あたかもこの感情それ自身が彼の詩の芸術的魅力を形成しているかのようだ。彼と同時かやや後の詩人には、書き方が彼よりも奔放な者、彼よりも清新な者、彼より美麗な者はいる。しかし濃い色彩と陰影で一種の沈鬱な雰囲気を表現し、読後長くこういう雰囲気にまとわりつかれるようなのは、この詩人の特に優れた点と言わざるをえない。魯迅が〝中国の最も傑出した抒情詩人〟と称えたのは、多分この点から言ったのであろう。

何其芳のこの評語はむろん馮至詩全体の特徴について述べたものであるが、しかし同時に「蛇」についての注釈でもありえている。先にも見たように「蛇」は「愛への渇望」を表現しているが、その抒情の基調をなすものは充足されることのない愛とそれから生じる「寂寞」感である。そしてこの「寂寞」が詩全体にある陰影と「沈鬱な雰囲気」を添え「あたかもこの感情それ自身が彼の詩（「蛇」）の芸術的魅力を形成しているかのよう」にさえ感じられるからである。

以上「蛇」という詩について何其芳の解釈を手掛かりに私見をのべてきたが、実はこれは前置きにすぎない。「蛇」についての前述のような解釈は、いわばオーソドックスなものであり、大方の賛成を得られるだろうと思う。しかし、「蛇」はもう少し違う読みができそうなのである。本章はその「違う読み」の可能性について論じてみようとするものである。

三

馮至は八七年二月に発表した文章の中で「蛇」に触れて次のようなことを書いている。

五四以降中国の思想界には時々刻々と急激な変化が起きていた。西洋文学の二、三百年来の各種の流派が順順に生み出した成果が、短期間内に中国に紹介され、そのどれもが若い読者に新しい事物として受け容れられた。『若きウェルテルの悩み』が出版されて二、三年後には人々はもう田漢（一八九八―一九六八）が翻訳したワイルドの『サロメ』を読むことになったが、この本には世紀末の風格を表したビアズリーの線描の挿絵が付いていた。ビアズリーはイギリスの文芸雑誌『イエロー・ブック』に関係し、郁達夫（一八九六―一九四五）もそのために紹介を書いたことがある。同じ時にアメリカの「現代叢書」に『ビアズリーの芸術』が収められ、それは値段が安く、北京でも上海でも買うことができた。おかげでわずか二十六年間しか生きなかったこの画家の作品が中国でも一時流行することになったのである。魯迅も一九二九年に『ビアズリー画集』を編み、その「序文」でビアズリーは「九〇年代世紀末（fin de siècle）独特の情緒の唯一の表現者である」と述べている。

十八世紀末に起こったウェルテルブームと十九世紀の世紀末には百二十年の隔たりがあり、性質も異なる。しかしビアズリーの絵と『若きウェルテルの悩み』は、中国の二〇年代にかつて流行したわけで一種の血縁関係があるかのようだ。一九二六年、私は一枚の白黒の線で描かれた絵を見かけた（私はそれがビアズリー本人の作品だったか、それとも彼の影響を受けた別の画家が描いたものか憶えていない）。絵は一匹の蛇で、尻尾のほうは地面にとぐろをまき、胴をピンと直立させ、頭は天を仰いで口に一輪の花をくわえている。蛇は中国であれ西洋であれ、可愛いい生き物ではない。西洋ではイブを誘惑して知恵の果実を食べさせたし、中国では白娘娘を除いては、人にいかなる美感も与えない。しかしこのピンと直立し、白黒の模様のある蛇に、わたしはいかなる陰険悪辣さも見い出せなかった。逆に秀麗善良だと思ったのである。その沈黙の様は青年の感じる寂寞のようであった。その一輪の花には一人の少女の夢境のごときものがあった。そこで私は「蛇」と題する短い詩を書いたが、書き上げてから発表はせず、後に二七年に出版した最初の詩集『昨日之歌』に収めて、自分でもだんだんとそれを忘れていた。三十数年たって五九年何其芳が『詩歌欣賞』の中で初めてこの詩に触れた。ここ数年詩のアンソロジーが色々出版されているが、いずれも「蛇」を入れており、それに説明を加えたり、分析したりしているものもある。私はここでこの詩の成り立ちについて説明しておく必要があると思ったのである。

馮至の詩については従来その清冽な抒情に注意が向けられることが多く、その詩における外国文学の影響ということは論じられたことがなかったように思う。だがここに馮至自身が書いているように、彼もまた五四以後怒濤のように流入した西洋の文学・芸術から多くのものを得ていたのである。[12]

馮至は前引の文でビアズリーの絵（あるいはその模倣）から「蛇」の着想を得たと書いている。ビアズリーについては（伝記、作品ともに）すでに数多くの書物がある。[13] ここでは彼が十九世紀イギリスの画家であったこと、オスカー・ワイルドなど耽美派の作品たちのために妖艶で幻想的な線画の挿絵を描いた世紀末の代表的芸術家であったことだけを確認しておくにとどめよう。

中国にビアズリーが初めて紹介されたのがいつか詳らかにしない。馮至が初めてその絵を見たのは、田漢訳のワイルド作『サロメ』に付せられた挿絵によってであった。田漢訳の『サロメ』は初め『少年中国』に掲載されるが、[14] これには挿絵は付いていない。単行本として出版されるのが二三年のことで、私は未見だが、馮至のいう通りだとすれば、これには原作通り挿絵がついていたのである。その後アメリカで出た「モダン・ライブラリー（現代叢書）」の一冊に『ビアズリーの芸術』が収められ輸入され、その結果ビアズリーが流行することになったのは馮至の文に言う通りであろう。その間の事情については魯迅がその「『蕗谷虹児画選』小序」で次のように書いている。

中国の新しい文芸が短期間のうちに変わったり流行したりしたのは、時にはその主導権のほとんど大半が外国書籍販売者の手ににぎられていたからだ。すこしまとまって本が入ると、たちまちちょっとした影響を与える。

〝Modern Library〟のなかの A.V.Beardsley 画集が中国に入るや、その鋭い刺戟的な力は、多年沈静していた神経をゆさぶり、その結果、表面的な模倣がたくさん生まれた。だが、沈静した、そしてまた衰弱した神経には Beardsley の描く線は何といっても強烈すぎた。このとき折よく蕗谷虹児の版画が中国に運ばれて来た。……これがとりわけ中国の現代青年の心情に適い、そのため彼の模倣は今に至るも跡を絶たない。[15]

魯迅は「『ビアズリー画集』小序」でも「彼の作品は、〝Salomé〟の挿絵が復刻されたことや、わが国の時流に乗る芸術家が借用したことで、その風情すら一般によく知られているように思われる」[16]と書いている。「時流に乗る芸術家」とは具体的には葉霊鳳（一九〇四―七五）のことであるというが、葉霊鳳に限らず、当時ビアズリーや蕗谷虹児を模倣した者は少ない数ではなかったであろう。ビアズリーの愛好者は馮至の身近にもいたようで、二五年二月楊晦[17]に宛てた手紙にこんな文字が見える。

ある晩、伯根と清独が二人ともここ（下宿の馮至の部屋）にいたんですが、僕の影をなぞって肖像を描いてくれました。びっくりするほどの出来ばえで、僕はとても満足しました。ちょっぴりローマン時代の文人に似ており、その上少しBeardsleyに似ていました。ただ僕よりやや痩せてはいましたが。[18]

伯根と清独はいずれも馮至の友人で、特に清独は馮至のみならず沈鐘社の他のメンバーたちの書簡にしばしばその名が登場する人物である。この断片からだけでも馮至の文学的交友関係の間でビアズリーが愛好されていたことが推測できる。馮至が作詩活動を本格的に始めた二〇年代初め[19]、特に二三年北京大学ドイツ文学科進学後から、「蛇」が書かれるまでの三年間は馮至にとってのヨーロッパ文学漬けの時期だったといって過言ではない。「浅草社」や後に「沈鐘社」のメンバーとなる友人たちは多くが西洋文学を修める青年である。[20]楊晦を中心に結ばれた文学的交友関係の中で頻繁に交換された手紙[21]から、彼らにおけるヨーロッパ文学の嗜好の傾向を伺い知ることができる。そこにはワイルド、イエーツ、メーテルリンク、ハウプトマン、ボードレール、ポー、ヴェルレーヌ、といった世紀末、あるいは象徴主義の文学、芸術に連なる人々とその作品への共感親炙を綴った文字を数多く見い出すことができるのである。[22]

四

つまり「蛇」が書かれたこの時期、馮至とその文学グループにはヨーロッパ世紀末や象徴主義文芸への強い共感親炙があったのである。そうした文学的雰囲気の中で呼吸していた馮至が、ビアズリー風のタッチで描かれた蛇の絵に想を得て書いたのがこの「蛇」であるとするならば、この詩を単に愛への渇望を表現した抒情詩とのみ解するわけにはいかないのではないか、というのが繰り返すように私の疑問である。それならば、この詩はどうよむべきであろうか。それはまず何よりも、この詩を一枚の絵として、視覚的に解読するということである。寂寞の象徴たる「蛇」はどのような姿をしているのか。蛇が激しく恋い焦がれる故郷の草原はどのような草原なのか、蛇に変身した僕が慕う娘の髪はどのような髪なのか。夢を見ている娘は、どのような容姿なのか。蛇がくわえている真っ赤な花のような夢の世界は、この絵の中ではどのように描かれるべきなのか、等々。それをキャンバスに画かれた一枚の絵として再現してみようというのである。

まず、蛇である。管見にかかるビアズリーの絵[23]には「花をくわえた蛇」は一枚もない。だが、蛇が部分として登場する図柄はないわけではない（図1）。馮至が見たのは「ピンと直立し、白黒の模様のある蛇」であったが、われわれはしばらくこの図によってそれを想像するほかない。ただ私は「胴をピンと直立させ、頭は天を仰いで口に一輪の花をくわえている」蛇の姿から、ビアズリーの作品の中では余りにも有名な「サロメ」の挿図の一枚（図2）を連想してしまう。

また、絵画ではないが、ベルギーの劇作家メーテルリンクに次のような詩があることに注意しておきたい。[24]

夢のすみれ色の蛇が／私のまどろみのなかにとぐろを巻いている／剣の冠をかぶっている私の欲望たち／太陽に溺れたライオンたち／そして永久に閉じている手／そして愛のみどりの喪服のあいだの／憎しみの赤い茎たち

メーテルリンクの詩集『温室』の中の一編、題名も同じ「蛇」である。むろん馮至がこの詩を読んだ証拠などない。だが、メーテルリンクもまた、世紀末の象徴主義詩人としてこの時期の中国でもてはやされた一人であり、馮至とその友人の手紙にもしばしば登場する名前なのである。[25]

次に草原と髪である。ビアズリーをもその一員とする世紀末芸術、アール・ヌーヴォーの様式は、知られるように波打ち、曲がりくねり、鞭のようにしなる曲線をその主要な特徴としている。そこでは様々な事物がこの曲線様式でとらえられ、表現されている。特に好んで用いられた素材は、葡萄の蔓や蔦のような線状に長く伸びる植物であり、孔雀や豹のように華麗でしなやかな動物、蛇や龍のようなうねり、くねる生き物であった。人体でいえば髪である。髪はビアズリーにあってはしばしば図3のように表現されるが、これはアール・ヌーヴォーに共通する特徴でもある。それはびっしり生え揃いしっとりと重量感のある髪ではない。嵐によってダイナミックにうねる草のような髪である。蛇が恋い焦がれる草原に生い茂る草はそのような草であり、そのような草原を連想させる髪はばらばらと風になびく図のような髪でなければなるまい。

夢の世界はどうであろうか。「真紅の花」にシンボライズされた「夢の世界」は、われわれの幻想する絵では、具体的な花として以外描きようのないものである。問題はそれがどのような花かである。アール・ヌーヴォーは様々な花を素材に取り上げているが、ビアズリーの絵画に現れる花も一様ではない。図4のような妖しく毒々しい花も少なくないが、薔薇もしばしば選ばれている。二〇年代の中国詩でも、例えばこの「蛇」が書かれた頃から、『創造月刊』などに発表され始め、後『紅紗灯』に纏められる馮乃超の詩では薔薇が世紀末に連なる華やかで退廃的な西欧近代の象徴として使われているふしがある。[26]「姑娘」の見る夢の舞台も馮至がその世界に浸っていた西欧近代だと考えるべきであろうし、それを象徴する花は薔薇こそふさわしかろう。その薔薇も中国種の「そうび」のような野生の素朴な花ではなく、爛熟した世紀末を象徴するような、豪華な西洋種の薔薇が似つかわしいのである。

次に詩の隠れた主人公である娘。中国語の「姑娘」は未婚の女性を指すが、年齢的には十数歳から二十四、五歳まで のかなり広い範囲を含む。馮至がその終生の伴侶となる姚可昆と知り合うのはこの二年後のことである。[27]この時期

図2

図1

図3－2

図3－1

図4－2

図4－1

馮至が特定の女性とつきあっていた様子もない。「姑娘」は特定の誰かを指しているのではないと思う。私はこの「姑娘」をも世紀末芸術の女性像の系列において考えてみるべきだと思う。世紀末の女性像といえば誰でも直ちに思い浮かべるのがロセッティの描く女や、ビアズリーの筆になるサロメであろう。馮至たちがロセッティにも親しんでいたことは、二七年秋北京大学を卒業しハルピンに向かう馮至のバッグに、楊晦がロセッティの画集をそっと入れてやった、というふうなエピソード(28)からも十分伺い知ることができる。

だがわれわれの絵には「姑娘」は直接描かれる必要はなく、それがロセッティの女であろうと、ビアズリーのサロメであろうとどうでもいいことである。必要なのはこの夢を見る娘が世紀末芸術の女性像の一つだということの確認である。「夢をみる娘」は語呂合わせのように聞こえるかも知れないが、しかし、同時に詩人馮至の想像が生んだ「夢の女」でもあった。ところで、ロセッティやビアズリーが絵画によって世紀末の女を造型したとすれば、それを詩の世界で成し遂げたのがヴェルレーヌ「よく見る夢」(29)（引用は上田敏訳）の中の幻の女であった。

常によく見る夢乍ら、奇し、懐かし、身にぞ染む。／曾ても知らぬ女なれど、思はれ、思ふかの女よ。／夢見る度のいつもいつも、同じと見れば、異なりて、／また異ならぬおもひびと、わが心根や悟りてし。（第二連略）栗色髪のひとなるか、赤髪のひとか、金髪か、／名をだに知らね、唯思ふ朗ら細音のうまし名は、／うつせみの世を疾く去りし昔の人の呼び名かと。（最終連略）

高階秀爾は世紀末という時代について「本質的に女性的な時代であり、それも、もの憂げな哀愁と謎めいた沈黙を湛え、華やかに輝く衣裳を身にまといながらどこか夢のように非現実的で、病的なまでに鋭い官能性と、天使のような清らかさの不思議な混淆を示す「奇しくも懐かしい」女性像が支配的であった時代」であり、『よく見る夢』に登場する幻の女は、さまざまに姿を変えて、世紀末の芸術家たちに憑きまとった夢の女にほかならなかった」と書いている。(30)われわれの絵の影の主人公である「姑娘」もまたそのような夢の女の一人として思い描くことができる。

最後に、以上のような絵の全体を統一するのはどのような色彩であろうか。馮至の詩で「月光のようにそっと」とある「月光」が表現しているのは単に蛇の動作だけではない。先にも引いた高階秀爾は世紀末芸術の特質にふれた文章の中で「もともとこの時代は、真昼時の輝く太陽よりも、夕暮れの薄明りや、不吉な血の色に光る月の方をいっそう好んだ。ドビッシーやフォーレはヴェルレーヌとともに「月の光」を美しく歌い上げ、ワイルドのサロメの悲劇は、不気味な月明りの下でくりひろげられるのである」と書いている。[31] もちろん馮至の詩が浮かび上がらせる幻の絵画が「不吉な血の色に光る月」の明かりで統一されていると主張するのは強引にすぎよう。しかしこの詩の時間は娘が夢をみながら眠っている夜である以上、天を仰ぐ蛇を照らすのは月明かり以外ではありえないのである。また馮至その人が詩の舞台（時間）として太陽の輝く真昼よりも、夕暮れや夜半を選ぶ性向を持っていたことも疑い得ない事実であった。例えば『昨日之歌』を例にすれば、全五十編の詩のうち、詩の時間がはっきり黄昏から夜半に設定されているもの二十一編、夜の出来事が極めて重要な意味を持つ詩一編、詩のポイントになる事件が夜起こるもの三編、と合計二十五編までが夜と関わる詩なのである。[32]

五

さて、以上「世紀末芸術」をキー・ワードとして「蛇」を解読したとき、そこにどのような絵画が描けるかを見てきた。縷縷述べてきたことから知られるように、そこに浮かび上がってきたのは、不気味な、あるいは青白い月光に照らされ、鎌首をもたげ直立した蛇——それは多分にビアズリーの描くサロメの挿絵を連想させる——が、口に豪華な真紅の薔薇の花をくわえ、狂風にうねる髪にも似た草原を想う姿にほかならない。そしてそれとほとんど二重写しにたち現れるのは、ときにはビアズリーのサロメであり、ときにはロセッティの描く世紀末の女性たち、「夢見る女」

の像である。

「世紀末」という語を与えることによってこの詩の背後に浮かび上がって来た右のような幻の絵画。私の貧しい筆はその絵がそなえているはずの世紀末の退廃や、耽美主義、グロテスク、物憂い快楽といったさまざまな要素をとうてい描写しつくすことができないのだが、この幻の絵は同時に二〇年代中国知識人の精神風景をも写しとっているはずである。しかし、「世紀末芸術」という語を取り去ると、この幻の絵画はたちまち消えてしまう。後に残るのは「蛇」という詩の、沈鬱な色彩に彩られた「寂寞」の情景、馮至の抒情の世界のみである。

「蛇」から「世紀末芸術」の痕跡を消しさり、それを抒情詩に変えたのは一体どういう力なのか。次に問題になるのはこの問いである。魯迅は馮至たち『浅草』『沈鐘』グループのことを「世紀末の果汁」を栄養として摂取したと評している。彼らは確かに「世紀末の果汁」を飲みはしたが、しかし、退廃や、耽美主義、グロテスク、物憂い快楽といった世紀末の毒をもった文学は生み出さなかったように見える。その大きな理由は、馮至にあっては、彼自身の強すぎる抒情詩人としての資質が、その毒を浄化したということになるのであろう。そういう点からの馮至という詩人の抒情の中身が今後検討される必要がある。だが、それとともに、世紀末文学・芸術というヨーロッパ近代の文化の移植を中国社会は結局許さなかったのではないか、という中国の近代社会の文化的土壌の問題があるはずで、馮至の抒情の中身という問題もそれとの関連で考える方がいいだろう。しかし、これらの点について答える用意は今私にはない。今はようやく問題のとばぐちに立ったところで稿を終えるほかない。

（一九九三年三月二十五日）

付記

本章を成すに当たって、多数の方々の援助にあずかった。特に、ビアズリー関係の貴重な資料をお貸し下さり、色々示唆を与えてくださった九州大学言語文化部英語科の逢坂收教授、吉田徹夫教授、中国語について不明な点をお教えいただいた中国語科の武継平助教授（いずれも肩書は九三年当時）にお礼申し上げておきたい。

注

（1）馮至、本名は馮承植。一九〇五年九月河北省琢県に生まれ、一九九三年三月逝去。北京大学独文科出身。北京大学教授、中国作家協会副主席、中国社会科学院外国文学研究所名誉所長などを歴任。詩集に『昨日之歌』（二七年四月）、『北游及其它』（二九年八月）、『十四行集』（四二年五月）、『西郊集』（五八年二月）、『十年詩抄』（五九年九月）がある。本章で扱う「蛇」は第一詩集『昨日之歌』所収。［補注］日本における馮至研究の専門書としては、佐藤普美子『彼此往来の詩学　馮至と中国現代詩学』（汲古書院、二〇一一年二月）がある。

（2）『馮至詩選』（四川人民出版社、八〇年八月）。

（3）『馮至選集』全二巻（四川文芸出版社、八五年八月）。このうち第一巻に詩を収録する。

（4）「蛇」だけではなく、詩集全体に多くの削除や修正がなされているが、これについてその改変を疑問とする立場から洪子誠の指摘がある。洪子誠「馮至詩的芸術個性」（中国当代文学研究会『当代文学研究叢刊』第五輯、中国社会科学出版社、八四年五月）参照。

（5）『浅草』は一九二二年上海で成立した文学結社浅草社の季刊雑誌。主要メンバーは林如稷、陳煒謨、陳翔鶴らで、馮至は第三期（二三年十二月）から参加している。なお同誌は二五年二月第四期で停刊した。

（6）浅草社同人だった陳煒謨、陳翔鶴、馮至らに新たに楊晦らが加わって、二五年北京で沈鐘社が成立した。その雑誌が『沈鐘』で、二五年十月創刊。はじめ周刊、のち半月刊で断続的に三四年まで続いた。

（7）例えば中国では七九年十月刊の『中国現代文芸資料叢刊』（上海文芸出版社）に馮至の「魯迅与沈鐘社」、張遼民「一個堅韌而誠実的文学団体――沈鐘社簡介」などの紹介とともに佳風編「《浅草》季刊、《沈鐘》周刊、半月刊総目」が発表され、これを皮切りに資料や論文の発表が始まった。張曉萃「沈鐘社始末」、「浅草社始末」（以上『新文学史料』八七年三、四期）

や殷図明「《浅草》論」（『中国現代文学研究叢刊』九〇年第一期、作家出版社）など、日本では佐藤普美子「沈鐘社の姿勢――ハウプトマン『沈鐘』の解釈をめぐって」（汲古選書四『魯迅と同時代人』汲古書院、九二年九月所収）がある。

（8）魯迅は三六年に出版された「中国新文学大系」の「小説二集」の序で、「浅草」「沈鐘」のメンバーをとりあげ高く評価した。馮至に対する評語もこの文章にある。「『中国新文学大系』小説二集導言」（『且介亭雑文二集』所収）。

（9）「新詩論」は一九六二年四月『詩歌欣賞』というタイトルで単行本にまとめられ作家出版社から出版された。今村与志雄「何其芳の『詩歌欣賞』について」（今村『魯迅と伝統』筑摩書房、昭和四二年十二月所収）にその紹介がある。また『何其芳文集』第五巻（人民文学出版社、八三年九月）にも「詩歌欣賞」の題で収録する。

（10）解放後出版された『馮至詩文選集』（人民文学出版社、五五年九月）の序文の語。

（11）璧章『中国現代抒情詩一百首』（天地図書、七八年六月）徐栄、徐瑞岳編（『古今中外朦朧詩鑑賞辞典』中州古籍出版社、九〇年十一月）所収の周棉の解釈、『新詩鑑賞辞典』（上海辞書出版社、九一年十一月）所収の陸耀東の解釈など。

（12）馮至「外来的養分」（『立斜陽集』工人出版社、八九年七月所収）。「外国文学評論」（八七年二期）に原載。

（13）例えば伝記については、S・ワイントラウブ著、高儀進訳『ビアズリー伝』（中公文庫）。絵については大森忠行解説『ビアズリーのイラストレーション』（岩崎美術社、七〇年十一月）やケネス・クラーク著、河村錠一郎訳『ベスト・オブ・ビアズリー』（白水社、九三年三月）。ビアズリーをめぐる世紀末の状況については、河村錠一郎『ビアズリーと世紀末』（青土社、九一年十二月）など。

（14）田漢訳、英図奥斯卡・王爾徳著「莎楽美」は二一年三月『少年中国』二巻九期に発表された。だが、これがいつ単行本になったのかはよくわからない。『当代文学研究資料・田漢専集』（江蘇人民出版社、八四年三月）、には詳細な「田漢著作系年」を付すが、この中にも単行本の記載がない。二三年としたのは陳玉剛主編『中国翻訳文学史稿』（中国対外翻訳出版公司、八九年八月）にもとづく。［補注］秦弓著『二十世紀中国翻訳文学史（五四時期巻）』（百花出版社、二〇〇九年十一月）には「少年中国学会文学研究会叢書」の一冊として「田漢訳『沙楽美』上海中華書局印行、民国十一年」と印字された「サロメ」訳書の表紙写真が見える（十九頁）。

（15）魯迅「蕗谷虹児画選小引」（『集外集拾遺』）所収。訳文は『魯迅全集第九巻・集外集・集外集拾遺』（学習研究社、昭和六十年六月）の辻田正雄の訳による。

（16）魯迅「比亜茲莱画選小引」の学習研究社版全集の辻田正雄の訳注による。なお奈良和夫、内田嘉吉『魯迅と木刻』（研究出版、八一年六月）参照。

（17）楊晦は本名楊興林、字慧修。遼寧省の人。二〇年北京大学哲学科卒、四九年から北京大学中文系教授。八三年没。彼が「沈鐘社」グループの中で中心的な役割を演じてきたことは、彼に宛られた同人たちの手紙（注（21））から知られる。

（18）馮至の楊晦あて二五年二月二十一日付の手紙。「沈鐘社通信（二）」（『新文学史料』八七年第四期）による。

（19）馮至の詩が最初に載った出版物は『創造季刊』第二巻一号、二三年五月のことである。そこには「帰郷」と題する組詩十六首を中心に合計二十四編の詩が掲載されており、彼の詩を『創造季刊』に紹介した張定璜の評語も書かれている。二十四編のうち一番年代が早いものが「緑衣人」で、これには二一年四月二十一日の日付がある。

（20）張暁萃「浅草社始末」（『新文学史料』八七年四期）による。

（21）『新文学史料』八七年三期から八八年三期までの五号にわたり、「沈鐘社通信選」と題して馮至、陳翔鶴、陳煒謨の楊晦あての手紙二百三十二通と、楊晦の陳翔鶴あて手紙三通が発表された。二四年一月から三四年三月まで十年間にわたる。

（22）手紙に登場する関係の人名を、二六年までにしぼって拾い出してみると、ダウソン、ワイルド、ボードレール、ポー、ハウプトマン、テニスン、デーメル、イェーツ、ホフマンスタール、メーテルリンクなどがあげられる。

（23）収録画数の一番多いものとして、Brian Reade, Aubrey Beardsley (New York:The Viking Press, 1967)、そのほか、The Early Work of Aubrey Beardsley (New York:Dover Publications, 1967) や The Later Work of Aubrey Beardsley (New York:Dover Publications, 1967) など。また大森忠行解説『ビアズリーのイラストレーション』双書美術の泉十四（岩崎美術社、七〇年十一月）。本章の図は、いずれも Brian Reade, Aubrey Beardsley による。

（24）杉本秀太郎『世紀末の夢——象徴派芸術』（白水社、八二年二月）による。

（25）例えば馮至から楊晦にあてた二四年十月十一日付の手紙、陳翔鶴から楊晦にあてた二四年十一月二十八日および二五年一月十四日付書簡など。

（26）例えば「現在」や「凋残的薔薇悩病了我」などの詩。

（27）姚可昆「従相識到結婚（《我和馮至》節選）」（『新文学史料』九二年一期）。

（28）馮至『北游及其他』の序文。

（29）山内・矢野編『上田敏全訳詩集』岩波文庫による。なお鈴木信太郎訳『ヴェルレェヌ詩集』岩波文庫でも、「よくみるゆめ」は上田敏訳が採用されている。

（30）高階秀爾『世紀末芸術』（紀伊国屋書店、八一年一月）。

（31）同前。

（32）詩の時間が夜や黄昏に設定されているものは、「満天星光」、「夜深了」、「暮雨」、「歌女」、「狂風中」、「懐」、「追憶」、「初夏雑句」（四）、「瞽者的暗示」、「宴席上」、「雨夜」、「夜歩」、「如果你……」、「懐Y兄」、「遙遙」、「在郊原」、「〝晩報〟」、「我願意聴」、「蛇」、「風夜」、「〝最後之歌〟」。夜の出来事が重要な意味をもつもの「在海水浴場」。詩のポイントになる事件が夜起こるものは「吹簫人的故事」、「帳幔」、「蚕馬」の叙事詩三首。

第三章　郭沫若『女神』の一面

はじめに

出発期の中国現代詩で最も高い評価を勝ち得ている詩集は、郭沫若の『女神』（二一年）であろう。[1] それは同時代の詩人や読者に巨大な影響を与えただけでなく、後世の詩人たちにも深い影響を与えた。[2]

郭沫若は四川省楽山の出身。一九一四年日本に留学、一高特設予科から岡山の第六高校を経て一八年九州帝国大学医学部に進み、二三年卒業したが、医者にはならず文学に従事した。（医学の志望を捨てて文学に転じたというのは、魯迅や、郁達夫も——彼は結局医学部には入学していないが——そうである。）『女神』は二一年彼が九大在学中に出版した詩集で、その詩人としての地位を確立した作品集である。郭沫若は同年、日本留学生による文学グループ創造社を結成し、文学活動を開始、中国ロマン主義文学の旗手となっていった。二六年国民国家建設を目指す北伐軍に参加、総政治部副主任に任じた。二七年三月反共的立場を露骨にしていく蔣介石を批判して、彼と袂を分かつ。二八年日本に亡命、三七年中国に帰国するまで千葉県市川に住む。亡命時代は特高警察の監視下で生活しつつ、文字学、古代思想などの研究に打ち込み、それぞれの分野で優れた業績をあげた。三七年日中戦争が勃発するや秘かに日本を脱出して帰国、抗日の戦いに身を投じて、文化界の抗日の指導者として活躍した。新中国成立後は副総理、中国科学院長に任じた。六六年文革開始直前に、自分の過去の業績を全否定するような「自己批判」を行ったと伝えられ、それが政治的な危機を乗り越えるための保身と受け取られたこともあり、以後急速に文学者としての影響力を失っていった。七八年六月逝去。享年八十七歳であった。

さて、郭沫若は今述べたように、一八年九月九州帝国大学医学部に入学のため福岡の地を踏み、二四年十一月卒業して帰国するまで六年余を福岡で過ごした。彼の本格的な文学活動はこの福岡で始まったと言ってよく、入学の翌年一九年八月から上海の新聞「時事新報」副刊「学灯」に詩の投稿を始め、掲載されるようになる。それらの作品を集めたものが処女詩集『女神』だった。郭沫若はタゴール、ゲーテ、ホイットマンらの詩的影響下に詩を書きはじめたが、最も大きな影響を受けたのはホイットマンからであった。『女神』所収の作品群にはその痕跡が顕著である。特にその豪放雄大、気迫あふれる奔放な表現や底流にみなぎる反逆的精神は、中国現代詩のローマン主義の流れの先蹤となった。(3) それは五四運動期という疾風怒濤の時代を生きる同時代の青年たちの精神に共鳴し、それゆえに時代に広く深い影響を与えたのである。だが、『女神』を構成する作品はそのような作品ばかりではない。世帯持ちの貧しい留学生だった一人の中国人の、生活の記録であるような作品も少なくない。

「中国現代詩におけるローマン主義の先駆者」――初期郭沫若文学、とりわけ『女神』の研究は基本的にこうした文学史的位置付けに沿って展開されており、それを確認するような研究がほとんどである。一方、研究の基礎となるべき作品研究は余り進んでいない。作品研究が行われてこなかったわけではない。作品研究は行われてきたが、その多くは、彼の詩から、彼の〈文学〉を形成する諸要素、ローマン主義や叛逆精神、あるいは時代や社会の動向との関わり等を抽出しようとするものがほとんどである。(4) 大正時代の福岡に暮らした貧しい留学生の書いた詩という視点、作品の具体的背景の〈事実〉に基づいた読みや分析はまず見当たらない。(5) この章では『女神』の作品中、彼の日常生活や自然環境がその背景になっているもの四首を選び、背景となる〈事実〉を見てみたい。

一　「雪の朝」について

最近の福岡は積雪をみることが余りない。一年に数日、それも朝少し積もったかと思うと夕方にはもう消えてしまう程度である。郭沫若滞在時期には今よりもう少し雪の降る日が多かったようである。郭沫若は一九年十二月「雪朝」という詩を書いている。(6)

雪朝
読 Carlyle：《The Hero as Poet》的時候

雪的波濤！
一个銀白的宇宙！
我全身心好像要化為了光明流去、
Open-secret 喲！

楼頭的檐溜……
那可不是我全身的血液？
我全身的血液点滴出律呂的幽音、
同那海濤相和、松濤相和、雪濤相和。

雪の朝
Carlyle の《The Hero as Poet》を読んだとき

雪の波濤！
白銀の宇宙だ！
ぼくの全身は光と化して流れてしまいそうだ、
Open-secret（公然の秘密）よ！

屋根から落ちる雨垂れ
それはぼくの全身の血液ではないか？
ぼくの全身の血液はポタポタと静かにリズミカルな音を滴り落とす
あの海の音、松風の響き、雪の声と唱和して。

哦哦！大自然的雄渾喲！　　　　　　　　　　ああ！大自然の雄大さよ！
大自然的 Symphony 喲！　　　　　　　　　　大自然の Symphony よ！
Hero-poet 喲！　　　　　　　　　　　　　　Hero-poet（英雄詩人）よ！
Proletarian poet 喲！　　　　　　　　　　　Proletarian poet（プロレタリア詩人）よ！（一九一八年十二月作）

福岡測候所が当時毎月出していた「福岡測候所気象報告」「福岡の気象概況」[7]によれば、この年十二月二十八、二十九日「深厚なる低気圧の影響によりて降雪を見たり。之れ本年の初雪にして平年より七日晩かりし。而して此両日は終日強烈風吹き荒み、平均風速一〇米を超え、其の最強は一七米に達し、頗る峻烈なる気候を現せしか」とある。「大正八年十二月福岡毎日の気象成績概表」によれば、二十八日は雨、最高気温一二・六度、最低一・五度、気温は十二月にしては高かったが風は強く、平均一一・二メートルの西北西の風が吹きつづけ、午後三時に雨が雪交じりの霰に変わった。明けて二十九日、風はやまず（平均一〇・三メートル）終日風雪霰、気温は急速に低下し、最高気温五・四度、最低〇・二度となった。三十日午前五時三十五分から強い降雪がはじまり、午前九時半にようやく止んだ。積雪量は四・二センチであった。

海岸に住む郭沫若一家はさぞ心細い思いをしたことであろう[8]。特に二十八日は朝から強風が吹き、午後二時には風速一三メートル以上が続いた。夕刻六時からは烈風吹き、夜半十一時四十分一七・一メートルに達した。その後も二十九日午前零時二十分一六・八メートル、三時一五・三メートル、それが午後五時まで続いたのである。二十九日は雪は積もるほどではなかったが、風がひどかった。そして三十日の朝、夜明けころから急に強まった雪が辺りを白い雪景色に変えたのである。「雷雨概況」によれば、三十日は午前八時に弱い雷鳴も轟いている。

目覚めて外を見た郭沫若は雪景色に強い感興を呼び覚まされたであろう。これが「雪朝」の作詩の背景である。な

お、雪はこれ以後は降らず、微雨の中で年末を迎えるのである。(9)

二　「演奏会上」

「演奏会上」は郭沫若が（多分）はじめて西洋音楽に触れた感動を述べた詩である。

演奏会上
Violin 同 Piano 的結婚、
Mendelssohn 的《仲夏夜的夢》都已過了。
一个男性的女青年
独唱着 Brahms 的《永遠的愛》、
她那 Soprano 的高音、
唱得我全身的神経戦慄。
一千多聴衆的霊魂都已合体了、
啊、沈雄的和雍、神秘的淵黙、浩蕩的愛海喲！
狂濤似的掌声把這魂霊的合歓驚破了、
啊、霊魂解体的悲哀喲！

演奏会にて
Violin と Piano の結婚、
Mendelssohn の「真夏の夜の夢」はもう終わった。
ボーイッシュな若い女性が
Brahms の「永遠の愛」を独唱している、
彼女の Soprano の高音は、
ぼくの全身の神経を戦慄させる。
千を越す聴衆の魂が一つになっている、
ああ、雄壮なハーモニー、神秘的な沈黙、ひろびろとした愛の海よ！
怒濤のような拍手がこの魂の合歓を破った。
ああ、魂の解体されゆく悲哀よ！

詩は一九二〇年一月八日上海の「学灯」に発表されているから、それ以前に書かれたものであるのは間違いない。ここでは詩の素材になっている演奏会について書きたい。

当時、福岡で西洋音楽の演奏を行うことができたのは、九州帝国大学フィルハーモニー会だけであった。九州帝国大学フィルハーモニー会は一二年（明治四十五年）医学部精神病学講座教授・榊保三郎博士（一九〇六年から一九二五年在任）によって設立された。榊はドイツ留学中にバイオリンを学び、九大着任後の一九〇七年に学内外の有志とベートーベン誕生日祝賀音楽会を開いた。これは福岡における音楽会の嚆矢だといわれる。九大フィルハーモニー会はこれが発展したものである。一〇年第一回演奏会が持たれ、その後毎年春夏に演奏会を催した。会員数も次第に増加し、一七年には十名を超え、演奏曲目も独奏、室内楽、小管弦楽が加わった。一九年には会員数三十名を超えたが、その結果管弦楽組成上、高価な楽器の購入が必要となり、また会の維持経費も膨大となった。従来これらの経費は榊博士が負担していたが、このままでは会の発展に支障が生ずる、ということで一九年秋の演奏会より一般聴衆からは入場料をとることが決まった。

こうして経済的基盤が安定してからは、春秋二回の大演奏会、近傍都市への旅行演奏、年数回の患者慰安会、有名音楽家を招聘して演奏会を開催する等の活動を行うようになった。会は二五年五月第二十五回春期演奏会を最後に解散して学友会に参加することを決議、その後は九州帝国大学学友会音楽部として再出発することになる(10)。

郭沫若が聞いた演奏会は入場料を取って一般に公開された最初の演奏会、一九年十一月十五日土曜日夜七時半から福岡市因幡町福岡市記念館で開催された「十周年記念第十五回秋季演奏大会」であった。入場料は二円、一円、五十銭の三種類。これはこの年の年平均価格で上等白米が一キロ三十四銭、牛肉一斤が七十三銭、木炭一キロ五十六銭だった(11)ことなどを考えればそれほど安い金額ではなかった。郭沫若がどの切符で入場したかは明らかではないが、この演奏会は郭沫若にとっては「近代」を身を以て知る体験の一つであった。彼が全身の神経を集中させて西洋音楽に没入したことが「霊魂的合体」や、曲の終わったときの「霊魂解体的悲哀」などの語からうかがえる。この「近代」体験の刺激が「演奏会場上」執筆の最大のモチーフであった。[12]

そのときのプログラムは資料[13]の通りである。詩にある「Violin 同 Piano 的結婚」とはプログラム一番「ヴァイオリン独奏」榊博士のバイオリンと中野喜代子女史によるピアノ伴奏であり、メンデルスゾーンの「真夏の夜の夢」はむろん最後のプログラムである会員一同による管弦楽にほかならない。彼が全身の神経を戦慄させたSopranoの高音はプログラム五番ブラームスの「永遠の愛」を歌った萩野あや子女史の声であった。

原詩には郭沫若による人名、曲名等の解説が付されているが、これは郭沫若自身が調べたものだろうか、それとも当日配布されたプログラムに「曲目解説」があり、それをそのまま踏襲したものであろうか。プログラムの現物がないため不明である。

ところで、郭沫若はなぜこの夜、演奏会を聞きに行ったのだろうか。推測にすぎないが後に彼の義弟になる陶晶孫[14]（一八九七―一九七五）の誘いによるものではなかったろうか。陶はこの年に医学部に入学し、このフィルハーモニーの会員になる。[15]陶晶孫との関係や郭沫若の学生生活、彼の近代体験を考える上で、いろいろな連想を誘う作品である。

三　「立在地球辺上放号」について

郭沫若は福岡在住の時期、博多湾と松原の情景を描く詩を数多く書いた。[16]それらの詩で歌われる博多の海は静かで穏やかである。だが、一首だけ荒荒しく、激しく、力強い海を描いた詩がある。それが「立在地球辺上放号（地球のふちに立って叫ぶ）」である。

立在地球辺上放号
無数的白雲云正在空中怒湧、
啊啊！好一幅壮麗的北冰洋的情景喲！
無限的太平洋提起他全身的力量来要把地球推倒、
啊啊！我眼前来了的滾滾的洪濤喲！
啊啊！不断的毀壊、不断的創造、不断的努力喲！
啊啊！力喲！力喲！
力的絵画、力的舞蹈、力的音楽、力的詩歌、力的律呂喲！

地球のふちに立って叫ぶ
無数の白雲が空に湧きたっている
ああ！壮麗な北氷洋の情景よ！
果てしない太平洋は全身の力で地球をひっくり返そうとする、
ああ！目の前に押し寄せる逆巻く怒濤よ！
ああ！不断の破壊、不断の創造、不断の努力よ！
ああ！力よ！力よ！
力の絵画、力の舞踏、力の音楽、力のリズムよ！
（一九一九年九、十月間作）

この詩は「一九一九年九、十月の間に作る」と作者は記している。このころ彼は「学灯」に作品が掲載されたことで詩作欲を掻き立てられ、「詩の創作の爆発期を迎え」「ほとんど毎日詩的陶酔の中にあった。詩の発作に襲われるとまるで熱病にかかったように、寒くなったり熱くなったりし、筆を取って震えながら時には字を書くこともできなかった」と後に述懐するような状況下にあった。(17) そのころ有島武郎の「反逆者」を読んだのがきっかけでホイットマンの「草の葉」に接近し、その豪放自由な詩に大きな影響をうけた。(18)

この詩は郭沫若の熱狂的な詩作欲とホイットマン詩の扇動のなかで書かれたものであり、ここに書かれている怒濤に荒れる海の光景は、熱狂の中で生まれた詩的想像だという解釈も不可能ではない。(19) だが、嵐の時の空に特有の情景――「啊啊！好幅壮麗的北氷洋的情景喲！／無限的太平洋提起他全身的力量来要把地球推倒」――次々に沸き起こる白雲が、まるで北氷洋に浮かぶ氷山が押し寄せてくるようだというイメージ、眼前に押し寄せる大波の描写の圧倒的な迫力は単なる想像ではあるまい。実際の荒れ狂う海を目にして詩想を得たというべきであろう。
それでは郭沫若はいつこのような海を見たのであろうか。
福岡測候所の「気象報告」の「暴風雨概況」によれば一九一九年夏から秋にかけて、福岡に影響をもたらした台風ないし強い低気圧は、八月に二回、九月三回、十月二回の合計七回があった。これらはいずれも普段は波静かな博多湾を、郭沫若の詩に描写されるような怒濤の海に変えた天候であった。今、それらについて簡単に記せば以下のようである。

八月三、四日。三日午後六時から強風吹き始め、八時には一四・四米を記録。四日午前四時には一九・九米に達す。午前六時にもなお一六・九米あったが、十一時ころから勢いが衰える。雨は三日夜から断続的に降る。

八月十五、十六日。台風来襲し、福岡県下各地にも被害。福岡では十四日午後二時より時々強風吹き、十五日午後七時から烈風吹き続き、午後十時二十分一六・四米を観測した。十六日午前七時二十分から烈風吹き続け、十時からは二〇米を超え十時二十分には二八・四米を測り、正午には三〇・〇米に達した。午後一時すぎから衰えはじめた。雨は十五日午後八時から十七日午前四時五十分まで降り続いた。

九月三日、朝鮮半島を通過した台風の影響で正午から南の強風、午後五時に一五・八米、七時二十分一六・二米を観測した。その後、やや衰えたが四日正午一一・八米を記録。一日から三日まで雷雨、落雷もあり。雨は四日午前零時四十分から五日午後三時まで。

九月十二日。十二日正午から午後五時まで、強風吹き、一時から四時までは常時一一米を超えた。最強は午後四時一二・三米。雨なし。

九月二十六、二十七日。二十六日午後一時より三時まで北の強風、午後一時一一・六米が最強。二十七日午後一時から三時強風（九米以上）、三時に一〇・三米。両日とも天気好晴。

十月一、二日。一日午前一一時から北の疾風、午後強風に変わり、午後四時一〇・五米を測る。二日は午後一時から疾風、三時の九・三米が最強。両日とも曇りで降雨なし。

十月十二日午前十時九・八米を観測し、以後午後二時まで疾風が吹き、三時から衰えたが六時に一〇・三米を観測、八時以後風は衰えた。雨は午後四時から十三日午前一時二十三分まで降り続いた。

以上が福岡測候所の記録した八月から十月末までの福岡における「暴風雨」の概況である。一般的には波の高さやうねりの強さは、風速に比例するから、風が強ければ強いほど波浪は高く、海は荒れ狂う。そういう点では八月十五、十六日の台風の日の海が最も激しく荒れ、郭沫若に強い印象を与えたであろう。九月と十月に五回出現したであろう荒れた海は、そのいずれも荒れ様において大差はなかった。彼が記している作詩の期間（九、十月の間）が正しいとすれば、郭沫若は九月と十月の上述のいずれかの日に、博多湾の波高く海荒れる様を見て、それに触発されて「立在地球辺上放号」を書いたが、その描写の背後には八月の台風の記憶があったのではあるまいか。

（二〇〇二年十一月十七日）

注

（1）［補注］以下は郭沫若への評価が低下した文革後の中国現代文学史における『女神』の評価である。「中国現代詩歌史上最も偉大な新詩集である。」「〝五四〟時期中国人民の反帝反封建の革命精神と愛国主義の思想感情をいかなる新詩集よりも見事に表現した。」（朱光燦『中国現代詩歌史』山東大学出版社、九七年一月、一五三頁）、「五四新詩運動の中で……思想的成果が最も高く、芸術的魔力が最も強い新詩集は『女神』である。」（朱徳発『中国五四文学史』山東文芸出版社、八六年十一月、二六九頁）、「『女神』は〝五四〟時代の『嘗試集』の後の最も成功した、影響の最も大きい詩集である」（祝寛『五四新詩史』陝西師範大学出版社、八七年十二月、四三九頁）、「斬新な内容と形式で、一代の詩風を開いたもので、中国現代新詩の基礎を築いた作と言うに足る」（銭理群、温儒敏、呉福祥『中国現代文学三十年（修訂版）』北京大学出版社、九八年七月、一〇三頁。この項目は銭理群執筆）など。

（2）［補注］姜濤『「新詩集」与中国新詩的発生』（北京大学出版社、二〇〇五年五月）は、『女神』の影響力がいかに広く、持続的なものだったかについて多くの実例をあげて述べている。（六一―六二頁）

（3）［補注］例えば龍泉明の「『女神』は徹底的な反帝反封建主義の革命精神、新しいローマン主義の審美意識、広い詩歌創造の才能で、一つの全く新しい芸術世界を作り出した。……それが体現しているローマン主義精神、美学原則及びその独特の審美価値は、……中国新詩の開拓と発展のために時代を画する貢献を行った。」（『中国新詩流変論』人民文学出版社、九九年十二月、一四九頁）という評価などは、代表的なものである。

（4）［補注］『女神』研究の最近の動向をまとめたものに、銭暁宇「新時期三十年《女神》研究回顧」（中国郭沫若研究会・郭沫若記念館編『郭沫若研究三十年』四川出版集団巴蜀書社、二〇一〇年二月）がある。また、拙稿「日本における郭沫若『女神』の研究」（熊本学園大学付属海外事情研究所『海外事情研究』第三十九巻二号、二〇一二年三月、一三九―一五二頁）は、日本における戦後の研究状況を評述したものである。なお、『女神』の日本語訳は断片的に行われてきたが、昨年ようやく藤田梨那『女神　全訳』（明徳出版社、二〇一一年四月）が刊行された。

（5）［補注］蔡震（中国郭沫若研究会前会長）は、このような視点での『女神』研究を提唱している数少ない研究者である。蔡震『文化越境的行旅――郭沫若在日本二十年』（文化芸術出版社、二〇〇五年三月。特にその四二頁）。

（6）［補注］《The Hero as Poet》は、トーマス・カーライル（一七九五―一八八一）の著書『英雄および英雄崇拝』（一八四一）の第三章の題目（「詩人としての英雄」）。詩中の"open-secret"（公然の秘密）も、「詩人としての英雄」に見える語。カーライルは明治以後日本に紹介されており、彼が東京に着いて留学生活を開始した十四年にも中村古峡訳（現代百科文庫梗概叢書第六編、日月社刊）が出版されている。そうしたことが郭沫若の読書にどういう影響を与えたかは定かでない。

（7）「福岡測候所気象報告」は毎月二十八日に発行され、前月の『福岡の気象概況』（福岡毎時の気象成績表、福岡毎日の気象成績表、福岡半旬期気象表並風向別回数、福岡全月気象成績表、小石原全月気象成績表）、「管内各地の気象概況」、「雑録」

（暴風雨概況、雷雨概況、微動概況、地震概況など定例の記事のほかその月の特筆すべき気象現象の記述により構成）から成る。本章の気象に関する記述はすべてこの報告書の該当の記事による。

（8）［補注］当時郭沫若一家は箱崎海岸に面した箱崎宮付近の二階屋に住んでおり、そこからは博多湾が展望できた。二〇年三月博多に郭沫若を訪ねた田漢が、宗白華に宛てた手紙（三月二十三日付）に「我現在沫若的家里的楼上。／楼上有房子両間。／我坐在一間、／開窓子便望見博多湾。／湾前有一帯遠山、／湾上有五六家矮屋。」（『三葉集』上海書店、八二年六月復刻版、一一七頁）とある。

（9）もっとも、郭沫若が博多で見た雪景色はこれが最初ではなかった。一八年九月に博多に来たその年には降雪がない。だが、翌一九年元日朝、福岡は最大瞬間風速二一・七米の強風が吹き、気温が降下する。一月三日午前三時から雪となり、二センチの積雪をみた。また一月二十日には一五米の強風の中、一・九センチの積雪、二月四日も一五・七米の強風とともに降雪、五日には四・二センチの積雪となった。従って、この朝の雪は来博以来四度目ということになる。

（10）『九州大学七十五年史（資料編上巻）』第二編第五節（八九年五月、九州大学、三七九—三八〇頁）。

（11）井上精三『博多大正世相史』（海鳥社、八七年八月）二五二頁。また福岡市役所編『福岡市史　大正編資料集』（福岡市役所、六三年十二月、三六—三七頁）。

（12）この時期の中国人にとって西洋音楽は未知の芸術であった。中国革命の軍事的指導者だった朱徳（一八八六—一九七六）は二二—二四年ドイツに留学し、貪欲にドイツ文化を吸収している。聞き書きに基づく彼の伝記には、朱が演奏会に行き、ベートーベンを好んだことを記すが、それについて彼の友人や他の留学生がドイツ音楽は「でかい騒音でしかない」と語ったこと、朱徳にとっても最初は「騒音」だったが次第に理解できるようになったことなどを書いている（A・スメドレー、阿部知二訳『偉大なる道——朱徳の生涯とその時代』上（岩波書店、一九五五年五月、一六八—一六九頁）。だが郭沫若にとってそれは最初から魂を震撼させる体験だったのである。

（13）「九州帝国大学フィルハーモニー会　十周年記念第十五回秋季演奏大会」『九大フィルハーモニー・オーケストラ五十年史』（九大フィルハーモニー・オーケストラ、六三年六月、五頁）。当日のプログラムは以下の通り。「1．ヴァイオリン独奏　榊

保三郎氏　伴奏　中野喜代子女史　ヴァイオリン司伴楽（作品26番）ブルッフ作／2．ソプラノ独唱　荻野あや子女史　歌劇「アルッエステ」中抒情調　グルック作／3．管弦楽　会員一同　第一交響楽（作品21番）ベートホフェン作／4．ピアノ独奏　中野喜代子女史　イ　聞けよ　聴け雲雀の歌を（朝のセレナード）シューベルト・リスト作　ロ　華麗舞曲　変イ長音階　ショパン作／5．ソプラノ独唱　荻野あや子女史（1）子守歌　ブラームス作（2）永遠の愛　ブラームス作／6．管弦楽　会員一同　真夏の夜の夢　メンデルスゾーン作　インテルメッツォ　ノクチェルネ　結婚行進曲」。

（14）［補注］陶晶孫は一九二三年三月九州帝大を卒業、東北帝大理学部に移り、翌年郭沫若の妻佐藤富子の妹佐藤操と結婚している。

（15）九州帝国大学フィルハーモニー会第十六回秋季演奏会（一九二〇年三月十三日）、第十七回秋季演奏会（二〇年十一月二十日）、第十八回春季演奏大会（二一年六月四日）、第十九回秋季演奏大会（二一年十一月十九日）、第二十回春季演奏大会（二一年六月四日）、第二十一回秋季演奏大会（二一年十一月十九日）のプログラムにはいずれも陶晶孫の本名・陶熾あるいは陶氏の名がみえる。

（16）［補注］このことを指摘する論稿は少なくないが、さしあたり、武継平「文学者郭沫若と九州の縁」拙編『中国現代文学と九州』（九州大学出版会、二〇〇五年四月所収、二三—七六頁）、拙稿「郭沫若の博多——海と松原」（西日本文化協会『西日本文化』四三一号、二〇〇八年二月、二〇—二二頁）、岸田憲也「九州帝国大学留学生の郭沫若が見た『千代の松原』」（九州大学『中国文学論集』三七号、二〇〇八年十二月、一〇六—一二〇頁）を挙げておきたい。

（17）「創造十年」、全集第十二巻、六四—六五頁及び六八頁。「我作詩的経過」にも同様の回想がある（全集第十六巻二一七頁）。［補注］「我作詩的経過」は顧雯訳・岩佐の解題による翻訳（『九州東海大学経営学部紀要』二〇一二年三月、八九—一〇〇頁）がある。

（18）「創造十年」（全集第十二巻、六七頁）。また「我作詩的経過」（全集第十六巻、二一六頁）。

（19）郭沫若にはミレーの絵画やベートーベンの肖像画に触発されて書いた詩（「電火光中」一九年）もあり、「北氷洋」や「太平洋」などの語から判断して、彼がそれに関連した絵画などを見たことがこの詩の成因になった可能性も捨てきれない。［補注］なお、「電光火中」については林叢（藤田梨那）「郭沫若の新詩『電火光中』論――ミレーの絵画にふれつつ（一）、（二）」（二松学舎大学人文学会『二松学舎大学人文論叢』五六［九六年三月、一一九―一三四頁］、五七［九六年十月、一三九―一五六頁］）が論じている。またそのうちのベートーベンの肖像画については坂井洋史に言及がある。坂井『懺悔と越境　中国現代文学史研究』（汲古書院、二〇〇五年九月）第六章「中国現代文学者の言語意識とモダン認識の限界」の注13（三四四―三四五頁）。

第四章　象徴詩のもう一つの源流
――馮乃超の詩語「蒼白」をめぐって――

はじめに

中国現代詩における象徴派への関心は、八〇年代の現代派（モダニズム）文学への関心の高まりとともに増大しつつある。その象徴派詩歌の中国における淵源は、定説的には李金髪がフランス象徴主義詩歌の直接的影響を受けて書いた『微雨』（一九二五）だとされている。そして同じ時期に詩作を発表した創造社の詩人たち、王独清、穆木天、馮乃超を加えて、この四人を「早期象徴派詩人」としてひとくくりにするのが詩史的な常識になっている。この場合「李金髪―フランス象徴主義詩人―『微雨』―中国初期象徴派詩歌の出発」というのも詩史的な常識であるが、後の三人もフランス象徴主義の影響を受けて象徴詩を書くようになった、というふうに漠然とみなされているように思う。(1)

確かに王、穆の二人についてはそのように言って問題はなさそうである。王独清は一七年頃から一九年まで日本に滞在した後、二〇年ヨーロッパにわたり、二六年に帰国した。滞欧中、ラフォルグ、ランボー、ヴェルレーヌなどを愛読したという。穆木天は一八年日本に留学、二三年から東京帝大仏文科に学び、二六年帰国した。在学中やはりボードレールやヴェルレーヌを愛読、卒業論文はフランス語で書いた。つまり、王、穆の二人はともにフランス象徴主義の直接の影響下に詩を書き始めたのである。

だが、馮乃超はどうであろうか。李偉江（一九三六―二〇〇〇、中山大学教授、馮乃超の研究者）によれば、彼も「日本語訳ヴェルレーヌ詩集」を愛読したという。[2] だが後に述べるように、馮乃超が初期象徴派詩人として登場するときには、日本にはまだ「日本語訳ヴェルレーヌ詩集」は存在しなかった（後述）。彼が仮に愛読したとしてもそのヴェルレーヌは多くても十数首に過ぎなかったのである。むろん文学的影響を読んだ作品の数量で量ることはできないから、この事実をもって、馮乃超がフランス象徴主義の影響を受けなかったとは言えない。だが、その影響にしても、「翻訳」＝日本語で書かれた詩を通してのそれであったことに留意すべきであろう。

馮乃超は後の回想で三木露風の影響を受けたと述べている。[3] わたしは、象徴派詩人馮乃超の成立にとって、三木露風の影響こそ本質的なものだったと考える者である。そして中国初期象徴詩の淵源を示す先の見取り図のほかに、もう一つ「馮乃超―日本象徴主義詩人―中国初期象徴主義詩歌」という詩史的な見取り図を加えてもいいのではないか、とさえ密かに考えている。だが、馮乃超が三木露風からどのような影響を受けたのかは、従来明らかにされたことがない。本章は「蒼白」という語を手がかりに、馮乃超が三木露風のみならず、三木露風の作品を通じて日本の初期象徴派詩歌の影響を受けたことを明らかにし、前述の詩史的見取り図成立の一つの根拠としたいと思う。

一　初期象徴派詩人・馮乃超の誕生まで

はじめに馮乃超について紹介しておこう。

馮乃超（一九〇一年十月―一九八三年九月）は日本の横浜生まれの華僑資本家出身である。一九〇九年―一一年の二年間故郷・広東省南海県で過ごしたほかは幼少年期を横浜で過ごした。一九年私立成城中学（東京）留学生部に編入、二〇年第一高等学校（東京）予科入学、二一年第八高等学校（名古屋）理科入学、二四年卒業。同年京都帝国大学文学部哲学科入学、二五年東京帝国大学文学部社会学科に転学、二六年美学・美術史専攻に変更。二七年十月帰国して上海に住む。この間、ずっと日本で学生生活を送ったわけで、都合二十四年間日本に滞在したことになる。

初期象徴詩派詩人としての馮乃超の活動は二四年からはじまるようである。年譜によれば二三年九月東京付近に発生した関東大震災の影響で馮の実家が破産、それをきっかけに理工科への興味を失い、文学を愛するようになったのだという。この後『小説月報』『創造季刊』などの雑誌、フローベル（福楼拝）の「ボバリー夫人」などの小説を愛読し、詩も書いた。また西田幾多郎「善の研究」を読んだ。京都帝大哲学科に入学したのも西田にあこがれたからである。二四年京都帝大に入学して以後は、詩を多く書くようになり、またすでに見たように象徴派・高踏派の詩を愛読した。たとえば、日本語訳ヴェルレーヌ詩集、メーテルリンクの「青い鳥」、三木露風、北原白秋の詩集などである。二六年と二七年の短い期間に、後に『紅紗灯』（二八年四月創造社出版部刊）に纏められる詩を『創造月刊』『洪水』などに陸続発表する。以上が初期象徴派詩人・馮乃超誕生までの簡単な経歴である。

二　馮乃超の詩

では馮乃超の象徴詩とはどのようなものなのか。その幾つかを見ておこう。[4]

「青春是瓶里的残花／愛情是黄昏的雲霞／幸福是沈酔的春風／苦悩是人生的棲家／／（中略）／／我手上的薔薇凋謝了／我心頭的小鳥飛走了／我不怨緊急的東風太無情／也不傷空籠的心頭太幽静」（青春は瓶中の残花／愛情は黄昏の雲霞／幸福は深酔いの春風／苦悩は人生の棲家／／（中略）／／我が手中の薔薇枯れ萎れ／手中の小鳥飛び去りぬ／我は恨まぬ　吹きすさぶ東風の余りの無情を／我は傷（なげ）かぬ　空漠の心の余りの静けさを‥「哀唱」Ⅰの第四、五連）

「啊―酒／青色的酒／青色的愁／盈盈地満盃／焼爛我心胸／／啊―酒／青色的酒／青色的愁／盈我的心胸／澆我的旧夢」（ああ、酒よ／青き酒よ／青き愁いよ／まんまんと盃に満たし／わが胸を焼き爛れさせよ／／ああ酒よ／青き酒よ／

青き愁いよ／わが胸に満たし／わが旧夢に注げ」：「酒歌」第一、二連）

「我看得見在幻影之中蒼白的微光顫動一朶枯凋無力的薔薇深深吻着過去的残夢」（われは見ぬ　幻影の中に／蒼白き光の顫え／枯れ萎れ力なき一輪の薔薇の／過ぎ去りし夢の名残に深々とくちづけせるを」：「現在」第一連）

「哀愁的聖母守着哀愁的孩子／低声唱着死底揺籃曲——／／〝閉你底眼睛睡去罷　黒衣的孩子喲／静静地　悄悄地　死一様地／睡去罷　我為你蓋上雪白的死衣〟」（哀愁の聖母　哀愁の子を見守れり／低き声もて死の子守唄をうたいつつ／／「眠れ眠れ　黒衣の子よ／静かにそっと死のごとく／眠れ　われは雪のごとく白き死に装束を汝れに掛けん」：「死の子守唄」第一、二連）(5)

初期象徴派詩人としての馮乃超は、例えば、右に紹介したような詩を書く詩人である。(6)これらの詩を読むと、それが明治末年から大正期に日本で流行した「世紀末」の文芸思潮に濃く彩られていることに気付く。

高階秀爾は象徴派の詩歌を生み出したヨーロッパの世紀末について、「もともとこの時代は、真昼時の輝く太陽よりも、夕暮れの薄明かりや、不吉な血の色に光る月の方をいっそう好んだ。ドビッシーやフォーレはヴェルレーヌとともに「月の光」を美しく歌い上げ、ワイルドのサロメの悲劇は月明かりの下で繰り広げられるのである」と書いている。(7)

馮乃超の詩の舞台となる時間や空間もまた太陽の輝く明るい昼よりも月明かりの夜が選ばれている。そのような時間と空間で「哀しくすすり泣く夜の雨」（哀歌）や「灰色の喪服を着せられて夭折する」「無邪気な少女」（冬夜）、「虹の衣裳をつけて広いホールで軽やかに踊る」「悲哀」が詠われ、月は「まるで受難者が慕う霊の光のように／今宵のわたしのどうしようもない絶望を照らし」月光の下では「女の寂しい幻影が睡蓮の里を徘徊し」ている（月光下）。それは生ではなく死への、未来ではなく過去への親近が支配する退嬰的な世界である。

三　馮乃超詩の「蒼白」

このような悲哀や憂鬱な情調に彩られた詩的世界が世紀末の雰囲気を漂わせたものであるのは言うまでもない。こうした情調を形成するのに大きな役割を果たしているのが「蒼白」という語の多用である。今その例を示せば以下のようである。

一．我願你蒼白的花開（我願你蒼白的花開）［青白き花、蒼ざめた花］
二．撥開了霧靄的蒼白的軽紗　遊泳古夢中（月光下）［青白き薄絹、蒼ざめた薄絹］
三．打盹的薔薇展著蒼白的微笑　頽然入夢（蛺蝶的乱影）［青白き微笑、蒼ざめた微笑］
四．朦朧的天空常帯蒼白的泪痕（陰影之花）［青白き涙の跡、蒼ざめた涙の跡］
五．荏弱的蒼白若含愁又若帯恨（陰影之花）［弱弱しき青白さ］
六．蒼白的晨光擁抱著大地的夢魂（幻影）［青白き朝の光、蒼ざめた朝の光］
七．蒼白的微光顫動（現在）［青白き微かな光、蒼ざめた微光］
八．哦　阿妹唷　蒼白的茉莉吐息在我底胸膛（好像）［青白き茉莉花、蒼ざめた茉莉花］
九．静悄悄的殺著蒼白的微笑（默）［青白き微笑、蒼ざめた微笑］
十．今朝蒼白的微笑凋残（凋残的薔薇悩病了我）［青白き微笑、蒼ざめた微笑］
十一．金風蒼白地嘆息（短音階的秋情）［秋風青白く歎息す、秋風蒼ざめて歎息す］
十二．哦　蒼白的微笑送我心（短音階的秋情）［青白き微笑、蒼ざめた微笑］
十三．夕陽的面色蒼白了（蒼黄的古月）［顔色青白くなりぬ、顔色蒼ざめぬ］

十四．黒暗顫著蒼白的言詞（没有睡眠的夜）［青白き言葉、蒼ざめた言葉］
十五．雨後作蕭散的徘徊　蒼白的街燈帯泪、（不忍池畔）［青白き街灯、蒼ざめた街灯］
十六．蒼白的顔臉／蒼白的衣衫（礼拝日）［青白き顔、蒼ざめた顔］

「蒼白」は日本語の語感では「（恐怖や寒さやけがの出血などのために）顔色が青ざめてみえる様子」（山田忠雄主幹『新明解国語辞典（第四版）』三省堂、七二年）であるが、中国語でもほぼ同様のニュアンスで用いる。『現代漢語詞典二〇〇二年増補本』は「蒼白」について「一白而略微発青。二形容没有旺盛的生命力」（一．血の気がなくて青ざめている様子、二．生気のない様子の形容）という説明をおこなっている。「蒼白」は基本的には日本語でも中国語でも「顔色」などについて用いる語なのである。そして『現代漢語詞典』の二の説明は、文芸作品などにおける用法であり、中国現代文学の作品が蓄積し、積み上げてきた一種の成果として獲得した用法である。馮乃超の詩における「蒼白」はさしずめその最初のものであって、現代詩における世紀末的な感覚を盛る器として作りかえられたのだと言っていい。彼以前に中国詩の中で「蒼白」の語を「微笑」や「歎息」や「言詞」などを形容する語として用いた者はいないのではないか。(8) 馮乃超は『紅紗灯』において、「蒼白」という語に新しい感覚（後に『現代漢語詞典』の二の説明となるような用法）を盛った詩語の創始者として登場した、とわたしは考えるのである。

『紅紗灯』は四十三首から成るが、今見たように、そのうち十四首に「蒼白」が用いられている。この数字は多くないように思われるかもしれないが、決して少ない数ではない。しかも世紀末的な感覚を表現する新たな詩語として使われているということを考えれば、むしろ驚くほど多いとさえ言えそうな数量である。

たとえば、李金髪の『微雨』には長短合せて百首の詩が収録されているが、「蒼白」という語は全く使用されていない。李金髪は、馮乃超なら「蒼白」と書いたであろう部分に、「灰白」（生気のない白色）「淡白」（生気のない白）のような語を用いている。例えば、「細弱的燈光悽清地照遍一切／使其粉紅的小臂、変成灰白」（弱弱しい灯火が寒寒と全てを照らし／そのピンクの細腕を生気のない白色に変えた。：「里昂車中」）、「你淡白之面／増長我青春之沈湎之夢」（あなたの蒼白い顔は／わたしをますます青春の夢に耽溺させる：「故郷」）などである。

また『微雨』以外であれば李金髪にも「蒼白」の語を用いた詩句がある。「涼夜如温和之乳媪／徐吻吾蒼白之頬」（ひんやりとした夜は穏やかな乳母のように／おもむろにわたしの蒼ざめた頬に口付けする：「涼夜如……」）とか、「残風発出／臨終之 sanglot ／無力再看其／蒼白之臉」（遅れて吹く風が／臨終のすすり泣きを発し／力なくまた見るその／蒼ざめた顔を：「夜之来」）などがそれである。二例とも李金髪の第二詩集『為幸福而歌』（二六年十一月）に見える。なおこの詩集には「欲用青白之手／収拾一切残葉／以完成冷冬之工作」（青白い手で／枝に残るすべての木の葉を片付け／寒い冬の仕事を完成させたい：「風」）のような例も見られる。だがそれはいずれも「蒼白」の旧来の用法を襲ったものであって、新しい意味の領域を切り開いたものではない。

さらに言えばこのようなありきたりの「蒼白」の用法さえ、李金髪が馮乃超の詩から啓示を受けて用いた可能性がある。というのは、これらの詩が、もし『微雨』（二五年十一月）以後書かれたものだとすれば、それは馮乃超が『紅紗灯』所収の「幻想的窓」七首を最初に『創造月刊』第一巻一期に発表した二六年三月十六日より後であり、李金髪はそれを読んだ後この詩を書いた可能性があるからなのだ。時間的には「死底揺籃曲」七首が発表された『創造月刊』四期（二六年六月一日）も、「生命的哀歌」（『紅紗灯』では「哀唱」）の発表された『創造月刊』五期や「夜」の発表された『洪水』第二巻二十期（いずれも七月一日発行）までも李金髪は目にした可能性なしとしない。そして、これらの作品には「蒼白」が効果的にちりばめられていたのであり、李金髪がこの語を使用してみたいという誘惑にかられたとしても不思議はないのである。

穆木天にも「蒼白的鐘声」（「蒼ざめた鐘の音」『旅心』二七年四月所収）のような名作がある（わたしはこれは馮乃超からの影響と信じるが、まだ根拠があるわけではない）。ただ、彼は「蒼白」よりは「灰白」という語をより好んだようにわたしには感じられる。例えば、「独独的　寂寂的　慢走在海浜的灰白的道上」（ひとりぼっちで　寂しく　浜辺の生気のない白い道をゆっくり歩く：「我願……」）、「我愛慢慢的散歩在灰白的道上」（わたしは愛する白茶けた道のゆっくりした散歩を：「夏夜的伊東町里」）など（いずれも『旅心』所収）。

王独清にも「蒼白」を用いた詩がある。「我設想、她用蒼白的両手／掩住她底臉児哽咽啼哭」（わたしは思う、彼女が青白い両手で／顔をおおってむせび泣き声をあげて泣くだろうと：「哀歌」）、「我痴看着她淡黄的頭髪／她深藍的眼睛、她蒼白的面頰／啊、這迷人的水綠色的燈下」（わたしは呆けたように見ていた。彼女の薄黄色の髪を／彼女の青い目を、彼女の白い頬を／ああ、人を魅了する水緑色の灯火：「玫瑰花」）などがその例だが、やはりこれも「蒼白」の通常の用法に従ったにすぎないことが知られよう。(9)

さて以上縷縷述べてきたように、馮乃超は彼を中国初期象徴詩の代表詩人に押し上げた処女詩集『紅紗灯』において「蒼白」という新しい詩語を確立した。それでは彼はこの詩語をどのようにして手に入れたのであろうか。また、この詩語は彼の詩作においてどのような意味をもっていたのであろうか。実はあらかじめ結論風に言えば、馮乃超の「蒼白」は三木露風の詩語から学び取ったものであった。そして「蒼白」は、馮乃超が目指したある新しい詩の観念に形を与える有力な道具として選ばれ、詩語として鍛えられたものであった。以下、そのことについて書いていきたい。

四　三木露風における「蒼白」「青白い」等の詩語

三木露風（一八八九―一九六四）は兵庫県龍野町（現在は龍野市）に生まれた。祖父は初代龍野町長・銀行頭取、父はその銀行の行員だった。母は旧鳥取藩家老の娘。名家の出身である。龍野中学に首席で入学したが文学に熱中して進級できず退学した。一九〇五年上京、〇七年詩人になろうと志す。同年早稲田大学に入学、『早稲田文学』に作品を発表。〇九年詩集『廃園』刊行、同年出版の北原白秋の詩集『邪宗門』とともに高い評価を受け、これによって詩壇で知られるようになった。一九一〇年慶應義塾大学に転入学（翌年退学）、この年『寂しき曙』を出版、永井荷風に献呈した。一三年（大二）『白き手の猟人』を刊行。露風詩の最高峰とされる。[10] 一五年『幻の田園』を上梓、その後北海道トラピスト修道院を訪ね三週間滞在。その印象をうたった詩集『良心』を刊行。一七年萩原朔太郎から「三木露風一派の詩を追放せよ」と批判された。二〇年『蘆間の幻影』を刊行するが、昔日の新鮮さはなかった。『廃園』以来常に北原白秋と並び称され、白露時代とさえいわれた三木露風の象徴詩のピークは終わった。同年、講師として修道院に入り、二四年までそこに住んだ。詩としては「信仰の曙」（一九二二）のような宗教詩を書くようになる。

　馮乃超が好んだ三木露風の詩はどの時期のものであろうか。露風は一三年にそれまでの詩を集めた『露風集』を刊行し、さらに二二年には『象徴詩集』を刊行している。これは『寂しき曙』『白き手の猟人』『幻の田園』の三詩集に補綴を加えたものである。おそらく、馮乃超が目にしたものはそのいずれかであったろう。

　さて、以下は第一詩集『廃園』から最後の象徴詩集『幻の田園』までに出現する「蒼ざめる」「蒼白」「青白い」などの語彙である。その数は膨大なものになるので、ここではその一部しか示していない。[11]

「あおざめる」の例

一．われらただ青ざめて二人は生き／われらただ相抱く歎きの底。（哀しき接吻）

二．夜。青ざめて二人はあゆむ、／あまき小鳥のねむりの樹かげを、（静かなる六月の夜）

三．我眼は涙に充ち、／わが想青ざめ、／ゆゑもなき悲しみに（過去と「いま」）

四．わがあゆみ。／青ざめて／心、ふと、今日も思ひぬ。（嘆）

五．歓楽は何処にありや、／美なるもの何処にありや、／胸痛く、心青ざめ、／永久にわれはさすらふ。（青ざめたるこころの歎き）
六．わが心蒼ざめて／みつめつつ何か聴く（内心）
七．色蒼ざめし旅人の／悲しき面を熟視めつつ。（さすらひ　一　木葉と旅人と）
八．蒼ざめし汝が面、／かくてまた入日を染めて（落葉の時）
九．内心のはてなき底にひびかふは／畏怖と悔と青ざめて顫ふひとすぢ。（心の象）
十．ああ今も蒼ざめたる涙に、孤独をよろこぶことが出来るならば、十月よ、わが心は幸福であらう。（十月のおとづれ）
十一．かくもなほ色あをざめて並居たる／罎のかずかず、（青色の罎）
十二．蒼ざめたる光、音なく／あけぼのは雪の上にきたる。（沼のほとり）
十三．霊の蒼ざめて顫ふ面を。／くるしみの犯さんとする我面を。（快楽と太陽）
十四．酔ひたる面持の、されど次第に蒼ざめきたる時。／（失望）
十五．涙に濡れし汝の面輪！／その青ざめて静かなる、汝のほほゑみは／（憐憫）
十六．われは太陽の青ざめたるを見、／われは残る光の豁間に落つるを見たり。（黄昏）
十七．ああ青ざめて泣く苦痛と経験とよ、／なほいまだ汝は絶望せず、／思想は絶望せず。（心）
十八．青ざめ、物思ふ「夕」の額。（屋根の上）
十九．青ざめよ、／消え失せよ、／かくも独り、うれひある身は。（月と風）
二十．顫へる銀のしたたりて消えゆく夜。／次第に青ざめし夜……（幻の墓）
二十一．何者か、黒き恐怖の叫びをなす。／青ざめたる叫びを。（午後の都会）

二十二．空は苦痛に蒼ざめて／心の上にくだり来る。（苦しき眠）
二十三．空は青ざめ磨かれて彼女の上に覆ひかかり、／（祈願）
二十四．蒼ざめゆきし額には冷めて漂ふ焔と風……（焔と風）
二十五．されども汝は青ざめぬ。／胸固く、眉暗く、／鋼のごとき汝が心――（夜）
二十六．死のほめうたか、蒼ざめて／『苦悩』がよばふもろごゑか、（苦悩の歌）
二十七．焔はいつか蒼ざめて／花の香ひを焦がす時。（死のねがひ）
二十八．いつも変わらぬ君がゐみ／うれひの中にうちみれば／青ざめがほの美しく――（さぎりのみね）
二十九．かくて大いなる青ざめし面／燈火のほとりにかがやく、／神聖に、（燈火）

「あおじろい」の例

一．青白き光の中より／健げなるものは逝けり――（廢園序詩）
二．遠きより、近きより／「沈黙」は青白き頭をもたげ（霧の夜の曲）
三．さすらひや／その果ての／海原に／青白み／かがやける／寒き星。（さすらひ　三　風ぞゆく）
四．青白き霧の中に、／これらの婦人が悲しんでゐる……（月の婦人）
五．旅人はかかる折から／蒼白き月に影して／足疲れ、町に入り来ぬ。（木曾川）
六．木は屍の如くに充つ。／蒼白きあけぼのは今、来らんとす。（沼のほとり）
七．青白き空の色わづかに残り、／折れて落つる木の枝は絶望せり。（冬）
八．ああそして冷めたい汝の手は蒼白く、／愛すべき指環が、／深い緑に顫へてゐる。（汝の恋）
九．曙か。夕暮か。「時」は死せり／青白く銀にかがやく雪の上（雪の上の郷愁）

十．青白き月の眺めに霊の果つる時。（延びゆく夢）
十一．求むれば、蒼白き優しさはさまよへり。（古き月）
十二．いと緩くほほゑめる諧調は／蒼白き手を解かんとす。（灰色の女）
十三．胸浸したる街の壁／消え沈みする青白き憂の髪……（白日の歌は死せり）
十四．青白き煙の熱に／涌き立てる踊りの中を、／往き過ぎて酔ひつつ歩め。（寂寞）

こうした使用例から、三木露風がいかにこれらの語を愛用したかが想像できるであろう。「蒼ざめる」は人間が病気や恐怖のために、顔色や肌が血の気を失って青白くなることについて用いる。「あおじろい」（青白い、蒼じろい）とは、人間について用いる場合、不健康な・病的な顔色や、肌の色を表す語である。また、自然について用いる場合、月光の形容に用いられることが多い。深夜の冷たい月の光りである。これらはいずれも「蒼白」という中国語で表わすことができる。三木露風の発明はこれらの語を人間以外のものについて用いたことにある。(12)

「あおざめる」については「心が蒼ざめる」「想いが蒼ざめる」「月があおざめる」「空が蒼ざめる」「涙が蒼ざめる」「炎があおざめる」など。「あおじろい」については「あおじろい沈黙」「あおじろい優しさ」「あおじろい憂鬱」などがそうであり、さらに自然についても「あおじろい霧」「青白いあけぼの」「あおじろい空」などに用法を拡大した点にある。「青色」についても同様であって、紙幅の関係でここには示さなかったが、三木は「あお」「あおい」という語もさかんに用いており、「夢」「夜」「月」「歌」「瓶」「風」「物語」「心」などを「あおい」という語で形容している。

これらは現在ではすでに特別な用法ではない。しかし日本近代詩の出発期にあっては非常に新鮮な用語上の創造だったであろう。ところで、それにしても三木露風はなぜこのように「あおじろい」「あおざめる」「あお」という語を多用したのだろうか。露風の詩作品を通観すると、その主題は基本的に詩人自身の憂愁（例えば、満たされない精神的欲求、不安、焦燥、死への誘惑といった要素が作り出す、自分自身でも訳のわからない青春の悲しみ）と、それが引き起こす苦悩や嘆きを歌うことである。そのような自身の心を露風は「青白い」「あおざめる」と表現し、そのような心が眺める自然を「青白い」「蒼ざめる」と表現したのであろう。

ところで、「青」は色彩の中で最も「深い」色である。また最も「非物質的」であるとされる。紅の情熱、白の空白に対し、静謐で、透明な、そして精神的には憂鬱な・高揚しない印象を与える色である。[13] これもまた三木露風の作品世界の印象を形成する要素だと私には感じられる。

また先に高階秀爾を引いて述べた「世紀末」との関連で言えば、世紀末芸術においては健康な輝くような顔や肌よりも、「あおじろい」「あおざめた」身体が、明るい太陽の光よりも、憂鬱な、暗い「あお」色に彩られた世界が好まれたのである。三木露風がそれを意識していたかどうかは不明だが、彼の多用した「あおざめ」「青白く」「あおい」色彩によって構成された世界は世紀末象徴主義の世界に通ずるものだったのである。

五　萩原朔太郎の「蒼白」

三木の詩においてなお十分には示されていないこれらの語の世紀末的色彩は、同時代の萩原朔太郎によって、日本近代詩に見事に移植されたように思う。ここでやや迂遠になるが萩原朔太郎の「青白い」や「あおざめる」についても見ておきたい。

萩原朔太郎（一八七六—一九四二）は群馬県前橋市の医師の家に生まれた。前橋中学卒業後、一九〇七年第五高等学校（熊本市）の英文科に入学したが進級できず、〇八年第六高等学校（岡山市）に入学した。しかし〇九年またも落第して一〇年に退学した。一七年処女詩集『月に吠える』を刊行し、異常に鋭い感覚で、近代の病的な神経・退廃と憂鬱を描き出したと評される。二三年には『青猫』、『蝶を夢む』を刊行し、憂鬱で単調な倦怠感を表現した。

「あおざめる」の例(14)

一．さうして青ざめた五月の高窓にも、／おもひにしずんだ探偵のくらい顔と、（干からびた犯罪）
二．すえた菊のにほひを嗅ぐやうに／私は嗅ぐ　お前のあやしい情熱を　その青ざめた信仰を（薄暮の部屋）
三．その鮮血のやうなくちびるはここにかしこに／私の青ざめた屍体のくちびるに（青猫）
四．仏よ／わたしは愛する（略）／青ざめたるいのちに咲ける病熱の花の香気を（仏の見たる幻想の世界）
五．どうして貴女はここに来たの／やさしい　青ざめた　草のやうにふしぎな影よ／（艶めかしい墓場）
六．かれらは青ざめたしやつぽをかぶり／うすぐらい尻尾の先を曳きずつて歩き回る（かなしい囚人）
七．みじめな　因果の　宿命の　蒼ざめた馬の影です。（意志と無明〔序詩〕）
八．蒼ざめた影を逃走しろ。（蒼ざめた馬　一八〇）
九．ひそかに音もなくしのんでくる　ひとつの青ざめたふしぎの情欲（石竹と青猫）

「あおじろい」の例

一．犬よ、／青白いふしあはせの犬よ。（悲しい月夜）
二．わたしは田舎をおそれる、／田舎は熱病の青じろい夢である。（田舎を恐る）

以上、萩原朔太郎の詩に現れる「あおじろい」「あおざめる」等の若干の例をみてきた。それは三木露風の用法と異なり、生理的な気味悪さを読者に感受させる語として使われている。そして朔太郎の「蒼白」が読者に与えるイメージの方が、露風のそれよりずっと世紀末的な感覚に近いであろう。

六　馮乃超の詩的戦略としての「蒼白」

さて今三木露風と萩原朔太郎を例にみてきた「あおじろい（青白い、蒼白い）」「あおざめる（蒼白める、蒼ざめる、青ざめる）」などの語は、ほかに堀口大学（例えば「青ざめた月の光の中で」夜の白鳥、『月光とピエロ』一九一八）や西条八十（「蒼白めた夜は／無限の石階をさしのぞく」石階、『砂金』一九一九、「青白い薔薇は降る」薔薇、同前など）も用いた語であって、いわば日本の初期象徴詩人たちのお気に入りの詩語の一つでもあった。

馮乃超はこのような詩的雰囲気の中で、三木露風を読み、日本象徴詩派の作品に触れたのである。彼が「蒼白」という語を新しい詩語として『紅紗灯』の詩篇にちりばめるに至ったのは、ごく自然な成り行きだったと言わねばならない。だが、そう思う一方、馮乃超がとりわけ「蒼白」という語――それは日本語の「あおざめる」「あおじろい」「あおい」などの言葉全ての訳語である――に心ひかれたのは、彼が中国詩に新しい詩的世界を持ちこもう、新しい詩的世界を作り上げようと考えていたからではないか、という考えを捨て切れない。

彼の考えていた新しい詩的世界とはどんな世界だろうか。これについては友人の穆木天が次のように書いている。

わたしと乃超の話は詩論に、国内の詩壇に及んだ。われわれの主張する民族的色彩について、深く呼吸している人を陶酔させる異国の香りについて、腐った水、朽ち果てた城（まち）（Décadent）の情調について語り合った。われわれの意見はほぼ同じだった。（中略）われわれは廃墟を表現する詩を書き――それは同じあるいは違う異国の香りだが、同時に自我の反映でもある――中国人に無限の世界を示してやりたい。腐った水、廃船をわれわれは愛する。

（穆木天「譚詩——寄沫若的一封信」[15]）

穆木天が「われわれの意見はほぼ同じだった」と言うように、これは馮乃超の意見でもあった。彼（ら）は中国詩がまだ持たない「異国薫香、腐水、朽城（Décadent）的情調」を詩に表現しようとしたのである。馮乃超にあっては、そのモデルとしたのが日本の象徴詩、とくに三木露風であり、「異国薫香、腐水、朽城（Décadent）的情調」を作り出す語彙が「蒼白」だった、というのがわたしの主張である。「蒼白」はこれまで縷説してきたように、世紀末の情調に通じる新しい感覚を盛り込むことのできる語で、彼（ら）の目指した「異国薫香、腐水、朽城（Décadent）的情調」を表現するに格好の詩語である。「蒼白」は彼（ら）の詩的戦略として選ばれた語だったのである。だが、それを表現するのに馮乃超が三木露風の作品から吸収（あるいは借用）したと思われる詩語は「蒼白」だけにとどまらない。

ほんの一例を挙げるが例えば「薔薇」がそうである。日本の近代詩歌において「薔薇」という語は西洋近代世界を背景にした恋愛や恋人といったものを連想させる詩語である。馮乃超がどの程度それを意識して用いたかは分からないが、彼の作品でも「薔薇」は十例ほど使われており、彼の「異国燻香」の詩的世界やデカダンな情調形成の重要な道具となっている[16]。

おわりに

最後に馮乃超が読んだという「日本語訳ヴェルレーヌの詩集」について、簡単に紹介しておきたい。ヴェルレーヌの詩の全訳は馮乃超の日本在住時期にはまだ存在していない。従って彼が読んだのは『海潮音』などの抄訳の類であったろうが、一番可能性の強いのは永井荷風訳『珊瑚集』だったと思う。

永井荷風（一八七九―一九五九）は東京の人。父は明治政府の高官で、退官後日本郵船上海支店長などを務めた。荷風は東京高等師範付属尋常中学を卒業したが高校入試に失敗、小説修業をはじめる。一九〇三年渡米、父の世話で職を転々としながら〇八年フランス経由で帰国した。帰国後は作家として活躍、一〇年森鷗外、上田敏の推薦を受けて慶應義塾大学教授に就任一六年まで勤務した。その後は隠者的な生活をし時勢を傍観者的にながめながら、文学者として生涯をまっとうした。荷風は帰国後持続的にフランス近代詩や海外文芸を翻訳紹介していたが、一九一三年それらを集めて翻訳詩文集・評論集『珊瑚集』を刊行した。

『珊瑚集』にはボードレール、ランボー、ヴェルレーヌなど十二名の詩人の三十八編の詩が収録されているが、ヴェルレーヌの詩は七編が訳されている。岡崎義恵によれば『珊瑚集』は当時の文学青年達に大きな影響を与えたが、最も大きな影響をうけたのが三木露風だった。[17]『珊瑚集』の出版は大正二年（一九一三）だが、岡崎によればその内容をなす訳詩は明治四十二年（一九〇九）から雑誌に載り始めているから、同年出版の露風の『廃園』にはその影響が見出されるはずだという。露風が荷風を尊敬し傾倒していたことは、『廃園』再版に荷風の書簡を付したり、『寂しき曙』に「この書を永井荷風氏に献ぐ」と記していることからも知られる。露風が「珊瑚集」から受けた影響が最も顕著にみられるのは「秋の夜の小鳥」であると岡崎は指摘している。露風のその詩には「蒼白」という語は現れないが、荷風がヴェルレーヌの「夜の小鳥」を訳した詩には「ああ旅人よ。いかにこの蒼ざめし景色は／蒼ざめし君が面を眺むらん」（傍線は岩佐）という句がある。[18]

馮乃超がそういう事実を知っていたかどうかは分からないが、彼の読んだというヴェルレーヌの日本語訳が『珊瑚集』であったとしたら、馮乃超は永井荷風からは直接的に、三木露風からは間接的にフランス象徴派の日本的な受容の仕方を、自分ではそれと意識しないまま学んでいたということになるだろう。「蒼白」はその交差する地点に浮かび上がる日本化されたフランス象徴派の語彙の一つだったということになる。これを「馮乃超―日本象徴主義詩人―

中国初期象徴主義詩歌」という詩史的見取り図成立の根拠とするのは強引すぎるだろうか？

（二〇〇五年三月香坂順一先生の三回忌を前に）

注

（1）最初にこういう見方を提示したのは朱自清（『中国新文学大系・詩集導言』良友図書公司、三五年十月）であろう。朱自清はこの中で、フランス象徴派詩人の手法は「李氏が最初に中国詩に紹介した」、王独清、穆木天、馮乃超の三詩人も「フランス象徴派に傾いている」と書いている。象徴詩派の研究にもっとも精力的にとりくんでいる孫玉石（『象徴派詩選』人民文学出版社、八六年八月）、『中国現代詩歌芸術』（人民文学出版社、九二年十一月）なども明言はしないが同じ見解である。

（2）李江「馮乃超年譜」（李偉江編『中国現代作家作品研究資料叢書　馮乃超研究資料』陝西人民出版社、九二年三月所収）による。以下、馮乃超の伝記はこの年譜による。なお、馮の日本時代の伝記研究としては、陸文倩「囲尭馮乃超《紅紗灯》生成的考察」（朱寿桐・武継平編『中国現当代文学研究資料叢刊二　創造社作家研究』九九年二月、中国書店［福岡］所収）がすぐれている。

（3）「我年紀愈長、愈喜歡高踏的東西。梅徳林—象徴主義—三木露風—加悛力教—北海道的修道院。未進大学以前、以至大学一、二年、我大体的傾向是這様。対于中国作家、我也只暁得佩服陶晶孫。」（「我的文芸生活」『馮乃超文集』上巻、中山大学出版社、八六年九月）。

（4）以下引用の馮乃超詩は『紅紗灯』（『馮乃超文集』上巻、中山大学出版社、八六年九月所収）による。

（5）これらの詩を文語体にしたのは、馮乃超が大きな影響を受けた三木露風、北原白秋の作品が文語体で書かれているからである。明治末期から昭和の始めまでの日本で二十四年にわたって生活した馮乃超にとって文語的文体こそ慣れ親しんだ日本語だっただろうと思う。彼の受容した日本詩は川路柳虹らの口語自由詩ではなく、三木露風や北原白秋らの文語・定形・韻文的文体による詩であった。それを斟酌して、あえて文語文体で訳してみたのである。

（6）二八年以後の詩風はこれと全く異なる。二八年以後の馮乃超は象徴派詩人から一転、勇壮なプロレタリア詩人へと変貌する。しかし、この問題は本章の主題ではないので、ここでは論じない。

（7）高階秀爾『世紀末芸術』（紀伊国屋書店、八一年一月）。

（8）ここで「いないのではないか」などという歯切れの悪い言い方をせざるを得ないのは、まだ十分な確信をもてる調査が終っていないからである。これについては、今後を待ちたい。

（9）引用作品は孫玉石編『象徴派詩選』（人民文学出版社、八六年八月所収）による。

（10）『三木露風全集』第一巻（三木露風全集刊行会、七二年十二月所収）、岡崎義恵の解説。

（11）三木露風詩の引用はすべて『三木露風全集』（注（10））による。

（12）だがこのような詩法は三木露風の独創ではない。すでに日本象徴詩の先達の一人であった三富朽葉（一八八九―一九一七）に次のような表現がみられる。「白い笑ひを何か求めよう」「いつしか遠ざかる青いくちづけ」（午睡の歌）、「おお白い希望と、紅い喜びと、百合の花と」「いつしかわが唇は焦色（こげいろ）の狂気を摘み取る」（CANTIQU）。

（13）Rudolf Arnheim、波多野完治、関計夫訳「色彩」（『美術と視角――美と創造の心理学（下）』美術出版社、六四年六月所収）による。

（14）以下萩原朔太郎詩の例文は『萩原朔太郎全集』第一巻（創元社、五一年三月）による。

（15）穆木天「譚詩――寄沫若的一封信」（李偉江編『中国現代作家作品研究資料叢書　馮乃超研究資料』陝西人民出版社所収、九二年三月所収）による。

（16）もっと重要なことは、馮乃超が三木露風の詩的世界がもつ、ある朦朧美を学び取った点である。露風の詩は確実な、堅固な、牢固とした世界を描かない。彼の描く風景は明確な輪郭をもたず、朦朧として、あるかないか分からないような光線のなかで漂っているようである。馮乃超の詩には「微～」（微光、微顫、微醺、微明、微雨、微微など）、「軽～」（軽軽、軽歩、軽煙、軽夢など）、「幽～」（幽暗、幽語、幽明、幽幽、幽徑、幽怨など）、「淡～」（暗淡、淡煙、淡星、淡青など）のような言葉が多用される。それもまた彼が朦朧たる詩美の世界を構築するために三木露風から学んだ詩法のように思われるが、本題からずれるので詳しくは論じない。

（17）岡崎義恵「珊瑚集の影響―露風を中心として―」（日本比較文学会「近代詩の成立と展開――海外詩の影響を中心に――」有精堂、六九年所収）。
（18）永井荷風『珊瑚集』（『永井荷風全集』第二巻、中央公論社、五〇年二月）。

第二部　建国後十七年の詩壇

第一章　三つの「大雁塔」詩
――政治の時代から経済の時代へ向かう中国詩――

一　中華人民共和国時代の文学＝当代文学

一九四九年十月、中華人民共和国が成立しますが、それ以後の文学を中国では「当代文学[1]」と呼びます。「当代」というのは「同時代」という意味です。五〇年代を生きた人には五〇年代の文学が当代文学だったのですが、われわれにとっては二十一世紀初頭の今現在日々生み出されている文学が「当代文学」ということになるわけで、歴史的な時期を言い表す用語としては余り厳密ではありません。むしろ中華人民共和国時代の文学という方が適切かもしれません。

中華人民共和国の歩み＝政治の時代から経済の時代へ

さて、その中華人民共和国も半世紀以上の歴史を経ましたが、これを大きく二つの時期に分けることができると思います。

前半は、建国から七〇年代末までの約三十年間、後半はそれ以後現在までの二十数年です。前半は比喩的に言えば「政治の時代」で、長く続いた内戦がようやく終わり、廃墟の中から新しい国造りが始まった五〇年代初期。工業や銀行の国営化や農業の集団化などを経て社会主義国家の建設につきすすんだ五〇年代後半から六〇年代。過激な左派グループによる政治的混乱の続いたプロレタリア文化大革命期[2]、などを含みますが、それはさまざまな名目による政治運動や思想運動が絶え間なく続く「階級闘争の時代」です。

後半は、いわば「経済の時代」で、中国共産党がその活動の重点を経済建設におくと宣言した七八年十二月[3]がその出発点ということになるでしょうが、おおざっぱに言えば八〇年代以後の「（経済体制の）改革・（経済の対外）開放」時代です。政権政党である中国共産党は「社会主義」という言葉を手放していませんが、しかし八〇年代以降の中国の改革・開放の歩みはまぎれもなく「脱社会主義」（＝限りなく資本主義に近づこうとする過程）のように見えます。二つの時期は、前半を毛沢東の時代、後半を鄧小平（一九〇四―九七）と江沢民（一九二六―）の時代とも言えます。

文学の話をこういう時代区分から始めたのには理由があります。半世紀を越える中華人民共和国の文学は、もちろん一様であるわけはなく、時代によって文学のあり方も様々に変化しました。そのあり方の変化に着目して当代文学の歴史を振り返ってみると、これも大きく二つの時期に分けることができ、それが今述べた政治の時代と経済の時代という区分にだいたい重なるのです。

政治の時代の文学と毛沢東の「文芸講話」

前半は、文学がその時々の政治のあり方に大きく影響され種々の干渉を受けた時期、別の言い方をすれば文学が「政治に従属していた時期」です。

この時期の文学作品は毛沢東の「文芸講話」[4]を指針として書かれていました。「文芸講話」にはいろんな論点がありますが、一番重要なのは「文学・芸術は何よりも労働者・農民・兵士に役立つものでなければならず、彼らが理解できるものでなければならない」と「文学・芸術はすべて一定の階級・一定の政治路線に属するもので、われわれの文芸は労働者階級とその政治に役立つものでなければならない」という二点だといっていいでしょう。作家たちは中国共産党のために、党に代わって政治の宣伝をする「政治の僕」であることを余儀なくさせられていました。

政治重視から経済重視へ　転換期の文学＝新時期文学

後半は、文学が政治と関係なく作品世界を築くようになった、「政治から自立しはじめた時期」です。その変わり目は八〇年代に入ってからですが、明確になったのは九〇年代、中国が市場経済を採り入れて以後のことです。とは言っても、三十年間も続いてきた文学が一挙に新しく変わることはあり得ません。文学が政治から自立するためには、やはり一定の闘いの時期が必要でした。七〇年代末から九〇年代初めの文学を、専門家は「新時期文学」[5]と呼びますが、今から振り返ると新時期文学こそ、文学の自立のために闘った文学でした。それは、政治によって蹂躙されてきたヒューマン（人間的）なものを見なおし、その価値を強く歌い上げる人間性尊重を基調とした文学でした。この時期は文学が、その表現、理論、作家の生き方などの全ての面で「政治従属」論を打ち破り、次第に新しい文学の実質を獲得していく時期でした。以下この章では以上のような当代文学の変化を、実際の作品を例に見てみたいと思います。

二　馮至の「大雁塔に登る」

大雁塔は中国陝西省の省都西安にある有名な仏塔です。西安は唐時代の都・長安だった街ですが、そこに「西遊記」で知られる僧・玄奘三蔵がインドから持ちかえった仏典を保護するために建てられたのがこの塔です。六五三年唐の高宗の援助を得て建てられたといい、高さ六十四メートル、石と煉瓦でできた七層の塔で、古来多くの文人を引き付け、この塔を素材に詩歌をつくった人が少なくありません。ここではその中から中華人民共和国になってから作られた作品を読んでみることにします。

まず最初に馮至[6]という詩人の作品を読みます。馮至は一九二〇年代に作詩活動を開始した人で、魯迅から「中国で最も傑出した抒情詩人」と賞賛されたほどの豊かな感性をもった詩人でした。だが新中国をたたえる彼の詩にはかつてのみずみずしい抒情はみられません。

登大雁塔

這座唐代的古塔
経過無数次的登臨；
唐代詩人的名句
如今還揺撼着人心。

〝万古濛濛〟的景色、
〝泰山破砕〟的悲哀、
千年来縈繞着這座塔、
支配着登臨者的胸懐。

但当我和古人一様
登上了塔的最高層——
四周的景色是多麽明麗、
地上的塔影是多麽鮮明！

大雁塔に登る

唐代の古塔は
数限りなく登られてきた。
唐詩人の名句が
今でも心をゆすぶる。

「万古蒙蒙たる」[7]風景や
「秦山砕け散る」[8]悲哀が
千年の昔からこの塔に纏いつき
塔に登る者の思いを支配してきた。

だが私が古人と同じように
塔の最上階に上ってみると
周囲の景色は何と明るく麗しく
地上の塔影の何と鮮明なことか！

緑野裡有紅楼出現、
紅楼旁有緑樹生長；
近処是田園、学校、
遠処是市区、工廠。

人們指着曲江旧址、
它已経乾枯了一千年、
不久会引来清清的流水、
讓它恢復旧日的容顔。

北方的渭水要変成清流、
南方的秦嶺向我們低頭；
宝成路衝破万古的艱険、
従此消滅了蜀道的艱難。

我們的山河是這様完整、
楽游原上不会再有人
対着無限好的夕陽

緑なす野には紅きビルが建ち
ビルの傍らには緑の樹々が育つ。
近くのあれは田園、学校
遠く見えるのは市街地、工場。

人々は曲水の流れの跡を指差して言う
流れが枯れて一千年
やがて清らかな水が引かれ
昔日の面影をとりもどすだろう。

北の渭水は清流に変わり
南の秦嶺はわれらに頭を下げるだろう。
宝鶏・成都鉄道は古来の旅の困難危険を打ち破り
これより蜀の道を行く難儀はなくなった。

われらの山河はかくも完整だ
もはや楽遊原で
無限に素晴らしい夕日に向かい

惋惜它接近了黄昏。　　忍び寄る黄昏を惜しむ者は現れまい。(9)

夕陽和朝陽迴圏不断　　夕日と朝陽は絶えず循環するが
西安一天比一天新鮮；　　西安は日一日と新しくなる。
人民的西安規模宏大、　　人民の西安の規模の広大さは
遠勝過唐帝国的長安。　　唐帝国の長安をはるかに凌ぐ。

唐人留下了不朽的詩句　　唐人は不朽の詩句を
給雄壮而又蒼涼的長安；　　雄壮だが荒涼とした長安に書き残したが、
我們要給人民的西安市　　我らは人民の西安市のために
写出社会主義的新詩篇。　　社会主義の新しい詩篇を書こう。

（一九五六年七月）

馮至のこの詩は大雁塔から眺める長安（それを彼は「人民の西安」と言うことで「皇帝の長安」と暗に対比させています）の風景と唐代の詩人たちの歌った古の長安の対比を通じて、新中国のすばらしさをたたえようとしたものです。詩人らしい手馴れた技巧は見られるものの、作者が書いているような感動は読み手には伝わってきません。

「文芸講話」の呪縛

馮至は「解放前」（中華人民共和国成立前を一般的にこう呼びます）に、中国社会の暗黒を告発する作品を書いていた詩人です。馮至だけでなく、大多数の詩人、作家がそうでした。こういう詩人たちは、中華人民共和国が成立すると一

時的に作品が書けなくなります。その原因は、共和国文学の指針となった「文芸講話」の理論のなかにひそんでいたと言うほかありません。「文芸講話」は先にも触れたように、文学に労働者階級とその政治路線に役に立つことを求めました。それは中国の現実の中では、文学は政治が当面必要としている課題を作品化し、それによって読者たる労働者、農民階級を教育し鼓舞せよ、ということを意味しました。そのとき重要なことは敵（＝共産党や社会主義や労働者階級に反対する勢力）と味方を区別し、敵については暗黒で醜い姿を描くが、味方については明るい、素晴らしい面を描き、読者に共産党や社会主義への確信を得させるような作品を作ることでした。しかし、これまで暗黒の告発をしてきた詩人たちは、急に新しい社会を褒め称えるというふうに姿勢を転換することができなかったのです。

これまで様々な欠点をかかえてきた社会が、政権が代わり、「人民共和国」に変わったとたんに何の欠点もない素晴らしい社会に変わるなどということはあり得ません。ですから、詩人たちは新しい社会にもなお残る暗黒を告発しつづけるということもできたはずです。しかしそのような文学的立場をとろうとした人はいませんでした。すべての詩人、すべての作家が新しい国家を褒め称える道を歩んだのです。「文芸講話」の指針が足かせとなったからです。しかしその結果は無残なもので、空虚な政治スローガン風の作品が次々に誕生することになったのでした。馮至のこの詩もその無残な一例だといっていいでしょう。

ところで、このような理論を指針とする文学が優れた作品を生み出せるわけはなく、人民共和国の文学は次第に不振に陥っていきます。それが極点に達したのが文革の時代でした。この時代は毛沢東の神格化・文学の指導理念としての「文芸講話」の絶対化が進行します。そして建国後の中国文芸界は基本的に反毛沢東の「反共産党・反社会主義の黒い路線」が支配してきたとされ、これまで活躍してきた作家・詩人・文芸評論家などが軒並み文芸界から追放されます。この結果文壇は崩壊し、文学を含む文化の荒廃現象が生じることとなります。

三　楊煉の「大雁塔」

七六年文革を指導した極左グループ、いわゆる〝四人組[10]〟が逮捕され、政治としての文革は一応終わり、前に見たように七〇年代末から「社会主義の新しい時期」（新時期）とよばれる時代が始まります。この時期の文学は、これも前に触れましたようにヒューマニズムを基調としていました。

朦朧詩派

その先駆けとなった青年文学者に七八、七九年の民主化運動（北京の春[11]）の中から生まれた「朦朧詩[12]」派といわれる詩人たちがいます。彼らは少年時代を文革期に過ごし、文革体験が詩作態度や社会認識の核になっています。彼らは馮至たち前世代の詩人たちのように単純に「社会主義はすばらしい」などとは書きません。彼らの主題は、たとえば朦朧詩派のリーダー的存在であった北島[13]が「僕は英雄ではない／英雄のいない時代に／一人の人間になりたいだけだ」（「宣告」）、「たとえ明日の朝／銃口と血の滴る太陽が／僕に自由と青春とペンを渡せと迫っても／僕は決してこの夜を渡さない／君を渡さない」（「雨夜」）と歌うような、抑圧されてきた人間性や個の復権、自由のための闘いといったものです。楊煉[14]もまたこの派の代表的詩人ですが、彼にも「大雁塔」を歌った詩があります。五首の詩で構成されている、かなり長いものですが、ここでは第三首目の「苦悩」を紹介しましょう。

漫長的歳月裡　　　　長い長い歳月
我像一個人那様站立着　　　　私は一人の人間のように立っている

像成千上万被鞭子駆使的農民中的一個
畜生似的、被牽到這北方来的士卒中的一個

寒冷的風撕裂了我的皮膚
夜晩窒息着我的呼吸
我被迫站在這裡
守衛天空、守衛大地
守衛着自己被践踏、被凌辱的命運

在那遙遠的家郷
那一小片田園荒蕪了、年軽的妻子
倚在傾斜的竹籬旁
那様的暗淡、那様的凋残
一群群蜘蛛在她絶望的目光中結網

昿野、道路
伸向使人傷心的冬天
和涙水像雨一様飛落的夏天
伸向我的母親深深摳進泥土的手指
緑熒熒的、比漂遊的磷火更陰森的豺狼的眼睛

鞭で駆りたてられる何千何万の農民の一人のように
家畜さながらこの北方に引きたてられてきた兵卒の一人のよう
に

冷たい風が私の皮膚を引き裂き
夜が私の呼吸を窒息させる
私は迫られてここに立ち
空を守り、大地を守り
踏みにじられ、陵辱された自分の運命を守っている

遙かかなたの故郷で
わずかばかりの田畑は荒れ果て、若い妻が
傾きかけた竹の塀に寄りかかっている
あんなにも暗澹と、あんなにも衰えはてて
蜘蛛の群れが彼女の絶望のまなざしに巣を張る

荒野と道路が
伸びるその先は人を傷心させる冬と
涙が雨のように落ちる夏
泥土を深く掘る私の母の指に向って伸びる
ぎらぎらと緑色に光る、漂う鬼火よりも不気味な支配者の目

我的動作被剥奪了
我的声音被剥奪了
濃重的烏雲、従天空落下
写満一道道不容反抗的旨意
写満代替思考的許諾、空空洞洞的
希望、当死亡走過時、捐税般
勒索着明天
我的命運呵、你哭泣吧！你流血吧
我像一個人那様站立着
却不能像一個人那様生活
連影子都不属於自己

私の動作は奪われている
私の声は奪われている
濃い黒雲が、空から落ちた
反抗を許さずという主人の命令と
思考を麻痺させる約束、空しい希望のびっしり書かれた雲が
死がよぎるとき、税金のように
明日を強請る
私の運命よ、声をあげて泣くがいい！血を流すがいい
私は一人の人間のように立っているが
人間のように生きることは許されない
影さえ自分のものではない

「私がここに固定されて／すでに千年／中国の／旧い都で／私は一人の人間のように立っている／（中略）／私はここに固定され／山峰のように動かず／墓碑のように微動もせず／民族の苦悩と生命を記録している」という第一首がすでに示すように、楊煉はこの詩に大雁塔に長い苦難の歴史を歩んできた人民の姿を重ねています。土地に縛りつけられ、支配者の収奪を受け、自分に属するものを何一つもたなかった人民の姿です。

詩人は「一人の人間のように立つ」大雁塔の「人間」としてのイメージを次々に引き出していきます。第一連では大雁塔のような建築物造営やその警備のために地方から動員された人々が書かれます。第二連では主を失って荒廃す

るそうした人たちの故郷が、衰えはてた家族や厳しい風土のイメージとともに示されます。そして第三連は「人間のように立っているが／人間のように生きることは許されない」塔の在りようを、人間でありながら人間として生きることを許されず、反抗もできず、唯々諾々と主人に従い、明日に無理やり望みをつなぐほかなかった封建社会の人民のイメージと重ねて提示しています。

文革後生まれた新時期文学の作家や詩人たちは、社会主義の名のもとにはびこっていた旧いもの（封建的な制度、習慣、思考、行動）を告発し、糾弾しました。集団のもとに埋もれるほかなかった「個」の主体性を確立しようとしました。彼らは意識することなく、新しい時代を作ろうと呼びかける啓蒙者としての役割を果たしていました。楊煉の詩は一見過去の歴史の告発の詩のように見えながら、実は社会主義の名の下に残存する中国の現実を告発していました。こういう批評性こそ、文革と文革前の文学への反省の上に生まれた新時期の文学の新しい特徴でした。朦朧詩派詩人・楊煉の詩はそれをよく示していると言えます。

四　韓東の「大雁塔」

八〇年代も半ばをすぎますと新時期文学は社会批評ということに関心をもたなくなります。それを象徴するのが、八〇年代末から盛んになる新写実主義文学[15]といわれる流れですが、現代詩の方はそれより早く八五年ごろから新生代（新しい世代）あるいは第三代（第三世代）と名乗る詩的世代が登場します。その代表的詩人の一人に韓東（一九六一―）がいます。彼も「大雁塔」を歌った詩を書いています。

有関大雁塔

有関大雁塔
我們又能知道些什麼
有很多人従遠方趕来
為了爬上去
做一次英雄
也有的還来做第二次
或者更多
那些不得意的人們
那些発福的人們
統統爬上去
做一做英雄
然後下来
走進這条大街
転眼不見了
也有有種的往下跳
在台階上開一朵紅花
那就真的成了英雄
当代英雄

大雁塔について

大雁塔について
ぼくたちに何を知ることができるだろう
たくさんの人達が遠くからやって来る
登って行って
一回だけ英雄気分を味わうためだ
またやって来て二度目を味わう奴もいる
あるいは三度目、四度目も
失意の人々
恰幅のいい人々
みんな登って行って
ちょっとばかり英雄になり
それから下に降り
この通りに入り
瞬く間に見えなくなる
勇気のある奴もいて下に跳び降り
入り口の石段に赤い花を咲かせる
そうなれば本物の英雄だ
現代の英雄

有関大雁塔　　　　　大雁塔について
我們又能知道些什麼　ぼくらが何を知ることができるだろう
我們爬上去　　　　　ぼくらは登って行って
看看四周的風景　　　周りの風景を眺め
然後再下来　　　　　それからまた降りてくる

新生代詩

この詩は大雁塔という千三百年余の歴史をもつ建築物も、「ぼくら」にとってはその歴史的価値よりも「登って行って／周りの風景を眺め／それからまた降りてくる」「ちょっとばかり英雄」気分の味わえる名所だということの方に意味がある、という感慨を述べています。ここには馮至の詩がもっていたような社会主義への賛美も楊煉の詩に見られた歴史や時代への告発もみられません。賛美にせよ告発にせよ、そこには社会や歴史といったものへの何らかの関心、あるいはそれに関与しようという情熱が必要です。しかし「大雁塔について／ぼくたちに何を知ることができるだろう」という繰り返しが示すように、韓東はそういう関心・情熱から無縁です。社会や歴史への醒めた・突き放した姿勢が露わです。これが韓東たち新生代詩人の文学的態度の特徴です。八〇年代末からそして社会や歴史と切れた場所で、日常生活の出来事や身辺の些事の中に書くべき主題を見出していこうとする文学（新写実主義文学）が出現するようになり、それが九〇年代の市場経済時代の文学の底流になるというのが私の考えですが、韓東の「大雁塔」はその先駆けといっていいでしょう。

五　まとめに代えて――市場経済時代の文学――

九〇年代に入り、特に九三年市場経済を採用するようになって以後は、文学もまたこの市場経済[16]の影響を受けるようになります。実は次章で説明しますが人民共和国成立後、プロの作家、詩人たちは共産党の指導下にある作家協会に所属し、そこから給料をもらって生活していました。作品を書こうが書くまいが、売れようが売れまいが、作家協会に所属していれば生活できたのです。その代わり作家、詩人には、社会主義や共産党を批判してはいけない、性描写など「不健全な」描写はいけない、といった種々の創作上の制約がありました。ところが市場経済化によって、不健全でも商品として売れそうな作品なら出版社が出版してくれるようになりました。逆に儲かりそうもない作品はいかに作家協会所属の有名作家の作品でもどこも出版してくれないという時代になりました。

こうして中国の文学界の状況は従来と大きく変わりました。共産党―作家協会―作家―読者というサイクルで作品が生産・消費される当代文学の基盤が大きく変化しつつあります。売れ行きさえよければ、どんな作品でも出版するという風潮の下で、かつて新時期文学の時代にみなぎっていた一種の理想主義はなくなりました。いわゆる高級な純文学が読者を失って衰退し、大衆文学が流行しているのも確かなようです。中国文学の現状は混沌としているといって間違いないと思います。だがそれはかつてのように政治のコントロール下で社会主義的な「清潔で健全な」作品が生み出されていた状況よりは、中国の文学界にとってずっと幸せなことかもしれません。一国の文学を発展させる原動力は、政治ではなく、作家と読者の力だからです。二十一世紀の中国文学がどう変わるか、楽しみです。

注

（1）中国では胡適の「文学改良芻議」（一七年）、陳独秀の「文学革命論」（一八年）の発表を「現代文学」の起点とし、一九四九年中華人民共和国成立後の文学を「当代文学」と呼んでいる。

（2）六六年五月から七六年十月まで、毛沢東によって指導された政治運動。現在では「指導者が誤って発動し、反革命集団によって利用され、党、国家、各民族人民に重大な災害をもたらした内乱」とされている。

（3）七八年十二月中国共産党中央委員会が開催され、党の活動の重点を経済建設におくことを決めた。文革までの階級闘争路線から経済建設路線への大きな転換で、以後中国は経済の改革・開放路線を歩むようになった。

（4）正しくは「延安文芸座談会での講話」。四二年五月当時中国共産党中央の所在地だった陝西省延安で、解放区（共産党支配地区）の文学者を集めて開かれた学習会での毛沢東の発言。当時の共産党系文学者の指導理論で、中華人民共和国成立後も文芸活動の指導理論となった。なお「文芸」というのは「文学」とその他の芸術諸ジャンルの総称。

（5）文革後現れた文学の総称。九一年ごろ「ポスト新時期文学」という語があらわれるが、いつ頃までの文学を指すかについて定説はない。文革が人々に与えた傷跡をテーマにした傷痕文学、文革のような政治的混乱がなぜ起こったかを建国後の歴史に探ろうとする反省文学、中国民族の文化的根源を探るルーツ文学などがある。

（6）詩人、ドイツ文学者。北京大学教授、中国作家協会副主席など歴任。『昨日之歌』（二七年）などの詩集がある。

（7）唐詩人岑参が大雁塔を歌った詩句「万古青蒙蒙」に基づく。

（8）杜甫が大雁塔を歌った詩句「秦山忽破砕」に基づく。

（9）唐詩人李商隠「登楽游原（楽游原に登る）」の詩句「夕陽無限好、只是近黄昏（夕陽無限に好し、只是て黄昏に近し）」に基づく。

（10）七六年当時、中国共産党中央政治局委員だった、江青（毛沢東夫人）、王洪文（党副主席）、張春橋（国務院副総理）、姚文元を指す。七六年十月逮捕され、八一年反革命団体として審判を受けた。

（11）七八年暮れから七九年にかけて北京を中心に展開された民主化運動。期間中多数の非合法刊行物が誕生し民主化の主張が展開された。朦朧詩派の最初の拠点となった非合法文学雑誌『今天』も七八年この運動の中で生まれ、七九年停刊した。

(12) 象徴的手法を多用した詩。はじめ『今天』誌上に発表され密かに同時代の青年たちに広まった。七九年以後全国的な詩誌にも作品が掲載されるが、八〇年夏詩壇の保守派から「理解しがたい詩」という批判を受け、これより朦朧詩と呼ばれるようになる。北島、楊煉、江河、舒婷、顧城などが代表的詩人。

(13) 朦朧詩の代表詩人。『今天』の創刊者。ヒューマニズムを基調とした作風。八九年出国し、ノルウェーで『今天』を復刊。二〇一二年現在、香港中文大学教授。

(14) 朦朧詩派の代表詩人。土俗的・伝統的な素材をもとに中国の現実を批判する詩が多い。

(15) 八〇年代中期から出現した文学現象。こまごまとした具体的な日常の描写の積み重ねで人生の真実の姿を描こうとする。代表的作家に池莉、劉恒、方方などがいる。

(16) 九三年十一月開催の中国共産党中央委員会で「社会主義市場経済体制を打ちたてる若干の問題に関する決定」が採択され、中国は市場経済への道を歩みはじめた。

第二章　建国後の中国詩壇
――詩人であること、あるいは詩の生まれる条件――

中華人民共和国（以下、必要に応じて「新中国」とも書く）成立後の中国詩を考えるさいに、まず考えなければならないのは、それが一つの制度の下で生産され、発表され、評価され、消費される、ということである。ある一人の文学好きな少年がいて、文学作品を書くようになり、それが影響力をもつ既成の作家か詩人に認められる、あるいは影響力をもつ文学賞を得る、その結果、文壇なり詩壇なりという世界の一員になる、という文学者への道筋は中国においても基本的にはその通りではあるが、日本では多分探しても見つからないだろう文壇や詩壇という可視的な世界が、具体的な組織として存在し、その組織の正式メンバーになることが作家や詩人の肩書を得る条件だという点が日本なとど違う点である。本章では、そのことを見ておきたい。

中華人民共和国建国直前の四九年七月、それまで作家、詩人、シナリオライター、文芸評論家などとして活動していたプロの物書きたち（これ以外に、美術、音楽、映画、演劇、芸能などに従事していた人々もいた。ついでに言えば、これらの分野を総称して「芸術」といい、この「芸術」と「文学」をあわせて「文芸」と総称するのである）が北京に集まり、新中国建国後の文学・芸術、つまり文芸をどうするか、どうあるべきか、について話し合った。これが、現在まで続く「中華全国文学芸術工作者代表大会」、通称「文代会」（以下、文代会と略記）の第一回大会（第一次文代会）である。（この大会については斯炎偉の詳細な研究があり、また大会終了後に出された報告集がある。日本語文献では辻田正雄の研究がある。以下の記述は、特別な注記のないかぎり、斯炎偉、辻田正雄の研究と、大会報告集に基づく）(1)。七月二日から始まった大会には、文芸界各分野の代表七百五十三人（周恩来の報告(2)）が参加し、大会期間中も次々に参加者があったという。現代詩関係の参加者が何人であったかは不明だが、早くも三月二十日から始まった準備会の記録からみると、郭沫若、葉聖陶、鄭振鐸、兪平伯、柯仲平、蕭三、馮乃超、艾青、胡風、李広田、田間、何其芳、臧克家などといった詩人たちが積極的に関与していたようである。

さて、この大会の結果ソフトとハードの両面で、新中国の文芸体制の構築が決まった。ソフトというのは毛沢東の「延安における文芸座談会の講話」、いわゆる「文芸講話」を新中国の文芸の方向と定めたことである。大会の組織者の一人だった周揚は「これ以外に第二の方向はなく、もしあれば、それは間違った方向だと深く信じる」とさえ述べた(3)。ハード面は、国家体制の一環として文芸界の組織化を決定したことである。斯炎偉によれば、文学分野の組織化の概略は以下のようである。

まず、作家・詩人たちが中華全国文学芸術工作者協会（五三年からは中国作家協会）の会員となった。文代会の最終日（七月十九日）に中華全国文学芸術界聯合会（通称文聯。以下、文聯と略記）が成立、二十三日にその下部組織として、中華全国文学芸術工作者協会、二十四日には中華全国戯劇工作者会議、詩歌工作者聯誼会などが成立。以後、音楽、舞踏、美術、戯曲、電影などの協会が次々に成立した。文代会が終わると、代表たちは出身の各地に帰り、間もなく各省、市、自治区に文聯と傘下協会の地方組織が成立する。こうして、文芸に従事する「工作者」たちは中央から地方までの関連する協会に加入することとなった。作家協会だけとっても、五九年には三千百三十六人が、六〇年には三千七百十九人が中央から地方までの各作家協会に入っている。「作家」という肩書をもつ者のほとんどすべてが、作家協会の会員になったわけである。また、見逃してはならないことは、会員が各協会から給与を受け取り、住宅、医療など各種の福利厚生を享受することができ、各種の政治学習や専門の研究会などにも協会を通じて参加する。さらに、結婚、葬儀などといったことも協会と相談し、解決する仕組みになっているという点である。

さらに、作品の発表手段たる出版物も、文聯とその下部組織の各協会が管轄する体制になっていた。例えば、『文芸報』は中国文聯（五七年以後は中国作家協会）、『人民文学』は中華全国文学芸術工作者協会（五三年以後は中国作家協会）、『文芸学習』は中国作家協会から出ており、『北京文学』は北京市文聯、『上海文学』は中国作家協会上海分会が出す等、である。作家たちは、協会に所属しない限り作品を発表する方法がなかった。

以上の事実は、作家協会が国家機関の一部として、会員たる物書きを雇用しているということを示している。これらの協会はもちろん中国共産党の指導下で活動しているわけで、作家たちは、作家協会を通じて党の指導を受け入れないわけにはいかない体制ができあがっていたわけである。こうした体制の下での作家たちのありようについて、斯炎偉は作家が「国家の資源」となり、個人の主体性が極めて大きな制限を受けるようになった、と書いている。作家は、自分の主体的な意志、感性、判断において、書きたいことを書く存在ではなくなった。党と国家が必要とする主題と内容の作品を書くほかないという存在になったわけである。

以上が建国後の中国詩壇で詩人として活動すること、および詩を書くということの基本的な条件（あるいは前提）である。建国後の中国詩（詩だけでなく小説、評論など文学活動すべて）について考察する時、右にみたような状況への認識を欠かすわけにはいかないのである。[4]

注

（1）斯炎偉『全国第一次文代会与新中国文学体制的建構』（人民文学出版社、二〇〇八年十月）。辻田正雄「第一次全国文学芸術工作者代表大会の準備について」（仏教大学『文学部論集』第九六号、二〇一二年三月）。大会報告集は、『中華全国文学芸術工作者代表大会記念文集』（新華書店、一九五〇年）。以下の文中では『文集』と略記。

（2）周恩来「在中華全国文学芸術工作者代表大会上的政治報告」『文集』所収。

（3）斯炎偉による。

（4）　文革後の作家、詩人をとりまく状況については、尾崎文昭「「改革と開放」政策のもたらしたもの――一九九〇年代の文化とメディアの状況」（尾崎編『「規範」からの離脱――中国同時代作家たちの探索』［アジア理解講座5］、山川出版、二〇〇六年一月）に詳細な分析と解説がある。

第三章　翼の折れた鳥

——第一次『詩刊』の八年——

はじめに

私はここ十年来文革期の文学について考えてきたが、その過程で文革前のいわゆる「十七年の文学」（中華人民共和国建国の一九四九年から文革開始の一九六六年までの十七年間の文学）について、文革期文学との関連で跡付ける必要を感じるようになった。文革は十七年に対する反逆として発動されたはずであったが、実は十七年の必然的帰結だったのではないかということを、文革期の文学（とりわけ詩作品）を読む中で実感的に確信しつつあったからである。[1]

十七年の文学の中心となる「全面的な社会主義建設開始の時期」は、反右派闘争、大躍進運動、社会主義教育運動等々、政治運動が次々に展開され、その間には三年連続の自然災害と大飢饉が発生するなど、中国人民にとって曲折坎軻の時代であった。この時期、中国現代詩の唯一の全国誌だったのが『詩刊』であった。

『詩刊』は一九五七年一月中国作家協会の機関雑誌として北京で創刊された。六四年十一月突如停刊し、文革後期にまた復刊して現在に至っている。初めは月刊だったが、六一年一月、第四十九号から双月刊、つまり隔月刊に変わり、六三年七月から再び月刊となった。そして前述のように文革開始（一九六六年）前夜の六四年十一月、第八十号（十一—十二月合併号）を以て停刊、約十年の休刊を経て、文革最末期の七六年一月復刊した。創刊時の編集委員は臧克家、厳辰（一九一四—二〇〇三）、徐遅（一九一四—九六）、田間、艾青、呂剣（一九一九—）、沙鷗（一九二二—九四）、袁水拍の八名で、臧克家が編集長（主編）、厳辰と徐遅が副主編をつとめた。編集委員の顔触れは八年間の間に異同があり、最初のメンバー以外に、卞之琳、阮章競、郭小川、賀敬之、葛洛、蕭三、李季、納・賽音朝克らが前後して委員をつとめた。また、六〇年十二月号から、二名増えて十名で編集委員会を構成している。

『詩刊』の歴史は約十年の休刊期をはさんで二期に分けられよう。それを仮に第一次（五七年―六四年）、第二次（七六年以後）というとすれば、本章の扱う範囲は第一次『詩刊』の時期である。本章は直接には第一次『詩刊』の誌史的概観であるが、五七年から六四年までの中国現代詩の詩史が浮き彫りにでき、その結果「十七年の文学」が文革期文学を準備した母胎であったことを、中国現代詩の分野で示せれば幸いだと考えている。

一　『詩刊』創刊――「百花斉放・百家争鳴」政策の中で――

『詩刊』は一九五七年に創刊号を出す。創刊のきっかけになったのは前年に開かれた作家協会理事会での徐遅の発言だった。徐遅は三〇年代から詩を書き始めた詩人で翻訳者でもあるが、当時は『人民中国』と『人民日報』の特約記者としてルポルタージュの執筆に従っていた。徐遅は次のように語っている。

一九五六年は素晴らしい年だったと言わなければなりません。この年、中国作家協会が拡大理事会を開き、私まで拡大されて招集されました。もともと、席上私は報告文学について話すつもりでしたが、どういうわけか急にぱっと閃くものがあって、詩について喋り始めたのです。中国のような広大な詩の国に実に一冊の詩の専門雑誌もない、作家協会が詩誌を創刊されるよう提案する、と。話がまだ終わらないうちに、会場割れんばかりの拍手でした。どうやら、みんなの思っていたことを代わりに話したようです。／その会議からしばらくたって、関係方面が『詩刊』創刊を認可してくれました。私も作家協会に転任、『詩刊』副編集長を仰せつかり、慌ただし

くやり始めたというわけです[2]

ここで徐遅が一九五六年を「素晴らしい年だった」と回想するのは、この年五月に「百花斉放、百家争鳴」政策が提起され、文芸界に新しい風が吹き始めたことを指している。「百花（さまざまな文学芸術の花を）斉放（咲き競わせよう）」というスローガンの下で、この年、数多くの文芸雑誌創刊が企画された。『詩刊』の創刊もその一環であった。文学創作でも従来の枠を破るさまざまな試みが見られた。小説やルポルタージュにおける、現実生活の暗部を描いた、あるいは共産党組織の官僚主義を批判した作品（「生活に関与する」作品といわれる）、夫婦や恋人同士の愛情や感情のもつれ、革命や政治と個人の幸福との矛盾など、従来は「プチブル的」、「不健康」とされ避けられてきたテーマを扱う作品の出現はその例である。

『詩刊』はこういう一種自由な文学的雰囲気のなかで出発した。それは五七年の前半、『詩刊』でいえば創刊号から第六期まで続いた。この時期に発表された作品には「百花斉放」時代の雰囲気が刻印されている。それは詩作品が、むろんその全てではないにせよ、建国以来の詩的類型を発想、主題、表現のいずれの面からも突き破ろうとしている点にうかがわれる。

洪子誠は建国以来の詩の基本的主題と類型は「頌歌」（新しい時代、社会主義祖国、労農兵大衆、中国共産党とその指導者への賛美）と「戦歌」（帝国主義、反革命など社会主義の敵にたいする批判と暴露）だったと指摘している[3]。また表現の方法としては、「叙事的抒情」（人物、場面、事件を設定しその枠組みのなかでストーリーを展開する詩法。但しこの「叙事的抒情」というのは岩佐の造語である）、「政治的抒情」（自己を階級や人民の代弁者に擬し、激しい感情の直抒で政治的アジテーションを展開する詩法）の二つが主流だったと指摘している。五七年前半の『詩刊』掲載の作品にはこういう類型を破り、なんとか新しい詩を作り出そうとする詩人の努力がみられるのである。例えば、艾青「在智利的海岬上」〈チリの岬で〉（五七年一月）、徐遅「芒崖」〈とがった崖〉（五七年一月）、蕭三「詩三章」（五七年一月）、公劉（一九二七―）「遅開的薔薇」

〈遅咲きのバラ〉（五七年二月）、阮章競「風砂三章」（五七年二月）、杜運燮「解凍」〈雪解け〉（五七年五月）、穆旦「葬歌」〈葬送の歌〉（五七年五月）などはその例である。

二　反右派闘争への対応

五七年後半から反右派闘争が始まる。『詩刊』もこの運動に敏速に対応した。

まず五七年七月号で「詩人たちよ立ち上がれ、闘いの前列に立て」とよびかける主編・臧克家の巻頭言（「譲我們用火辣的詩句来発言吧」〈きつーい詩句で発言しよう〉）に始まる「反右派闘争特揖」を組み、袁水拍、田間、沙鷗（一九二二―）、徐遅といった編集委員の詩を掲載した。八月号には詩壇における反右派闘争の中で最大の焦点であった四川の詩人・流沙河（一九三一―）「草木篇」〈草木を歌う〉批判の文章（沙鷗「〝草木篇〟批判」五七年八月）を発表し、運動に参加した（「草木篇」批判については、第二部第四章参照）。だがこの時点では闘争はまだ『詩刊』編集部の足元に及んではいなかった。事態が深刻になるのは八月に入って編集委員の呂剣（一九一九―）と編集部員の唐祈の二名が右派分子として批判を受けてからである。五七年九月号の「反右派闘争在本刊編輯部」〈本誌編集部における反右派闘争〉（署名・編者）によれば、二人はそれまで『人民文学』編集部で働いており、『詩刊』に移ったのはごく最近のことだが、「丁玲、陳企霞反党集団」[4]の骨幹分子・李又然（一九〇六―八四）と密接な関係があり、丁玲、陳企霞（一九一三―八八）ら反党分子の名誉回復を画策したのだという。

だが『詩刊』にとって重大問題だったのはこの二人より、むしろ艾青の扱いだったであろう。この文章は艾青が「最近作家協会党組拡大大会で厳正な批判を受けた」が、彼は「丁玲、陳企霞、江豊（一九一〇―八二）ら反党集団や呉祖光（一九一七―二〇〇三）右派集団のいずれとも繋がりがあり、これらの集団の連絡員を務めていた」ことなどを明らかにしている。[5] 艾青批判はすでに前年五月から『文芸報』で始まっていたが、[6]『詩刊』編集委員でもあるこの大詩人への厳しい批判は『詩刊』が反右派闘争に熱心であることを対外的に示すためにも必要だったであろう。九月号には副主編の徐遅（「艾青能不能為社会主義歌唱？」〈艾青は社会主義のために歌うことはできないのか？〉）と編集委員田間（「艾青、回頭過来吧」〈艾青よ、こちらに帰って来い〉）による批判文が掲載され、さらに黎之（一九二八―）の艾青批判を含む「反対詩歌創作的不良傾向及反党逆流」〈詩歌創作のよくない傾向と反党の逆流に反対する〉という文章が掲載されている。

　この文章は「不良な傾向」として「くだらない情欲の追求」や「愛情にたいする恐懼れや空虚で陰鬱な情緒」「頽廃的で感傷的な感覚」をうたった愛情詩（例えば公劉「遅開的薔薇」がそれだという）、個人的な「暗い」「陰鬱な」情緒をふりまく「不健康」な作品（例えば穆旦「葬歌」、艾青「景山古槐」『北京文芸』五七年一月、などが例として挙げられている）を、「反党の逆流」として「党を攻撃し、社会主義を攻撃する」作品（例えば流沙河「草木篇」）をあげて批判し、詩人たちに「鮮明な社会主義時代の特徴を備えた詩篇」を書くよう呼び掛けている。『詩刊』は――というより中国現代詩は、反右派闘争を契機に五七年前半の努力＝芸術上の探索、を放棄し、「頌歌」と「戦歌」の道へと再転換することになる。この論文はそれを象徴しているといって過言ではない。

　一方艾青批判はその後も続き、沙鷗「艾青近作批判」（五七年十月）、暁雪（一九三五―）「艾青的昨天和今天」（五七年十二月）、桑明野「批判艾青〝詩論〟中的資産階級文芸思想」〈艾青の「詩論」におけるブルジョア的文芸思想を批判する〉五八年二月）などの批判文が相次いで掲載された。[7]

三　大躍進運動下の現代詩――新民歌と「両結合」――

一九五八年は「大躍進」によって知られる年である。工業、農業における生産の大躍進は五七年秋から提起されていたが、党の政策レベルでそれが決定されるのは五八年に入ってからである。五八年三月中共中央は成都で中央工作会議を開く。この会議で毛沢東は「鼓足干勁、力争上游、多快好省地建設社会主義」〈大いに意気込み、常に高い目標を目指し、多く、早く、立派に、無駄なく社会主義を建設しよう〉という社会主義建設の総路線の考え方を打ち出した。五月の中共第八回全国代表大会第二次会議で毛沢東は「破除迷信、解放思想、動員一切積極要素」〈迷信を打破し、思想を解放し、すべての積極的な要素を動員せよ〉と呼び掛けた。会議はこの総路線を決定、これ以後農村の人民公社化と鉄鋼生産運動を中心とする「大躍進」が、全国を巻き込む大衆動員の運動として展開されることになる。

大躍進運動は文芸界にも大きな影響を与えた。その最も大きなひとつが「新民歌運動」の展開である。

五七年秋から五八年春、各地の農村では大規模な水利建設が繰り広げられた。五七年末で六千万人が参加したといわれるほどの、この巨大な水利建設に農民を動員するため、多くの地方では政治・生産スローガンを歌謡化し、大衆に呼び掛けるという方法を採った。また動員された農民の中からも「新民歌」〈労働や建設、社会主義の理想、共産党賛美などを歌う民謡〉が生まれた[8]。これに注目した毛沢東は五八年春全国の民歌の収集を提案した。ほぼ同じ時期、五八年三月、成都で開かれた会議の席上、毛沢東は次のように述べた。

> 中国詩の出路〔前途〕は、第一の道は民歌、第二の道は古典だ。この基礎の上に新詩〔現代詩〕を生みだす。形式は民歌、内容はリアリズムとロマンチシズムの対立の統一だ。余りに現実的だと詩が書けなくなる[9]。

こうした発言にもとづいて文芸界に「革命的リアリズムと革命的ロマンチシズムの結合」〈「両結合」と言われる〉と

いう新しい創作方法が提起される。[10]また四月には『人民日報』が社説（「大規模捜集全国民歌」〈全国の新民謡を大々的に収集しよう〉）を発表、全国的な規模での民歌の発掘収集、創作の大衆運動が巻き起こされることになる。さらにこれが契機となって「新詩発展問題討論」〈現代詩発展についての討論〉といわれる論争がおこることにもなるのである。

四　新民歌、新詩発展問題討論

五八年のこうした情勢にも『詩刊』はやはり迅速に反応する。早くも五八年二月号「迎春特揖」に大躍進を称える詩を掲載したのをはじめ、三月号を「農村大躍進特集」にあてている。また大躍進や新民歌運動の中から多数の民間詩人が誕生したが、『詩刊』は積極的にこうした詩人たちに作品発表の場を与えようとしていた。五八年四月号に「工人詩歌一百首」、「工人談詩」など労働者詩人の特集を組んだのはその一例である。

また五八年五月号が「民歌選六十首」を載せたのを皮切りに、以下「新民歌四十首」（五八年六月）、「戦士詩歌百首」（五八年七月）など、毎号「新民歌」を掲載したのもその一環である。

「新詩発展問題討論」については、五八年十月号から「新民歌筆談」の連載がはじまり、五九年二月、そのまとめとして『詩刊』評論組整理「関於新詩発展問題的論争」〈現代詩発展問題についての論争〉が発表される。それによれば、この問題には大きく三つの論点があった。

第一は〝五四〟以来の新詩（現代詩）をどう評価するか、をめぐる問題で、論争の主流は「新詩は旧詩の形式上の枠を破り詩体を解放したが、以後人民から遊離していった。これはその欠点だ」というものだった。

第二は新民歌をどう評価するかをめぐるもので、肯定的に見る意見が主流だった。[11]

第三は新詩の発展方向に関する議論で、その主流は、毛沢東のいったように民歌と古典を基礎に発展させるべしというものだった。

五　修正主義文芸思想批判

五八年の文芸界ではまた「修正主義文芸思想」批判なる運動が展開された。年頭、『文芸報』第二期が丁玲、艾青らの延安時代の文章を掲載し「再批判」を行ったのを皮切りに、反右派闘争で右派とされた作家、批評家の文章や作品に対する再批判が展開されたのである。その運動の一環であろう、『詩刊』でも様々な詩人の作品がとりあげられ批判された。この一年間に発表された批判文には次のようなものがある。

公劉批判（公木「公劉近作批判」五八年一月）

艾青批判（桑明野「批判艾青〝詩論〟中的資産階級文芸思想」〈艾青の「詩論」のブルジョア階級文芸思想を批判する〉五八年二月、蔡師聖「略談戴望舒前期的詩——評艾青的〝望舒〟的詩」〈戴望舒の前期の詩について——艾青の「望舒の詩」を評す〉五八年八月）

邵燕祥批判（洪永固「邵燕祥的創作岐途」五八年三月）

白薇（一八九三—一九八七）批判（呉中杰「評白薇的〝盤錦花開十月天〟」〈白薇の詩「盤錦花開く十月の天」を評す〉五八年五月）

卞之琳批判（劉浪ら「対卞之琳〝十三陵水庫工地雑詩〟的意見——我們不喜歓這種詩風」〈卞之琳の詩「十三陵ダム工事現場雑詩」に対する意見〉五八年五月）

林庚批判（高国英ら「対林庚〝詩三首〟的意見」〈林庚の「詩三首」への意見〉五八年五月）

詩「耕地」批判（楊森「〝耕地〟的生活細節不真実」〈詩「耕地」の描く生活のデテールは真実ではない〉五八年五月）

蔡其矯批判〈肖翔「什麼様的思想感情？――対蔡其矯〝川江号子〟〝宜昌〟等詩的意見」〈いかなる思想感情なのか？――蔡其矯「川江号子」「宜昌」等の詩に対する意見〉五八年七月、呂恢文「評蔡其矯反現実主義的創作傾向」〈蔡其矯の反リアリズムの創作傾向を評す〉五八年十月）

穆旦批判（李樹爾「穆旦的〝葬歌〟埋葬了什麼？」〈穆旦の「弔い歌」は何を埋葬したのか？〉五八年七月）

王瑤（一九一四―）批判（北京大中文系五六級魯迅文学社「批判王瑤対新詩的資産階級観点」〈現代詩に対する王瑤のブルジョア的観点を批判する〉五八年十月）

王群生（一九三五―）批判（冼寧「究竟歌頌了什麼？――談〝紅纓〟中主人公的形象」〈一体何を賛美しているのか――「赤いふさ」の主人公の形象について〉五八年十一月）

田間批判（宛青「評田間的〝麗江行〟」〈田間の詩「麗江行」を評す〉五八年十二月）

高纓（一九二九―）批判（商文健「這不是我們的丁佑君――評高纓的長詩〝丁佑君〟」〈これはわれわれの丁佑君ではない――高纓の長詩「丁佑君」を評す〉五八年十二月）

孫静軒（一九三〇―）批判（宋壘「景物抒情詩与時代感――孫静軒〝海洋抒情詩〟読後」〈叙景抒情詩と時代感――孫静軒「海洋抒情詩」を読んで〉五八年六月、余音「批判孫静軒的詩」〈孫静軒の詩を批判する〉五八年十二月）

このほか、編集部整理による「読者対去年本刊部分作品的意見」（五八年八月）によれば、孔孚（一九二五―）「雷声已経隠去」〈雷鳴はもう消えた〉（五七年八月）、蔡其矯「大海」（五七年五月）、公木「鞍山行」（五七年六月）、杜運燮「解凍」（五七年五月）、路亮畊「韶山農民在戦闘」〈韶山の農民は戦っている〉（五七年九月）、汪曾祺（一九二〇―）「早春」（五七年六月）に対し、読者から多くの批判が寄せられたという。

また五八年はアジア、アフリカ、東欧の詩が翻訳紹介され、これらの国に関心を寄せる姿勢が目立った。「インド当代詩人作品選」（五八年二月）、「アラブ各国民族独立運動支持増刊」（五八年七月）[12]、エジプト、シリア、イラク、ヨルダンの詩人紹介（五八年八月）、「アジアアフリカ国家詩選」（五九年九月）などがそれである。

六　「新詩発展概況」の発表

五九年は中華人民共和国成立十周年という節目の年である。文芸、学術の様々な領域で十年を記念し、建国後の歩みを総括する作業がおこなわれた。『詩刊』も九月号（総第三十三期）を「国慶十周年専号」にあてたが、特に建国後の現代詩史を総括するような文章は掲載していない。

だが、この年は同時に〝五四〟運動から四十周年目にあたる。中国現代詩は〝五四〟時代に誕生したのであり、現代詩誕生四十周年という記念すべき年でもある。恐らくそのためであろう、『詩刊』は六月号から十二月号まで四回にわたって「新詩発展概況」という論文を連載する。これは〝五四〟から始まる中国現代詩の歩みを一九五九年の視点から総括したものである。執筆者は謝冕（一九三二―）、孫紹振（一九三六―）、劉登翰（一九三七―）、孫玉石（一九三五―）、殷晋培（一九三九―九二）、洪子誠（一九三九―）の六名。いずれも現在は中国を代表する現代文学研究者だが、当時はほとんど無名の青年たちである。[13] 当時現代詩史を独立して扱ったものとしては臧克家「〝五四〟以来新詩発展的一個輪郭」〈〝五四〟以来の現代詩発展の輪郭〉（『文芸学習』五五年二―三月）があったが、まさに題名通り簡単な「輪郭」を素描したものにすぎなかった。それに対しこの「新詩発展概況」は、「思考が全面的ではなく、怱怱の間に仕上げたという限界、観点と史実の上で検討の余地があるが、まとまった叙述で、現代詩史の萌芽に近づいて」[14]（古遠清）おり、『詩刊』の業績の一つであった。

七　反右傾と第三世界支持

一九五九―六〇年の中国政治をつらぬくのは「反右傾」思潮だった。五九年以後中国は三年続きの大自然災害にみまわれ、さらにソ連の援助停止があり、毛沢東の大躍進経済政策は挫折した。こうした情勢を背景に五九年―六〇年の中国は左傾化を強めるのである。まず五九年七月中共八期八中全会（中国共産党第八回全国代表大会第八回中央委員会全体会議）が江西省廬山で開かれるが、会議で大躍進政策を批判した彭徳懐国防部長が反党とされて失脚した。毛沢東は彭の大躍進批判は党内に存在する右傾思想、右寄りの感情を代表していると判断、八月以後反右傾闘争が展開される。六〇年はこの「反右傾」の延長線上に文芸界でも一月に巴人（一九〇一―七二）の「論人情」が批判されるなど、人道主義、人間性論などを槍玉にあげた批判運動が起こった。六〇年七月には第三次文代会（中国文芸工作者第三次代表大会）が開かれ、文芸界における反修正主義闘争のよびかけが行われた。

こうした政治動向や文芸界の動きに対応し、『詩刊』の誌面構成も「左傾」の度合いを強めていき、六〇年に入るとしばらく途絶えていた批判の文章が載り始める。

郭小川（一九一九―七六）批判（殷晋培「唱什麼様的賛歌――評《白雪的賛歌》中于植的形象」〈どういう賛歌を歌うのか――「白雪賛歌」の中の于植の形象を評す〉六〇年一月）

蔡其矯批判（肖翔「蔡其矯的詩歌創作傾向」六〇年二月）

王亜平（一九〇五―八三）批判（尹一之「王亜平反対的是什麼?」〈王亜平が反対しているものは何か?〉六〇年二月）

丁芒（一九二四―）批判（王澍・易莎「庸俗的感情、陰暗的心霊」〈くだらぬ感情、陰鬱な心〉六〇年三月）

楊文林（一九三一―）批判（雷立群「《女隊長来了》表現了什麼?」〈「女隊長が来た」は何を描いているのか?〉六〇年三月）

巴人（一九〇一―七二）批判（殷晋培「巴人的一支冷箭」〈巴人の闇討ち〉六〇年五月）
沙鷗批判（周建元「沙鷗是怎様一個詩人？」〈沙鷗とはどういう詩人か〉六〇年五月）
秦似（一九一七―八六）批判（宋垦「批判秦似的《詠古蓮》和《吊屈原》」〈秦似の詩「古蓮を詠む」と「屈原を弔う」批判〉六〇年五月）

などがそれである。

この年の『詩刊』には、五八年についで、アジア、アフリカ、ラテン・アメリカなど第三世界の闘争への連帯を歌った作品や、それらの国の詩人の翻訳の掲載も目立った。例えば五月号、六月号と連続して「支持亜州拉丁美州人民的民族民主運動」（〈アジア、ラテン・アメリカ人民の民族民主運動支持〉）の特集を組んだのをはじめ、ベトナム、日本、朝鮮、キューバなどの詩人の作品を翻訳紹介している。その背景にはこの年から顕在化しはじめた中ソ関係の悪化と、それにともなうアジア・アフリカ諸国の共産主義運動における中ソの指導権争いがあったといってよかろう。

八　調整政策とその転換

一九六一年―六二年の基調は大躍進など「左傾」の路線によって生じた経済の混乱を正すための調整政策である。文芸界もまた「左傾」の過ちを正すべく政策的な措置をとった。文革後に明らかにされた資料では、文芸界における「左傾」の是正に積極的に動いたのが周恩来（一八九八―一九七六）、陳毅（一九〇一―七二）らであった。彼らは六一年―六二年に開かれた新僑会議（「全国文芸工作者座談会と故事片創作会議」六一年六月）、紫光閣会議（在北京の劇作家との座談会、六一年二月）広州会議（「全国話劇、歌劇、児童劇創作座談会」六二年三月）、大連会議（「農村題材短編小説創作座談会」六二年八月）など一連の会議で、五七年以後の学術界、文芸界の非民主的状況を厳しく批判し、文芸に対する過度の干渉を戒める発言を繰り返した。例えば周恩来は紫光閣会議で次のように述べたという。

これを書いてはいけない。あれを書いてはいけない。さらに人様にレッテルを貼る。右傾だ、保守だと。かくして大変多くの作品が公式化、概念化、低俗化したものとなる。作家はただ間違わないことだけを求め、功績あるを求めない。もちろん良い作品などできはしない。これは党委員会の指導と関係がある。(15)

それと同時に、これらの意見を「条例」の形で公式化することも試みた。その文芸領域における「条例」が六二年四月に公布された「関于当前文学芸術工作者若干問題的意見」〈文学芸術工作者の若干の問題についての意見〉：いわゆる「文芸八条」）である。当時の党の文芸工作に「少なからぬ欠点と過ち」が存在しているとの認識に立って、「百花斉放百家争鳴」の原則の徹底、民族遺産の批判的継承と外国文化の批判的摂取、文芸批評の正しい展開など、それを是正する八点の原則を定めたものである。

こうした一連の調整政策は六一年―六二年前半の『詩刊』の編集方針にも反映されているように見える。掲載作品はとげとげした内容のものが減り、穏やかな作品が主流を占めている。「戦歌」と「頌歌」の二本立てであったのが、戦歌がほとんど掲載されなくなった、といってもいい。また、それまでずっと続いていた「批判」文の掲載が、この期間は途絶えている。(16)『詩刊』のこういう誌面構成は、やはり「調整」を軸に動いていた当時の文芸界の雰囲気の反映なのであろう。

事態に大きな変化が生まれるのは六二年九月中共八期十中全会以後のことである。会議の席上毛沢東は社会主義社会における階級と階級闘争の存在、資本主義復活の可能性を指摘、階級闘争の必要性を語り、修正主義の防止と反対を提起した。そしてそれは会議のコミュニケに書き込まれた。六三年からは社会主義教育運動が始まる。中国は短い調整期を経て再び激しい政治の季節に入っていく。国際的にも六二年十月いわゆるキューバ危機が起こり、中国は「キューバ支持、アメリカ帝国主義反対」を唱えてフルシチョフと対立する。十一月発行の『詩刊』第六期は、巻頭にキューバ人民の革命闘争支援の詩四首を掲げているが、それはこの雑誌が再び「戦歌」を歌い始める合図のようにも映る。

九　毛沢東の「批示」と文芸界の批判運動

八期十中全会の「資本主義復活の危険性――社会主義段階での階級闘争の必要性」という提起は、文芸界を含む全イデオロギー領域に激震をもたらすことになった。この会議の席上劉建彤（一九一九―二〇〇五）の小説「劉志丹」が批判されたのを皮切りに、六三年五月には昆曲「李慧娘」が批判され、九月には毛沢東が伝統演劇とそれを管轄する文化部を「帝王将相部、才子佳人部、あるいは外国死人部だ」と批判、十二月には演劇以外の芸術形式は「問題が少なくない」、社会主義改造は「ほとんど効果をあげていない」と批判する「批示（文書による指示）」を書いた。この「批示」に基づき六四年四月から文芸界では整風運動を展開、問題点の点検をおこない、五月にはその報告書草案をまとめた。六月毛沢東はこの草案に「批示」し、文芸界（全国文芸界聯合会とその傘下の各協会）について次のように書いた。

> これらの協会とこれらの協会が掌握している出版物の大多数（少数の、いくつかのものは、よいといわれているが）は、この十五年間、基本的に（すべての人ではない）党の政策を実行せず、役人風や旦那風を吹かして、労働者、農民、兵士に接近せず、社会主義の革命や建設を反映しなかった。ここ数年間は、なんと修正主義すれすれまで転落するにいたっている。(17)

ここで毛沢東が批判している出版物の中に『詩刊』が入っているのかどうかは明らかではない。ただ毛沢東のこの評価は解放後の文芸界の成果を一切否定した六六年の「林彪同志委託江青同志召開的部隊文芸工作座談会紀要〈林彪同志の委託により江青同志が開いた部隊の文学・芸術活動についての座談会記録要綱〉」（いわゆる「座談会紀要」）につながるものである。文芸界の人士に「また大きな批判運動が巻き起こるのではないか」という憂慮、不安、危機感を与えたことが想像される。果たしてこの「批示」により文芸界は再び整風運動のやり直しを迫られることになる。この結果、映画「北国江南」、「早春二月」が「ブルジョア個人主義、人道主義を賛美している」などとして批判されたのをはじめ、多くの作品が批判にさらされた。六四年夏以降、批判は学術界にも及び、哲学界では楊献珍（一八九六―一九九二）、馮定（一九〇二―八三）、経済学では孫冶方（一九〇八―八三）、歴史学では剪伯賛（一八九八―一九六八）、呉晗（一九〇九―六九）らへの批判が展開された。こうした批判運動の継起はやがて始まる文革の前触れであった。

十　「左傾」急進主義下の『詩刊』

六三年―六四年すべてを階級闘争に結びつける「左傾」の急進主義が中国を覆い、文革の思想的基盤が形成されていく。その状況に現代詩は、また『詩刊』はどう対応したのだろうか。

この時期の『詩刊』「詩訊」欄を見ていくとほとんど毎号のように「詩歌朗誦会」の記事が掲載されていることに気付く。これらの朗誦会は当面のさまざまな政治運動と連動して開かれた。六四年四月号の「詩歌朗誦座談会紀要」によれば北京、上海、広州、合肥、成都、武漢、天津、ハルピンなどで「支持古巴詩歌朗誦会」〈キューバ支持詩歌朗読会〉が開かれたほか、全国の多数の都市で「向雷鋒同志学習詩歌朗誦会」〈雷鋒同志に学ぶ詩歌朗読会〉、「記念馬雅可夫斯基誕生七十周年詩歌朗誦会」〈マヤコフスキー生誕七十周年記念詩歌朗読会〉、「支持巴拿馬人民反美愛国正義闘争詩歌朗誦会」〈パナマ人民の反米愛国正義の闘争支持詩歌朗読会〉、などが相次いで開かれた。北京での朗読会はラジオで全国に実況中継され、外国にも流されたという。そして最近では都市だけではなく地方の県や人民公社でも朗読会が開かれ始めたという。

こういう会で朗読されるのは、明確な政治テーマをもち、戦闘的扇動的な語彙と力強いリズムで聴衆を酔わせ、政治目標に向って動員するアジテーション詩でなければならなかった。このような詩が「政治抒情詩」である。文革期に最も盛んになる政治抒情詩は、この急進主義の時代が必要とした詩体だったといえよう。

十一　『詩刊』の停刊

一九六四年十一月『詩刊』は突然停刊する。停刊の理由は編集部が農村や工場、つまり生産の現場に下放するためだという。それが何らかの政治的判断による慌ただしい決定だったことは、「停刊の通知」が『詩刊』本誌にではなく、それに挟まれた一枚の小さな紙切れに印刷されていたことから推測される。停刊の通知はこう書かれている。

親愛なる読者の皆様

『詩刊』十一、十二月合併号がお手元に届く頃は新年も間近でしょう。新しい一年、思想と仕事の面でより大きな収穫がありますようお祈りします。目下わが国の各戦線では社会主義革命と社会主義建設の大衆運動が盛んに展開されています。本誌は、編集部員がかなり長期間、農村や工場に入り、燃えあがる闘争に参加し、より一層思想を鍛えるために、六五年元旦から暫く休刊することを決定しました。この積極的措置は、皆様必ずご支持下さるものと思います。

これまでの数年間、本誌は一貫して皆様の熱いご支持とご援助を受けてきました。ここに謹んで衷心より感謝申し上げます。

『詩刊』編集部一九六四年十一月

編集部自身この通知にあるように「休刊」は「暫時」のことにすぎないと考えていたであろう。しかし政治の動きは予想を超えていた。その一年半後文革が始まり、文芸誌はことごとく発行を停止する。『詩刊』が再び読者の前に姿を現すのはそれから十二年後のことであった。

おわりに

一九五七年一月創刊以来八年間、『詩刊』の刊行された時代背景を辿り、改めて『詩刊』の目次を眺めてみると、そこに時代の影が余りにも強く刻印されていることに感慨を催さずにはいられない。

この八年、特に五七年後半以後は詩が限りなく「政治」に近付き、「政治」の僕に堕していく歳月だった。詩はひたすら政治に奉仕した。政治が左傾すれば詩も左傾した。六四年に発表された作品の多くは、その内容の政治性、表現の煽動性・戦闘性、語句の大言壮語、作品全体の非芸術性においてほとんど「大、仮、空」(大言壮語、嘘っぱち、無内容)と評された文革期の詩の先取りといっていいほどである。

文革期文学は、文革期の歴史的・社会的環境から生まれたものには違いないが、詩の角度からいえば、それは五七年以後の現代詩の発展の必然的帰結だったといえ、その具体的内容(実質)はすでに文革前の作品に実現されていた。これが、『詩刊』八年の歩みを辿ってみて私が受けた印象である。

もしこれが正しいとして、私にはそういう現象を作り出した原因は、一人や二人の特定の誰かや、ある幾つかの作品にあるのではなく、中国現代詩に関わったすべての人々、詩人、評論家、編集者、読者たちの共同の作為と不作為にあるように思える。ある詩作品を「不健康な情緒をふり撒いている」と感じる読者があり、それを投書できる雑誌、それを掲載する雑誌があり、それを受け入れる作者があり、それを根拠に断罪する評論家がいる。そういう「暗黙の共謀」の結果、多くの語彙、多くの感情、多くの表現が暗黙の内に「禁止」され、詩から排除されていく。一九五七年から六四年までの中国で、『詩刊』は、他のすべての文芸雑誌がそれぞれのジャンルでそうであったように、そうした暗黙の禁止や排除を詩壇の内外に示す装置として機能したのである。

謝冕北京大学教授は、新中国建国前の四〇年代の詩について、その主調は「祖国の夜明けに対する呼びかけであり、詩は暴風雨に抗いながら勇敢に飛翔する鳥にほかならなかった」と述べた[18]。だが『詩刊』の八年の歩みを振り返るとき、私には、かつて勇敢に飛翔した鳥が、翼を折られ飛べなくなっていく歳月だったように思われてならない。

注

（1）拙稿「文革期の地方文芸雑誌について」（『言語文化論究』№二〇、九州大学大学院言語文化研究院、二〇〇五年二月）は、この問題を文革期の地方文芸雑誌について考察したものである。

（2）謝克強「同志仍需努力——著名詩人徐遅訪談録」（『詩刊』九七年一月号）。

（3）洪子誠・劉登翰『中国当代詩歌史』（人民文学出版社、九三年五月）。

（4）五五年夏、作家協会において作家・丁玲と文芸評論家・陳企霞が反党の小集団活動を行ったとして批判された。五七年、この問題は再度審査され、そういう事実はなかったという結論になったさなかに反右派闘争が始まり、ふたたび彼らが反党集団の活動をおこなったという結論になった。そしてこれが拡大して李又然、艾青、羅烽、白朗らもこの集団のメンバーとされ、五八年には、再審査で反党集団は存在しなかったとした李之璉、黎辛、張海など作家協会党組織の幹部が右派とされた。こうした事実とその詳しい経緯については、丸山昇『文化大革命に到る道　思想政策と知識人群像』（岩波書店、二〇〇一年一月）に詳細に述べられている。

（5）李又然は作家、詩人。江豊は版画家、中央美術学院副院長、呉祖光は劇作家、映画監督。五七年九月八日『文芸報』二二号「文芸界対丁、陳反党集団闘争深入開展李又然、艾青、羅烽、白朗反党面目暴露」は、『詩刊』のこの文章とほぼ同内容である。

(6) 早くも五六年五月『文芸報』に柳夷「艾青為什麼〝看不到〟、〝写不出〟呢?」〈艾青はなぜ「目に入らず」「書けない」のか?〉と「要趕上飛速前進的時代!——読者対艾青在詩歌問題座談会上発言的意見」〈飛ぶように速く前進する時代に追いつけ!——詩歌問題座談会での艾青の発言に対する読者の意見〉(『文芸報』五六年第十号)が掲載されている。

(7) 艾青批判の矛先は彼のモダニズムの作風、それゆえの難解さに向けられ、それを「陳腐なブルジョア階級のモダニズムの技術」「ブルジョア階級の文芸観」として批判するものだった(例えば黎之)。批判は他の文芸誌でも展開された。

(8) 「新民歌運動」に関してはすでに多くの研究がある。管見に入ったもののうち研究の初期のものには、秋吉久紀夫『近代中国文学運動の研究』(九州大学出版会、七九年七月)、最近のものに坂口直樹「一九五八年中国新民歌運動の再検討——文芸大衆化の視点から」(坂口『中国現代文学の系譜——革命と通俗をめぐって』東方書店、二〇〇四年二月所収)があり、参考になった。

(9) 毛沢東「成都会議での講話」五八年三月。五月の中共第八回全国代表大会第二次会議でも、新民歌にふれて「革命精神と実際精神の統一。文学では、革命的ロマンチシズムと革命的リアリズムの統一が必要だ。」と述べたという(黎之「在〝大躍進〟的年代」『文壇風雲録』河南人民出版社、九八年十二月所収)

(10) 宇野木洋「リアリズムの復権に向けて——創作方法としての「革命的リアリズムと革命的ロマンチシズムの結合」をめぐる状況的整理」(宇野木『克服・拮抗・模索　文革後中国の文学理論領域』世界思想社、二〇〇六年三月所収)は、この問題に関する優れた研究で、注もふくめ大変勉強になった。なお『詩刊』では沙鷗が新民歌を素材に「両結合」について解説した「関于革命現実主義和革命浪漫主義——〝学習新民歌〟的第四章」(五八年十二月)を掲載している。

(11) 新民歌の評価をめぐっては、何其芳、卞之琳たちは、新民歌のスタイルには局限[限界]があり、新たな格律詩(「格律詩」とは、一句の字数、全体の句数、押韻などの規則をそなえた定型詩、と言っていいだろう)=「現代格律詩」(現代中国語の語彙、音韻、文法と矛盾しない格律詩)を考えるべきだ、と考えており、また五四以来の新詩の成果を排除すべきでないとしていた(卞之琳「分岐在哪里」五八年一月)。林庚、馮至、王力(いずれも北京大学教授)や、徐遅などもこの意見に賛成だった。これに対し、毛沢東を始め、郭沫若、周揚、茅盾のような文芸界の指導的人物、臧克家、田間、袁水拍、蕭三などの有力詩人は、新民歌を熱烈に擁護しており、これがこの時期の詩壇の主流を形成していた。郭沫若「郭沫若同志就当前詩歌中的主要問題答本社問」（〈現下の詩歌における主要な問題について郭沫若同志が本社の質問に答える〉五九年一月）はその総括的な文章。論争は、学者グループと政治の実権を握るグループとの意見の対立の外観を呈した。

（12）五八年七月号の表紙には「支持阿拉伯各国民族独立運動増刊」と印刷されているが、私の所蔵するこの号には、「増刊」に相当する内容はない。やや不思議である。

（13）この六人の共著『回顧一次写作《新詩発展概況》的前前後後』〈「新詩発展概況」執筆前後の回顧〉（北京大学出版社、二〇〇七年十一月）には、この文章が執筆掲載されるに至った経緯を述べた執筆者へのインタビュー形式の「関于《新詩発展概況》答問」をはじめ、「新詩発展概況」の、以下の全文七章（ただし『詩刊』に発表されたものは前半四章のみ）が掲載されている。一・女神再生之時代、二・無産階級詩歌的高潮、三・暴風雨的前奏、四・民族抗戦的号角、五・唱向新中国、六・百家争艶的朝晨、七・唱得長江水倒流。

（14）これは古遠清『中国当代詩論五〇家』（重慶出版社、八六年九月）の評価だが、当時すでに批判を受けて詩壇を追われていた艾青についても「民主革命の時代にはやはり成果をあげた詩人だった」（第四章）として詳しくその詩業を記述するなど全般に客観的な評価を心がけており、反右派闘争の熱気のなかでの仕事であるだけに高い評価を与えていいと思う。

（15）周恩来「北京の新劇・歌劇・児童劇作家に対する講話」（『原典中国現代史（第五巻）』岩波書店、九四年七月所収、萩野脩二訳）による。

（16）六一年第五期に陳山「《撃壌歌》是一首什麼性質的歌」という文が載っているが、これは古代の詩の批判である。

（17）「北京周報」（六七年二十二号）による。ただし一部表現を改めた。

（18）謝冕「二〇世紀中国新詩概略　一九一九―一九四九」（『新世紀的太陽――二〇世紀中国詩潮』時代文芸出版社、九三年六月所収）。

第四章　流沙河「草木篇」批判始末

はじめに

流沙河は一九八一年、この年初めて設けられた「全国中青年詩人優秀新詩奨」の最初の受賞者となり、中央詩壇に復帰した。二十五年前に詩壇を揺るがせた大事件とともに名を知られ、同時に右派として姿を消した詩人はこのとき年齢すでに五十歳。流沙河はこれ以後次々に作品を発表し、確固たる詩壇的地位を確立していく。だが、復活後の活躍には暗々裏に有力詩人や文芸ジャーナリズムの、彼の右派としての悲劇的な経歴への配慮が働いているようにも思う。

一九五七年に「草木篇」という詩が書かれ、作者流沙河がそれによって批判された事件は、文芸界における反右派闘争の一事例としてよく知られている。だが、その批判の経過についてはほとんど知られていない。理由の一つは当事者の流沙河がその経緯について口をつぐんでいるからだが、もっと大きな理由は、一編の文章を書いたため作者が右派の烙印をおされて職場を追われる、ということは反右派闘争中にはざらにあった出来事で、人々がそこに格別の興味を見出さなかったからだろう。だが、当時の資料を読んでいくと、それは実はそれほど単純な事件ではなく、多くの人々を巻き込んだ一大冤罪事件であり、その冤罪の成立には詩人自身も大きく関わっており、彼の詩の評価にも関わる問題をはらむことが分かる。本章はおもに「草木篇」批判の主要な舞台であった『四川日報』の報道や文章に拠りながら、この事件の経過を追い、あわせて流沙河における「草木篇」批判の意味を考えてみようとするものである。

一　流沙河という詩人

流沙河は文革後出版された詩集『流沙河詩集』に詳しい自伝を付している。[1]経歴の詳細についてはそれにゆずり、ここでは事件の理解に必要なことだけを抜きだしておく。

流沙河、本名は余勲坦。一九三一年十一月四川省成都市で生まれた。父親は余営成。成都郊外の金堂県の大地主の一族だった。ただ流沙河の生まれたころは、余家には昔日の勢力はなく、父の房は二十畝（一畝は約六・七アール）の田地を有する小地主にすぎなかった。この父親は国民党金堂県政府の軍事科長をしたことがあり、土地改革運動のさなか「民憤甚大」で処刑されている。それは流沙河の事件にも大きな影を落としている。

四七年、成都の省立成都中学（高校部）に入学、このころから文学に興味をもつ。四九年春、成都の同人誌「青年文芸」に参加、成都の新聞『新民報』『西方日報』などに作品を投稿し掲載された。この年の秋、飛び級で四川大学農業化学系を受験、トップの成績で合格したが、授業には出ず、もっぱらもの書きに熱中、学外の文学青年と交際した。年末、成都が解放された。五〇年金堂県に帰り一月ほど小学校教師をした後、『川西日報』に投稿した彼の作品に注目した作家西戎（一九二二―）の招きで『川西日報』に入る。西戎は同紙編集委員だった。五一年から西戎の創刊した『川西農報』に移った。同年、人と合作で書いた中編小説「牛角湾」が激しい批判にあうが、西戎のおかげで乗り切る。五二年、中国新民主主義青年団に加入、同年四川省文学芸術界聯合会（以下「文聯」と略記）に配置換えされ、創作員となった。五六年処女詩集『農村夜曲』（重慶人民出版社、七月）を出版、また中国青年出版社から短編小説集『窓』が出た。

そういう活躍が評価されてであろう、五六年三月北京で開催された全国青年文学創作者会議に派遣された。[2]「視野大いに広がり、詩想大いに湧く」と書いている。会議終了後、中国作家協会文学講習所で学ぶ。萩野脩二の紹介[3]によれば、文学講習所は五〇年に開設準備を始め、その年十月に学生を募集した。当時は中央文学研究所といい、所長・丁玲、副所長・張天翼（一九〇六―八五）だった。第一期は五一年一月開学、五三年六月末終了、第二期は五三年九月開学、五五年七月終了だった。第二期の途中五四年に名称を中国作家協会文学講習所と改めた。第三期は五六年四月から八月までのわずか四ヶ月。三月の青年文学者創作者会議の参加者から六十名を選んだ。九月から翌年七月までの第四期は編集者養成のためのもので、計二百人余りが学んだ。流沙河はこの第三期に入学した。五五年に始まった丁玲批判は文学講習所では流沙河の学んだ時期にはまだ続いており[4]それまでの二期のように落ち着いて学ぶ環境ではなかった。彼は八ヶ月、つまり編集者養成の第四期の途中まで在学し、四川に帰ることになったが、「鬱々として心楽しまず」帰省の列車の中で「草木篇」を書いたのだという。時は秋十月、百花斉放、百家争鳴の方針をめぐって中国知識界と文芸界に大きな渦が巻き起ころうとしている時期であった。なお彼がここで書いた詩は五七年春出版された（『告別火星』作家出版社刊）が、そのとき「草木篇」は激しい批判をうけていた。以上が詩人流沙河誕生までの略歴である。

二　『星星』の創刊

四川に帰って間もなく流沙河は『星星』創刊の準備に参加した。『星星』は翌五七年一月一日、中国最初の詩歌専門誌として創刊された。出版は四川人民出版社、定価は毎期一角五分だった。誌名の『星星』は邱原（丘原とも書く）

がつけたという。[5] 毛沢東の「星星之火可以燎原」〈小さな火花も広野を焼きつくす〉（『毛沢東選集』第一巻所収）に基づく。[6]
同じ月、北京で『詩刊』が創刊されたが、創刊の日時から言えば『星星』の方が早い。白航の回想によれば、編集部は四人だけで、主任（「主編」はおかれていなかった）が白航（本名劉新民、一九二五―）、編集者として白峡（本名劉葉隆、一九一九―二〇〇四）、石天河（本名周天哲、一九二四―）、流沙河の四人がおり、「二白二河」と称された。このうち石天河は「執行編集」（編集実務の担当）で原稿の統一や紙面の構成に責任をもち、一番よく働いた。最年長だった白峡は穏やかな人柄で、七月、流沙河と石天河が右派とされて編集部を去った後、白航と二人で『星星』の編集を続けたが、結局第八期（八月）で彼らも右派とされ『星星』を離れることになる。[7]
後に見るように、この四人のうち、流沙河ともっとも深いつながりをもったのが石天河だった。石天河は湖南省長沙の出身。小学校卒の学歴しかないが、独力で文学を学び、肉体労働者、事務員、新聞記者などを経験、四九年入党、解放軍に従って四川に来て、五二年秋四川文聯に配属されて文芸工作に携わったという人である。五六年胡風との関連を疑われ、文聯の党支部書記李累の尋問を受けている。疑いが晴れて四川文聯理論批評組副組長を担当することになるが、文聯の指導部には彼への不信感が残っていたであろう。さらに、彼には四四年国民党軍事委員会のスパイ養成学校に一年間在学していたという「歴史問題」がつきまとっていた。これは日本軍が湖南に進軍した際、家族とともに難民として流亡中に貴州で「国防最高委員会特殊技術人材学校」学生募集の広告を見て、入学してみたらスパイ養成学校だったことが分かり、そこを逃亡したというのが真相だった。むろん四九年の入党の際、この経歴は党組織に報告済みで、この事実をめぐる厳しい審査にパスした上での入党ではあったが、五七年の反右派闘争の渦中でこの事実が再び蒸し返されることになる。そのきっかけをつくったのが流沙河であった。[8]（後述）
地方における文学雑誌の創刊は建国直後から始まっており、五六年には全国範囲に流通する文学雑誌は中央、地方を合せて七十種を超えていた。これらの雑誌は中国共産党の思想的統制のもと、社会主義の枠の中で編集発行されてきた。ところが五六年に入って「百花斉放・百家争鳴」いわゆる双百（以下、この語を用いる）の方針が提起されるや、中国作家協会は雑誌編集者を集めた会議を数度にわたって開催、「大胆に、手放しで双百方針を実行し、異なる意見、観点の文章も思い切って発表し、異なる風格、異なる題材、異なる形式の作品も思い切って発表する。また、生活の中の欠点を鋭く批判する文章と作品でも、悪意の誹謗でないなら、当然発表すべきだ」という方針を提起していた(9)。こうして「出版物は、鮮明な主張、民族的風格の追求、鮮明な地方的特色という点で努力すべきだ」という観点が雑誌編集者の共通認識となりつつあった。『星星』もまた双百を背景にした自由化の流れの中で誕生したのである。それを端的に現したものが、創刊号に掲げられた「稿約」であった。全五条から成る「稿約」の第一はこうである。

われわれの名は「星」だ。天上の星には一つとして完全に同じものはない。人々は夜明けの明星、北斗星、牽牛織女を喜ぶが、しかし、銀河の小さな星や、天辺の孤独な星も好きだ。われわれはさまざまな異なる光を放っている星を、みなここに集め、互いに光を照らしあう燦爛たる奇景をつくりあげたい。だから、われわれは詩作品の投稿にいかなる杓子定規な基準も設けない。

われわれは各種の流派の異なる詩歌を歓迎する。リアリズムの詩は歓迎する！ローマン主義の詩も歓迎だ！われわれは各種の風格の異なる詩を歓迎する。「大江東に流る」の豪放を歓迎する！「暁風残月」の清婉も歓迎だ！われわれは各種のさまざまな形式の詩を歓迎する。自由詩、格律詩、歌謡体、ソネット、「方塊」（白話の格律詩）形式、梯子（詩行を階段のように並べ視覚的効果を狙う）形式、全部結構だ！この点、われわれはある一つの形式を偏愛するものではない。われわれは各種のさまざまな題材の詩を歓迎する。政治闘争、日常生活、労働、恋愛、幻想、童話、寓話、紀行、歴史物語、すべて結構だ！われわれは各民族人民の現実生活を描いた詩の発表を主とはするが、しかし題材の選択を制限するものではない。

われわれにはただ一つの原則「詩は人民のため！」という要求しかない。

これが前年の作家協会の雑誌編集者会議の方針の引き写しであることは明らかであろう。

だが、双百政策は必ずしも中共党内の一致した支持を得ていたわけではなかった。多くの知識人や文学者を鼓舞する一方、これまで中共の政治路線を指導してきた幹部党員の間には疑問や反感も多かった。とりわけ文芸界幹部の間での反発は大きかった。それを代表するのが五七年一月七日『人民日報』に発表された「目前の文芸政策に対するいくつかの意見」と題する文章だった。[10]執筆者は陳其通（一九一六―）（当時解放軍総政治部文化部副部長）、陳亜丁（当時の地位は不詳。八一電影製片廠政治委員、解放軍総政治部文芸処第二処長、『解放軍文芸』主編など歴任）、馬寒冰（詩人、解放軍文芸部門の幹部）、魯勒（当時解放軍総政治部文化部責任幹部）の四名。

この文章は「一九五六年を回顧した感想」として、「過去の一年間、労農兵に服務する文芸の方向と社会主義リアリズムの創作方法は、ますます提唱する人が減ってきた」「当面の重大な政治闘争を真に反映する主題を、一部の作家たちは書こうとしなくなり、それを提唱する人もめったにいなくなった。天地を覆すような社会変革や、驚天動地の解放闘争に代わって、日常茶飯の出来事、男女の愛情物語、スリラーものなどが大量に書かれた」「そこで文学芸術の戦闘性は弱まり、時代の様相はぼやけ、時代の声は低くなり、文学芸術の鏡に映る社会主義建設の輝きはその光が消えかけている」と述べていた。双百方針以後、文芸界に広まった自由な風潮へ反感と危機感をむき出しにした文章である。

三　「吻」と「草木篇」批判

『星星』に対する批判が始まったのはこの文章が掲載された一週間後のことである。一月十四日『四川日報』コラム欄「百草園」に春生署名の「百花斉放と死鼠のばら撒き」という短文が掲載された。[11]この短文は、こう述べていた。

双百方針が提起されてから「詩歌の春が到来した。……解凍（雪解け）」が始まったと言う者がいる。それは、双百方針公布以前は文芸は「凍結」され、文芸などなかったといっているのと同じだ。それは事実に反する。確かに低俗なエロ文芸は、三〇年左連結成後から人民文学の内部では凍結されていた。しかし今日、それを「解放」しようとする者たちがいる。（要旨）

春生が例にしたのは創刊号に掲載された日白の詩「吻（接吻）」だった。彼は「吻」から「葡萄の美酒を満たした夜光杯を捧げ持つように／ぼくは君のえくぼをうかべた頬をささげもち／一気に飲みつくす／酔え、酔え！／／蜂がバラの芯に貼りつくように／ぼくは君の真っ赤な／唇から、吸い取る／蜜だ、蜜だ！」という二連を引いて、こう批判する。これは二十年前蔣介石支配下で流行した低俗なしろものと変らない。詩人たちがどういうエロ詩を書こうと自由だし、それが彼のポケットに「凍結」されているならかまわない。しかしこれを公に発表し、あまつさえそれを「公式化」「概念化」反対の成果とし、「詩歌の春の到来」を証明するものとするなら、これは双百方針への歪曲である（要旨）。

話が前後するが、陳其通らの双百批判が『人民日報』に掲載された翌一月八日『成都日報』が『星星』創刊を報じ、その中で編集者の「もし党中央が双百の方針を出さなかったら、雑誌は出版できませんでした。詩歌の春が来たのです！詩歌だけではなく文学全部が、同じように今まさに「解凍」しつつあるのです」という談話を伝えた。[12] 春生の批判はこの談話に反応したものであった。春生は当時中共四川省委員会宣伝部文芸部門、つまり『星星』の発行元たる四川省文聯の直接の上級組織の担当副部長李亜群（?—一九七九）の筆名である。[13]

黎之（一九二八—）によれば、陳其通らの双百批判に対し毛沢東は一月に開かれた省・市党委員会書記会議で「彼らは善意で、党のため国のため、忠誠心に燃えているのかもしれないが、意見は間違っている」と批判したが、「奇妙なことに、この書記会議の後、少なからぬ省や市でこれが伝達されたとき、毛主席が四人の文章を肯定して、彼らは党のため国のためを思ってやっている、という話になった」という。これに続けて黎之はこういう動きは「当時の多くの人々が四人の文章に共鳴したことを反映している」と書いている。[14]『星星』批判も、建国後の四川文芸界を指導してきた党の文化官僚が、四人の文章に共鳴し、双百方針を自らを批判し否定する運動ととらえ、それに反撃した動きだったと言えるだろう。

『星星』批判が日白「吻」批判から始まったのは、「吻」が双百潮流の生み出した反社会主義的な作品の見本として攻撃できる分かりやすい要素をもっていたからにすぎない。流沙河「草木篇」への批判はその三日後一月十七日から始まった。

では「草木篇」とはどういう詩なのか。まずそれを見ておこう。「草木篇」は五種類の草と木をそれぞれ一つずつ題材にした五首から成る以下のような散文組詩で、「身を立てんとする者に言を寄す。柔弱な苗に学ぶこと勿れ」という白居易の句が引かれている。

白　楊（ポプラ）

彼女は、緑の光をきらめかせる一振りの長剣で、ただ一人平原に立ち、高々と青空を指す。もしかしたら、暴風が彼女を根こそぎ抜き去るかもしれない。だが、たとえ死んでも、彼女は誰にも腰を折ろうとしないだろう。

藤

彼はライラックにまとわりつき、上に這い上がっていく、這い上がり、這い上がり……ついに花を木の梢に懸ける。ライラックは藤に巻かれて枯れ、刈られて薪になり燃やされる。藤は地面に倒れ落ちるが、息をぜいぜいいわせながら、別の木を狙って見つめている……

仙人掌（サボテン）

彼女は鮮花によって主人に媚を売ろうとはせず、銃剣を全身にまとっている。主人は彼女を花園から追放し、水も飲ませない。野原で、砂漠で、彼女は生き続け、子供を増やし続けている……

梅

姉妹のなかで、彼女の愛情が来るのが一番遅い。春、花々が媚びた笑顔で蝶を誘おうとするとき、彼女はそっと自分を白雪に嫁がせる。軽佻な蝶たちは彼女に口づけするにふさわしくない。ちょうど別の花々が白雪の愛を受けるにふさわしくないように。姉妹のなかで、彼女が笑うのが一番遅いが、一番美しい。

毒　菌

陽の光が届かない川岸に、彼は現れる。昼間は美しい彩りの服を着て、闇夜には暗緑色のリンの火で、人類を誘惑する。だが、三歳の子供でも彼を採りには行かない。というのも、ママがこう言ったからなのだ。あれは毒蛇の吐いた唾液よ……

流沙河はこれらの詩を五六年十月に書いた。前述したように、北京の文学講習所での研修を終え帰省する途中、発表のちょうど二ヶ月前のことだった。文学講習所について彼は「それは人材輩出の学習班だった」と書き、「美しい北京は豊かな感情の燃料をくれ、いたるところ詩があるように思った」と回想している。そういう北京を去るときの心情を「鬱々として心楽しまず」というのは単に去りがたい思いのみによるのではあるまい。流沙河は双百の呼びかけに応じて動き出した清新な文学的雰囲気の中で北京生活を送った。彼が帰っていかなければならない成都の四川省文連は、五一年に彼を批判し、やがてまた「草木篇」批判で露呈するような教条主義が支配していた。そこでは「文学」を政治の道具としか考えない党員が指導者として君臨している。そういう所でこれから文学活動をしていくのである。「身を立てんとする者に言を寄す。柔弱な苗に学ぶこと勿れ」という引用に何を託したのか、流沙河は語っていない。だが「白楊」「仙人掌」「梅」などの詩からは、誰にも頼らず、自分自身の才能を頼りに文学の世界で生きていこうと決意した若者の孤独な決意を感得することができないだろうか。「藤」や「毒菌」には自分のこれからの文学活動を脅かす得体のしれないもの（たぶん「党」や「政治」）への無意識の敵意が秘められているように思う。「草木篇」全編にはある暗い思念が流れている。それは、「解放」を勝ち取った現在や、社会主義の未来を明るく歌うことを使命とした五〇年代の現代詩の中では余りに異質であり、いずれにせよ批判される要素をそなえていた。

「草木篇」批判の口火を切ったのは『四川日報』に掲載された、曦波署名の二編の文章（「〝白楊〟の抗弁」「〝仙人掌〟の声」）[15]だった。それは白楊（ポプラ）と仙人掌（サボテン）が流沙河の作品中の楊（ポプラ）と仙人掌（サボテン）の暗いイメージに抗議するという形で書かれているが、後の批判のように「草木篇」に「個人主義の宣揚」などのレッテルを貼っているわけではない。ただ流沙河の名をあげて「蛇のようにくねくねした身体」などと書いていて普通の文芸批評とは異なる敵意が感じられる。流沙河はそれを「人身攻撃」だと反発している。[16]

「草木篇」に対する批判が形をとるのは一月二十四日からである。この日の『四川日報』には『星星』の創刊号の書評とも言うべき文章が二編掲載された。[17]ただこの段階でもまだ河隽、曾克が「草木篇は何を擁護し、何に反対しているかよく分からない。これでは人民教育（という文学の重要な）役割を果たせない」と述べ、黎本初も「誤った作品」と述べているだけで、作品内容への具体的な批判はない。とくに河隽、曾克の文は、「約稿」が社会主義リアリズムの作品を歓迎すると言っていないという点をとらえ、『星星』が双百に乗じて出現した反社会主義の文学潮流だとして批判することに重点があった。四川省文芸界の党指導者たちの関心は『星星』の編集方向の是正にあったのである。[18]

こうした動きに批判された側が沈黙していたわけではない。一月二十四日、日白が「吻」は批判者の言うように花でないことは確かだが、鼠の死骸でもない。大騒ぎするようなものではないと反論、[19]翌週の『四川日報』には「吻」が歌っているのは人民の純朴な感情、愛する者の魂の奥底の声だ、という体泰や、「草木篇」はすばらしい詩だ、という虞遠生らの擁護論が掲載された。[20] 石天河と流沙河、儲一天などが批判に対する反論を書き、文聯副主席常蘇民から『四川日報』編集部の伍陵に掲載するよう頼んでもらったがダメだった。伍陵は「春生は大物だから（反論できない）」と言ったという。[21] 百家争鳴の原則に従って反論を許すべきだという主張も通らなかった。そこで彼らは反論を自主発行しようとした。それが四川省文聯の指導者の怒りにふれ、石天河、流沙河、儲一天、陳謙など青年作家が「機関大会」の形で「制圧的な批判」にかけられ、石天河は「停職反省」の処分を受けた。[22]『星星』編集部と『四川日報』や文聯を牛耳る四川省党委員会宣伝部との対立は深まっていった。

四　百花斉放・百家争鳴の中の『星星』批判

こうした批判も、しかし二月の半ばを過ぎるとぴたりと止む。そして、五月以降は逆に党指導部のこういう批判の仕方は「粗暴」だという別の批判が出され、ついに批判の口火を切った李亜群が自己批判するという事態になる。以下『四川日報』に拠りながらその経過を辿っておきたい。

批判派が勢いづくのは二月に入ってからで、この頃は批判の声が擁護を圧倒する。二月五日から十六日まで『四川日報』はほとんど連日のように批判文を発表した。[23] はじめ静観していた四川大学中文系も二月八日「吻」と「草木篇」をテーマにした座談会を開催し、この二作品を批判したと報道された。[24] だがこれは党省委員会の圧力によるもので、後に中文系主任の張黙生は、こういうやり方は（下部の総意に基づかない）「上から下へ」（のおしつけ）で党の文芸方針に反すると批判している。[25] また、同じ二月八日と十二日、四川省文聯文芸理論組が二編の詩について座談会を開いた。同紙は「参会者の発言はいずれもこの詩に対して否定的であり、最近新聞等で発表された批判文の論点に基本的に同意した」と報じた。「草木篇」批判の論点とは何か。報道によれば、それが「個人主義を表現した作品」で「それは作者の誤った思想を反映し、人民や集団との対立の情緒を宣揚している」というものである。これについて文聯党支部書記の李累は、詩が表現しているのは「今日の現実に対する不満と人民大衆への憎悪だ。それは正に作者自身の思想感情を表現している。「草木篇」は毒草だ」と断言した。

しかし報道は、また邱乾昆、暁楓、沈鎮、華剣といった人々が「草木篇」と「吻」を擁護し、これまでの批判に異議を唱えたことも伝えた。例えば沈鎮は「「吻」はエロではない。接吻をするときまで共産主義万歳と叫ばねばならないというのか。「草木篇」はただ何をいいたいか判然しないだけだ。その点から言えば（政治的な）過ちはない」と述べ、暁楓は『四川日報』での批判文は教条の枠をあてはめていて、「生活面から見ればこれらの批判は事実ではない」などと述べた。この座談会には白航と流沙河も出席し、発言した。[26]だが十六日の席方蜀の批判文を最後に、[27]『四川日報』からはこれに関する報道や文章は姿を消す。

これは二月十七日、毛沢東が周揚、林黙涵（一九一三―二〇〇八）と作家協会の指導者と会い、重ねて双百の重要性を表明したことや、[28]二月二十七日に中央で開かれた最高国務会議第十一次拡大会議で四人の文章を批判したことなど、双百方針堅持という毛沢東の強い態度表明と無関係ではないだろう。前にふれたように毛沢東は一月七日『人民日報』に掲載された文章に強い危機感をもっており、こういう考えは誤っていることを一月末に開かれた全国省市自治区書記会議でははっきり述べていた。だがそれはきちんと地方に伝わっていなかった。毛沢東は、そこで最高国務会議の席上、再度四人の文章を批判し、それに反対であることを述べ、『人民日報』がこの文に対し何ら態度表明をおこなっていないことを厳しく批判したのである。[29]最高国務会議に続いて三月六日には全国宣伝工作会議が開幕したが、毛沢東はこの会議でも同じ批判を繰り返し、双百方針の徹底を説いた。時を同じくして開かれた（三月五日―二十日）全国政治協商会議第二届第三次全体会議も双百と人民内部の矛盾の処理が主たる議題であった。[30]つまり二月末から三月にかけての時期は党内の教条主義的な思考を批判し、双百を推進する毛沢東のゆるぎない方針が全党に伝わっていく時期であった。

だがその一方、毛沢東は三月の段階で「草木篇」を批判している。黎之によれば毛は十二日の講話（「中国共産党全国宣伝工作会議での講話」）で「草木篇」に言及している。黎之はそのときの毛の言葉をこう記録している。[31]「〝草木篇〟はよくない。四川の諸君、私は君たちがあれを攻撃したのに賛成だ。父が殺されたのを恨んで、日が経ってから君たちに〝草木篇〟をくれたわけだ。配ったかね？（誰かが「いいえ」と答えた）印刷してみんなに読んでもらいなさい。批判は時期の問題、方法の問題だ。今は〝放〟がまだ不十分だ。」

「父が殺されたのを恨んで」（原文「有殺父之仇」）というのは地主だった流沙河の父親が土地革命の際に処刑されたことを指す。毛沢東は「草木篇」はその恨みを述べていると読んだのである。黎之はこれに続けて「〝草木篇〟はその晩印刷して配布された。この講話は当時発表されず、一九六四にまた重大な修正がなされ（中略）当時編集中だった『毛沢東著作選読（甲種本）』に収められた」と書いている。つまり「草木篇」批判には毛沢東はお墨付きを与えていた。にもかかわらず四川で批判が抑制されたのは、批判によって斉放争鳴が萎縮してはまずいという政治判断が優先されたからであろう。

こうして四月以降、全国的に「百花斉放、百家争鳴」の季節が訪れる。四月十日『人民日報』が四人の文章を厳しく批判する社説（「継続放手、貫徹〝百花斉放、百家争鳴〟的方針」）を発表、四月二十七日、人民内部の矛盾を正しく処理する問題を主題とし、官僚主義、セクト主義、主観主義反対を内容とする党内の整風運動展開の指示が出された。五月四日には「党外人士に整風の援助を請う指示」が出された。それは整風が「わが党に意見を出し、批判してもらうのであって、彼らに自分を批判させるものではない」と規定していた。

四川省にも整風の波は押し寄せる。四川省文聯主席沙汀（一九〇四―九二）は五月初めに成都で開かれた座談会で「新聞報道からみると、（批判的な意見でも思いきって言う）〝放〟という点では四川はまだ不十分だ。春なお寒しの感がある」と述べ[32]、文芸界指導者としていっそうの「放」の必要を語った。四川での文芸界における動きが活発になるのは五月中旬からである。五月十五日『四川日報』が李亜群が自己批判したと伝えた[33]。李亜群の自己批判とは次のようなものだった。「指導的同志、特に私は、思想作風にやはり問題がある。どうか皆さんには大胆に意見を出していただきたい」「四川地区の〝放〟の雰囲気が北京、上海に及ばないのは、多分文芸部門での矛盾の暴露が不十分か、あるいは「草木篇」批判の影響なのかもしれない」「双百方針への理解は単純で一面的だった」「長期にわたって一家独鳴に慣れ、文学領域で敵対的な情緒が表現されると、習慣的に単純な狂風暴雨式のやりかたで批判をしがちだった」「「草木篇」は批判すべき作品だが、問題はそのやり方が粗暴だったことで、それは私に主な責任がある」「今日のスローガンはタブーがないということだ。何を言ってもいい。どれだけ言ってもいい。「草木篇」についても反対意見があれば言っていい」。

この座談会は十四日から十六日まで三日間連続で開かれ、出席者から指導部に批判が出された。例えば『成都日報』編集者の暁楓は、四川で放鳴が不十分な原因は、教条主義による文壇支配と粗暴な行政手段で文学創作に干渉している結果だと述べた。彼はまた「草木篇」批判に反対する人間も包囲攻撃を受けていると語った。文聯の工作人員邱原は「草木篇」批判の背後にはセクト主義が隠されていると述べ、自分は「草木篇」批判に同意しないため会議で批判され、日常業務も自由にやらせてもらえないと告発した。その他の発言者たちも「草木篇」批判が文芸界に自由にものを言えない空気をつくりだしている、中央では〝放〟をやっているのに四川は〝収〟（引き締め）だ、などと述べた。一方、省文聯の工作員は、流沙河や邱原が「草木篇」批判が原因で苦しめられていると言っているのは事実に合わないと指摘したという[34]。

『文匯報』は「草木篇」批判に大きな関心を寄せており、十六日には記者范琰による流沙河訪問記「流沙河〝草木篇〟を語る」を掲載、流沙河が「草木篇」批判は当然だとしてもそれを「人民に対する挑戦状」だとか「反革命の復活を望んでいる」などという批判は納得できない。文聯指導者は行政機関を使って圧制をおこない、当時自分は「憲法の与えている通信の自由さえ阻害されていた」文聯には民主がない、などと述べたと伝えた。[35] 同紙のこうした報道は四川文芸界の党指導者の不満をかい、六月以降の反右派闘争の局面で同紙への非難が浴びせられることになるが、ここではふれない。

以上、見てきたように「吻」「草木篇」への批判は五月に至って始まった整風運動の中で省党委員会宣伝部副部長が自己批判をするという思いがけない展開をみせる。だがここで注意してきたいのは、李亜群の自己批判には、「吻」「草木篇」は悪い詩で、批判そのものは正当であったという論理が貫かれていることである。過誤は批判の仕方の粗暴性にあったというわけである。その背景には宣伝工作会議での毛沢東の発言があったのは疑いを容れない。

その後の四川省文芸界での整風運動は「草木篇」批判を軸として展開される。その基本的論調は「草木篇」は批判されるべきだが、省文聯や宣伝部のように粗暴な一撃で殺すようなやり方はすべきではないというもので、以って文芸界への党の指導を批判するものであった。[36] 特に、四川大学中文系主任の張默生や、文聯の儲一天らの批判は激しかった。

張默生（一八九五―一九七九）は山東省生まれ、北京師範大学卒業。復旦大学教授などを経て、四二年四川に入り当時四川大学中文系主任、民主同盟四川省委員会文教委員で、省文聯理論批評組組長でもあった。いわば四川文教界における指導的人物である。彼はまず「新聞紙上で伝えられている流沙河の発言を読んだが、私はそれに同意し、支持したい。」と述べ、以下、次のように文聯（実際にはその党組織）を批判した。

流沙河は「草木篇」を書いただけでこんな激しい批判を受けているが、それは党中央の双百方針のよびかけに応えたものだ。彼の作品に反対なら批判すればいい。だが相手にも反批判を許すべきだし、多くの人に反批判を許すべきだ。だが省文聯党組織は文芸批評をむりやりに政治問題にし、文聯は流沙河を数日間闘争にかけた。これはどういう作風か。なぜ反批判の文章を書いた者や、彼に同情的な発言をした者まで同じ目にあわせたのか。これは明らかに党中央の文芸政策に違反している。」「「詩に達詁なし」一首の詩に一つの決まった解釈などありえない。一番良いのは作者に注解させることだ。」「草木篇」は『星星』創刊号に載った。『星星』は文聯の刊行物だ。かつ党宣伝部の大きな支持をえている。なぜ土から出たばかりの幼い芽を指導部は無慈悲につぶすのか。（中略）聞けば、『星星』の編集者の一人石天河も厳しい処分を受けたという。その具体的な原因は私には分からない。しかしこれらの点からみて、百花を斉放させようとしているのか、それとも寸草さえ生じさせないのか？どう解釈しようと、当時の批判状況は主席の双百の文芸方針に合わない。批判は下から上にではなく、上から下にであって、しかも文芸批評の限界を越えている。」「李亜群が自己批判したのは当然だし、必要だった。省文聯理論批評組の諸氏も自己批判すべきだ。[37]」

こうした批判について沙汀が二十五日の会議で反論したが、張默生はそれにも激しく噛み付き「沙汀同志は「草木篇」批判にたいする粗暴なやり方が、去年六月に党中央が提起した双百方針に合致しているかどうか、いかなる自己批判もした様子がない。最近文聯が連続して開いた座談会で（中略）私の一言半句をつかまえて歪曲、曲解しただけだ。私はこれは全省文聯の指導者のあるべき作風ではないと思う。」などと述べた。[38]

儲一天も四川省文聯の教条主義とセクト主義を激しく攻撃したが「教条主義、セクト主義の根っこは省委員会の教条主義、セクト主義にある。」と述べて、攻撃を党省委員会宣伝部に向けた。彼はこう述べた。「多くの文章は宣伝部から出てくる。文聯の多くの会議もそうだ。「吻」と「草木篇」への最初の批判もそうだ。私は反論を書いた。文聯の指導者は発表すべきだと言ったが、宣伝部で通さなかった。」「宣伝部文芸処は教条主義とセクト主義が結びついた思想に支配され、党中央の双百方針に逆らい、今も逆らっている。上に逆らい、下を圧制、打撃を与えている。」「文連の大会で省宣伝部の責任者の一人は「われわれ共産党はほかでもなくセクトだ」と言った。」「宣伝部文芸処長はわれわれの教条主義は多すぎるのではなく、少なすぎるのだ、と言った。この処長は反党だ。彼は中央の精神に逆らい、下の大衆から来る意見に打撃を与えているのだ。」

このほか邱原は文聯党書記李累を名指して攻撃した。これが五月後半の状況である。これより六月初めにかけて四川文芸界の人士が党指導者の傲慢ぶりをさまざまに暴露、批判し、それが詳細に新聞で報道されるという局面が現れる。[39]

五　反右派闘争

事態が急変するのは六月八日以後である。もはや詳述する紙幅がないので、駆け足でその後の経過を辿っておく。周知のように六月八日人民日報が社説「これはなぜなのか？」（「這是為什麼？」）を発表、反右派闘争が始まった。同日毛沢東は「力を組織して右派分子の狂気じみた進攻に反撃せよ」（「組織力量反撃右派分子猖狂進攻」）という党内指示を各省自治区の党委員会あてに発した。四川省でも五月以降、文芸界からの批判を甘受していた党指導部の反撃が始まった。十一日まず『四川日報』が「労働者、農民、知識分子」から「草木篇」を擁護する人々を批判する手紙が届いていると報道、[40]十三日文聯は文芸工作者座談会を招集、流沙河が『文匯報』記者に語った省文聯への批判は事実無根だという李累の反駁を発表した。[41]

この段階から批判の的が流沙河と「草木篇」から、彼やその作品を擁護したり、文聯指導部の文芸界への指導のやり方を批判した人々に広がっていくが、最初に標的にされたのが張黙生であった。[42]彼に対する批判は直接には「草木篇」を擁護し「詩に達詁なし」を唱えたということにあった。が、実際には上にみたような省文聯批判となどで党側の不興を買っており、その報復とみられないこともない。

次に標的になったのは『星星』編集部で実際の編集業務を担当していた石天河だった。すでに述べたように石天河には国民党の党機関で訓練を受けたという過去があり、それが遠因となって文聯の党指導部からは疑惑の目でみられていた。その石天河が張黙生を訪ねて流沙河の支持を訴えたという(43)。同じ時期、流沙河の父の出身地金堂県繍水郷の農民から、流沙河の父親の極悪地主ぶりと地主の若旦那・流沙河の無頼をあばく手紙が『四川日報』に掲載された(44)。国民党、地主、民主同盟、こうした名詞から浮かびあがるのは言うまでもなく反党、反社会主義といったマイナスの表象である。報道は、これが反人民の個人主義思想の詩（こういう評価は一貫して変わっていない）とその作者をめぐる人々の共通項である、と暗示していた。その一方、「草木篇」をめぐる文聯指導部の「粗暴な批判」の実体は存在しない。「政治的迫害」や「人身攻撃」などは流沙河の誇張であり、それを『文匯報』記者范琰が意図的に事実をゆがめて伝えた、としていた(45)。正しい党とそれを批判・攻撃する国民党、地主、民主同盟の知識人グループの対立、という構図が次第に鮮明になりつつあった。

七月一日『人民日報』社説「『文匯報』のブルジョア階級の方向は批判すべきである」が発表され、『文匯報』編集部が自己批判を行い、同時に范琰の五月十六日の記事は「事実と真相をねじまげ、ブルジョア階級の立場に立って反社会主義の言論のために宣伝するという極度に誤った報道だった」「われわれは四川文芸界の批判を誠実に受け入れる」という「按語」を付した流沙河批判を発表するに及んで(46)、四川文聯は免罪され、この構図が確定する。付け加えれば、四川省文聯はこの後も『文匯報』を批判、『四川日報』も記者范琰が四川文芸界における党の指導を批判するため暗躍したことを印象付ける記事を掲載、『文匯報』もこれまでの「過ち」を補うかのように、四川文聯の意向に沿う記事を掲載し続けた(47)。

六月三十日、省文聯が座談会を開き、『四川日報』は蕭然、陳之光、陳欣といった人々が、流沙河、石天河、儲一天らが結託して党に進攻した事実を摘発したと伝えた(48)。七月五日にはその続編が掲載され、楊樹青、穆済波、林如稷らによる批判を伝えた(49)。これらの記事の中で批判者たちは流沙河、石天河、儲一天、暁楓、張黙生らが以前から密接に往来し、ひそかに党を批判罵倒していた、という話を暴露していた。

七月六日流沙河は正式に右派と宣告された。十三日、やはり「草木篇」を擁護していた暁楓が批判された[50]。暁楓は『成都日報』記者だが、五六年十月『草地』に指導部の官僚主義を批判する小説「共産主義青年団省委員会への手紙」（「給団省委的一封信」）を発表し、引き続き「党への報告」（「向党反映」）や「北京に行く」（「上北京」）などの党批判の小説を書いた。これらは内部討論用に配布され、「反党大毒草」とされた。二十日、流沙河が「石天河がひそかに反党活動を行っていた」と告白したと報道された[51]。二十四日『文匯報』は流沙河が石天河らから来た私信を渡したこと、それによって石天河の政権転覆（原文「変天」）の陰謀が暴露されたと伝え、その私信八通を掲載した[52]。これは二年前の胡風批判のさいに「胡風反党集団」を「摘発」するために採られたやり方と同じであった。流沙河はそのとき舒蕪（一九二二―二〇〇九）の担った役割を果たしたことになる。

八月に入り、文芸界の右派が『星星』の政治的方向を変え、党に進攻しようと企んでいたと伝えられ、『星星』の「主編」（実は編集主任）の白航が実は党内の右派分子だった、として編集部を追われた[53]。『星星』編集部創刊時のメンバーはすべていなくなった。

こうして浮かび上がってきたのは次のような構図であった。石天河は国民党の特務、流沙河は地主の父を土地改革で殺された右派、ともに党に恨みをもつ。この二人が中心になり、文聯内部の右派分子儲一天、邱原、『成都日報』記者暁楓ら、党の指導に不満をもつ者たちをかきあつめ、反党集団（四川文芸界反革命集団）を結成した。そのバックには民主同盟の張黙生、ブルジョア新聞『文匯報』記者范琰らがいて指示、画策した。彼らは党内の右派白航らとともに、党の文芸誌『星星』の指導を簒奪し、その政治的方向をねじまげ、『星星』を彼らの反党、反社会主義の陣地にしようとした。この構図に基づいて、八月三十一日、省文聯主席常蘇民が『星星』事件の総括を行い、事件の幕引きが図られた[54]。それはまた四川省における反右派闘争の勝利の宣言でもあった[55]。

以上が「草木篇」批判の経過であるが、その流れをまとめると以下のようになろうか。

「草木篇」批判の出発点は「草木篇」そのものにはなかった。それは四川省文芸界指導部の『星星』への不満から始まったのである。双百方針のもとで出現した五六年以後の文芸界の「雪解け」状況は、広く教条主義的指導に慣れた党官僚の反発をかっていた。彼らはそれを自らが指導してきた建国後の文芸方針の否定ととらえ反発したのだった。四川においても状況は同じだった。『星星』編集部は文聯党支部が決めたものだった。だが『星星』が出版されてみると、それは上級の党指導部（四川省党委員会宣伝部）が期待したものと大きくへだたっていた。『星星』は「稿約」の「歓迎する」作品の中から「社会主義リアリズム」を排除し、「吻」のような「情詩」や、「草木篇」のように暗い情緒に満ちた作品を発表していた。これは指導部を強く刺激したであろう。『星星』への党の指導を強め、その編集に自分たちの意向を反映させることが必要だと指導部は判断した。それが批判の最初の目的だったと思われる。ただ文聯指導部は始めは自分たちが決めた『星星』指導部を守ろうと考えていたふしがある。後に明らかになることだが、最初の批判が省党委員会宣伝部副部長李亜群によってなされたさい、流沙河、石天河らが反批判の文章を書き、それに文聯の指導部全員が賛成し、文聯副主席常蘇民を介して『四川日報』編集部の伍陵に掲載を頼んだが、「春生」は大物だから反批判は掲載できないと断わられていることなどからそう考えるのである。

はじめ『星星』編集部が対立した相手は、省委員会宣伝部の李亜群を頂点とし、その指導を受ける文聯党支部の党員グループ（李累、陳之光、黎本初、李友欣ら）である。その対立は「吻」や「草木篇」など文学作品の評価をめぐる論争という形で現れた。だが批判する側は四川文芸界の自由主義的（ブルジョア的）傾向を批判し、『星星』への関与を強めたいという政治的狙いをもっていたのであり、これを文学論争として展開する気は最初からなかった。その背景には党員たちの地主、特務、民主同盟といった、非党的なものへの得体の知れない反発、反感もあったことが想像される。また、「草木篇」に、この当時話題になっていた現実（党）の暗黒面を暴く文学（「現実関与」の文学）を重ね、

「草木篇」をその流れに位置づけて理解した可能性もある。[56]石天河らはこれを「草木篇」評価という文学上の論争として展開しようと考えていた。やがて争鳴の過程で、もともと鬱積していた党員幹部に対する不満、反発（文芸の独自性への理解の欠如、文芸界への教条主義的な指導など）が噴出、それが「草木篇」擁護とからめて展開されることになった。そういう不満、反発は広く『星星』編集部以外の人々の共感をよび、ここに「草木篇」擁護派という形で出現することになった。こうして四川の放鳴─整風運動は「草木篇」の評価をめぐる論争という形をとりながら、実際には党の指導を批判する運動として展開されることとなった、というのが私の意見である。これを要するに、「草木篇」批判は単なる文芸批判でも、政治批判でもない。理論的と感情的とのいくつもの要素がないまぜになり、双百の提唱から放鳴、整風へという流れの中で、擁護者たちが四川省文芸界反革命集団を形成したとして摘発されるに至った冤罪事件であった。

おわりに

「草木篇」批判で反革命集団の成員とされた者は二十四名。中心メンバーとされた石天河、流沙河、儲一天、邱原、暁楓、陳謙、万家駿は流沙河を除いて逮捕、懲役刑が科せられた。儲一天が無期、その他はいずれも懲役十五年（邱原は不明）、他の者も右派として働改造キャンプに送られるという厳しさだった。ほかに同情的な発言をして批判、闘争にかけられた者（おそらくその多くも右派とされたであろう）はほぼ千名を数えた。[57]

だが、主役だった流沙河は右派にはされたが、逮捕、入獄、労働改造などの処分を受けることもなく、文聯内部で監視労働に従事という軽い処分ですんでいる。反革命集団を摘発したことが理由であろう。名誉回復されたのは七九年七月六日、二十二年間を右派として過ごしたことになる。その後、彼は『星星』編集部に復帰し、詩人として活躍することになる。だが私は、復活以後の流沙河を評価しない。仲間を裏切ったという人間性、道徳性の面で言うのではない。そういう点で言えば、反右派闘争から文革へという激動の中で、何一つ人性上の過ちを犯さなかった文学者など稀有であろう。そうではなく、彼がその事実を明らかにしないまま、政治の被害者として詩壇に復活し、その後も自分の閲歴を文学の糧としていないことについて言うのである。実は石天河たちを「摘発」したとき、流沙河は本物の「詩人」になるチャンスをつかんだのだ。彼はその体験を糧とし、己れの加害者性（人間としての退廃、ぶざまさ）を逆手にとった作品を書く、つまり自己内部の暗黒を摘抉することで反右派闘争の不条理、党権力の暗黒を告発する作品を書くという道を歩むことができた。だが、流沙河はそうしなかった。むろん安全地帯にいる異国の人間にそれを批判する資格はない。しかし、新時期文学のいくつかには、例えば張弦（一九三四―九七）「記憶」（『人民文学』七九年第三期）のように、自分の右派体験を糧に権力のもつ加害性と暗黒を衝くという課題に迫ろうとしたものもあったのである。[58] 流沙河の経たような人間性にとっての過酷な体験が中国現代文学の創造に生かされないのはなぜだろうか。自己内部の暗黒を摘抉することを文学の主題とするという方法意識が、『文芸講話』以後排除されたからだろうか。あるいは文学とは関わりのない中国人の民族意識（たとえば面子）がそれを妨げているのだろうか。

一方また詩史から見れば、「草木篇」批判はいくつもの要素がないまぜになり、双百の提唱から放鳴、整風へという流れの中で、反党集団という虚構にまで発展していった文学的事件であった。これを政治の問題としてみれば、政治権力を確立するための党の犯罪であり、文学の側からみれば、文学を政治的に扱うことによって生じた冤罪である。あるいはもっと下らぬ、反右派闘争を利用した個人的意趣返しの茶番劇とさえ考えることもできる。その主役だった流沙河は、反右派闘争とそれに続く文革を生き抜き、その被害者として詩壇に再登場した。それが可能だったのは、反右派闘争で彼を抹殺したものと、文革後に彼を蘇らせた力が同根だったからではないか。

文革と同様、反右派闘争もまだその細部にわたる事実の究明が遅れている（政治的に究明がためらわれている）歴史事件である。「草木篇」批判は、その一齣をかざる出来事にすぎないが、上のような意味でも中国文学研究の主題たりうるのである。

注

（1）「流沙河自伝」（『流沙河詩集』上海文芸出版社、八二年十二月所収）。以下本章で流沙河本人の伝記に関わる部分は特別の注記のない限りこの自伝による。

（2）ただし当時文聯副主席だった常蘇民によれば、この派遣には四川省文聯の党支部ではかなりの異論があったという。注（53）の報道による。

（3）萩野脩二「中央文学研究所について」（『中国〝新時期文学〟論考――思想解放の作家群』関西大学出版部、一九九六年九月、一七九―一八二頁）。

（4）邢小群『丁玲与文学研究所的興衰』（山東画報出版社、二〇〇三年一月、一〇三―一三七頁）。

（5）邱原（または丘原）、文革期に獄中で自殺した。当時四川省文聯幹部。「幹部」は特に指導者という意味を含まず、国家機関で働く職員を言う。

（6）白航「我們的名字是〝星星〟」（『星星』二〇〇六年七月号）によれば「中国詩歌の伝統的精神が人民の心中で大いに発揚されるようにという意味がこめられていた。

（7）白航、同上。白峡については白航が書いた追悼文「白鶴飛走了」（『星星』二〇〇五年二月号）が知り得た僅かな記録である。

（8）以上は石天河「回首何堪説逝川―从反胡風到《星星》詩禍」（『新文学史料』二〇〇二年第四期、四一―五四頁）。この文章は従来流沙河の証言を通してのみ語られてきた『星星』事件について、流沙河の言動によって右派にされた別の重要な当事者の証言という点で貴重な資料を含んでいる。

（9）洪子誠『（百年中国文学総系）一九五六：百花時代』（山東教育出版社、一九九八年五月、第四章「《人民文学》和《文芸報》」一三三頁)。

(10)「我們対目前文芸工作的幾点意見」『人民日報』(一月七日)。この文章は双百方針に真っ向から反対するものであったため、毛沢東の危機感は強く、即日「請将此文印発政治局、書記処及月中到会各同志」という指示をだしている(『建国以来毛沢東文稿(一九五六年一月―一九五七年十二月)』第六冊、一九四頁、中央文献出版社、九二年一月)。この間の事情については黎之(李曙光)『文壇風雲録』(河南人民出版社、九八年十二月、特に四一―一二三頁)や、それをふまえた丸山昇『文化大革命に到る道――思想政策と知識人群像』(岩波書店、二〇〇一年一月)、特にその第十、第十一章が参考になった。

(11) 春生「百花斉放与死鼠乱抛」『四川日報』(一月十四日)。以下『四川日報』からの引用は(一月十四日)のように日付のみを( )で示す。

(12)『成都日報』は未見。この翻訳は春生の前掲批判文に引かれているものによる。流沙河(注(16))によればこの記事を書いた記者は暁楓、話したのは流沙河だったという。

(13) 石天河(注(8))五四頁。

(14) 黎之(注(10))「从〝知識分子会議〟到〝宣伝工作会議〟」七一頁。

(15) 曦波「〝白楊〟的抗辯」「〝仙人掌〟的声音」(一月十七日)。曦波は文聯の同僚李友欣の筆名。彼は八〇年六月作家協会四川分会の副主席に選ばれている。

(16) 五月十六日の省文聯座談会における流沙河の発言による。「省文聯邀請部分文芸工作者継続座談 囲繞〝草木篇〟問題発表意見」(五月十七日)に掲載。

(17) 河雋、曾克「読了〝星星〟創刊号」黎本初「我看了〝星星〟」(いずれも一月二十四日)。

(18) 四川省文聯主席の沙汀は「昨年下半期に四川省の創作界の思想状況について何度も文芸界の党内指導者たちと話し合ったが、彼らは労農兵の方向や社会主義リアリズムから離れた言論に大変憤慨していた」と述べている。「現在還放得不够、要継続的放――作家沙汀談〝百花斉放〟」(五月二日)。

(19) 日白「不是〝死鼠〟、是一塊磚頭」(一月二十四日)。

(20) 体泰「霊魂深処的声音」、虞遠生「駁〝抗辯〟」（いずれも一月三十日）。
(21) 流沙河（注(16)）。なお儲一天、陳謙はともに四川省文聯発行の文芸誌『草地』編集者。
(22) 石天河（注(7)）五四頁。白航（注(4)）は「『星星』が二期出てから、石天河はいくつかに問題の見解で文聯指導者と矛盾が生まれ、出勤しなくなった」と書いているが、同じことについての回想であろう。
(23) 以下、「四川日報」に掲載された批判文の題目だけを記す。余筱野「為什麼〝吻〟是一首壊詩？」、叶文「〝草木篇〟是一顆毒菌」（以上、二月五日）、王孚洪「〝草木篇〟読后」、袁珂「〝愛情〟和〝立身〟」（以上六日）、山莓「也談〝草木篇〟和〝吻〟」、何小「〝草木篇〟抒発了個人主義之情」（以上九日）、余音「不是死鼠、是過街老鼠」（十一日）、田原「矛頭是指向人民内部的欠点、還是指向人民？──駁《駁〝抗辯〟》」（十二日）など。
(24) 報道「四川大学中文系教師座談〝吻〟和〝草木篇〟」（二月九日）。
(25) 五月二十日の省文聯座談会における張黙生の発言による。「省文聯邀請部分文芸工作者継続座談　対教条主義和宗派主義進行尖鋭批評」（五月二十一日）に掲載。
(26) 報道「成都文学界座談〝草木篇〟和〝吻〟」（二月十四日）。
(27) 席方蜀「〝小題大作〟及其它」（二月十六日）。
(28) 黎之、前掲書による。
(29) その経緯については黎之や丸山昇（ともに注(10)）に詳しい。
(30) 朱正『一九五七年的夏季：从百家争鳴到両家争鳴』（河南人民出版社、九八年五月）、「二、不平常的春天」四三頁による。以下、双百の展開から反右派闘争の経緯に関する資料と記述は特に断らない限り本書による。
(31) 黎之（注(10)）八六頁。毛のこの発言は公表されたテキスト（例えば『毛沢東選集』第五巻）では削除されている。
(32) 沙汀　注(18)。
(33) 報道「四川地区〝放〟和〝鳴〟有何障碍　省文聯邀請部分文芸工作者座談」（五月十五日）に「李亜群自我批評」の記事がある。

（34）「四川文聯連続座談三天　探討放鳴不够原因　李亜群承認対〝草木篇〟批評方式粗暴」（『文匯報』五月二十日）。
（35）本報記者范琰「流沙河談〝草木篇〟」（五月十六日）。
（36）そういう批判を伝える報道のいくつかを挙げておく。「省文聯邀請部分文芸工作者継続座談　対教条主義和宗派主義進行尖鋭批評」（五月二十一日）「省文聯邀請部分文芸工作者継続座談　討論有関対〝草木篇〟的批評等問題」（五月二十二日）、「省文聯挙行作家、詩人、批評家座談会対〝草木篇〟問題的討論逐漸深入」（五月二十六日）、『文匯報』報道「四川文芸界再談〝草木篇〟参加討論的人一致認為這是一首壊詩　但過去批評方式太粗暴不能使人心服」（五月二十八日）。
（37）五月二十一日の記事による。儲一天、邱原らの発言も同日の記事。沙汀の発言は五月二十六日の記事による。いずれも注（34）を参照。
（38）張黙生「我対沙汀同志的抗抗辯」（五月三十日）。
（39）例えば「省文聯邀請作家、教授、文芸批評家継続座談　就党対文芸工作的領導等問題提出意見」（六月四日）など。
（40）「工人、農民、知識分子来信参加争鳴対張黙生等人的発言提出不同意見」（六月十一日）。
（41）「対流沙河進行所謂〝政治陥害〟是不是事実？　省文聯昨日召開座談会弄清真相判明是非」（六月十四日）、『文匯報』報道「四川省文聯挙行座談会　辯明批評〝草木篇〟的是非問題　李累認為流沙河関于侵犯人身自由等説法不符事実」（六月十五日）。
（42）張黙生への批判を伝えた六月の報道や批判は二十四日の新聞からはじまった。報道「川大中文系部分教師在座談会上指出川大民盟組織在反右派斗争中徘徊不定、顔実甫教授対張黙生提出批評」、（批判文）趙錫驊「評〝詩無達詁〟之説」、以後二十八日、二十九日、七月一日、八日と報道、批判文が掲載されていく。
（43）「川大教師批判張黙生右派言行　并掲露石天何曾找過張黙生支持流沙河」（六月二十九日）。
（44）金堂県繡水郷農業社社員来信「流沙河為什麼仇恨新社会？　請観金堂県繡水郷十一个農業社社員的来信」（六月二十八日）。
（45）報道「対流沙河進行所謂〝政治陥害〟是不是事実？　省文聯昨日召開座談会弄清真相判明是非」（六月十四日）、『文匯報』報道「四川省文聯挙行座談会　辯明批評〝草木篇〟的是非問題　李累認為流沙河関於侵犯人身自由等説法不符事実」（六月十五日）報道「本報帥士熙同志就報紙批評〝草木篇〟及所謂圧制反批評的問題発言」（六月二十九日）。

(46)『文匯報』本報編輯部「我們的初歩検査（下）」「流沙河反動面貌完全暴露」（七月三日）。

(47)『文匯報』「作家李劼人和沙汀在人大発言　揭露有関流沙河問題真相　批判本報為記者范琰開脱」（七月九日）、報道「黄克維、楊新徳等掲発文匯報記者范琰在四川放火」（七月十三日）、『文匯報』報道「為了反党反社会主義卑鄙目的　范琰公然捏造新聞」など報道は八月初めまで続く。

(48)報道「文芸工作者在省文聯座談会上掲発右派分子的反動言行　流沙河敵視新社会的面目露出原形　与会者対石天河、儲一天等人的一些反動言行也作了掲発和批判、認為他們的立場站在右派方面」（六月三十日）。

(49)報道「楊樹青掲発流沙河、石天河、儲一天等的反動言論」「李亜群同志的発言」「穆済波説、流沙河一貫仇視新社会不是毫無原因的」「林如稷説、有人抓住対〝草木篇〟批評有些粗暴這点、向党殺冷槍、企図整个否定這次批評」（七月五日）。

(50)報道「成都市工人農民機関干部及新聞文芸界人士挙行大会　声討右派分子暁楓的反動言行」（七月十三日）。

(51)報道「省市文芸界人士集会声討右派分子　掲発石天河用明槍暗箭向党猖狂進攻的罪行　石天河曾経受過特務訓練、流沙河交代問題有很大保留、白航的態度曖昧」（七月二十日）。

(52)『文匯報』「流沙河開始交出反動信件　石天河妄図変天陰謀敗露　四川文芸界継続追撃右派分子反動言行」、「石天河、徐航進行反動活動的証拠　流沙河交出的八封反動書信的内容摘要」（七月二十四日）。公表された手紙は石天河から流沙河、白峡に宛てたもの、及び徐航（成都第二師範学院学生）の流沙河宛のもので、それぞれに「編者按」を付す。

(53)報道「省文聯機関工作人員向右派分子追撃　掲露流沙河石天河狼狽為奸的黒幕　文艺界右派的哼哈二将簒改〝星星〟詩刊的政治方向、率領着黒幇嘍囉、処心積慮地向党進攻」（八月三日）、『文匯報』報道「簒奪文芸陣地施放毒気　流沙河一伙用五種手段反党〝星星〟詩刊主編集白航是党内右派分子」（八月五日）、報道「省文聯掲発党内右派分子白航　他在石天河流沙河反共小集団中充当坐探」（八月八日）。

(54)報道「在四川省第一届人大会第五次会議上的発言」常蘇民代表発言摘要「石天河、流沙河、白航等右派分子把持〝星星〟的罪悪活動」（八月三十一日）。

(55)「省第一届人大会第五次会議開幕　李大章省長作了関于四川省人民委員会工作報告　報告中肯定了本省各項工作的成就、対右派分子給予了厳正的駁斥」（八月二十二日）。

（56）洪子誠は「草木篇」を「生活に関与する主張を体現した作品」に位置づけている。「〝関与生活〟有争議的創作口号」（『当代文学的芸術問題』北京大学出版社、八六年八月、一〇一頁）。

（57）石天河（注（8））五三—五四頁。

（58）この問題は拙稿「張弦の短編小説『記憶』について」（『樋口進先生古稀記念中国文学論集』中国書店、九〇年四月、三三五—三五三頁）、「張弦『記憶』を読む」（九州大学教養部『文学論輯』三七号、九二年三月、一七五—一九八頁）などに書いた。

＊本章の資料のうち『四川日報』及び『文匯報』記事はスタンフォード大学フーバー研究所図書館所蔵のマイクロフィルム版を用いた。『星星』資料は重慶師範大学文学与新聞学院劉静教授、呉双研究院生の協力を得た。

第三部　地上と地下・あるいは公然と非公然

——文革期の現代詩——

第一章　文革期の非公然文学
――郭路生（食指）の詩――

文革期の文学に文革権力に承認され、公認の雑誌や新聞に発表されたり、書物として出版された文学と、公開の形で流通できず、私的なルートで秘密裏につたわり、秘かに読まれていた文学の二種類のあったことは、今日、文革期文学を語る際の前提になっている。その非公然の文学で最もよく知られている詩人の一人が郭路生である。詩史的には、文革期詩歌の、革命的空語、慷慨激昂の語による現実の虚飾に対し、文革期の主流の言語に拠らず、時代の動向に関わらぬ自らの真実を見つめ、それを表現した少数の詩人群の代表であり、八〇年代の朦朧詩の源流として、朦朧派詩人たちから畏敬された詩人である。

郭路生は最初期の紅衛兵運動に参加し、やがて始まった高校生、大学生の「上山下郷運動」の呼びかけに応じて農村に下放した。文革期の青年の典型的な人生を歩んだ人である。彼の初期の詩はその体験をうたっている。ここでは解体期の紅衛兵運動を題材にした「相信未来」、下放体験をうたった「這是四点零八分的北京」、「寒風」の三編を読み、非公然文学の一端を見てみようと思う。(1)

一　郭路生経歴

郭路生は本籍山東の人、ペンネームは食指。一九四八年十一月山東省陽谷県朝城で生まれた。(2) 両親は解放軍とともに行軍中であり、母親は分娩後ただちに彼を抱いて数里を歩き、この地の唯一の病院に辿り着き、そこでようやく臍の緒を切ったのだという。「路生」という名は「路上（行軍途中）に生まれた」というところからつけられた。幼時から聡明で勉強好き、五歳の時にはもう文が書けたという。正義感が強く、文革中取り囲まれて殴られている教師を助けようとして迫害されたことがある。高校生だった六五年ごろ、張郎郎（一九四三―）ら年長の文学青年たちと親交があった。文革中から詩を書き始めたというが、今見ることのできる最も早いものは六七年の作品、「相信未来」で、当時の紅衛兵に愛唱され、彼の名を高めた。一九六八年十二月山西省汾県杏花村に挿隊［中学、高校の卒業生が農山村に入り定住すること］した。七〇年工場に入り労働者となり、七一年には解放軍に入隊した。これは同世代の青年の中ではかなり恵まれた経歴といっていい。軍隊時代に「強烈な刺激を受け、精神分裂」を病むようになる。精神を病むほどの「強烈な刺激」が何だったかはよく分からない。彼はこの病気のため人に侮辱され、馬鹿にされ、背後から指差される［中国では人を指差すのは大変な侮辱である］といった屈辱を体験した。「食指」［人差し指］というペンネームはこの体験に由来する。

七三年軍籍を離れ、一時、光電技術研究所で働いた。はっきりした時期が分からないが、結婚・離婚の経験がある。七三年には精神病が悪化して長期入院した。入院中も断続的に詩作は続けていた。七八年末『今天』が創刊されると、彼の作品が次々に発表され始める。しかし病気は依然一進一退の状態だったようである。

八〇年代以後の郭路生は、入院や退院を繰り返しながらひっそりと日々を送る精神を病む詩人として生きてきた。だがその一方、八〇年から始まった朦朧詩論争の過程で、彼の詩にも注目が集まり、八一年「相信未来」「這是我最後的北京」（「這是四点零八分的北京」の発表時の題名）が『詩刊』に掲載され、八八年には漓江出版社から最初の詩集『相信未来』が出版された。九三年、北京作家協会に入会。彼の詩は俄に脚光を浴び、北海公園近くの文采閣で彼の詩をテーマに討論会が開かれた。五月には黒大春（一九六〇―）との共著の詩集『食指　黒大春現代抒情詩合集』も刊行された。そして恐らくこうした動きを受けて『中国作家』九三年三月号が彼の詩をまとめて掲載した。九七年には中国作家協会会員となった。九八年、作家出版社から「詩探索金庫」の一冊として『食指巻』が刊行された。二〇一二年現在、北京市第三福利医院看護婦だった女性と結婚し、平穏な生活を送っている。(3)

二　「相信未来」

郭路生の名が最初に知られるようになったのは、右にみたように、その詩「相信未来」が紅衛兵たちによって手書きで広まったからである。「相信未来」――「未来を信じる」という己れ自身の確認とも、「未来を信じよう」という仲間に対する呼び掛けともとれるこの詩の末尾には「一九六八年・北京」と記されている。(4)

相信未来

当蜘蛛網無情地査封了我的爐台
当灰燼的余烟嘆息着貧困的悲哀
我依然固執地鋪平失望的灰燼
用美麗的雪花写下：相信未来
当我的紫葡萄化為深秋的露水
当我的鮮花依偎在別人的情懐
我依然固執地用凝霜的枯藤
在凄涼的大地上写下：相信未来

未来を信じよう

蜘蛛の糸が俺の爐台を無情にも封印してしまったとき
灰燼からまだ微かに立ちのぼる煙が貧困の悲哀を嘆いているとき
俺は相変わらず失望の灰燼をしつこく平らにならし
美しい雪片で書き残す――相信未来、と
紫色の俺の葡萄が更けゆく秋の露と化したとき
俺の鮮花が他人の気持ちに寄り添っているとき
俺は相変わらず霜の降りた藤の枯れ枝でしつこく
凄涼たる大地に書く――相信未来、と

我要用手指那涌向天辺的排浪
我要用手掌那托住太陽的大海
揺曳着曙光那枝温暖漂亮的筆杆
用孩子的筆体写下：相信未来

我之所以堅定的相信未来
是我相信未来人們的眼睛
她有撥開歴史風塵的睫毛
她有看透歳月篇章的瞳孔

不管人們対于我們腐爛的皮肉
那些迷途的惆悵、失敗的苦痛
是寄予感動的熱泪、深切的同情
還是給以軽蔑的微笑、辛辣的嘲諷

我堅信人們対于我們的脊骨
那無数次的探索、迷途、失敗和成功
一定会給予熱情、客観、公正的評定
是的、我焦急地等待着他們的評定

俺は天のかなたに押し寄せるあの波を手で指差そう
俺は太陽を支えているあの大海原を手で支えよう
明け方の陽光をゆらゆら揺るがせている暖かく美しいあの筆で
子供の字体できちんと書く——相信未来、と

俺が断固として未来を信じるわけは
未来の人々の目を信じるからだ
彼女には歴史の風塵を払い除ける睫毛があり
歳月の篇章を見通す瞳があるからだ

俺たちの腐乱した皮と肉
彷徨の悲しみ　失敗の苦痛に
人が熱い感動の涙　深い同情を寄せようと
軽蔑の笑い　辛辣な嘲諷を寄せようと

俺は断固として信じる　俺たちの背骨
あの無数の探索　彷徨　失敗と成功に
人々が必ずや熱情こもる客観的で公正な評価を与えてくれるだろう、と
そうなのだ　俺は彼らの評価を待ち焦がれている

朋友、堅定地相信未来吧　　友よ　断固として未来を信じよう
相信不屈不撓的努力　　不撓不屈の努力を信じよう
相信戦勝死亡的年軽　　死に打ち勝つ若さを信じよう
相信未来、熱愛生命　　未来を信じ　生命を熱愛しよう

（一九六八年・北京）

この詩の書かれた一九六八年は中国共産党中央が紅衛兵運動を終結させる意志を固めた年である。

もともと紅衛兵は六六年五月に生まれた。郭路生十七歳の年である。彼らは自ら紅衛兵とは毛主席の革命路線を守る反修防修〔修正主義に反対し、修正主義を防ぐ〕の尖兵なのだと考えていた。この年八月毛沢東が紅衛兵の「造反」を支持し、彼らを接見したことから紅衛兵は急速に全国に広まった。紅衛兵たちは「旧世界」を破壊し毛沢東の革命路線の貫徹する新世界を創り出すべく、学園から街頭に出て過激な活動を開始した。四旧〔旧文化、旧思想、旧風俗、旧習慣〕打破のスローガンの下に旧い文物の破壊、ブルジョア的と見なされる衣服を身につけた者への攻撃、伝統ある商店の襲撃、由緒ある地名の変更などが次々に行われた。この他に反革命修正主義路線を歩むとされた指導者や旧地主、資本家の居宅の襲撃、個人への暴行なども頻発した。北京市だけでも八～九月の二ヶ月間で一千人以上が殺され、四千九百余の文物が破壊され、三万三千六百余戸の住宅が「抄家」と称する不法な捜索・襲撃に遭っている。同年九月以降、紅衛兵たちは「串連」〔経験交流〕と称して国内を移動しはじめた。「串連」は交通機関は無料、各地での宿泊、食事には国家機関の費用補助が行われた。紅衛兵以外にも多くの青年がこれに参加、全国を移動した。地方に出掛けた紅衛兵にはそこの紅衛兵とともに地方党機関やその指導者たちの襲撃を行う者も少なくなかった。各地の党機関、政権機構は軒並み機能を果たさなくなった。大学から小学校まで授業は停止、工場でさえ生産中止をして「革命」

を行うところもあった。これが少なくとも現象的に見た紅衛兵運動とその結果の素描である、紅衛兵運動が全国に政治秩序の混乱、経済的損失をもたらしているのは確実であった。

こうした運動が党や国家の利害と衝突するのは当然である。張春橋（一九一七―二〇〇五）、江青ら中央文革小組は初め紅衛兵組織を自分の統制下におき、彼らを利用して実権派を叩こうと考えていたようだ。しかし紅衛兵組織の中には中央文革小組に言うことを聞かず、むしろ実権派を擁護するグループもあった。六七年に入ると中央の政治闘争を反映して紅衛兵組織は大きく二派に分裂、それは末端組織にまで及び、両派は学園内外で多数の死者をだすほどの激しい武闘を展開するようになる。また八月にはイギリス大使館に乱入、放火するなど外交関係にも影響する事件を起こすまでになった。中央文革小組は事態収拾のため六七年三月武闘を中止し「革命的大連合」を実現するようよびかけ、九月には周恩来、江青、陳伯達（一九〇四―八九）らが首都の大学紅衛兵組織の代表を集め「今は正に紅衛兵たちが過ちを犯す可能性のある時期だ」という毛沢東の意見を伝達したりした。毛沢東のいう「過ち」とは紅衛兵運動が党や国家の利害を浸食しその統制をはみ出して暴走することだった。十月党中央は「学校に戻って革命をやる」方針を打ちだし、大学から小学校までの授業再開を決めた。しかし紅衛兵は社会と学園を動き回り、全国的な武闘は依然として続いた。

こうした事態を背景に毛沢東は紅衛兵組織の解体を決意するのである。六八年七月二十七日、解放軍と労働者代表によって組織された「工人宣伝隊」が大学など学校に入った。これは紅衛兵の武闘を終わらせ、学園を正常化するための実質的な軍事管制であった。紅衛兵組織はこれに抵抗、例えば清華大学では紅衛兵側の発砲で工人宣伝隊に五名の死者と多数の負傷者が出た。二十八日夜明け、毛沢東は林彪らとともに北京の大学紅衛兵組織の重要指導者五人を呼び付け、学校内の武闘と混乱を迅速に終わらせるよう厳しく要求した。これは実際には「紅衛兵に歴史の舞台から退場するよう要求する」ものであった。八月五日毛沢東はアフリカの賓客からプレゼントされた金色のマンゴーを首都労働者毛沢東思想宣伝隊に贈った。その意味は明白であった。学校に次々と宣伝隊が進駐し始めた。八月二十六日「人民日報」に姚文元（一九三一―）の論文「工人階級必須領導一切」（労働者階級がすべてを指導しなければならない）が発表され、宣伝隊が学校に長期にわたって駐留し学校を指導しなければならないと述べていた。六八年夏の政治劇は、紅衛兵たちにとっては恐らく事態の唐突な変化であった。毛主席の革命路線を守る反修防修の尖兵だったはずの自分たちが、外から入ってきた宣伝隊の管理下におかれることになった。「文革」はもはや自分たちの手の届かぬところに遠ざかってしまったのである。(5)

「相信未来」はこうした歴史的文脈の中で読む必要がある。第一連と第二連は運動の突然の終焉に対する批判である。第一連冒頭の一節「爐台」とは「コンロやストーブの上面の平面で物を置く所」（『中日大辞典』）である。かつて赤赤と燃えていた「爐」は火が消えはや蜘蛛が糸を張ってそこに近付けないようにしているが、しかし「俺」はまだくすぶり微かな煙を立ち上ぼらせる灰を執拗に均し、そこに「相信未来」と書きつける、というのである。ここに描かれた情景からかつて理想に燃えて紅衛兵運動に参加した青年の鬱屈した挫折の姿を読み取ることはたやすい。「爐」は燃え盛っていた紅衛兵運動や文革の理想の、「蜘蛛の糸」はそれを禁じた政治の力の比喩であろう。「無情」や「貧困」には政治の指導者に対する憤懣無念の思いが込められていようし、「嘆息」「失望」という語は紅衛兵たちの状況を物語っていると考えてよかろう。第二連も同じである。「紫色の葡萄」や「鮮花」は運動や理想を象徴し、「更けゆく秋の露と化す」や「他人の気持ちに寄り添う」が運動の挫折の、「凄涼たる大地」が紅衛兵たちの目に映じた退潮期の文革の比喩であることも確かだと思う。第三連以下は、未来の評価を信じて運動の退潮期を乗り越えようとする作者（たち）の断固たる姿勢を形象化したものであろう。

文革の時期（いやそれ以前の十七年の共和国の時代に）一人の人間の精神世界の風景を、このように悲劇的な情念に塗り込めて描き出したものは誰もなかった。それは個人的な悲劇などあるはずがないことを建て前とする共和国に対する異議申し立てにほかならず、一種の〈政治犯罪〉を構成したからである。だが郭路生はこのように生々しく紅衛兵の心情の真実を綴った。その詩は公的な世界で流布することはできなかったし、七〇年代初めには江青から名指しの批判さえ受けた。だが正にその故に、郭路生の名とその「相信未来」は六〇年代末期の中国に密かに伝わっていった。楊健は次のように記している。

《相信未来》というたった一編の詩によって、食指（郭路生）の名は満天下に轟いた。彼の詩は当時の青年の間に密かに非常に広範囲に流伝していった。山西、陝西北部であれ、雲南、海南島や北大荒であれ……およそ知識青年のいる場所であれば、手書きの食指の詩が秘密裏に伝わった。当時の人々は食指について様々な推測をし、神秘的に言い伝えた。（楊健『文化大革命中的地下文学』）

では、知識青年たちはこの詩をどう読んだのだろうか。林莽（一九四九―）はこう回想している。

瞬く間にもう二十数年がたった。あれは〝文化大革命〟の時期のことだが、私は挿隊落戸の小屋の中で初めて彼の詩を読み心を揺さぶられた。私はあの仄の暗くゆれる小さな灯を今もなおはっきり覚えている。〝当蜘蛛網無情地査封了我的爐台／当灰燼的余煙嘆息着貧困的悲哀／我依然固執地舗平失望的灰燼／用美麗的雪花写下：相信未来……〟理想と憧憬が不意に破滅したあの時代、望みもなく憂いと悲しみの僻地での下放生活の中で、辺境と農山村に赴いた何万もの青年学生の心の中で、食指（郭路生）の詩は限りない回想と渇望を呼び起こしたものだった。あの文学のない時代、空漠としたわれわれの精神世界の中では、彼の詩こそがわれわれに一条の暖かい陽光をそそいでくれたのだ（林莽「生存与絶唱」(6)）

郭路生はこのように六〇年代末期の中国に、彼の世代の精神の風景を歌う歌手、あるいは内面の真実を記録する記録者として登場してくる。

ところで「相信未来」という詩の題名には、郭路生よりもう一つ上の世代の青春にまつわるエピソードが秘められている。ここではやや迂遠にわたるがそのことに触れておきたい。詩人・郭路生を生み出した環境を説明することにもなると思うからである。

近年、とりわけ八九年の天安門事件以降国外に出た文学者たちの回想等によって次第に分かってきたことだが、六〇年代の北京には高級幹部や知識人の子弟が作ったいくつかの（或いはいくつもの、というべきかも知れない）地下文芸サロンがあった。サロンといっても多くは彼らの通学する名門中学〔高校〕の同級生の集まりで、主な活動も「黄皮書」〔幹部だけに購読が許される内部出版の小説〕の読書会、自分たちの書いた作品を持ち寄っての批評会、朗読会、西洋音楽のレコード観賞会といった活動が中心だったようである。そうしたサロンの一つに張郎郎らが六三年に結成した文学グループ「太陽縦隊」があった。張は中央美術学院院長だった画家・張仃（一九一七―二〇一〇）の息子で、中央美術学院の学生であった。六五年ごろ張郎郎は牟敦白という人物の家で開かれていた秘密の集まり〔中国語では〈沙龍〉。以下サロンと書く〕の常連だった。このサロンには甘恢理〔文革期に密かに流行した小説「当芙蓉花重新開放的時候」の作者。経歴など不詳〕などが出入りしており、後には郭路生も参加するようになった。張郎郎はここで郭路生と知り合った。張郎郎によれば、このサロンで彼らは「秘密の詩作遊戯、飲酒。金はなく、安物の酒だけ。つまみはいつも漬物」という時間を過ごした(7)。こうした経歴が示すように、張郎郎とその仲間たちは当時の中国社会の認めるはずのない、デカダンな雰囲気を生きた青年たちだったようである。文革前夜の中国社会で年長の文学青年たちと、知られれば身の破滅をもたらすかもしれない危険な「遊戯」にふけった体験、あるいはそのサロンで学んだことが、郭路生の詩の色彩に大きな影響を与えていることは疑いない。

張の文学グループ「太陽縦隊」は結成大会を開いて数日後自ら解散した。張郎郎の北京一〇一中学時代の同級生だった郭士英〔郭沫若の息子で当時北京大学哲学科在学、X小組という哲学サークルを組織〕のサークルが摘発され逮捕されたからである。一方、中央美術学院には画学生のサロンもあり、張郎郎はそのメンバーとも親交があった。六四、五年ころその一人袁運生の卒業制作「水郷的回憶」がブルジョア美術観の産物とみなされ批判されることになった。これを聞いた張はその絵を学校から盗みだした。絵がなくなったため批判はできなくなった。これは重大な政治事件とされ公安機関が駆けつけて調査したが、結局当局は犯人を見付けることができなかった。一九六六年張は「太陽縦隊」、袁運生の絵、秘密のサロン活動等種々の理由で公安に追われ、南方に身を隠す。そして逃亡直前にサロンの仲間王東白のノートに「相信未来」と書き残したのだという。郭路生の「相信未来」は張郎郎のこの語をそのままタイトルにしたのだというのである。張は逮捕され、十年間獄中にあった。文革後『中国美術報』、香港企業の北京駐在事務所などで働き、八九年天安門事件後国外に出て、今はアメリカに住む。張はその回想記にこう書いている。

郭路生（食指）が〝幸存者詩歌節〟〔幸いにも生き残った者たちの詩歌祭〕の参加の誘いに私を訪ねてきて、食指〔人差し指〕で私を指しながらこう言った。「遠慮することはありませんよ。僕のあの『相信未来』の詩は、あなたから題をもらったんですから」あの名作については、私も獄中で聞いたことがある。七〇年代に地下でその名が轟いた時期がある。白洋淀の好漢たち〔文革期に河北省白洋淀に下放していた北京の文学青年たち〕は、ほとんど皆知っており、読んでいた。ある者は、あれは火種を手渡したのだ、と言った。／あの「相信未来」という四文字が、たとえ私が先に言ったものだとしても、それが何だというのか。本当の力は彼の詩自体に、彼の誠実真摯に、彼の敏感に、彼の激情にあるのだ。

（張郎郎「〝太陽縦隊〟伝説」[8]）

「相信未来」とは、自らの行為や思想は否定されたが、しかし後世は必ずやそれを正当に評価してくれるであろうと信じる〈確信犯〉の言葉である。張郎郎の行為は〈たった一人の反逆〉だったが、しかしそれは六〇年代中国の政治や社会道徳に対する同世代の青年の異議申し立てを代表していたといえよう。後世はそれを理解するであろう――「相信未来」にはそういうメッセージが込められていた。郭路生が張郎郎から借りたのは単なる文字だけではなかったであろう。

三　上山下郷――「這是四点零八分的北京」と「寒風」――

一九六八年十二月二十二日は文革、特に紅衛兵運動にとって重大な日付である。この日『人民日報』が「知識青年が農村に行って貧農下層中農の再教育を受けることは大変必要である。都市の幹部とその他の人を説得して、初級中学、高級中学卒の自分の子弟を農村に送るよう動員をかけねばならない」という毛沢東の指示を発表した。この結果知識青年〔都市の高校卒業生、ときには大学や中学卒を含むこともある〕の農村定住運動、いわゆる「上山下郷運動」が全国に巻き起こり、かつての紅衛兵たちが続々と辺境の農山村に移り住んだ。こうして紅衛兵運動は実質的に終りを告げる。十二月二十二日は紅衛兵運動が上山下郷運動へと質的転換をとげた、その終焉の日なのである。

その二日前の六八年十二月二十日の日付で、郭路生は「這是四点零八分的北京」という詩を書いている。上山下郷運動は毛沢東の指示より前に各地の紅衛兵たちの間で始まっており、例えば北京では六八年夏に最初の高揚があった(9)。二十二日の指示はそれを政策として全国的に展開することを提起したものであった。もしこの日付を信じるならば、彼はこの日北京を離れて下放先の山西省汾陽県杏花村に向かったのである。

這是四点零八分的北京	四時八分の北京
這是四点零八分的北京、	これは四時八分の北京
一片手的海浪翻動。	一面の手の海が波のように揺れ動く。
這是四点零八分的北京、	これは四時八分の北京
一声雄偉的汽笛長鳴。	勇壮な汽笛が鳴り響いた。

北京車站高大的建築、
突然一陣劇烈的抖動。
我双眼吃驚地望着窓外、
不知発生了什麼事情。

我的心驟然一陣疼痛、一定是
媽媽綴扣子的針綫穿透了心胸。
這時、我的心変成了一隻風箏、
風箏的綫繩就在媽媽的手中。

綫繩綳得太緊了、就要扯断了、
我不得不把頭探出車廂的窓櫺。
直到這時、直到這個時候、
我才明白発生了什麼事情。

——一陣陣告別的声浪、
就要巻走車站。
北京在我的脚下、

北京駅の巨大な建物が
突然激しく震えた。
俺は驚いて窓の外を眺めている
何が起こったのか分からない。

俺の心が不意に痛んだ　きっと
ママのボタンを縫う糸が胸を突き抜けたのだ。
この時　おれの心は風箏（タコ）に変わった
風箏糸はママの手に握られている。

糸がきつく張っていまにも切れそうになった
俺はしかたなく汽車の窓から顔を出した。
この時　ああこの時
俺はやっと何が起こったか知ったのだ。

——別れの声が波のように湧いては消え消えては起こり
駅舎を巻き上げ連れ去りそうだ。
北京は俺の足元で

已経緩緩地移動。
我再次向北京揮動手臂、
想一把抓住她的衣領、
然後対她大声地叫喊：
永遠記着我、媽媽啊北京！
終于抓住了什麼東西、
管他是誰的手、不能松、
因為這是我的北京、
這是我的最後的北京。

もう　ゆっくりと移動し始めている。
俺はもう一度北京に向かって手を振った
彼女の襟を掴もうと思った。
それから大声で叫んだ
「永遠に忘れないでくれよ　ママ　北京！」
とうとう何かを掴んだ
誰の手だろうとかまうもんか　緩めるな
なぜならこれは俺の北京
俺の最後の北京なのだから。

（一九六八年十二月二十日）

郭路生の作品の中ではこれだけが異質だという印象を受ける。彼の詩はふつう具体的な事実をかなり抽象化し、それを悲哀や幻滅などの感情で染めあげるという手法を採るのに、この詩は事実に即きすぎているためだろう。しかしこの詩は郭路生詩の中では最も知名な作品の一つで、洪子誠『中国当代新詩史』などは高い評価を与えているが[10]、私には完成度の高い詩とは感じられない。この詩は後に『今天』第四期（七九年六月）に発表され、これを初出とみなしていいが、一般の目に触れるようになったのは、それより更に遅く『詩刊』八一年第一期に発表されてからのことだった。『詩刊』掲載作は初出と対照すると幾つかの語句の異同がある。洪子誠は『詩刊』掲載作を根拠に、後の朦朧詩を生み出すような心理的背景をこの詩に見ているが[11]いかがであろうか。この詩が文革期の知識青年の間で広く読み伝えられたが、その理由は、一つにはごくふつうの庶民感覚からみた上山下郷運動の一面という珍しい素材を扱っているため、もう一つはこの詩のリズムが音楽的に美しく、朗読にふさわしいからであろう。

農山村に赴く知識青年とその家族の駅頭での別れは六〇年代末から七〇年代半ばまで絶えず繰り返されてきた情景だった。多くの青年たちが毛沢東の呼び掛けを信じ、新しい可能性を求めて農村に赴いたであろう。だがそうでない若者も決して少ない数ではなかった。しかしそうした若者のいわば女々しい心情が、当時、文学として描かれることは有り得なかった。上山下郷運動が毛沢東の呼び掛けである以上、それに応じる青年たちが革命者でないはずがなかったからである。郭路生の詩は当時決して公の文字になることのなかった上山下郷運動の真実の一面（革命的な貌の下に隠された青年たちの女々しい心情）のほとんど唯一の記録である。そしてそのことが朗読に向くリズムを内在させていたことと相俟って、この詩を当時の青年たちの間に流伝させることとなったのである。

下放先の杏花村は杜牧の「借問す酒家は何処に有りや、牧童遙かに指す杏花村」で知られる名酒汾酒の産地である。だがそこでの生活は決して愉快なものではなかったようだ。次の「寒風」は制作年代から見れば、下放先での体験を述べたものと思われるが、郭路生はこの詩でも「俺」を「四方を流浪する」「乞食」だと書いている。

寒　風

我来自北方的荒山野林、
和厳冬一起在人世降臨。
可能因為我粗野又寒冷、
人們対我是一腔的讐恨。

寒　風

俺は北方の荒れ果てた山野から
厳しい冬とともに人の世に降りてきた。
俺が荒々しく凍えるほど寒いからだろう
人びとは俺をひどく憎んでいる。

為博得人們的好感和親近、
我慷慨地散落了所有的白銀、
並一路狂奔着跑向村舍、
給人們送去豊収的喜訊。

而我却因此成了乞丐、
四処流落、無処栖身。
有一次我試着闖入人家、
却被一把推出窓門。

緊閉的門窓外、人們聴任我
在飢餓的暈旋中哀号呻吟
我終於明白了、在這地球上
比我冷得多的、是人們的心。

人に好かれ仲善くしたいため
俺は持ってる銀貨全部を気前よくばらまき
直走りに走って村の家々に向かい
人びとに豊作の吉報を届けたものだ。

だが俺はそのため反って乞食になり
四方を流浪し身を置くところもない。
一度試しに人の家に押し入ってみたが
ひと押しに窓と戸口から押し出された。

人びとはぴたっと閉まった戸や窓の外で　俺が
ひもじさに眩暈し悲しく叫び呻くのに知らん顔。
俺にはとうとう分かった　この地球で
俺よりももっと冷たいのは　人びとの心だ。

（一九六九年夏）

上山下郷運動を賛美した詩として有名な高紅十（一九五二―）ら北京大学工農兵学員による「理想之歌」では、農村に入った知識青年が貧農下層中農の教育によって成長していくさまが描かれている[12]。だが現実はやはり甘くはなく、下放した知識青年と受入れ先の農民との関係がうまくいかない例が少なくなかった。ただそうした事実が文学作品に描かれた例は、公然文学の作品にはまずなかった。郭路生詩のように地下で流通した作品にもそれがあるかどうか。

ここに「寒風」と「人びと」との関係として描かれているものが、都会からやって来た、農作業もなにも知らない下放知識青年たちとそれを迷惑がる農民との関係の比喩であるというのが、私の理解である。もしそういう理解が正しいならば、ここには実際にはよく知られていながら、誰も口にしようとしなかった、当時の農村における下放知識青年の位置（歓迎されざるよそ者）が書き留められていることになる。

だが、この詩は必ずしも下放青年と農民の関係をテーマにしたものではないかもしれない。この詩の主人公（「寒風」「俺」）はもともと人に嫌われても仕方のない存在である。そうした存在がある時新しい土地にやってくる。そして、なんとかして新しい環境に馴染もう、そこに住む人たちに受け入れてもらおうと努力する。だが、結局受け入れられず、ついにはそこから弾き出されてしまう。これが詩を構成する物語であり、そこから生まれる主人公の疎外感、孤立感、そしてこんなに一生懸命やったのに、という屈折した怒りや敵意などが、この詩のポエジーを形成していると言える。だとすれば、それは嫌われものの紅衛兵たちが、その歴史的使命を終えて、社会各層に入り込もうとしたとき、社会全体から被らざるを得なかったさまざまな抵抗の物語と読むことができる。それは下放先の農村に限らず、工場や商店や事務所など（あるいは家庭でさえ）、元紅衛兵たちの行く先々で普遍的に起こり得た物語だった。だとすれば、この詩は、新しい環境に入り込もうとして、疎外感や孤立感に襲われていた同世代の青年たちに共通の感情を定着したものということになる。私は先にも言ったように、この詩を下放体験を書いたものと見るけれども、このように個人体験を描いて、世代に共通な意識を獲得し得ている点に、郭路生詩の優点があるといわねばならない。

三　文革期文学における郭路生詩の位置

以上郭路生の詩のうち文革期の作品を三編読んできた。では「文革期文学」という視点からみた彼の詩の位置はどういうものだろうか。次にこの問題を考えてみよう。ただ、「文革期文学」という用語は、その内容規定も含めまだ成熟した用語ではない。そこではじめに用語の内容を簡単に説明しておきたい。

文革期文学の定義　ここで文革期文学というのは一九六六年―七六年の期間、つまり文革期に出現した文学（作品、批評、文学理論）を指す。従って文革後に書かれた、文革に取材した文学はここに含めない（これは「文革文学」とよぶべきであろう）。

二種類の文学　文革期の文学には、A、体制に公認された出版物の形で流布した文学（これをとりあえず「公然文学」とよぶことにする）と、B、回覧や手抄、手紙などの形で個人やごく狭いグループ間で流布した文学（これを「地下文学」ということにする）の二種類があった。この二種の文学は基本的に交わることがなかったので、これを別々に考察するほかないが、地下文学については今のところ資料がほとんどない。そこで本章では、とりあえず先に公然文学について述べ、それとの対比で郭路生詩の特徴を考えることにしたい。

時期区分　文革期の公然文学にもその発展消長の歴史があった。私見によればそれを大きく前期・後期の二つに区分することができる。前期は六六―七二年であって、いわゆる十七年の文学が批判され、文壇が解体した時期である。文学活動は紅衛兵などの新聞、雑誌に細々と展開されるに過ぎなかった。詩や民間芸能の形式を利用した実権派批判などが主流で、小説も文芸批評もほとんど見られない。いわば文革期文学の混沌・萌芽期といっていい。後期は七二―七六年で、停刊していた雑誌を復刊させ、労農兵出身の作家を養成し、既成作家を部分的に解放したりして、新興労農兵勢力による文壇構築をはかった時期である。いわば文革期文学の展開期である。ただそれも「四人組」の逮捕によって唐突に終焉する。

文学的特徴　次に文革期公然文学の特徴というものを考えてみる。今考えていることを列挙すると、次のような幾つかが挙げられる。

一　創作動機と主題の政治性（文革の政治過程のそれぞれの時期の政治目標に奉仕するという明確な創作目的、ないし動機がある）

二　作者の非私性・無名性・匿名性（作者は個人の私的な感情や思想を表現せず、仮想された集団「我々」の思想や感情を述べている。また作品自身がしばしば本名ではなく集団［例えば三結合写作小組等］の名で発表される）

三　言語・文体の戦闘性・煽動性（「敵」の暴露と打倒、「味方」の士気高揚にむけて読者の感情を組織しようとする言語・文体の意図的多用）

四　感性の偏向（感傷、哀感、繊細な［暗い・しっとりした］感性の徹底的排除、逆に豪快、粗放、殺伐、激越な［暴力的な、ドライな］感性の重視）

これはもう少し整理が必要だが、さしあたって文革期に書かれたいろんな文学作品の共通の特徴をこの四つにまとめてみたのである。

以上が私の考える、文革期公然文学の内容の概略である。次はこの規定を基準に、彼の詩の文革期文学における位置を探る段取りである。

郭路生の位置　まず郭路生の詩は個人の手抄の形で流布したものであり、地下文学に分類される。時期的に言えば、（詩集所収の作品に拠るかぎりでは）その執筆活動は六七―六九年の間に集中しており、公然文学の区分で言う前期に活躍した詩人ということになる。

作品の特徴はどうであろうか。

主題・創作動機　これまで見てきたように、彼の詩作品はそのすべてが、紅衛兵運動と上山下郷運動を下降の感性で受け止めた知識青年の内面を主題としたものである。そこには、文革の政治目標に奉仕しようというふうな動機は些かもない。彼はひたすら彼個人の（郭路生という一個の青年の）内部世界の風景を描こうとしている。そういう点から言えば彼の詩のモチーフは極めて非政治的、私的、文学的なものであった。またこの点において、公然文学の多くがその文学的感性、文学の質において前の時代（十七年）の文学と繋がっていても、次の時代（新時期文学）に継承される「質」をもたないのに対し、郭路生詩は（『今天』の詩人たちを介して）新時期文学に繋がることができたのである。

心情的モチーフ　その作品の心情的モチーフは孤立感、疎外感、被害感、憤激、悲哀感、自己無価値感といった、いわば負の感覚である。そういう心情を生み出しているのが、歴史の参与者であった者が突然その位置から追われた、文革運動から弾き出され、世に容れられないという被害者意識である。そして彼自身の気質的傾向がそれを助長していると思われる。

言語的特徴　言語の面では感傷的な、暗いイメージや情感を表す語彙が多用される点に特色がある。例えば、形容詞や動詞では悲哀、嘆息、無情、失望、凄涼、迷途、惆悵、失敗、苦痛、冷漠、徘徊、昏迷、消亡、憤怒、漂泊、告別、呻吟、低沈、流落など、名詞では流浪児、乞丐、眼泪、枯葉、寒風、寒雨、細雨、泪雨、幻夢、命運、荒墳などがそれである。こうした語彙のこれほどまでの使用は、文革期だけでなく、それまでの解放後のどの詩作品にも見られない特徴である。

文学形式　文革期文学前期の作品、特に紅衛兵新聞などの詩作品はその多くが絶句、律詩といった伝統的定型詩のスタイルで書かれている。郭路生はそういう伝統的なスタイルをそのまま用いていない。しかし、その詩は全て四句一連から成るという特徴をもつ。また、それらは短いもので二連（例えば「烟」）、長いものは三十七連（「魚群三部曲」）に及ぶが、各詩各連は現代漢語の範囲で緩やかな韻を踏んでいる。各連の字数は必ずしも一定ではないが、四句一連の内部は意味的なまとまりをもつ前二句と後二句の二つの部分から成るのである。こうした点からみて、郭路生の定型意識はかなり強いということができる。そしてこのスタイルは朗読に適し、彼の詩が広まるのに大いに与かって力があったと思われる。

最初にあげた四点の特徴を備えたものを文革期の公然文学のある典型というとすれば、郭路生の詩は、この四つのどの特徴も備えていない。彼の詩の特徴はどの一つをとってもこれらの対極にある。そういう点では彼の詩は「反」公然文学的あるいは「非」公然文学的といわざるを得ない。地下文学の文学的特徴を整理するにはまだ資料が少なすぎるが、郭路生詩の持つ右のような性格は、今後地下文学の特徴を考えるときの有力な材料になるだろう。

五　郭路生詩成立の根拠

さて、しかし、イデオロギー面で特に厳しい統制下におかれていた文革期に、どうして郭路生詩のような「反」文革的、あるいは「非」文革的作品が生まれ、流通することができたのだろうか。

その理由の一つは、文革という権力闘争が、権力闘争の必然として生み出さざるをえなかった膨大な敗者たち心情の存在である。

真善美の価値の判定を「党」に委ね、私的な真善美の価値判断を躊躇または停止する、というのが従来の感性の在り方であった。解放後の文学はそういう感性によって形成されていたし、そういう感性を盛った作品のみが流布していたといって過言ではない。「感性の在り方」に限っていえば、文革は、こうした在り方（「党」の判断以外の判断を許さない）を強化する運動にほかならなかった。だが、一方で文革は理念的な党権力を強化するために、現実に機能している党権力を解体―再編する激しい権力闘争であった。権力闘争の参与者たちはその過程で必然的に様々な人間性の悲劇や喜劇に出会わざるをえない。紅衛兵運動一つとっても、そこにはセクト間の対立抗争があり、家族や友人や自分の恩師たちとの対立、愛憎、集合別離といった体験があった。闘いの中では死や負傷、病気、裏切り、恐怖心、家族関係や集団内部での人間関係など、さまざまな理由で闘いから離脱したり、脱落したり、疎外されたりする者が生まれた。それとともに死者、負傷者、裏切り者、脱落者、挫折者、こうした闘いの敗者たちのいろいろな思い——恨み、悲しみ、諦め、嘆き、不安、孤独、閉塞感、無常感など——が生まれた。だが文革期の中国には、こうした負の感情は反社会的、非プロレタリア的だという共通の認識があった。個々人にはそれを吐き出すことへのためらい、ぶちまけてはならないという自己規制が広く存在していた。こうした心情は中国社会の底に沈殿するほかなかったのである。こうした感情ははじめは運動における敗者個人のものでしかなかった。しかし六八年暮れ上山下郷運動が始まり、かつての紅衛兵全体が文革の政治運動から切り離される事態になるや、こうした感情はこの世代に共通のものとなったといえるだろう。郭路生の詩はそれを歌ったのである。

もう一つは、文革の権力闘争の結果、日常的な社会統治機能が弱まり、その空隙に「地下文学」を発生させ、その存在を許容する空間が生まれたということである。

繰り返せば、文革期の権力闘争の結果、日常生活の隅々まで貫徹していた党の支配機能が停止したり、混乱したりした。その混乱が社会に支配権力の及ばない空間を作り出していた。それは例えば紅衛兵の内の文学好きの仲間の小さなサークルだったり、知識人も含む秘密のサロンだったり、後には辺境の農山村に下放した青年たちの住むあばら屋だったりした。そうした空間内部には、公認の真善美感に必ずしもよらない、あるいは著しくそれに反するような作品が書かれても、それを正当に評価し、歓迎し、それを保護する人々が存在したのである。六〇年代の都市知識人社会にすでに秘密サロンの形で存在したこうした空間は、文革期には全国に拡大していた。その一つ一つは小さな点に過ぎなかったが、全国に散在する無数の点は友人同士の手紙のやり取りやノートの交換といった私的手段で繋がれ、その私的ルートを通じて、公的には流通しない作品が流布されていった。ある作品が流布するかどうかは全く個人の審美眼に拠った。余りうまい比喩ではないが、それは真善美の判定権を個人が奪還した感性と審美の共同体であった。その領域がどれだけあり、その人口がどれだけか、誰も知らない。しかしそれは確かに実在し、そこでは不健康な主題も、退廃的な感情も、感傷的な文字も、個人がよしと判断すれば直ちに流通ルートにのって広まった。

文革期といういわば詩の困難な時代に、郭路生のような反時代的な詩が成立し、流布した根拠は以上の二点にあると思う。

以上をまとめれば、次のようになろうか。紅衛兵（政治的主人公、都市の知識青年）から下放青年（再教育の対象、貧困な農村の農業労働力）へのコースを辿った文革期の青年たちの心の底には「落魄者の悲哀」や「被害者の恨み」といった感情が澱のようにたまっていたと思われる。だがそうした感情は、それ自身が国家権力への批判であるため、公然化することはなかった。郭路生の詩は彼の同世代の心にたまったこのような感情（内面の真実）を歌ったものだった。それゆえ彼の詩は一定の普遍性をそなえ、広く紅衛兵＝下放知識青年たちに読み伝えられることとなった。しかし同時にそれは地下文学として流通するほかなかったのである。だがその詩が内面の真実を描いていたがゆえに、彼は八〇年代の新しい文学の源流になることができた。郭路生詩のこのような在り方は、文革期公然文学に対する彼の作品の優越性を示すものである。

（二〇〇三年三月）

注

（1）本章は、拙稿「紅衛兵運動の挽歌——郭路生の詩について」［上、下］（神戸大学中文会『未名』十三号、九五年三月および十四号、九六年三月）→後、拙著『文革期の文学』（花書院、二〇〇四年三月）に修訂所収、の一部を抜粋したものである。経歴も基本的に拙稿から必要部分のみを抽出し、部分的に『詩探索金庫・食指巻』（注（4））付録の「食指（郭路生）平生年表」から補った。

（2）郭路生の生地はこれまで河北省巣県とされてきた。いま「食指（郭路生）平生年表」（注（4））『詩探索金庫・食指巻』付録）によって改めた。

（3）二〇〇三年三月北京に行って郭路生に会った作家・劉燕子氏（大阪の現代中国文学研究誌『藍』＝現在終刊＝編集発行人）によれば郭路生は入院していた第三福利医院の看護婦と結婚し、すでに退院して自宅で暮していることである（私信）。

（4）郭路生の詩は多くが手抄によって流布したためだろう、テキストによって字句の異同がある。本章では基本的に林莽、劉福春編『詩探索金庫・食指巻』（作家出版社、九八年六月）に従う。

（5）以上の記述は主として火木『光栄与夢想――中国知青二十五年史』（成都出版社、九二年八月）によった。

（6）『食指　黒大春現代抒情詩合集』（成都科技大学出版社、九三年五月）所収。

（7）張郎郎「〝太陽縦隊〟伝説」（『今天』九〇年二期）。

（8）張郎郎「〝太陽縦隊〟伝説」（『今天』九〇年二期）。

（9）杜鴻林『風潮蕩落　中国知識青年上山下郷運動史』（海天出版社、九三年三月）、その第二編による。知識青年の上山下郷運動については九〇年代以降当事者たちによる歴史的整理が行われ始めており、注（5）の火木の著書などはその早い時期の成果である。

（10）洪子誠・劉登翰『中国当代新詩史』（人民文学出版社、九三年五月）。

（11）例えば第二連「北京車站高大的建築、突然一陣激烈的抖動」の「抖動」（震えた）が『詩刊』では「晃動」（ぐらりと揺れた）となっている。洪子誠はそれを「傾斜的感覚」と呼び、この感覚は「この世代の青年のうち比較的早く思考に入った者たちの心理状態」で「こういう精神的矛盾の存在を、新潮詩の懐胎・出現の心理感情的基礎あるいは背景と見なすべきだ」と書いている。

（12）北京大学中文系文学専業七二年級工農兵学員『理想之歌』（人民文学出版社、七四年九月）に所収。

［補注］

一・郭路生についてのある程度まとまった紹介に次のものがある。

A．阿城「昨天今天或今天昨天」（『今天』九一年三期）。
B．王光明『艱難的志向――〝新詩潮〟与二十世紀中国現代詩』（時代文芸出版社、九三年六月）の第三章、第四章。
C．楊健『文化大革命中的地下文学』（朝華出版社、九三年一月）の第三章。
D．『食指　黒大春現代抒情詩合集』（二．のA）の林莽の序「生存与絶唱」。

二・郭路生の作品集については、以下の三種が重要である。
A．『食指　黒大春現代抒情詩合集』（成都科技大学出版社、九三年五月）。全七八頁、うち郭路生の作品は一―四二頁。
B．林莽・劉福春選編『詩探索金庫・食指巻』（作家出版社、九八年六月）。
＊本書は九七年三月までに存在が明らかな作品百三十一首のうち八十一首を収録する。巻頭に林莽による「食指論」をおくほか、巻末に「食指（郭路生）生平年表」（写真付）「食指詩歌創作目録（現存部分）」が付されている。郭路生詩の研究資料としては最も基本的なものといってよかろう。編者の二人のほか、担当編集者として出版に当たった唐暁渡ら友人たちの友情が感じられる書物である。
C．食指『食指的詩』（人民文学出版社、二〇〇〇年十二月）。
＊本書は二〇〇〇年七月までの作品、合計百二十二首を収める。九七年三月以前の作品で、Aに収録しないものが三十五首含まれているから、文革期の郭路生詩の研究にはこちらが参照されるべきである。巻末に林莽による「食指（郭路生）年表」を付す。

三．資料の補足：本章執筆以後に見た資料に次のものがある。
中国当代文学研究会、北京大学中国新詩研究中心、首都師範大学新詩研究室編集、首都師範大学出版社刊の詩理論雑誌『詩探索』（九四年第二輯［総十四輯］）が特集（「関于食指」）を組み、林莽の郭路生論（「並未被埋葬的詩人――食指」）と詩人自身が自作について述べた文章（「《四点零八分的北京》和《魚児三部曲》写作点滴」）を掲載した。郭路生の文は短いものだが詩の背景を知る上で貴重である。

第二章　文革期文学の一面

――高紅十と『理想の歌』を中心に――

はじめに

「四人組」が打倒されてからもう五年になる。その間の中国の変化は、すさまじいの一語に尽きる。プロレタリア文化大革命はまったく否定され、文革のため「党と国家と人民は建国いらい最大の挫折と損失をこうむった」、文革は「いかなる意味でも革命とか社会的進歩ではなく、また、そうしたものではあり得なかった」と断罪された(1)。文革いらい消息を絶っていた幹部、学者、文化人はもうほとんど名誉回復され、第一線に復帰している。文芸界も例外ではなく、いちいち名前を挙げていけばきりのないほどの作家、詩人、劇作家が姿を見せ、仕事を再開している。

だが、その一方、「四人組」の時代に華やかに活躍していた人々で、七六年十月以降消息を絶った一群の作家、詩人たちがいる。彼らはおおむね七〇年代になってから頭角をあらわした人々であり、作品そのものの質が文革前の大家たちの水準を凌駕するとはいいがたいこともあって、わが国では知られない人が大多数である。彼らは恐らく「四人組」集団と――あるいは「四人組」の路線、政策と深くかかわっていたがゆえに、政治的評価ぬきに彼らについて語ることは、いまの中国では極めて困難なことなのであろう。さらにわが国でも、彼らについてなにごとかを書くことのはばかられるような空気がなくもない。

多分そのためでもあろう、復活した作家たちについては盛んに語られながら、こうして消えていった人々について語られる事はほとんど稀れである。だが、「四人組」時代の実相を明らかにしようとすれば、これらのひとびとについて語ることは不可避となる。なぜなら、彼らもまた彼らの真実を描いたのであり、彼らによって書きとめられたものは、やはり、まぎれもなく七〇年代のある実相にほかならないからである。たとえ歴史の真実は復活した人々の側に属するとしても……。

高紅十という名を記憶している人は、日本人はもとより、中国人のなかにさえそれほど多くはないだろう。だが、一九七四年に発表された長篇詩『理想の歌』の作者の一人だといえば、ああ、とうなずく人も何人かはいるかもしれない。高紅十というのは、その程度の——つまり、「四人組」が権力を握っていた時代に書かれた一篇の詩によって、辛うじて想い起こされるような小さな存在にすぎない。

これは、この若い——詩人と言うほどには成熟してもいず、かといってただの文学好きの女の子とも違う、一人の(今となっては)無名の娘と、その作品の紹介である。[2]

一

『理想の歌』は「北京大学中文系文学専業七二級工農兵学員」によって一九七四年に集団創作され、同年九月人民文学出版社から王恩宇（一九三七—）、紀宇（一九四八—）などの既成詩人たちの詩とともに一冊の詩集——その題名も『理想の歌』と名づけられていた——にまとめられて出版された。[3]

『理想の歌』は全篇四章、五百四十行から成る長詩である。それは抒情詩というには情感より理屈に勝り、抒事詩というにはやや物語性に乏しい。この詩集の書評を書いた蔣士枚、石湾は「政治抒情詩」という範疇を設け、このような詩は「〝政論〟の色彩をもたねばならず、また詩の意境ももたねばならない。この二者を有機的に結びつけようとすれば、作者は、政治概念と哲理的性格とをもった語彙を、鮮明で生き生きとした芸術的形象とあふれるような革命的激情のなかで溶かさねばならない」とし、『理想の歌』を、そのような性格をそなえた「政治抒情詩」として位置づけている。[4] では、政治的抒情詩『理想の歌』とは、どのような詩なのであろうか。

紅い太陽／白い雪／青い空……／東風に乗って／春を知らせる雁の群れ。／太陽の昇る北京を／発って／大空を翔け／宝塔山（延安にある山）につき／つばさを／延河（延安を流れる川）の両岸にやすめた

雪におおわれた陝北、革命の聖地・延安に飛来した雁の群れ——それはここに住みつくため北京からやってきた知識青年（「学校出の青年」の意。一般には初級中学から大学までの卒業生をさす）たちの比喩である。このような書き出しにはじまるこの詩は、新しく来た青年たちの「革命的青年の理想とは何か、どのように理解し、どのように実践するのか」という問いに、先輩である知識青年「私」が答えるという形で展開する。第一章は「私」が延安にやってくるまでの回顧である。

私がはじめて／目をあけたとき／祖国はちょうど満天に朝霞たちこめる夜明けであった。／よちよち歩きできるようになるや／すぐに足をふみしめた／紅い甲板に／まっこうからふりかかってきたのは／前進する船の／けたてる波濤であった。

ここに暗示されているように、「私」は中国の解放とともに生まれた、いま三十歳くらいの青年である。そして、以下に展開される「私」の回想は、この世代の人々の共通体験といっていいだろう。「私」の幼年期は革命戦争の記

憶もまだなまなましい時期であった。身売りされた女工であった阿姨（おばさん）や、大人とともに戦斗に加わった伯伯（おじさん）——「私」の周りの大人たちはまだ旧世界の血と抑圧の匂いをただよわせていた。だが、「私」にとってはそれは無限の可能性を秘めた輝かしい未来のはじまりであった。

多くの絵巻が／目の前にくりひろげられた／どの絵が／いちばんすばらしい未来だろうか？／理想の船の帆は／このように／するするとあがり／四方の風が／このように／それを吹き動かしたのだった……。

こうして始まった「私」の幼年時代は、大躍進の熱狂、反右派闘争、廬山会議などの激動のなかで過ぎていく。「わたしは戦火とびかう時代には／間にあわなかったけれど／身辺はいぜんとして／暴風急雨であった！」そのなかで「私」もまた路上に鉄をひろい、大人たちが書く批判原稿のため墨をする。それがいったい歴史のなかでどういう意味をもつかも知らず。しかし、長ずるに従い、「私は理解した／創業の道は／革命の先輩たちが／いのちと鮮血で敷きひらいたものだということを」献身の英雄・雷鋒の物語に心うたれて育った「私」はやがて「中ソ論争」の意味をも理解するようになる。

革命に生命を捧げた烈士たちの目が／大声で尋ねているようにみえる／「われわれの理想を／どのように実現してくれるのだ？／まだ終わらない事業を／誰が継承してくれるのだ？」……

やがて、また七、八年がすぎて、プロレタリア文化大革命という「世界を震憾させる雷鳴」がとどろいた。「私」もまた「革命大軍の行列の中」にいたのである。詩には「四旧一掃をとなえた大字報を／一夜のうちに／全市に貼りめぐらし」革命的大交流のために全国に散った紅衛兵の運動も、六六年八月毛沢東主席が全国から集まった紅衛兵の大群を接見したことも、まるで昨日の出来事のような感激を込めて書きとめられている。プロレタリア文化大革命の嵐の中に身を投じた「私」は、修正主義思想の批判、労働者の話、農民との交流を通して、「労農兵と結びつくことだけが／これこそが／革命の理想に至る／唯一の道なのだ……」ということを理解する。

一九六八年十二月二十一日「知識青年が農村に行き、貧農下層中農の再教育を受けることは、まことに必要である」というよびかけが全国に放送される。これより、紅衛兵の〈上山下郷〉（農村に行って定住する）運動が激流のようにくりひろげられるようになる。それは旧い世界と精神的にも現実的にも決裂し、労働者、農民、兵士大衆――つまり労農兵と結びつくために通らねばならぬ道と考えられたのである。

「知識青年は農村へ行こう……」／毛主席が／進軍の号令を発した！／百川、海に帰し／万馬、奔騰し／決心書の下／並ぶ署名は／長い龍のよう。

接待所の前で／同学の少年たちは／出征の命令を待つ！／ああ、必勝不敗の幼芽が／火と燃える年代に／誕生したのだ！

こうして「私」は、仲間たちとともに延安にむかう。詩はその前夜、中南海に行き、夜を徹して「上山下郷徹底革命（農村に住んで最後まで革命をやりぬこう）」というスローガンを書く「私」の描写をもって第一章を終る。

延安に着いた「私」は、鍬で手に血まめをつくり、荊棘で服を破られながら、しだいに農業を覚えていく。農民たち、そしてかつて革命根拠地であったこの土地では、革命戦争のときの戦士たちが――「老八路」や「老婦連」（婦連は婦女連合会の略）たちが、かつてと同じ意気込みで社会主義建設のために全力を尽しているのだった。彼らは「浮華のことばも美しいことばも話さない」しかし、その行動で「私」を教育する。このような生活のなかで、「私」は理解しはじめる。

私は理解しはじめた／個人の理想の詩篇など／ありはしなかったのだということを／われわれ革命青年の理想は／全プロレタリアートによって書かれ／何千万、何百万の人々を／呼び集めねばならないのだ！

延安での生活は決して楽なものではない。酷しい労働に明け暮れる毎日を、支えきれない若者が出て来たとしても、少しも不思議ではない。おそらく、平凡な、ただ苦しいだけの単調な毎日に、さまざまな不満がうずまいたに違いない。「無味乾燥だ」とか「農村は遅れている、変えられるものではない」といい出すものがあったことも、この詩にはちゃんと書かれている。だが、「私」はそうは考えない。「農村は／私を必要としているが／私は／もっと農村を／必要としているのだ／貧農下層中農の希望／それこそ私の志願だ／プロレタリア階級の理想を実現するため／私は願う、この光栄ある陝北高原で／十の、いや何十回もの／戦いの春を迎えることを！」労働の日々のなかでつきつめた答えがこれであった。

このとき／ただこのとき／わたしははじめて答案を書きはじめたのだ／「革命的青年の理想とは何か」という厳粛な試験問題の……

延安で生涯を送る。辺境を社会主義の農村に改造するためにがんばる――これが「私」のつきつめたところであった。こう決心した時はじめて、私は〈理想〉を見いだした。その実現にむかってすすむべき理想を見いだしたのであった。

第三章は、そのように決心した「私」にみえてくる目に見えない階級闘争の描写からはじまる。知識青年を腐食させようと、実にさまざまな動きがおこる。北京の青年がこんなへんぴな田舎へ来て百姓をするなんて、可哀そうにといって近付いてくる者がいる。これは「形を変えた労働改造ではないか」という者もいる。「知識人は頭脳労働をすべきだ」などというものもいる。醜い個人主義――というふうにそれらの発言は「私」によってとらえられている――が、〈人生〉・〈青春〉・〈前途〉・〈理想〉などのことばで装われて投げ出されもする。国内だけではない。ソ連からも「中国の青年には理想がない」などという声も聞こえて来る。だが「私」はいう。

お前たち搾取階級の梯子が／どうして／われわれの心の窓にとどくだろう？
お前たち帝国主義者の物指で／どうして／われわれの心境、度量をはかれよう？

では、「私」の理想はなにか。それは「貴い青春は人民のものだ／誓って青春を人民にささげる」と書き、「生をすて死を忘れ／羊の群を救った」張勇のように、[5]「生きているかぎりけんめいにがんばり、一生を毛主席にささげる」と書き、人を救うために自分を犠牲にした金訓華のようにいきることである。[6]生涯を革命のためにささげることである。だがそれだけではない。若い世代がすべて金訓華、張勇になることである。そして、それは単に夢想ではなく、いま、現に、全国各地でそのような無数の金訓華、数しれない張勇たちが戦っており、成長しているのだ。

われわれは宣戦した／旧世界に！／帝国主義・修正主義・反動派に！／われわれは突破しなければならぬ／ブルジョア権利の思想の網を／われわれはぶちこわさねばならぬ／旧い伝統観念の堅い垣根を、（中略）

われわれはぶ厚い肩に／革命の重い荷をかつぐ／われわれは固いたこのできた双手に／先輩の刀と銃を受けとった／党よ！／われわれの隊伍を検閲せよ！／何百万／何千万の！／ああ、まるまる一代の／志気もあり抱負もある中国青年の／前途は限りない。（中略）

われわれには／マルクス・レーニン主義という／天を開く巨大な斧がある／われわれには／毛沢東思想という／路を指す陽光がある！

進め、進め！／「希望は／君たちに託されている」（毛沢東の言葉）／おお！／われわれに／託されている！／進もう、前進しよう！／暴風をついて／火の光にむかって／雷鳴をつき／激浪をおかして／共産主義の／まっかな／太陽にむかって！

詩はこのように、労働のなかできたえられた、共産主義の自覚をもった青年たちが、マルクス・レーニン主義・毛沢東思想という武器を手に、共産主義建設にむかって前進するというイメージで終わるのである。

二

さきにも少しふれたように、『理想の歌』は、七二年五月北京大学中文系に入学した「工農兵学員」（「労働者農民、兵士出身の学生」の意。二年以上の実践の経験をもつ労働者、農民、兵士の中から大衆の推薦によって選ばれた）の集団創作になるものであり、高紅十はその執筆者の一人（だが中心的な一人）であった。その高紅十が後に発表した手記や(7)、この詩について紹介した『光明日報』の記事によれば(8)、『理想の歌』が集団執筆された経過は次のようであった。

一九七三年、北京大学中文系文学専攻の学生たちに、「先進的な知識青年と英雄人物を書く」という「任務」が与えられた。高紅十をふくむ執筆グループが結成され、グループはこの年の夏休みを返上して、まず第一稿を書きあげた。七三年暮れから七四年初めにかけて、中文系の学生は「開門辦学」（日本語で「開門弁学」と書かれることがある）を行う。

「門を開いて学校を運営する」と訳される「開門辦学」とは「門を閉ざして勉学に没頭する」意の「閉門勉学」に対してできた語で、学生が農村や工場などに行き、自分達の専門と関係させながら実際の知識を学んだり、実践したりする、あるいは、広く大学外の人びと（現場で生産活動に従事している農民や労働者であることが多い）を招いて、その人々に教壇に立ってもらう——要するに、形式はさまざまであるが、社会と結びついた勉学を行うことである。

このときの北京大学の学生たちの開門辦学の目的は、先進的な知識青年と英雄的人物たちの事績を取材することであった。彼らは全国各地に出かけ、各地に住みついた知識青年たちと共に働き、青年の理想についてともに語りあった。彼らが取材した知識青年には、雲南の朱克家、山西省平陸県に定住した天津の知識青年グループ、河北省の程有志などがいた。いずれも知識青年の模範として、当時広く報道され、よく知られている人々であった。(9) 余談だが、このときの成果は『広びろとした道』と題する書物となって七四年に人民文学出版社から出版されている。(10)

「祖国の各地の上山下郷知識青年とともに感想を語り、貧農下層中農から再教育を受けたその体得を交流しあうなかで、私たちの間の共通の言葉はまるでセキを切ったようにほとばしり出、革命の理想の赤い糸で、私たちはしっかりと結ばれました。偉大で勇壮な知識青年の上山下郷運動によって私たちは教育もされ、創作の意欲をはげしくかきたてられもしました。数しれぬ先進的知識青年の典型から私たちは主題を練りあげ、『理想の歌』を世に問いました」

そのときのことを高紅十はこのように回想している。つまり「このような沸きたつような生活のなかで、彼らは戦闘の詩篇——『理想の歌』をはぐくみ育てた」のだった。(11)

だが、こうして書かれ出版された詩も、七四年九月当時は、それほど評判になったわけでも、広範に愛誦されたわけでもなかった。例えば、七四年九月から七五年十一月までに『人民日報』と『光明日報』で書評の対象とされた詩集が、『人民日報』三冊、『光明日報』九冊（いずれも重複は除く）あるが、『理想の歌』はそのいずれにも入っていない。

ところが、七五年十二月になって、この詩の朗読が全国にラジオを通じて放送され、その結果、爆発的な売れゆきを示すようになった。さきに示した『光明日報』の記事には、詩集を買いたくても売り切れていて買えない各地の人たちから、詩集を求める手紙が北京大学に殺到したこと、「本を買いたいと言う人は非常に多く、学員たちは手元に残しておいた本をすっかり送ってしまい、そのうえまた印刷したが、それもすぐになくなってしまった」ことなどを紹介している。

十二月十三日『光明日報』が書評を掲載、「『理想の歌』は革命の激情に満ちたすばらしい詩である」と高く評価した。(12) 二十六日には、やはり『光明日報』に詩壇の長老、臧克家が、このようなすばらしい作品には散文で意見を述べることはできないとして「『理想の歌』讃歌」と題する詩を寄せ、「詩の一行一行から／あふれんばかりの熱情がきこえる／春潮にさわぐ浪のような／きこえるのだ、何千何万という力強い手が／プロレタリア階級と言うピアノのキーをたたき／革命の強音をかなでるのが――／千軍万馬、狂風暴雨のような！／どの詩行にも／わたしは見る、毛沢東思想の／億万の化身を／どの詩行からも／わたしにはみえる、「八時、九時」（毛沢東の「きみたち青年は、午前八時、九時の太陽のように生気はつらつとしている」という言葉をふまえている）の／うるわしい春が！」と絶賛した。(13)

そして、あたかもこのような称賛のしめくくりでもあるかのように、翌年一月、『人民日報』は一ページ余を費やしてこの詩を全篇掲載したのであった。(14)

三

『理想の歌』が、その公刊後一年もたってから、ほとんど唐突とも思えるようなかたちでマスコミの注目を浴び、宣伝されるに至ったのは、たとえば『光明日報』の書評や臧克家たちのいうように、ほんとうにこの詩がすばらしかったからだろうか。

一篇の詩として、虚心にこの詩とむかいあうとき、私たちが感じるのは一種の失望であろう。詩の定義づけをめぐって議論をする気はないが、言語というものを離れては詩も詩人もないという一点だけは、すべての定義の前提であろうし、たとえそれが露わであろうと背後に隠されていようと、詩は〈ことば〉との詩人の闘いの結果として成立するというのが、私たちの常識であろう。そして、それはまた中国の歴代の詩人たちの暗黙の前提でもあったように思う。そのような認識からすれば、この詩は、詩として、少なくとも成功した詩として成立しているとはいいがたいのである。

なるほど、ここには語彙の選択や配列にある種の工夫や計算も認められる。私は、中国の詩は視覚のイメージより、むしろ音声による快感を重視する（従って詩人は「読者」よりも「聞き手」を予想している）と考える者だが、この詩はゆるやかにもせよ各節に韻をふむほかに、例えば冒頭の数行、

紅白、
　白雪、
　　藍天……

乗東風
　飛来報春的群雁。

にみられるように、「紅」「白」「藍」という色彩の対比や、雁の群れが飛来するさまを象徴するような文字の配置などによって、読者の視覚的イメージをも喚起しようという努力が――しかし、それも余りにも単純なものにすぎないが――なされている。しかし、この工夫にしても、全詩を通じて貫徹されているわけではなく、単に詩を視覚的な平凡さから救い、散文と区別するために行を分けているにすぎないような場合が大部分である。例えば、詩中、

但是、
理想的航道
　並不是那麼寧静、担蕩、
豊饒的山区
　也不都長着核桃・海棠。

(「理想の航路は／それほど安静でもひろびろと平坦でもない。／豊饒な山間地帯も／くるみや海棠が育つとは限らない」)

と行分けされている個所に、そうしなければならないどんな詩的必然性があるというのだろうか。行と行の間にはイメージや思想の、飛躍や質的な転換があるわけではない。句と句をつないでいるのは、詩の論理ではなく、散文の論理にほかならないのである。

『理想の歌』は、このように、あげつらっていけば欠点だらけのように見える。詩としては一つの失敗作にほかな

らない。作品が、それが公刊された一九七四年以後しばらく格別の注意をひいたわけでもないのは、むしろ当然であった。では、なぜ『理想の歌』がこれほどまでに賞賛をあびるようになったのであろうか。この疑問に対しては、直ちに、一九七五年十二月の中国の政治情勢という客観的条件を理由としてあげることができる。

四

香港の中国大陸研究者・司馬長風（一九二〇―八〇）は、プロレタリア文化大革命を追跡し、分析した彼の著書で、九全大会（六九年四月）を、文革の退潮期＝実力派軍人が実験を握って〈文革派〉の追い落としを開始した時期とし、それから十全大会（七三年八月）までを周恩来総理が権力を掌握する過程、十全大会以後（七三年八月―七五年十一月）を、周恩来、鄧小平らの〈実権派〉に対し、文革派が反撃する過程というふうに位置づけている。[15] このような位置づけには異論があるかもしれないが、しかし、十全大会以後、七五年末までの時期が〈文革派〉と〈実権派〉との権力をめぐる激しい格闘期であったことに異論をとなえる者は、いまや、いないであろう。

しかし、この権力闘争は誰の目にもはっきりと、それとわかる形で闘われたのではなかった。八〇年末の「四人組」裁判でその一端が明らかにされたように、最高指導層内部の陰湿な闘争がその形態であり、中国人民をふくめた〈外部〉に対しては、党内は団結しているというポーズがとられ続けたのである。この時期の中国の政治過程は、批林批孔運動→プロレタリア独裁理論学習運動→『水滸伝』批判運動といったふうに、現象的には、一種のマルクス主義教育＝学習運動の連続的展開という形で進行したが、それらはいずれも目標の極めてあいまいな、わかりにくいキャンペーンであった。その理由も、運動の発動者である〈文革派〉が、公然と〈実権派〉批判という目標をかかげるわけにはいかなかった点にあるだろうと私は思う。[16]

さて、その〈文革派〉対〈実権派〉の闘争が誰の眼にもわかるようになったのが、七五年十一月にはじまった「教育界の奇談怪論批判」からである。

プロ文革の非常に大きな構成要素に、教育革命がある。この教育革命は、文革前十七年間の教育を、労農兵から遊離し、生産と労働の実践から遊離した〈智育第一〉〈点数第一〉の教育で、労農兵から遊離した、名利のみを追う精神貴族を養成し、〈三大差別〉（労働者と農民、都市と農村、頭脳労働と肉体労働の三つの差別、格差）の縮小ではなく拡大に奉仕する修正主義の教育だと批判し、それにかわる真に革命的な新しい教育路線を打ち樹てようとするものであった。その主な内容は、①学生選抜方法の改革（＝実践の経験をもつ労農兵のなかから大学生を選ぶ）を根幹とし、②教育方法の改革（＝大学の中だけでなく、広く社会的実践のなかで教育し、プロレタリア階級の革命事業の後継者に育てる）、③養成目標の改革（＝〈智育第一〉ではなく、プロレタリア階級の思想を身につけ、理論と実践を統一でき、問題を分析し解決する能力をもつ学生を養成する）、④学校運営の改革（＝労働者階級が学校を指導する）の四点に要約できる。

プロ文革の過程で、教育界ではこの内容を現実化する措置が次々ととられていった。しかし、実際の教育現場ではこの教育の〈革命〉に対し大きな不満がうずまいていたらしい。こうした不満を代弁するような形で、七五年夏（「七、八月の間」という）清華大学党委員会副書記の劉冰が毛主席に手紙を書き「現在の大学制度は、学制が短かすぎ（文革前の三―五年が、文革中は二―三年に短縮されていた）教育の質も低く、学生のレベルも高くない。これでは工業の発展の必要に応えられないから文革前の制度を回復してほしい」旨を要求、時の教育部長、周栄鑫もそれに支持を与えた。ところが、これはプロ革命の成果を否定するに等しい要求であったため、毛主席は怒って、この手紙を劉冰に送り返し、清華大学の学生たちに劉冰と周栄鑫を批判するようよびかけた。

こうして、七五年十一月から劉冰、周栄鑫批判がはじまった。学生たち――というより彼らをリードする〈文革派〉は、劉・周の意見を「奇談怪論」ととらえ、十一月三日から清華大学構内にのみ大学報を貼り出すという非公開の形で批判を開始した。これが「教育界の奇談怪論批判」のはじまりである。

劉・周らの意見の重点は、現行の制度下では学生の質を保証しがたい、という点にあった。従って〈文革派〉がそれを批判するには、労農兵の学生は、文革前の学生よりも学問的にもすぐれ、思想的にもはるかにプロレタリア的であるということを具体的に示す必要があった。詳細はわからないが、〈文革派〉による最初の批判は「劉・周らはなんと毛主席に反対した！」というふうな内容のない感情的なものが多かったようである。しかし、十二月に入ると運動は「教育革命大弁論」と名を変え、具体的な例をあげての反論がはじまった。その最初の重要な論文が『紅旗』十二月号に掲載された『教育革命の方向はねじ曲げてはならない』であった(17)。

論文は「教育の質」を論じて、「旧北京大学や清華大学が養成したのは、個人の名利を追求し、理論が実際から遊離した学生たちだった。彼らは哲学を学んでも哲学はできず、文学を学んだ者は小説が書けなかった。工科の学生は、機械も動かせず、修理もできなかった。苦しみを恐れ、死を恐れ、党と国家の命じる勤務先に行かず、堕落してブルジョア右派になった者もいる」と旧い大学生の〈質〉を批判したのち、「しかし、現在の労農兵の学生は、数年間の学習を経て、マルクス主義の理論水準と、階級闘争、路線闘争の自覚は大いに高まり、専門の学習でも喜ぶべき成果をあげている」と、労農兵学員が優れていることを力説した。そして、その実例として、「世界の先進的水準」の発明創造をした人々とともに、「革命の激情にあふれた長詩『理想の歌』を書いた」「北京大学中文系学員」をあげたのである。

『理想の歌』が全国放送されたのは、おそらくこの前後であろう。そして十二月四日、『人民日報』にこの論文が転載されたのを皮切りに、『理想の歌』と高紅十は一躍マスコミの寵児になっていく。その間の経過を年表ふうに記していくと次のようになる。十二月八日『人民日報』「北京大学の様相に深刻な変化生ず」と題するルポを一面トップに掲載、その中ではじめて高紅十を紹介(18)。十日、高紅十の写真を付した。『理想の歌』とその作者たちを紹介する記事が『光明日報』に載る。[19] 十五日『光明日報』に『理想の歌』の書評を掲載。[20] 七六年一月七日『光明日報』毛主席の詞発表を祝う詩人たちの文章を掲載。黄声笑（一九一八―五五）、殷光蘭（一九三五―）、時永福（一九四五―）らの既成詩人と並んで、「在延安挿隊落戸（生産隊に住み込む）的北大卒業生」高紅十の文章が載る。[21] 一月二十五日『人民日報』「労農兵学生の〝質が低い〟といった奇談怪論に反駁する」ため『理想の歌』を全文掲載。[22] 二月五日『光明日報』に高紅十の「延安に帰り農民となる」という文章が載る。[23]

一方、「教育革命大弁論」の方は、翌年一月、周恩来総理の逝去とともに一時停止されたが、葬儀の終わりとともに再び開始され、いっそうエスカレートして「右からのまき返しに反撃する」運動となり、二月には、明らかに鄧小平をさす「悔い改めようとしない党内走資派」の批判運動にと発展していった。そして四月、天安門事件をきっかけに鄧小平はついに失脚に追い込まれる。

以上の経過からもわかるように、七五年十一月から七六年四月に至る政治劇の進行過程は、明らかに〈文革派〉と〈実権派〉との闘争のなかで〈実権派〉がじりじりと後退し、ついに敗北していく過程である。それは同時に、『理想の歌』とその作者がマスコミにとりあげられ有名になっていく過程でもある。『理想の歌』が、一九七五年暮れに突然のように賞賛をあびはじめたのは、この政治闘争における〈文革派〉の必要を満たすものを、この作品がそなえていたからだということは、もはや明らかであろう。

『理想の歌』が突然注目されるようになった理由は以上のようだとしても、しかし、依然としていくつかの疑問が残る。ひとつは、政治闘争の必要にもとづいて〈文革派〉が『理想の歌』をもてはやしたのは事実だけれども、だが、そうしたキャンペーンぐらいで詩集がそんなに売れるものなのか――つまり、『理想の歌』が読まれたのは、そんな外在的な理由からだけなのかどうか、ということである。もうひとつは、『理想の歌』の集団執筆者のうち、他の執筆者はまったく無名のままなのに、なぜ高紅十だけが特にとりあげられ、マスコミの寵児になったのか、ということである。以下、そうした問題について考えてみることにしよう。

五

第一の疑問については、次のように考えることができる。

プロレタリア文化大革命のなかで、中国の都市在住の青年たちは、それまでの青年たちとまったく異なる青年期を過ごすこととなった。知識青年の〈上山下郷〉運動とよばれる、都市の知識青年の農山村への定住運動が定着したため、彼らの三分の一以上が農村にいかねばならなくなったからである。

都市の学校を卒業した若者が、辺境の荒野に移住し、開発に従事するということは、解放後かなり早くからはじまっていた。農村への定住も五七年の農村の社会主義化＝集団化完成後からはじまっていた。しかし、中学・高校を出た青年が農村に行くことが制度化されたのは、文革以後のことである。この制度によれば、中学、高校の卒業生は、条件に応じて、農村、辺境、鉱工業企業、基層組織の四つのいずれかに「分配」（学生を組織的に勤務先に配属すること）されることになっていた。農村に赴く者は、だいたい卒業生全体の三十〜四十パーセントで、一人っ子、長男、長女、病弱者、華僑の子女、一家の中で兄弟姉妹の誰かがすでに農村にいる者などは都市に残ることができるという規定であった。そして、そこで何年間か労働し——そしてより重要なことだが、その労働を通じて自分の思想をきたえたのち、それぞれの条件に応じて、大学、研究機関、行政機関などにその人々を入れていくという計画であった。この規定は、六七年の卒業生から適用されはじめたが、六八年、六九年の卒業生は全員一律農村に下放させるという方針がとられた。（この〝極左的方針〟は、六八年十二月二十一日、毛主席の「知識青年は農村へ行こう」という呼びかけが発せられたことと関係があるだろう）。七一年卒業生の分配のときからはもとの規定によって下放が行われた(24)。こうしてプロ文革開始（六六年）以来、七五年末までに、約千二百万人にのぼる都市の知識青年が、全国各地の農山村に散り、そこに住みつくようになったのである。[25] この千二百万人は経歴も出身も違い、ものの考え方も異なる。種々雑多な若者たちであるが、そのいずれもが、解放後の社会主義教育の申し子であり、プロ文革中の紅衛兵と〈上山下郷〉という稀有の体験を共通にもつという点で、それ以前の年代の人々とも、同世代のそうした経験をもたぬ人々とも区別されるような共通性をもつ若者集団であった。この集団が前世代とも同世代の他の若者とも決定的に異なるのは、彼らが都市の安楽的生活（それには都市の生活環境の安楽さという意味も、両親や教師の庇護のもとに生活するという意味もともに含まれる）から、苛烈な農村の生活（それには農村の生活環境、労働の過酷さ、一人で独立して生活しなければならなくなるといったことがすべて含まれる）へという、激しい変化を、ようやく世界観を形成すべき時期に等しく体験しなければならないという点にある。そうした体験をもとに、この若者集団の間に一種の〈共生感〉が芽生えたとしても不思議ではない。

一九七〇年代初期の中国にあって、体験と感情を共有しあう、千二百万人の年齢も接近した若者集団――これをいま仮に〈上山下郷青年集団〉と名づけるならば、『理想の歌』は、なによりもまずこの集団の文学・〈上山下郷青年集団〉の自己確認の文学であった。

さきにみたように『理想の歌』は、中華人民共和国の歴史とオーバーラップさせつつ、自己の成長史を語る第一章からはじまる。そこに歌われる「私」は、この千二百万人の青年集団にほかならず、第一章は、この集団の「自分がなに者であるかを対象化しようとする」ことがその創作モチーフである。第二章は〈上山下郷〉の意味を明らかにする章である。自分たちの青春は、共産主義を実現するため、三大差別の縮小のため、安逸なる都市から苦しみ多い農村に移り、そこの改造のためにささげられる。〈上山下郷〉は、いわば共産主義の〈未来〉のために、この〈現在〉を犠牲にする崇高な歴史的使命だということを明らかにするのがこの章である。第三章は、自分達をその歴史的使命を実現する世代と規定し、それを確認し、外に宣言する章である。（詩に対するこのような理解が、私がこの詩を〈自己確認の文学〉とよぶ理由である〉――〈上山下郷〉へのこのような位置づけと自分達の青春へのそのような意味づけこそ、ほとんど否応なく農山村に定住しなければならなかった千二百万人が、なによりも欲したことではなかったろうか。〈上山下郷〉をテーマにした小説や詩やルポタージュ（こうしたものを、私は〈上山下郷文学〉と名付け、文革期文学の重要な内容を構成するものと考える）は少なくない。しかし、『理想の歌』のようにその意味づけを明確にしえた作品はなかったのではないだろうか。それは文字通り知識青年たちの心のうちを代弁し、それゆえに彼らの心を激しくゆさぶることができたのである。（余談ながら私は、この詩が、あたかも人生論のごとく読まれたに違いないと考えている）。『理想の歌』が、そのさまざまな欠点にもかかわらず、広範な読者を獲得した最大の理由はその点にあった。

六

第二の疑問については、高紅十が大学卒業後ふたたび農村に入っていったということに、その答えを見出すことができる。

話はやや迂遠になるけれども、ここで、めんどうな統計数字におつきあい願いたい。『中国百科年鑑（一九八〇年版）[26]』によれば、一九七六年度における中国の各種の学校における在学生は、小学校（五年制）一億五千万人、初級中学（三年制）四千三百五十万人、高級中学（二年制）千四百八十三万人であった。いまこれを在学年数で割ると、学年当りのだいたいの在学生数が得られる。それによると、小学生は各学年平均三千万人。初級中学千四百五十万人、高級中学七百四十万人という計算になる。つまり、初級中学に進学するのは小学卒業生の約半数弱、高級中学に進学できるのはその更に半数、七四年度における全国学齢児童の就学率は平均九十三パーセントであるから、非常に乱暴な計算だが、高校進学者は、同世代の子の約四分の一、二十五パーセント足らずということになる。これが「中小都市と多くの農村には、すでに初級中学が普及し、大都市には高級中学が基本的に普及している」といわれた七五年当時の状況であった。ところで、七六年における高級中学卒業生は実数で五百十七万二千人、この年全国の大学が募集した学生は二十一万七千人であった。この年の大学進学者は二年前の高級中学卒業生であるから、進学率は単純には求められないが、多くても全高卒者の三～四パーセント、同世代の青年の一パーセントにも満たない数である。

以上は極めておおざっぱな数字にすぎないが、中国の大学生というものがどれほど稀少な存在かをうかがうに足るであろう。その大学の卒業生――しかも天下に冠たる北京大学の卒業生が、農村に行って農民になるなどということは、常識的な価値判断からすればほとんど狂気の沙汰にもひとしいことであったはずである（中国で農村や農民に対する蔑視感は我々の想像よりずっと強いことは、注意しておいていい）。そして、高紅十はこの狂気の〈反価値的行動〉を敢行した英雄だったのである。マスコミが注目したとしても当然であった。

だが、『人民日報』や『光明日報』が高紅十のことをこぞってとりあげたのは、たんに彼女の行動の特異性にジャーナリスティックに注目したからではなかった。そうではなくて、彼女のそのような行動と、それに駆りたてた思想のもつ規範性に注目したからであった。

労農兵の学生は「作風の面で刻苦、質素であり、自覚的にブルジョア思想の侵蝕を拒み、ブルジョア階級の権利の観念をたえずうち破り、労農の中から来て労農を忘れない」という特色をもつが、高紅十はまさしくそのような学生であり、卒業にさいし「三度にわたって申請書を書き、延安地区に帰って農民になることを断固要求し、三大差別縮小の促進派になろうと誓った。これは、旧大学の養成した学生が名利を追い、精神貴族の宝塔にのぼろうとしたのと、きわだった対比をなしている」と『人民日報』は伝え[27]、『光明日報』は、「今年いらい彼女はプロレタリア独裁の理論を学び、実際と結びつけて修正主義を批判し、（農村や農民を軽視する）伝統的観念と自覚的に、徹底的に決裂し、三大差別縮小の促進派となり、プロレタリア独裁を強固にし、社会主義の新しい農村を建設するために青春をささげている」と報じた[28]。

この高い調子の記事は、そのまま当時の知識青年をめぐる、一種ヒロイックな熱っぽい雰囲気を伝えて余すところがない。労働者と農民、都市と農村、頭脳労働と肉体労働の差別、いわゆる三大差別の解消は、もちろん共産主義社会の実現をまってはじめて可能な大理想である。それには生産力の飛躍的な発展と、高い政治的自覚をもち、全面的に発展した新しい共産主義的人間の存在が必要である。〈上山下郷〉はこの大理想実現を射程におき、差別を一歩一歩縮小していくことを目指す現実的な措置なのであった。都市と農村の間の気も遠くなるような経済上、文化上の格差、大学生の稀少性にその一斑のうかがえるような、頭脳労働と肉体労働の差別——そうしたものの解消は、たとえ一人の大学卒業生が農民になったところでなにほどの効果をあげうるものでもない。しかし、一人の大学生のヒロイックな行動が、何千万もの知識青年のヒロイズムを激発させることができたとしたら、その行為のはらむ効果にははかりしれないものがあるだろう。

高紅十は、知識青年の〈上山下郷〉を讃美した『理想の歌』と、同じテーマの小歌劇『朝陽路上』（未見）の作者である。その彼女が「『理想の歌』は紙の上に書くだけではだめだし、『朝陽路上』は舞台の上で上演するだけではだめなのです。もっと重要なことは、自分の行動の上に貫徹実行することです」と述べ[29]、自らの語った理想を実現すべく陝北の黄土地帯に入っていったのである。「奇談怪論」を突破口に〈実権派〉攻撃を狙っていた〈文革派〉が、労農兵学生の模範として彼女をとらえようとするのは当然のことであろう。

この時期、中国のマスコミは〈文革派〉の政策の宣伝の道具であることに徹していた（姚文元のコントロール下におかれていたという）。高紅十をとりあげたのは、決して、個別のジャーナリストの眼や感覚ではなく、彼女のなかに規範性を見出した、計算し尽くされた政治の意志にほかならなかった。

七

これまで、一九七五年の政治状況の中での『理想の歌』と高紅十の位置をみてきた。だが、高紅十その人について、私はまだほとんどふれていない。次は彼女について語るべき段取りである。

高紅十には、自分のことを書いた二篇の文章がある。(30)内容はほとんど同じで、二篇ともそう長いものでもない。千二百万の〈上山下郷〉知識青年の中には、高紅十以外にも、自分の体験を書き綴った文章を発表した人も少なくはない。知識青年を〈上山下郷〉に動員するため、また、彼らに努力目標を与えるために、模範的な知識青年の手記を集めた小冊子が数多く出版されたからである。(31)それらの文章は、農山村が自分達の努力でどのように変化していったか、その中で自分達の思想がどのように変わっていったかを綴るものが大部分である。高紅十の手記もそうしたパターンをはみ出すものではないけれども、大学を卒業してから農村へ行く決意をするまでの内心の葛藤がやや具体的に書かれる点で、他の手記とは異なっている。いま、そこに焦点をあてながら、高紅十について述べてみたい。

高紅十は一九五二年に生まれ、北京の初級中学を卒業後、六九年一月、延安に挿隊落戸した。六九年一月といえば、前年末に「知識青年は農村に行こう」という毛沢東主席の号令が発せられたばかりであり、知識青年たちの都市から農村への大移動が開始された時期である。前にもふれたように、六八年、六九年の初級・高級中学卒業生は選択の余地なくすべて農村にいかなければならなかった。高紅十の農村行がどの程度主体的なものであったかうかがうすべはない。

三年あまりの農村生活を、高紅十はかなり模範的に過したと思われる。その一端を私たちは『理想の歌』や『成長』（後出）など、彼女の作品から知ることができるが、要するに世間知らずの町の娘から階級的自覚をもった農民へと生長していったようだ。

七二年五月、彼女は延安から推薦されて北京大学に入学、中文系（中国文学部）文学専攻の学生として勉強をすることになった。入学したばかりの北京大学は、文革で批判されたはずの試験制度、つめこみ式教育などが行われており、その影響で思想感情が変わった、と彼女は書いている。こうしたなかで、彼女は最初の作品『成長』を書く。それは下放した知識青年が貧農下層中農の教育で成長していくという内容だったらしい。この処女作は中文系の雑誌『習作』に掲載され激賞された。三ヶ月後、彼女は大学に行けなかった青年が心の悩みを乗りこえることを描いた小説『路』を発表した。それは芸術的技巧をこらした作品で大学では前作以上の高い評価を受けた。ところが、この作品は延安に残っている知識青年や農民たちからはひどく反発され、不評であった。それは自分の思想が知識青年や農民たちから離れはじめたことを示すものだったが、自分はそうは思わず、彼らには文学がわからないのだと考えて自分を慰めていた、と彼女は回想している。この年の秋、北京郊外に開門辦学に出かけた彼女たちは、ブルジョア文人風の作品ばかり書いていた。

こういう彼女が変化していく転機が少なくとも三回あった。

最初は七三年初めで、この時期、北京大学では「右傾思想批判の大討論」が始まり、この討論の中で彼女は自覚を高め、自分の文芸思想はおかしい、それは「文芸は労農兵に奉仕する」という毛主席の文芸路線が自分の頭の中に根づいていなかったからだと考えるようになるのである。『理想の歌』が執筆されるのは、この年の夏からである。

二回目は七四年の開門辦学のときである。彼女たちは、プロ文革中の労働者の生活を描いた短編小説を書くという任務をもって、北京西郊の門頭溝炭鉱に行き、そこで労働者とともに働き、彼らと「批林批孔」をやり、彼らから階級教育を受ける。この開門辦学を通じて彼女は、自分は世界観を徹底的に改造し、労農兵と結びつく道を永遠に歩まねばならないということをはっきりと自覚する。同時に、かつて『路』がうまく書けなかったのは、自分が農村に住みついて革命をやるという思想を堅持していなかったからだということにも気づくのである。

第三の転機は卒業創作のときである。七二年五月に入学した学生たちは、約三年半の学習を終え、七五年十月に卒業することになっていた。文学専攻の学生たちは、労農兵の学生が入学してから卒業するまでの全過程を描いた短編小説を出すことになり、執筆を分担したが、たまたま彼女にあたったのが「卒業」の部分であった。ここで彼女は非常に苦しむことになる。筆がなかなか進まないのである。

一番むづかしいのは、小説中の主要な英雄人物――つまり、卒業して郷里に帰り、農業をやる大学生の思想境界（を描くこと）だった。私はその気持ちを自分のものにできず、（従ってまた）うまく表現するすべもなかった。

小説は、労農兵の大学生が卒業後ふたたび農村に帰るという筋であった。それは彼女自身が考えたものか、他から与えられたものかは別にして、多分それ以外には考えられない筋書きであった。労農兵の大学生を描く以上、主人公は卒業後必ず農村に行き農民にならねばならない――それが、時代と政治の要請であったから。その筆がなかなかすすまないのは、彼女自身に悩みがあったからだったろうか。

こうしたとき彼女の「入党紹介者」（中国共産党に入党するさいの紹介者。ただこのとき彼女がすでに入党していたかどうかはわからない。彼女に相当大きな影響力を行使しうる人物であることに違いはない）が訪ねてきて彼女と話しあい、「鍵は君自身にある。君自身が思想的にスッキリしたら、小説は書けるようになる」という。それを聞いて彼女は激しい内心の葛藤に襲われる。「革命的な文章を書こうと思えば、まず革命的人間になれ」それはわかる。彼女は自問する「農業従事の申請をする報告を書こうか書くまいか。書くとすれば、なぜ。書かないとすれば、何を恐れて?」

『理想の歌』の作者の、このような苦悩は私たちを驚かせるだろうか。もし彼女が兵士の作品を書かねばならなかったとしたら、彼女の作品のテーマが教師になることだとしたら、彼女は兵士や教師になろうかどうかと悩んだだろうか。その場合、彼女はそれほど悩みはしなかっただろう。人は医者を描いた作品を書くために医者にならねばならないことはなく、農民にならねば農民が書けないということもない。だが、彼女も「入党紹介者」もそのようには考えなかった。革命的な文章＝労農兵大学生が卒業して農民になるという作品を書くには、まず革命的人間になれ＝大学生である自分が卒業して農民にならねばならない、と考えたのである。

（自分が農村に行く申請を）書かないのは、苦しみをおそれ、疲れをおそれ、農村に生涯暮らすことをおそれているからに違いない。革命の先輩が全国を解放するため流血の犠牲をおそれなかったのに、われわれ后代が平和な時期に農村に入るのを、なおグズグズとためらっている。これは根本を忘れたのでなくてなんだろう？若者がただ個人の利益だけを考えていたら、中国革命はどうして継続できるだろう。共産主義がいつ実現するだろう。

高紅十はこのように、悲しいほど純粋に自分を追いつめていく〈高紅十のこうした論理のうちに農村に行った若者たちが、自己の置かれた特殊な状況によって形成せざるを得なかった〈上山下郷の思想〉の核を読みとるのは決して見当はずれではあるまい〉。

こうして彼女は延安に帰り、農民になる決心をする。しかし、この決心は「最も科学的な世界観」たる「マルクス・レーニン主義と毛沢東思想」によって基礎づけられたものでなければならない、と彼女は考える。「この瞬間私は、学習したいというかつて経験したことのないほど切迫した気持ちを感じました」と彼女は述懐している。自己の決心をこうした学習でゆるぎないものとした彼女は、六月七日中国共産党延安地区委員会に手紙を書き、同時に学校に対し、「卒業後は延安に帰って農民になり、共産主義の新しい人間になりたい」という申請書を正式に提出した。

彼女の卒業創作『成長』(32)の完成もおそらくその頃のことだったであろう。『成長』というタイトルは、好評を博したという処女作と同名であり、多分、それが下敷きになっているに違いない、暁京という娘の物語である。中学を卒業して延安にやってきた娘が、大学を卒業して再び延安に帰ってくるというストーリーのこの小説は、その多くが、延安の農村でなにも知らない娘が周囲の農民の暖かい励ましで自覚をもった農民に育っていく過程の描写に費やされている。現実の高紅十は思い悩むが、作品の中には、娘が、大学を卒業してからどうしようと悩む場面などはない。暁京は、卒業したら農業大学をつくろうという明確な目的をもって大学に入り、そして帰ってくるのである。

彼女の手記には読むものの心を打つなにものかがあったが、『成長』にはそれがない、と私には感じられる。おそらくそれは、彼女が内心の葛藤をそのまま投げ出すのでなく、苦しみを経て、それを解決してしまった者の重味を背景にしてこの作品を書いたからであろう。彼女は〈説教者〉ではないにしても、一種の〈啓蒙者〉の立場に無意識のうちに立っており、それがこの作品をありきたりの〈上山下郷〉小説にしてしまっている。高紅十が、もし自分の悩みを読者とともに悩むという立場でこの作品を書いたとしたら、あるいは〈上山下郷文学〉に新しい境地を拓いたかもしれないのだが。

一九七五年十月二十八日、北京大学は集会を開いて、高紅十ともう一人卒業後農村に行く学生を激励した。「奇談怪論批判」がはじまったのは、その一週間後のことであった。

一年後の七六年十月「四人組」が逮捕された。そのニュースを、彼女は陝北の山奥できいたであろう。そこでも規模は大きくないながら祝賀集会が持たれたに違いない。ドラが打ち鳴らされ、爆竹の音がにぎやかに黄土高原を流れていったに違いない。そのとき彼女が感じていたものがなんであるか、推測するすべは私たちにはない。しかし、彼女も耳にしたに違いないドラや爆竹の音は、彼女を主役にした一つの時代の終わりと、彼女の作品を生んだ一つの集団の解体とを告げる葬送の曲のようにひびいたと、いま私たちは確言することができる。

おわりに

高紅十たちの世代を想うとき浮かんでくるあるイメージがある。それは、例えば〈辺境にむかって駆ける若き戦士の群れ〉と〈築かれるはずだった「理想」を辺境に埋めて帰還する沈黙の若者たち〉とから構成される千二百万の青年の像である。この青年たちは、歴史の先頭を疾走する者の自負と、その歴史から突然はじき出された者の当惑や憤激や悲哀の感情を共有することでくくられる世代である。

どの世代も自らの歌を持つわけではない。しかし、高紅十の世代は疾走する者の自負を誇らかに歌う『理想の歌』をもった。だが、それは理不尽に歴史から捨てられた者の当惑や憤激、悲哀をうたう後半部と合わせてはじめて完成するはずの〈未完成の悲劇〉であった。『理想の歌』のそういう意味での〈未完成性〉こそ、文革期文学とその担い手たちの運命をなによりもよく象徴するものである。

（一九八一年八月二十日）

注

（1）「関于建国以来党的若干歴史問題的決議」（八一年六月二十七日通過）、邦訳『中国共産党の歴史についての決議』（外文出版、八一年）。

（2）吉川幸次郎「中国に使いして」（『吉川幸次郎全集』第二十二巻、筑摩書房）に七五年三月の経験として北京大学の教授陣との座談会の模様を記すが、その中に「またむこうがわの出席者には、農村から推薦されて大学に在学する学生二人が含まれ、その一人高紅十嬢は、「理想の歌」集団創作者の一人としての経験を、雄弁に活発に語った」（四四二頁）とある。高紅十を紹介したものとしては、これが唯一のものではあるまいか。

（3）『理想之歌』（人民文学出版社、七四年九月）。なお七六年四月に第二版が出ている。第二版では相当な削除と訂正が行われている。削除はページ数にして十三頁、約六十行に及ぶ。なお本章での翻訳は第二版に拠った。

（4）蒋士枚、石湾「喜看群雁報春来——読長詩《理想之歌》」（『光明日報』七五年十二月十一日）。

（5）張勇は天津の労働者家庭出身、女性。天津市中学紅衛兵代表大会河西分会常務委員だった。六九年四月黒龍江省（今は内蒙古）に挿隊。七〇年六月、水に落ちた生産隊の羊を救うために死んだ。十九歳だった。その事績は知識青年の模範として新聞等で大きく報道された。

（6）訓華は上海市呉淞二中を卒業、上海市中等学校紅衛兵代表大会常務委員であった。六九年五月黒龍江省の農村に定住。八月国家の物資を救出するため洪水で死んだ。彼の事績は、祁学金「革命的青年の手本――金訓華」、謝香雲「訓華は労働者階級のりっぱな後継者」などに詳しい。（いずれも『人民中国』七〇年四月号）

（7）高紅十「在毛主席文芸路線指引下放声歌唱」（『光明日報』七六年一月七日）および、「回延安当農民」（『光明日報』七六年二月五日）。

（8）「一份来自清華、北大教育革命的報告――一代新人的《理想之歌》」（『光明日報』七五年十二月十一日）。

（9）朱克家は六九年四月上海海南中学卒業後雲南省シーサンバンナのアイニー族の人民公社に下放。第四期人民代表大会常務委員、第十期候補中央委員。その事績は「農村也是大学――記上海知識青年朱克家在雲南省孟臘県孟命公社鍛煉成長」（『農村也是大学』上海人民出版社、七三年二月所収）、「听毛主席的話在広闊天地里大有作為」（『志在農村――上山下郷知識青年談体会』人民出版社、七四年二月所収）にみえる。程有志は一九六四年河北省張家口市の高級中学卒業後、涿鹿県温泉屯大隊に定住。科学的農業で増産をもたらした。「科学種田闖新路」（前出『志在農村』所収）、「做社会主義時代的新農民」（『我們需要農村』農業出版社、七四年八月所収）など参照。平陸県毛家山の天津知識青年グループ三十人は、六八年暮れ徒歩で天津を発ち、五十日を費やして六九年二月毛家山につき、そこに定住した。その事績は「在農村大学中茁壮成長」（前出『志在農村』所収）、「敢叫毛家山変大塞」（前出『我們需要農村』所収）などにみえる。

（10）『広闊的路』（人民文学出版社、七四年十一月）。天津の知識青年グループを扱った「〝扎根園〟里苹果紅了」、程有志の事績を述べた「広闊天地有志人」、雲南省の生産建設部隊に入った北京の知識青年・辛温を扱った「和金鶏納一起成長」の三篇の文章が収録されている。

（11）注（8）に同じ。

（12）注（4）に同じ。

(13) 臧克家「《理想之歌》賛歌」(『光明日報』七五年十二月二十六日「光明」十四期)。

(14) 「理想之歌」(『人民日報』七六年一月二十五日の「戦地」五期)。なお、この号に掲載された『理想之歌』は人民文学出版社版の原詩に比べると、改行、字句の異同をふくめてごくわずかの改訂がみられる。

(15) 司馬長風『文革後的中共』(時報文化出版事業有限公司、七七年十二月)。

(16) この点については私見の一端を現代中国学会一九八〇年全国大会で述べたことがある(「批林批孔運動は虚妄であったか」現代中国学会『現代中国学会—一九八〇』八一年六月、二八—三〇頁)。

(17) 北京大学、清華大学大批判組「教育革命的方向不容簒改」(『紅旗』七五年十二期)。

(18) 「北京大学面貌発生深刻変化」(『人民日報』七五年十二月八日)。

(19) 注(8)に同じ。

(20) 注(4)に同じ。

(21) 注(7)に同じ。なお黄声笑(一九一八年生)[文革前は、黄声孝の名を使っていたが文革期に〝孝(xiao)〟を同音の〝笑(xiao)〟に変えた。]は、湖北省の長江航運管理局に働く労働者の詩人、殷光蘭(一九三五年生)は安徽省肥東圏に住む女性の農民民歌詩人。時永福(一九四五年生)は解放軍所属の詩人で、黄声笑と殷光蘭は文革前から活躍していた詩人。時永福は文革期に頭角をあらわした詩人である。これら労農兵を代表する詩人に高紅十を配した編集者の意図は、彼女を労農兵出身の代表として位置づけることにあったと思う。

(22) 注(14)に同じ。

(23) 注(7)に同じ。

(24) 「(大陸来港人士座談会)文革十年来的中国」(『七十年代』七七年二月号)、洪芸「中共的知青下放政策」(『七十年代』七七年六月号)に拠った。

(25) 「毛主席革命路線的輝煌勝利、文化大革命的豊碩成果、一千二百万知識青年光栄務農」(『人民日報』七五年十二月二十三日)。

(26) 『一九八〇中国百科年鑑』(中国大百科全書出版社、八〇年八月)のうち「教育」五三五—五四〇頁による。

(27)　注（18）に同じ。
(28)　注（8）に同じ。
(29)　注（18）に同じ。
(30)　注（7）に同じ。
(31)　手許にあるものをあげれば、注（9）に引いたもののほかに、『広闊天地大有作為』（内蒙古人民出版社、七三年六月）、『陽光雨露育新苗』（上海人民出版社、七三年十一月）、『一代新人在成長』（農業出版社、七四年二月）、『知識青年在延安』（陝西人民出版社）、「第一集」七一年九月、「第二集」七二年十一月、「在広闊大地里成長」（農業出版社、七五年九月）、『紅色家信』（上海人民出版社、七三年十一月）、『喜看新苗茁壮成長――《紅色家信》第二集』（上海人民出版社、七六年三月）などがある。これらはたまたま書店で購入したものにすぎず、実際に出版されたものはこの何十倍にもなると思う。
(32)　『成長』は、北京大学中文系文学専業七二・七三級年入学生の作品集、凌霄署名の『碧緑的秧苗』（人民文学出版社、七六年二月）に収録されている。著者の署名はないが、「后記」に「『成長』の作者は、自分の実際行動でその光りきらめく続編を書くために、……延安地区に帰り、引き続き生産隊に住み込んで農民となり……」とあることから高紅十の作品であることが知られる。

［補注］

高紅十は五一年十一月生まれ。六九年中学後延安に挿隊。七二年労農兵学生として北京大学中文系に入学。七五年卒業。文革後陝西人民出版社文芸編集室編集者、雑誌「緑原」編集者、北京「法制日報」文芸部記者、編集者などを歴任。また中国作家協会魯迅文学院、北京大学作家班を卒業。中国作家協会会員。（中国作家協会創作連絡部編『中国作家大辞典』中国社会出版社、九三年十二月による）

高紅十が九四年一月送ってくれた「問世前后」（『東方文匯』九三年、安徽文芸出版社所収）によれば、「理想之歌」の作者は高紅十を含め四名、いずれも七二年北京大学中文系に労農兵学員として入学した。他の三名は以下の通り。

陶正、男性。清華大学付属中学（高校）二年生で陝西省延川県に挿隊した。九三年現在北京歌舞団一級劇作家。中国作家協会会員。全国優秀短編小説コンクール入賞。

張祥茂。男性。北京の中学六七年卒業生。内蒙古豊鎮県に挿隊。九三年現在中国政府商業部政策法規司（日本の省庁の「局」に相当）幹部。

于卓、女性。北京の中学六二年卒業生。黒龍江省北大荒兵団に入隊。九三年現在「科技日報」記者。北京作家協会会員。

またこの文章によれば「理想之歌」は謝冕北京大学教授の意見を求め、人民文学出版社から出版されるときの担当編輯者は楊匡満（詩人）と孟偉哉（作家）だった。


（二〇〇三年三月）

第四部　文革後・いわゆる新時期の現代詩

第一章　朦朧詩

――その誕生と挫折――

はじめに

中華人民共和国建国後の中国現代詩史で、朦朧詩の出現はほとんど一つの「事件」といっていい出来事である。ここで「事件」というのは「いつどこでといった出来事でなくても、それがいつの間にか歴史の別の新しい局面を継起し、影響が波及していく、その歴史上の継起性、波及性において「事件」とみなされるもの」（溝口雄三）という意味合いで言っている。[1] 具体的には、例えば、文革後十年の新時期文学を論じた上海の文学研究者・宋耀良の「新時期文学の新思潮は朦朧詩に端を発す」、「朦朧詩の出現の意義はそのはじめから詩だけに限られるものではなかった。それは当時の芸術理論に対する全面的な挑戦を構成していた」という評価[2]に賛同する立場から、そう言っているのである。本章ではその「事件」としての朦朧詩の歴史、誕生から終焉までの歴史を概観しておきたい。

一　上山下郷運動と「地下文学」の誕生

さて、溝口によれば継起・波及型の事件というのは「必ずそれをもたらした前史的な事件があ」るというが、では朦朧詩の場合それは何であろうか。私見によればそれは大きく言えば文革であり、限定していえば文革期におけるいる。[3]

「上山下郷運動」、もっと限定していえば「非公然の文学」の誕生である。非公然の文学とは、書物、新聞、党の宣伝パンフレットや行政機関、事業所、学校の壁新聞など、体制に公認された情報流通ルートを通さず、回覧や手抄、手紙などの形で個人間やごく狭いグループの間で流通した（あるいはそれを目的に創作された）文学のこと、と取り敢えず言っておくことにする。なお、本書では「非公然の文学」のほかに「地下文学」や「地下文学作品」という語も用いる。[3]

「上山下郷運動」とは何か。[4] それは一九六八年に始まる、「知識青年」とよばれる都市の高校卒業生の農村や辺境の農場への定住運動のことである。都市の青年たちが農山村や辺境に赴くことは建国後間もない一九五三年からすでに始まっていた。初めは小卒、中卒の若者の就業対策として、農業合作化以後は簡単な会計事務、帳簿や文書の作成、管理、政治宣伝などのできる人間が農村で大量に必要になったことなどにより、政府は毎年計画的に知識青年を農村に送り込んでいたのである。六六年文革が始まるや大学、中学高校では学生が紅衛兵として街頭に出て「革命」をおこなったため授業は停止、卒業生の分配も行われなかった。六七年は紅衛兵組織の政府機関襲撃や武闘が絶えず社会も学校も混乱、学校の授業はほとんど行われなかった。大学は学生募集を止めており、企業も生産現場も機能を停止している。学生たちは進学も就職（分配）もできないまま、学校にいるほかなかった。六八年夏には六六、六七、六八年の三期（いわゆる「老三届」）の学生が中学、高校、大学にそれぞれ滞留するという状況が生まれていた。その数は約一千百万人だったという。[5] こうした状況を背景に、六八年十二月二十二日『人民日報』が「知識青年が農村に行き、貧農・下層中農の再教育を受けることは大変必要である」という毛沢東の「最新指示」を伝えた。これをきっかけにかつて紅衛兵として文革運動の一翼を担った都市の知識青年の農村への定住運動＝「上山下郷運動」が始まるのである。毛沢東の呼びかけに応え、文革終了までに農山村に定住した若者たちは一千四百万人を超える。[6] 彼らは、都市の高校（まれには中学）を卒業した後、「貧農・下層中農から再教育を受け」、「三大差別」縮小の尖兵となって祖国の農村を改造すべく、全国の農山村に赴いたのである。だが彼らを待ち構えていたのは、多く厳しい自然条件、実り少ない痩せた大地、閉鎖的で封建的な集落か、さもなくば軍事的規律と過酷な労働の支配する兵団や農場であった[7]。彼らは電気も水道もなく、十分な食料さえ保証されないこうした僻地で短くても数年、長ければ十年に近い、過酷な労働の日々を送ったのだった。

国営農場や辺境地帯の兵団に行った者はもちろん、農村に下放した知識青年も集団で生活するのが普通だった（そういう場所を「挿隊知青集体戸」「集体戸」「知青点」などと呼んだ）。知識青年の中には詩や小説を書く者がおり、それが集団生活をする仲間たちの間で回覧されていた。それらの「地下文学作品」の中には下放生活の悲しみ、諦め、不安、嘆き、孤独感、閉塞感、無常感といった負の感情（当時の基準で言えば反社会主義的・反プロレタリア的な感情）を流露したものや、性愛を描いたポルノなどもあった。そのあるものは筆写されて伝えられ、あるいは手紙や口伝えの形でさらに遠方にまで広まった[8]。

例えば朦朧詩の詩人たちに圧倒的な影響を与えた郭路生の「相信未来」は紅衛兵運動への挽歌ともいえる詩だが、手書きで流布し、全国各地の「およそ知識青年のいる場所であれば、秘密裡に伝わった[9]」。福建省の山村に下放していた舒婷（一九五二―）の詩は、初め手紙の形で伝わった[10]。文革後の社会に大きな反響を引き起こした靳凡「公開的情書」は山村に挿隊した一群の大学生間で、一九七〇年に交わされた手紙がその原型であり、七二年集められて整理され、手書きとタイプ印刷の形で知識青年の間に広まった[11]。同じく大評判となった張揚「第二次握手」も湖南省の下放先の農村で農作業の余暇に書かれたものが手書きで各地に伝わり、流伝の過程で題名が失われ何種類もの題名の異なる手抄本が流布したという[12]。同じ状況は北島の小説「波動」の場合にも見られる[13]。このほか毛沢東の暗殺をテーマにした「大橋風雲」（別名「南京長江大橋爆炸案」）、ポルノ小説「少女之心」（別名「曼娜回憶録」）等々多くの手抄本が書かれた[14]。このような詩や小説は決して社会の表面に出ることなく、秘密裡に文学愛好者たちの手から手へと広まっていったのである。

二　白洋淀の地下詩壇（「白洋淀詩歌群落」）

これら「地下文学」の作者たる知識青年たちが集中し、質の高い文学活動を展開していた地域がある。河北省の白洋淀がそれである。白洋淀は河北省の工業都市保定市の東三十五キロ、北京から百二十キロの近さにある。大小様々な九十二の湖と三千七百余のクリークが縦横に連なり、田園が交錯し、小島のような村々が碁盤の目のように分布する美しい水郷である。[15]抗日戦争中は激しい戦闘が行われた地で、ここを拠点に抗日ゲリラ部隊が活躍した所である。またそれに取材した作家孫犂の散文「白洋淀紀事」で知られる。

白洋淀の村々には六九年ごろから北京の各中学（高級中学＝高校）の卒業生が学校単位で挿隊（農村人民公社の最末端組織の生産隊に定住すること。以下この語を用いる）しはじめた。[16]やがてその内の文学や美術などに関心を持つ者たちが学校を超えて知り合い、当時禁書であった文学書[17]の回覧や自分たちの作った詩や絵画の交換、相互批評を通じて親密な交遊関係を結ぶようになっていた。七〇年代に入り、従来の既成詩壇公認のイデオロギー詩と全く異なる、象徴、暗示、隠喩を重んじるモダニズム風の詩を書く者が現れた。例えば後の朦朧詩の重要な詩人になる姜世偉［ペンネーム芒克（一九五一—）。以下［　］内はペンネーム］、栗世征［多多（一九五一—）］や岳重［根子（一九五一—）］（彼は七四年には詩を書くのをやめた）がそれである。彼らは北京三中の同級生として一緒にここに挿隊したが、七一年夏芒克が詩を書いて根子に見せ、それに刺激されて根子が詩を書き、やがて多々も書き始めたという。このほか北京三十五中の孫康［方含（一九四七—）］、北京四十一中の張建中［林莽］、その同級生の于友沢［江河（一九四九—）］（彼は挿隊はしなかったが、かなり長く白洋淀に滞在した）、清華大付属中の宋海泉、北京師範大学女子付属中の斉簡、戎雪蘭、潘青萍といった人々も詩を書いていた。

彼らはノートに自分の詩や他人の気に入った詩を書きつけた。その小さな手書きの詩集は詩人同士の間で交換され、文学的刺激を与えあった。こうした詩はまた手紙や、手書き、口伝えの形でも広まっていった。次はこうして伝わった彼らの詩の一部である。(18)

太陽が昇ると／空は鮮血が滴り／あたかも一つの盾のようだ。／／日々は囚人のように放逐され／誰もおれを尋ねてこない／誰もおれを許さない。（芒克）

暗褐色の心は、十九回／加熱されては又冷やされた鋼のように、落ち着きはらい、重苦しく／もはや永遠にきらめくことはない。（根子）

一本の血に浸した吹き流しが消えることのない生臭い匂いを撒き散らし／辺り一面の犬どもが引き付けられて夜っぴて狂い吠える／／その迷信の時から／祖国は、別の父親に連れ去られた。（多多）

苦難は無慈悲に切断されて／石油のような真っ黒な血が流れ出した／負傷した魂をアブサンで消毒し／足下の土地を切り開き／このすすり泣く心を埋葬しよう（林莽）

建国後形成された文壇・詩壇は文革開始後中央から地方までその指導メンバーのほとんどが批判・追放され、既成の作家、詩人たちも農山村や工場に下放したため、たちまち解体した。文壇・詩壇の再建が始まるのは七二年からである。この年から文革開始以来停刊になっていた地方文芸雑誌の再刊が、試験的に開始される。再建された文壇・詩壇で既成作家や詩人たちの空白を埋めたのは、やはり工場や農村で働いていた知識青年たちだった。だが彼らは当時の文革派の文学路線に従って、政策図解的な政治小説や、イデオロギー詩を書くことしかできなかった。白洋淀の知識青年たちの詩はこれと截然と異なっていた。右に引用した詩句が示すように、彼らの詩は文革や中国の社会・政治体制に対する批判をモチーフとしていた。これらの詩は公開できないものだった。白洋淀は小さな「詩壇」といってよかったが、それは「地下詩壇」でしかありえなかった。この地下詩壇はかつていろいろな名前でよばれていたが、九四年五月かつての当事者たちによって「白洋淀詩歌群落」という名称が提案された[19]。

三　北京の「文芸沙龍」

一方、同じ七〇年代の初め北京では挿隊先の農村から帰ったり、北京に残ったりしていた知識青年たちの一部に、読書会を中心とする一種のサークル活動が始まっていた。その中心になっていたのは共産党幹部や政府官僚の子弟で、彼らは自分たちの家に気の合った友人を集め、禁止されている文学書を読み、詩や絵画、思想問題などを話し合い、街に出かけて食事を共にしたりした。この集まりを「沙龍」（サロン）というが、もともと人に知られないよう秘密に展開された「沙龍」であるから、当時その数がどれぐらいあったのかなど詳しいことは分かっていない[20]。最近次第にその内容が明らかになった「沙龍」に趙一凡の「沙龍」と徐浩淵の「沙龍」がある。

趙一凡[21]は文字改革委員会の無給の編集者で、家には文革前に出版された文学書など多数の蔵書があった。文革が始まると北京の各大学の大字報や各種の紅衛兵新聞、雑誌、ビラ、手書きの小説、詩などを精力的に収集した。おそらくその過程で多くの文学好きの青年たちと知り合い、彼らのために蔵書を貸し与えた。こうして彼の家には七〇年頃から多くの青年（おそらく当時の最も優秀な知的エリートたち）が集まり文学や思想を語り合う「沙龍」となった。ここに出入りした者には郭路生、依群（一九四七―）、北島、芒克、鄂復明、周郿英、徐暁ら後の『今天』のメンバーになる人々がいた[22]。

徐浩淵は高級幹部の娘で中国人民大学付属中学生の頃、初期紅衛兵運動の代表的人物だった。江青を皮肉る詩（「満江青」）を書いて二年間獄中生活を送ったことがある。出獄後彼女の周辺には無名の画家や農村から帰京してきた知識青年が集まり文学談義や美術鑑賞を行った。彼女の「沙龍」には白洋淀の詩人多多や根子も出入りしており、やはり後に『今天』に詩を書く厳力もメンバーだった。画家には彭剛、潭小春、魯燕生、魯双芹らが、詩を書く者には史保嘉、馬佳、楊華などがいた。[23] このうち彭剛は芒克の親友だったし、史保嘉は北島らと白洋淀を訪ねている。また少なくとも七三年には、芒克は当時北京の労働者だった北島、厳力（一九五四―）らと詩作品の交換を始めていた。[24]

こうしたことから分かるように、北京の「沙龍」と白洋淀の「地下詩壇」のメンバーはお互いの知友を通じて幅広い人間関係を取り結んでおり、ほとんど一体だったといっていい。そしてこうした人間関係が、後の『今天』の母胎になるのである。

やがて七二年頃を境に知識青年たちは様々な手ずるを使って出身地の都市に還流し始め、七七年の大学入試の復活を機にその動きは加速される。白洋淀「地下詩壇」のメンバーたちもこの頃には北京に帰っていた。当時福建の労働者だった舒婷が、やはり福建の詩人蔡其矯の紹介で北島の詩を読み「マグニチュード八の地震以上のショック」を受けたのも七七年である。[25][26] 七六年四月天安門事件、十月「四人組」逮捕。政治も社会もまだ文革体制が継続していたが、思想や感受性の地殻は動き始めていた。「地下詩壇」や「地下沙龍」で書き継がれていた新しい文学が地上に出るのはもうすぐだった。

四　『今天』の創刊

一九七八年秋、北島、芒克、黄鋭の三人が黄鋭の自宅で文芸雑誌創刊について話し合いをもった。十月のことである。翌十一月彼らは新雑誌の編集部を作った。[27]

七八年秋といえば、その年の夏頃から始まっていた、青年知識人たちの民主を求める運動が、地方から文革中の冤罪再調査や名誉回復を求めて上京して来た上訴人の動きを巻き込んで、「人権、自由、民主」を求める大規模な民主化運動（いわゆる「北京の春」）に発展しつつあった時期である。[28] 雑誌刊行の企ては、むろん彼ら自身の文学的意欲、詩意識の成熟が表現の場を求めたためであるが、しかし同時にこういう政治的・社会的状況が彼らを雑誌刊行に駆り立てた面もあるはずである。[29]

約二ヶ月間の準備を経て、十二月二十三日彼らの文芸雑誌が創刊された。誌名は『今天』と決まった。創刊号はガリ版刷りの冊子だったが、彼らはそれを一頁づつばらし、大字報のように貼り出した。西単の「民主の壁」、北京の各大学の塀、社会科学院、詩刊社の前などが創刊号貼り出しの場所だった。[30]

「北京の春」の特徴は様々な雑誌が出版され、活動家たちがそれに拠って民主化運動を展開しようとしたことである。これらの雑誌は「民刊」（非公認の民間刊行物）と呼ばれ、後に取締まりの対象となる。「民刊」は最盛期には北京だけで五十種を数えたといわれ、[31]『四五論壇』『探索』『北京之春』などそのほとんどは民主化運動の理論誌だったが、ごく少数文学雑誌も存在した。『今天』『沃土』『秋実』などがそうである。[32] このうちその文学的内容、質において群を抜き、影響の最も大きかったのが『今天』だった。

五　「北京の春」と『今天』

「北京の春」民主化運動は、七九年三月から当局の弾圧を受けて退潮期に入り、十二月に「民主の壁」が禁止されるに及んで急速にエネルギーを失っていく。八〇年に入ると、活動家の逮捕など運動に対する圧力が強まり、民刊は次々と停刊を迫られる。こうした情勢のなか『今天』も八〇年九月北京市公安局より停刊を要求され、同年十二月ついに一切の活動の終結に追い込まれる。[33] 創刊から約十九ヶ月、ほぼ二ヶ月に一冊、全九冊を刊行したことになる。

『今天』のメンバーは十月から「今天文学研究会」を組織、《内部交流資料》として毎月ガリ版刷りのパンフレットを刊行して当局の措置に対抗した[34]。

ところで、『今天』はその編集部を民主活動家趙南（凌氷）の自宅に、連絡住所は『四五論壇』編集者劉青の弟劉念春宅においていたことからも知れるように、七八—八〇年の民主化運動と密接に関わっていた。はやくも七九年二月には、『今天』編集部内で民主化運動への参加の是非をめぐり対立が生じている[35]。また、同年九月前衛美術家グループ「星星画会」の開いた展覧会の作品が当局によって没収され、それに抗議して十月一日「表現の自由」を求める建国後最初のデモが行われたさいには、北島、芒克らが指揮をとっている[36]。『今天』はまた単なる創作活動だけではなく、積極的に街頭に出て既成の文学に飽きたらない人々と結び付こうと努めた。例えば、七九年四月八日には七六年の天安門事件を記念して詩歌朗読会を北京西郊の玉淵潭公園で開いている。この画期的な催しには民刊諸グループと民主化運動家たちが協力、四百人が参加した[37]。九月には紫竹園公園で「作者、編集者、読者」漫談会を開催。二〜三百人を集めた。十月には同じく玉淵潭公園で第二回詩歌朗読会を開き、これには千人が参加したという[38]。『今天』はさらに「北京の春」の中から生まれた他のジャンルの芸術活動とも連帯した。前述の前衛美術家グループ「星星画会」や青年写真家グループ「四月影会」などがそれである。「四月影会」は天安門事件のさい逮捕の危険を冒して現場写真を撮り続けた写真家たちの集まりだという[39]。

このように『今天』は「北京の春」の民主化運動の中から生まれ、その退潮とともに終刊した。彼らは抑圧の局面で活動家たちが逮捕されたり、暴力的な弾圧にさらされるのを目撃しなければならなかった。こうした状況の中で『今天』を刊行すること自体がすでに一種の闘いであった。彼らがどういう状況にあったかを知る資料として北島の舒婷宛手紙の一部を示そう[40]。

七九年四月十八日「関係部門がわれわれの調査を始め、支持者に圧力をくわえています。われわれは屈服しません。」

十一月五日「外部では『今天』を強制的に取締ると噂しています。」

十二月二十八日「情況はそれほどよくありません。外部ではしきりに『今天』の人間を捕まえるというデマが飛んでいますが、われわれはまだ直接の圧力は感じていません。」

八〇年二月二十八日「このところかなり厳しい噂が飛んでいます。」

十月十日「『今天』については、今後どうするかまで考えられません。我々は別の生存方式に変えるつもりです。文学研究会を成立させ、内部交流資料を出すつもりです。」

八一年一月十四日「北京の風声は大変きびしいものがあります。いつもと違います。われわれは研究した結果しばらくは内部交流資料を出さないことにしました。」

彼らはこの中で権力との対峙の意識や一種のアウトロウの意識を育てざるを得なかったであろう。と同時に彼らはまた民主活動家たちが「北京の春」の中で獲得しようとしたもの、つまり「自由・平等・民主・人権」といった近代市民社会の諸原理にほかならない諸観念、一口にいえば〈近代〉を、その文学活動のなかで実現しようとしたと思われる。〈近代〉を文学のなかで実現するとは、中国の風土にあっては文学を政治から自立させ、内部意識とその表現をありのままの現実と等価のものとみなす文学観を確立させることである。と同時に〈近代〉の原理によって思考し行動する存在として自我を形成していくことである。もしこの仮定が正しいとすれば、『今天』の詩人たちにとって、詩作は政治からの詩の自立を、つまり〈近代〉を、獲得しようとする苦闘そのものであり、同時に〈近代〉的人間としての自我確立の過程であった。彼らの意識は自ずと既成詩壇の詩人や、現実秩序の安全圏にいる者たちとは異なる、幾重にも屈折したものにならざるをえなかったのである。(41)『今天』詩は既成詩壇から「古怪」「晦渋」の評を得る（後述）が、それが朦朧として難解たらざるを得ない一つの重要な理由はここにあった。

六　『今天』の詩と詩人

『今天』は前述したように七八年十二月から八〇年九月までの二年に満たない短い期間、わずか九冊を発行しただけで終刊した。だがその間三期と八期を「詩歌専輯」に当てており、また三冊の『内部交流資料』も多くのページを詩に割くなど詩作品の発表を重視していた。いま『今天』九冊に限って収録作品数を数えてみると、数え方にもよろうが小説三十一、評論七、随筆五、翻訳九、その他十七に対し、詩は百三、全掲載作品の作者（訳者も含む）はペンネームもあろうので重複があるはずだが合計五十九人（この他に挿絵や版画を寄せている作者が八人いるが、この統計には含めなかった）。そのうち詩の作者は以下の二十四名である[42]。

艾珊（北島の筆名）、白日、北島、程建立、晨星、方含、飛沙（楊煉）、古城（顧城）、洪荒、江河、凌氷（趙南）、芒克、南荻、斉雲、喬加（蔡其矯）、食指（郭路生）、舒婷、夏朴、小青、厳力、咏喩、易名、呉銘、阿丹、英子

これらのうち幾つかは同一詩人の複数の筆名または誤植である可能性もあるから、『今天』に結集していた詩人の実数は、要するに二十人前後ということになろう。

これらの詩人のうち、八〇年代前半の中国詩をリードするようになるのが、北島、楊煉、顧城、江河、芒克、舒婷らである。

また、『今天』に作品を発表し、その後作家として文壇に登場した者に史鉄生（一九五一―二〇一〇）（第七期に金水のペンネームで「没有太陽的角落」を発表）がおり、映画で活躍している者に陳凱歌（一九五二―）（第二期に崔燕の名で小説「路口」を発表）がいる。

七　『今天』の詩史的意義

私見によれば、七八年末『今天』が出現した当時、詩壇にとって自明の前提だった幾つかの観念があった。それは例えば、①詩は詩人個人の自我（「小我」）を歌うものではなく、労働者・農民・兵士の共通の思い（「大我」）を述べるものでなければならない。②詩の主題や内容は、詩人個人の喜怒哀楽や身辺の些事など私的なものであってはならず、社会主義の発展に役立つような、公的、社会的なものであるべきだ。③表現は労働者・農民・兵士大衆に理解でき、愛唱できるようなものであるべきで、ことさら難解な表現技巧を用いるべきではない。④民歌、民謡など伝統的形式に学ぶべきで、資本主義社会で生まれたモダニズムなどの文学様式に学ぶべきではない――等々である。これは個々の詩人の私的な信念などではなく、公認の文学理論であり、体制イデオロギーの重要な構成要素だった。(43)

こうした観念は実作品の上では、①詩人が固有の視点・感情を喪失し、自分を「人民」「労農兵大衆」に擬し没個性的な作品を書く。②個人にとってかけがえのない人生・青春・愛情といった私的領域に関わる作品が書かれず、政治運動や公的行事の宣伝、アジテーションが詩の任務となる。③読み手の想像力を刺激し、感性を豊かにするような表現は姿を消し、概念的・散文的表現が氾濫する。④暗喩や象徴を駆使して詩的空間を作り出すという詩的方法は追求されず、外国文学の新しい手法の研究、導入もなされない、――といった様々な欠陥として現れ、それが中国詩の沈滞を生む原因となっていた。

これに対し『今天』の詩人たちは、個人の自我を大胆に押し出し、恋愛感情、政治への幻滅、挫折感といった私的な感情を、私的な感情そのものとして描いた。公共的な主題や内容を扱うときも独自の視野でそれをとらえ、固有の感情で着色した。方法的にはモダニズム、シンボリズムの手法を採り入れ、暗喩や独特の統辞法を用い、新しいイメージ、想像力の空間を作り上げた[44]。一口にいって、それは政治の従属物の存在からの詩の解放、文学としての自立を指すものであり、詩史的にいえば、中国詩に質的転換をもたらすものだった。

八　朦朧詩、『詩刊』に登場

『今天』およびその追随者に対し、既成詩壇はどう反応したか。詩壇のオピニオンリーダーたる『詩刊』に限っていえば、『詩刊』編集部は少なくとも最初理解を示し、彼らの詩を積極的に掲載する態度をとった。最初に取り上げられたのは北島の「回答」だった。七九年三月「回答」は『詩刊』三月号に掲載された。次いで四月号に舒婷「致橡樹」が、六月号に徐敬亜「早春之歌」、七月号に再び舒婷「祖国阿、我親愛的祖国」、十一月号には顧城「歌楽山詩組」が載った。もっともこれは『詩刊』が『今天』の詩人だけを特別に優遇したことを意味しない。当時の『詩刊』編集部は『今天』の詩人も含む若くて無名だが才能のある詩の書き手を発掘し、育成することに力を注いでいたのである。事実『今天』グループ以外にも、傅天琳（一九四六—）「血与血統」、陳仲義「祖国、我向你傾吐」（七九年四月）、駱耕野（一九五一—）「不満」、張学夢（一九四八—）「現代化和我們自己」（七九年五月）、葉文福（一九四四—）「将軍、不能這様做」、雷抒雁「小草在歌唱」（七九年八月）、陳所巨（一九四八—）「早晨、亮晶晶」（七九年十月）といった、やがて八〇年代中国詩を代表するようになる新人の作品が次々と掲載されていたのである。『詩刊』の新人優遇は八〇年に入ってから益々目立つようになり、四月号では〈新人新作小輯〉という特集を組み、顧城、王小妮（一九五五—）、高伐林（一九五〇—）、才樹蓮らの作品を紹介したのを初め、八月号では〈春筍集〉の名で楊煉、北島、舒婷、王小妮ら朦朧詩系の詩人を含む新人の作品を特集、さらに十月号〈青春詩会〉では、後に典型的な朦朧詩として非難をあびる顧城の「遠和近」「淡影」「感覚」「孤線」や、梁小斌（一九五五—）「中国、我的鑰匙丢了」、江河「紀念碑」などを掲載する。このほか七九年十月には『安徽文学』十期も〈新人三十家詩作初輯〉という特集を組み、朦朧詩を含む無名青年詩人の作品を紹介した。また八〇年二月には『詩刊』と『人民日報』がそれぞれ杜運燮の「秋」と李小雨「海南情思」という、朦朧詩論争のきっかけとなった作品を掲載していた。

こうした事実は、これまで『今天』のようなアングラ雑誌に発表されていた詩、しかも既成詩壇の詩意識を大きくはみ出し、従来の作詩の常識を覆すような難解な詩作品が、詩壇の市民権を得るに至ったこと、あるいはこういう作品をさしたる抵抗もなく受容する読者層が生まれてきたことを示すものだった。既成詩壇の外に新しい感受性が確実に育ちはじめていた。

九　詩壇の反応

しかし、七九年から急速に台頭してきた青年詩人たちとその作品を前に、詩壇にはとまどいや反発が広がっていたと思われる。その中で彼らの詩意識に新しい可能性を聞き取り、その擁護に立ったのが公劉（一九二七—二〇〇三）だった。彼は「新的課題——従顧城同志的幾首詩談起」（『文芸報』八〇年一月）を書いて青年詩人への理解を訴えた。[45]

いま北京の街頭に貼られているある種のガリ版刷り出版物を例にとれば、私はその中にも詩才は少なくないと思う。これらの出版物の作品の中に一種の不思議な光芒がきらめいていると認めながら、同時にこれらの作者たちは危険な小道を歩んでいると断言する同志がいる。こういう論評に私は完全には同意しない。私は思う。詩は新しいものの創造を尊ぶという角度から見れば、私たち自身も詩を一つ書く度に、同じように思想感情の領域に対し〝探検〟を行っているのではないのか。〝探検〟しようとする以上、冒険は免れず、別の道を切り開かねばならず、いつも他人の足跡を踏んでばかりいるわけにはいかない。（中略）率直に言って、私も彼らのある種の詩作のなかの思想感情や、その表現方法には驚きにたえない。だが、たとえどうであれ、我々は彼らを理解しようと努めねばならない。理解が多ければ多いほどいいのだ。これは新しい課題である。

同じ頃、青年詩人の旗手の一人舒婷の詩をめぐる討論が始まった。八〇年二月から『福建文芸』（八一年より《福建文学》と改名）誌上で展開された「関于新詩創作問題討論」である。討論の開始にあたって編集部が付した「按語」は、この紙上討論が単に舒婷個人の詩作品を主題にしたものではないことを示している。「按語」は、彼女の詩をめぐってこれまで「例えば、詩は個人の感情を吐露していいかどうか、個人の情を述べることと、社会生活を反映し時代精神を表現することとの関係はどうか、（中略）外来の形式をどう吸収すべきか、それと民族化、大衆化との関係はどうか、等々」の「現代詩の創作に亘る多くの重要問題」が討論されてきたと述べている。この討論の目的がかくも多面的な問題をはらむ舒婷詩を手掛かりに現代詩の進むべき方向を探ろうとする点にあることは明らかだった。『福建文芸』には八〇年一年間だけで三十編近い論文が発表されたが、それは舒婷（《今天》と言い換えてもよかろう）に代表されるような、個を重視するモダニズム風の新しい詩意識や詩法の勃興に対し、既成詩人が肯定、否定は別にして強い関心を抱いていたことをよく示していた。[46]

八〇年四月には広西南寧市で「全国当代詩歌討論会」が開かれた。社会科学院文学研究所、中国当代文学研究会、北京大学中文系、作家協会広西分会等の共催になるこの学会は、現代詩を主題にしたものとしては建国後初の大規模な学術集会だった。[47]会議を主宰した張炯（「有益的探討、豊碩的収穫」）によれば、席上青年詩人の創作をめぐって「激烈な討論が展開された」という。その議論の一部は会議の報告集[48]によって知ることができる。例えば謝冕（一九三二―）（「新詩的進歩」）は舒婷、北島、江河、顧城らの名をあげ「彼らに欠点があるとしても、結局はわれわれの希望であり、未来なのだ」と擁護し、方冰（一九一四―九七）（「詩応該健康地発展」）や聞山（一九二七―二〇〇三）（「詩・時代・人民」）は、詩は「人民大衆の生活と闘争を描き、四つの現代化建設のために努力するよう彼らを励ます」もの（方冰）なのに、これらの青年詩人は「現実の過酷な闘争の前から退却し、政治から身をかわし」「自己陶酔」に陥っている（聞山）と批判した。

こうした議論について張炯は、その要点を次の三つの見解にまとめている。①旧い思想の枠に囚われず、自立した思考で芸術的探索を行っており、個性に富む詩の内容と形式は現代詩の新しい地平を切り開いた。彼らの詩風こそ中国詩の未来を代表する。②不確実な形象を追求し、朦朧たる思想を表現し、詩風は難解、明らかに西欧の象徴派やモダニズムの影響を受けており、取るに足らない。彼らの詩は人民に歓迎されず、中国詩の未来も代表できない。③青年たちの中には革命的、戦闘的な者、苦悶彷徨し絶望しすべてを疑う者、社会主義を信じず資本主義に憬れる者などさまざまな者がいる。これは必然的に詩に反映される。前の青年詩人の作品は革命精神を高揚させる人民の心の声で、大いに肯定し育てるべきだ。後の青年詩人の作品には不健康なものがある。一部の青年の真実の思想情緒は理解すべきだが、やはり正しい方向に導き、誤りを批判し、援助すべきだ。また「四つの基本原則」に背くような詩には断固反対すべきだ。（張炯「有益的探討・豊碩的収穫」）

張炯も含めてこの時期の詩壇の主流の見解が②と③にあったことは確かだった。方冰や聞山らの意見はこれまで「分りやすい、明るい、元気の良い、革命的な」詩を書いてきた既成詩人たちが、『今天』に代表されるような青年詩人の書く、難解で、暗く、消極的な詩への嫌悪、反発、苛立ちを示すものだった。青年詩人をどう評価すべきか。既成詩壇の意見は分裂していた。詩壇を覆っていたのは明らかにとまどいの空気だった。

十　謝冕の「在新的崛起面前」

こうした空気の中で「在新的崛起面前」（『光明日報』五月七日）を書いて、公劉よりも積極的に新人たちを擁護したのが謝冕である。「一群の新詩人が急成長しつつある。彼らは枠に縛られず、大胆に西洋のモダニズム詩のある種の表現方法を吸収し、あれこれ〝奇々怪々な〟詩を書いている」が、これは五四の新詩（現代詩）運動の時期に似ていると謝冕は述べた。五四の新詩は旧詩を打倒し、白話（口語）を用い西洋詩をモデルとした。外来の形式、外国詩の長所を取り入れ、伝統詩と異なる新詩体を作った。その結果新詩史上最初で唯一の詩の繁栄がもたらされた、今の詩の状況はその時期に似ているというのである。新詩は旧詩しか知らない当時の読者には〝奇々怪々〟で意味のよく分からないものだったが、今の読者にはよく分かるものになっている。こういう認識から彼はこう主張する。

　読んであまりよく分からない詩が、必ずしも悪い詩とは言えない。人に分からせない詩には私も賛成ではないが、しかし私は、読んで余りよく分からない一部の詩の存在も許すべきだと主張する。世界は多様であり、芸術の世界はもっと複雑である。好くない芸術といえども探索することを許すべきだ。いわんや〝奇々怪々〟が絶対悪いというわけではないのだから。（中略）挑戦を受けよ、現代詩よ。あるいはあれこれの〝奇怪な〟ものに平静を掻き乱されているのかも知れない。だが死水は発展ではない。風が吹き、波が立ち、騒ぎが起ることこそ、運動の正常な法則なのだ。目下の詩歌の情勢は大変理に適ったものである。

だが詩壇の全てが若い詩人たちの〝奇々怪々な〟詩に理解を示した訳では勿論ない。既成詩人の多くは、恐らくむしろ批判的であったであろう。にもかかわらず批判の声はなかなか表面化しなかった。というより詩壇を代表する『詩刊』には青年詩人たちの詩が毎号のように掲載され、詩壇はむしろ彼らに好意的であるかにさえ見えた。この年の八月から始まる朦朧詩論争は、詩壇内部に鬱積した既成詩人たちの反発、不満、批判の声がようやく表面化したものということができる。

　いよいよ朦朧詩論争の紹介に入る段取りだが、その前に、その直前に開かれた〈青春詩会〉について書いておきたい。というのは、これが朦朧詩批判エスカレートの直接のきっかけになったのではないかと考えられるからである。

十一　一九八〇年夏の〈青春詩会〉

八〇年七月二十―八月二十一日の一ヶ月間『詩刊』編集部は、ということはほぼ「詩壇指導部」というに等しいが、全国に散在する優秀な若手詩人を北京に集め、青年詩作者創作学習会（いわゆる〈青春詩会〉）を開いた。[49] よび集められた者は、張学夢（労働者、『詩刊』掲載時の肩書き。以下同じ）、楊牧（一九四四―）、高伐林（大学生）、葉延濱（一九四八―）（大学生）、徐敬亜（一九四九―）（大学生）、王小妮（大学生）、江河（労働者）、舒婷（労働者）、梁小斌（労働者）、才樹蓮（農民）、陳所巨、孫武軍（一九五七―）（大学生）、徐暁鶴（大学生）、常栄（労働者）、梅紹静（一九四八―）、顧城（失業者）、徐国静（一九五七―）（幹部）の十七人。彼らの多くは中央詩壇では当時はほとんど無名だった。

これらの青年たちに対し『詩刊』社は当代の有名文学者を講師にして教育にあたった。艾青、臧克家、田間、賀敬之、李瑛、蔡其矯、厳辰、流沙河といった老詩人、評論家顧驤（一九三〇―）、馮牧（一九一九―九五）、作家劉賓雁（一九二五―二〇〇五）らである。半月後十七名には作品創作が課せられたが、それには厳辰、柯岩らがそれぞれ個人指導を行った。期間中は市内観光や北戴河での静養など最大級の待遇が与えられた。そして『詩刊』十月号はほとんど総頁の半分をさいて彼らの作品を〈青春詩会〉の名の下に特集したのである。[50] 後に柯岩が暴露した[51]ように詩壇指導部は「彼らを〝引導〟（正しい方向に教え導く）しようと思」っていたのである。だがこの期間中主催者の思いも寄らない出来ごとが起こった。十七人のうち一部の青年たち（多分徐敬亜、王小妮、江河、舒婷、梁小斌ら朦朧詩系の人々であろう）が〝引導〟を拒否し「会場の外、〝崛起〟論者（謝冕、孫紹振ら）のところに〝引導〟されに行った」のだ。それればかりか詩壇の有力者である老詩人たちの講義中、彼らは教壇の下でこの連中は「早く死ぬべきだった」「艾青を火葬場に送ろう」などと侮辱的なことを書いたメモを回していたというのである。[52]

青年詩人たちを〝引導〟し、自分たちの側に付けようという詩壇指導部の思惑ははずれる訳だ。柯岩によればこういう事実を詩壇の指導部が知ったのは後になってからだという。それが何時頃かは分からないが、それを知ったときの老詩人や詩壇指導部のショックと怒りは想像に余りある。その瞬間彼らは朦朧詩派の青年たちを見限ったに違いない。八一年に入って詩壇の有力詩人たちが青年詩人に感情的になり、朦朧詩派に対する非難攻撃をエスカレートさせていくが、恐らくその頃彼らは事実を知ったのではあるまいか(53)。

十二　朦朧詩論争始まる

八〇年八月『詩刊』八期に章明（一九二五—）の「令人気悶的〝朦朧〟」と暁鳴署名の「詩的深浅与読詩的難易」という二編の文章が掲載された(54)。

章明の文章は、文革後の詩に四人組時代のスローガン式の作品が減って詩情、内容、表現の優れた詩が現れていることに賛意を表明した上で、しかし少数の作者は「意識的無意識的に詩を晦渋、怪僻に書く」ため「何度読んでも明確な印象を得ることができず、分かったようで分からず、半ばは分かったようで分からない、甚だしくは全く理解できず、百回考えても分からない」と述べ、それを「朦朧体」と名付けて非難を浴びせたものであった。（「朦朧詩」の語もここからきている）章明は「朦朧体」の例として二首の詩をあげている。その一つ杜運燮（一九一八—二〇〇二）の「秋」は次のように書かれている。

鳩笛(55)でさえ成熟した音色を響かせる／過ぎ去ったのだ、雨音喧しいあの夏の季節は。／もう思い出すのもいやだ、厳しく過酷な蒸し暑い試練や／危険な泳ぎのこまごました思い出など。

春、土を破って芽を出し、／若葉から成長するうちに歪められ傷付けられながら、／これらの枝も烈しい太陽の下で熱狂し、／雨夜に方向を見失うところだった。

今や、親しい空には雲一つない／山河は明るく澄み、広々と遙か遠くまで見通せる。／知恵も感情もすべて成熟した季節よ、／河の水までもが深いふかい源からやって来るようだ。

乱れた気流は発酵し、／山の谷間で透明な美酒を醸した。／吹いて来るのは何番目の秋の気配か？うっとりするような香しい匂いが／秋の花々秋の木の葉にもう深く染みこんでいる。

街路樹も赤い色で何かを暗示している／自転車の車輪がはつらつたる生気を放っている／起重機の長い腕が空中で遠くを指差し、／秋の太陽はスクリーンのように豊作の情報を流している。


この詩に対し章明は「文革の十年の動乱を〈雨音喧しいあの夏の季節〉に例え、しかし、今はすべてが秋のように澄み渡って爽やかになった」と作者は言いたいのだと推測した上で、「表現手法上どうしてかくも深遠難解な書き方をする必要があるのか」と批判する。確かにこの詩は分かりにくい。文革の混乱から脱した安定した社会状況を「秋」＝「成熟」というキーワードでとらえ、それを様々なイメージで示そうという作者の方法的意図は分かる。だが、詩人がメッセージ（主張）を託そうとしている語が、十分明確な（主張に相応しい）イメージを喚起しているとは言い難いように思う。おそらく語句に「個人的含意」を込め過ぎているからであろう。

章明の批判は無知を装った曲解であるが、そこを突いている。例えば冒頭の一句〈笛でさえ成熟した音色を響かせる〉について章明はこう書く。「鳴き始めの雄鶏の子なら成熟しない音色を響かすかもしれないが、大人の鶏の声は成熟する。だが笛は音を出す道具だ。その音色に成熟するしないの区別があるというのは難しい」。〈乱れた気流は発酵し／山の谷間で透明な美酒を醸した〉は次のように論難される。「気流の発酵というのは、気流の膨脹の比喩なのだろうか。だが膨脹した気流が〈透明な美酒〉を醸すとは又どういう意味なのか」。詩の言語を、故意に日常生活の伝達言語のレベルで解釈し「深遠難解」と嘆いてみせる、というのが章明の方法であった。それは既成詩人の青年詩人批判の戦略として採用された方法ではあったが、同時に「人民大衆に歓迎される」作品を目指した建国後中国詩の到達点がどんなにみすぼらしいものだったかをも如実に示していた。

一方、暁鳴の文は、一読して理解できる詩は良くて、難解な詩は発表の価値がないというような見方を批判し次のように主張する（要旨）。作家の職責は単に人々に、読者が何の努力も払わず享受できるような、楽しい作品を提供することではない。作家は作品で読者を精神的に向上させ、より高尚で完全な人間に成長させようとする。文学作品の評価の基準は、それが人々の世界認識を豊かにしたかどうかに置かれるべきで、分かりやすいかどうかで価値が決まるものではない。読んで楽しく分かりやすい作品があっという間に消え、読みやすくない作品を、努力して読んで人生や時代や社会への深い理解が得られることもある。また今分からない詩も後に分かるようになることだってある。

暁鳴の論は、難解な詩を、難解という理由だけで否定しようとする論調に反対するものだが、その力点は「詩を読むには読者も理解のため相応の努力を払わねばならない」という点にあった。そしてそれも章明とは違った意味で建国後中国詩の貧しさを示すものだったのである。

この二編の文を掲載するに当たって、『詩刊』編集部は、最近発表されている難解でよく分からない詩について、編集部にこうした詩は生活と大衆から遊離した「不良傾向」で批判すべきだという否定論と、これは「詩の現代化の開始」で、詩の発展を促す新しい探求だという肯定論の投書が寄せられている。この問題は討論が必要だと思う。読者の参加を期待する、という趣旨の「按語」を発表した。こうして「問題討論」と題する連載が始まったが、これがつまり後の朦朧詩批判——この時期にはまだ「朦朧詩をめぐる論争」と呼ばれていた——の始まりなのである。(56)

『詩刊』の「問題討論」と時を同じくして上海でも作家協会上海分会、『上海文学』編委共催の上海詩歌座談会が開かれ、朦朧詩など青年詩人の詩について討論が行われた。翌九月『詩刊』社は北京に全国の詩人、理論家二十三人を集めて全国詩歌理論座談会を開き、朦朧詩をめぐる理論上の問題を解決しようとした。(57)

十三　朦朧詩論争の論点

詩は読んで理解できるものであるべきかどうか

「朦朧詩をめぐる論争」では、それではどういうことが問題になったのか。論争の初期にまず問題になったのは「詩は難解であってはいけないのか」ということだった。章明をはじめ朦朧詩に批判的な人々（これが詩壇の主流であった）は、「詩は読者が理解できるものでなければならない」と主張した。例えば朦朧詩の強烈な批判者だった丁力は「人が読んで理解できるかできないかは、詩を評価する基準の一つであるばかりでなく、一人の詩人が人民のために歌うことを願うかどうかを測る基準の一つでもある」とさえ述べた。[58] 艾青のような詩人はさすがに「（詩の内容を）理解できるかどうかを基準に、詩の善し悪しを決めるわけにはいかない」とは言ったが、それでも一貫して「詩は何よりもまず人に理解されるものでなければならない」と主張していた。[59]

これに対し朦朧詩の擁護者たちは「分かる、分からない」というのは絶対的なものではない、という立場をとった。ある特定の読者を対象に書かれた詩が対象外の人に分からないのは当然である。「どうしてすべての人が理解できなければならないのか」「現在の読者には理解できなくても、後世の人には理解できるかもしれないではないか」というのが擁護派の主張だった。[60]

朦朧詩とは何か

それに関連して「朦朧詩とは何か」ということが議論された。問題は二つあった。

一つは「朦朧詩」の語義である。今述べたように朦朧詩という名称は章明の文に由来する。しかし章明がこの語を

「難解晦渋な詩」という否定的な含意で用いたため、「朦朧」と「難解、晦渋」とは違うという議論が起ったのである。中国文学の伝統には「朦朧」という美意識がある。それは詩美の表現方法の一種で、認識上の難解晦渋とは区別される。朦朧は肯定できるが、晦渋はよくない。それなのに晦渋な詩を「朦朧詩」といえば、朦朧が良くないように聞こえる。それは如何なものか、という議論である。例えば孫静軒がそう主張していた。[61] 尭山壁（一九三九―）は問題になっている「朦朧」詩は、朦朧美をそなえた詩とは別の「感傷的、古怪（奇怪不可解）、晦渋、難解」な詩で、これを「朦朧」の語で概括するのは正しくない、と述べた。[62] 丁力（一九二〇―九三）も、朦朧は「一種の芸術風格」だが、最近の一部の青年詩人の詩は、朦朧の度が過ぎて晦渋に近く、しかも人が理解できないものだとして反対し、これらの詩を「古怪詩」「晦渋詩」とよんでいる。[63] この問題は九月の全国詩歌理論座談会で議論され、結局「詩の創作と鑑賞にさいしては含蓄、朦朧、晦渋の境界線をはっきりさせねばならない。含蓄は提唱すべきだし、朦朧は許していいが、晦渋は反対すべきだ」という点までは一致した。しかし、名称については結論はでなかったようだ。[64]

もう一つは朦朧詩の対象に関わることで、議論の過程で論者たちが、『今天』派を中心とする青年詩人の作品を朦朧詩というようになったため、『今天』や青年詩人の詩はみな朦朧詩といっていいのか、という議論が起ったのである。この議論もはっきりした結論を得なかったが、論争の推移から見れば、「朦朧詩とは『今天』派を中心とする青年詩人の作品のこと」という暗黙の合意が成立しているように思われる。[65]

朦朧詩の特徴

朦朧詩の特徴についても議論が交わされた。例えば、丁力は批判者の立場から次のように述べた。

古怪詩（前述したように丁力は「朦朧詩」という語を用いない）が吸収しているのは、専ら象徴法、暗示法、隠喩法、懸想（＝空想、妄想）法、などを用いる詩法で、晦渋・難解をその芸術的特徴とする。それは〈自我表現〉

という個人の内面世界を詩の中に包みこみ、重層的な屈折を追求し、専ら瞬間的な幻覚や、さっと閃く想像、ふいにやってくる感受、たちまち消え去る茫漠とした思いといったものを捕捉しようとする。その結果、詩の形象（イメージ）は模糊としてはっきりせず、意境（作品に表現された世界・情緒）は支離滅裂で、描写の対象は勝手に異常なほど変化し、思想、感情、想像、連想はいわれなく飛躍する。（中略）まともな人間にはとうてい理解できないほど奇怪で荒唐無稽な芸術追求であり、作者の感情など永遠にとらえようがないし、詩の主題思想は何かなど問題にもならない。（「古怪詩論質疑」）

丁力の罵倒の語は、しかし朦朧詩の特徴をよく喝破していた。というのは朦朧詩支持派の謝冕も「瞬間的な感受の捕捉、潜在意識の微妙な部分の表現、通感（例えば本来「月光を見る」「松風を聞く」と言うべきところを「月光を聞く」「松風を見る」というように感覚を転移させる手法）の広範な運用、装飾を加えない大胆な情感の表現、奇怪で幻想的な連想、人の意表を突くイメージ、奇異な用語、大幅な飛躍、および何者にも拘束されない自由なリズム」をその芸術的特徴としてあげていて[66]、同じ特徴を丁力は否定的に、謝冕は肯定的に表現しているにすぎないと言えるからである。

朦朧詩はなぜ生まれたか

朦朧詩の生まれた原因についても、人々はそれを説明しようとした。これについては、主に三つの論点があった。

一つは、朦朧詩は「不合理な時代の合理的な嬰児だ」と述べた謝冕や、「畸型の時代が畸型の心理を作った」と書いた公劉[67]のように、文革期の動乱と社会的混乱にその原因を求めようとするものである。謝冕や公劉は、混乱の時代を生きた青年たちはそれまで信じてきた価値観の崩壊を体験し、懐疑と不信の目で世界に対するようになった。彼らは複雑で矛盾した自己の心情を不確定な言語とイメージで表現した。それが思想と芸術の面で朦朧・古怪な詩として出現したのだ、と主張した。

二つ目の論点は朦朧詩批判派のものである。彼ら批判派もまた青年詩人たちが文革期の混乱の中で育ち、価値観の崩壊を体験したという認識から出発する。だが批判派は、時代の混乱、価値観の崩壊によって一部の青年詩人がマルクス主義や毛沢東思想を信じなくなり、モダニズム（社会主義中国の正統的理解ではモダニズムは資本主義の腐敗した美学体系とされている）への親近感を抱くようになった、朦朧詩はそういう反社会主義的な思潮を基盤として生まれたと考える。[68] 詩壇保守派の重鎮・臧克家らの主張がそうである。[69] この観点は中国共産党の伝統的な思考様式から生まれたものと言ってよく、後に精神汚染除去キャンペーンに絡んで朦朧詩が批判されるようになるのも、こうした見方からきたものである。

三つめの論点は、朦朧詩の出現は現代詩の内在的な矛盾が原因だと考えるもので、徐敬亜、王舟波らが主張した。[70] 朦朧詩は、スローガン式の無味乾燥で空虚な語で書かれている現代詩の状況に、含蓄やイメージ等の手段で対抗し、詩の美を回復したのだと説いた。だがこの論点は既成詩人に対する痛烈な批判にほかならなかったから、既成詩壇からの激しい反発にあい、やがて徐敬亜は自己批判を強いられることになる。（後述）

自我の表現

このほか、朦朧詩と中国詩の伝統および外国のモダニズム文学との関係、「自我表現」の問題等々が議論された。特に自我表現の問題は朦朧詩論争の核心的なテーマだったと言っていい。

すでに見た（七「『今天』の詩史的意義」）ように、建国後の中国詩は詩人個人の私的感情や考え（「小我」）を歌うものではなく、労働者・農民・兵士の共通の思い（「大我」）を歌うことを原則とした。こうした詩歌観念が生まれた理由について、洪子誠（『中国当代新詩史』）は次のように説明している。[71]

新中国は長期にわたる革命闘争によって生まれるが、その中国革命の過程で集団主義と自己犠牲の精神が重視された。建国後も社会主義建設に人々を動員する精神的な動力としてこの二つが重視された。こういう歴史的・現実的な原因と、倫理道徳を重視する民族的伝統から、新中国の社会生活では倫理道徳が特に強調されたが、その影響は政治路線や文学にも及び詩の倫理道徳化という現象が生まれた。かくして集団主義と英雄主義が詩の重要な主題となり、それを表現する「大我」の形象が詩の典型的な形象になりはじめた。しかし、五、六〇年代に集団主義の倫理観を提唱した際、政治的倫理観と芸術表現を混同する事態がしばしば起こった。芸術表現が目指す「個性化」を集団主義と対立する「個人主義」として排斥するようになり、個人の内面を歌うような作品は「ブルジョア階級の個人主義の醜い魂の表現」として批判されるようになった。そこで詩人たちは内心世界の真実の描写を回避し、芸術的な独創性の追及を放棄した作品を書くようになった。この傾向は大躍進、文革期の詩作品に際立って見られた（要旨）。

文革が終わっても詩壇の主流はこの詩歌観念の枠内で詩を発想することしかできなかった。七八年作家の孫犂（一九一三―二〇〇二）が「明文化されてはいないが、根拠のある言い方がある。自我を表現するな、さもなければプチブルの思想や感情を氾濫させることになるぞ、というものだ」と書いたように、詩人の「小我」を表現することはタブーだったのである。[72]だが、例えば顧城が「過去の文芸や詩は一種の非我の〈我〉、即ち自我を取り消し、自我を滅した〈我〉を宣伝してきた。」と批判し、朦朧詩の新しさは「〝自我〟の出現、現代青年の特徴をそなえた〝自我〟が出現したことにある」（「請聴聴我們的声音」）と宣言したように、[73]朦朧詩の作者たちはこのタブーに挑戦した。

こうして「自我表現」の問題は、文革後の中国詩壇の中心的なテーマのひとつとなった。前述（第九節）した八〇年の南寧会議でもこの問題は中心的な論点であった。「詩に〈我〉を書くことを恐れるな」（孫光萱）[74]という主張と、「詩人は人民大衆の代弁者にならねばならない」（任愫）、「抒情詩には〈我〉があるべきだ。（中略）だが詩に〈我〉があるということは、時代と相容れない自我感覚や幻想を表現するだけとは違うのだ」（張炯）という見解とが対立した。[75] 同じ八〇年福建での舒婷の詩をめぐる討論でも、批判者は「舒婷の詩は彼女自身にとっては真実だろうが、しかし彼女は人民の心を歌っていない」（郭啓宗）、「彼女の詩は個人の憂愁にすぎない」（王者誠）と非難した。[76]

十四　孫紹振「新的美学原則在崛起」

このように朦朧詩をめぐる論争は詩壇全体を巻き込んでいくが、八〇年にはかなり冷静に展開された。論争の性格が朦朧詩に不利な展開を示すのは八一年三月孫紹振の「新的美学原則在崛起」が『詩刊』に発表されてからである。[77]この論文は若い詩人たちについて「新人の勃興というよりはむしろ新しい美学原則の勃興と言った方がいい」と述べ、それをほぼ次のように整理した。

①彼らは時代精神のメガホンとなることを潔ぎよしとせず、自我の感情世界の表現を重視する。生活を直接に賛美せず、心の中に溶け込んだ生活の秘密を追求する。②彼らは社会や集団に優先する人の価値、個人の考え方、個人の感情を重視し、強調する。③彼らは精神と実生活の調和、平穏、暖かさ、愛、信頼、理解等の中に美を追求する。④彼らは伝統的芸術習慣と闘うことで芸術の革新を行おうとする。

孫紹振はこうした特徴を青年詩人の「美学原則」の特徴とし、これに高い評価を与えたのである。ところが『詩刊』編集部は発表に際し「文学が人民に服務し、社会主義に服務すべきこと、及びマルクス主義美学原則を堅持すべきことが強調されているそのとき、深く検討するに値する問題を提起した」という「編者按語」を付し、実質的には批判を呼び掛けていた。（孫紹振はそれを知って原稿を取り返そうとしたが、すでに時遅く、発表されてしまったという[78]）。

いわばこの編集部の呼び掛けに応える形で、翌四月、程代熙の「評《新的美学原則在崛起》――与孫紹振同志商榷」が『詩刊』に発表される（この論文は『人民日報』四月二十九日に転載されるなど重要論文扱いを受けた）。程代熙の批判の骨子は「①青年詩人たちの詩は「新しい美学原則」などではなく、西方のモダニズムの模倣に過ぎない。②孫は社会や集団に優先する人の価値を強調するが、その「人の価値」とは個人の利益、個人の精神に過ぎない。彼の考えだと文学は社会、階級、時代と無関係な完全な私事ということになる。彼の美学原則はプチブル個人主義の美学だ。③孫は「美の法則は主観的だ」というが、それは美の法則は客観的だとするマルクス主義に反し、間違っている」というもので、要するに孫紹振の主張（それは同時に朦朧詩派の考えであるが）は、反マルクス主義で、西洋モダニズムの文学思想だとして攻撃したのである。

こうして、これをきっかけに「新的美学原則在崛起」への批判が始まり、『詩刊』、『詩探索』などに多数の批判論文が発表されるが、それは八二年三月までほぼ一年間にわたって続くのである。

十五　徐敬亜「崛起的詩群――評我国詩歌的現代傾向」

朦朧詩論争は、いま見たように八一年に入って論戦というよりはむしろ朦朧詩への批判の色彩を強めていく。その最後の締め括りとでもいうべきものが、八三年一月『当代文芸思潮』に掲載された、徐敬亜の「崛起的詩群――評我国詩歌的現代傾向」（以下「詩群」と略記(79)）に対する批判であった。

徐敬亜は一九五〇年生まれ、吉林大学中文系出身。北島たちと同時代の詩人・詩評家。七九年に吉林大の学生雑誌『紅葉』に『今天』の詩を論じた「奇異的光――《今天》詩歌読痕」（『今天』第九期、八〇年九月、に転載）を発表して以後、次々に朦朧詩派の詩についての評論を書き、朦朧詩の代表的理論家として頭角を現した。特に「詩群」は青年詩人たちから高い評価を受けた。その後深圳で『深圳青年報』の編集長をしていたが、八六年その職を追われた。夫人はやはり詩人の王小妮（五五年生まれ、吉林大卒）。

「詩群」は彼の卒業論文だった。初め遼寧師範学院の学生雑誌『新葉』(八二年八月)に載り、それに訂正加筆して八三年一月『当代文芸思潮』に投稿、掲載されたものだった。この長大な論文は、八〇年にモダニズムの色彩をもった現代詩の潮流が正式に中国詩に出現したが、それは中国詩の全面的成長の新しい始まりだったという認識に立ち、四章に分けて朦朧詩派の詩群の分析を行っている。その要旨はほぼ次のようである。

新しい詩が正式に出現した。その背景には七九年の思想解放を経た、社会に対する新しい認識、新しい審美力がある。現代的な生産様式と生活方式とともに必然的に新しい現代芸術が生まれる。それは主観性、内向性を重視し、個人の心理の表現、形式上の流動美、抽象美の追求、(理性や論理ではなく)芸術上の自由な想像、直感や潜在意識の表現を重視する。中国でも七〇年代末から八〇年代にかけてあらゆる分野でこういう芸術が生まれた。それはすでに一つの潮流になっている。(第一章「新詩現代傾向的興起及背景」)

彼らは「芸術は生活の反映」という従来の反映論の立場に立たない。詩は「詩人の魂の歴史」であり「詩人が創造するのは自分の世界」だ。世界は詩の中で新たに再構成され、変形される。詩の世界は、現実世界の論理や理知、現実的な時間や空間の秩序の通用しない独自の領域であると考える。これがその芸術的主張だ。その内容的特色は、彼らの詩が文革を体験した青年たちの、徘徊、苦悶、反抗、憤激、思考、追求の跡を残していること、「人の権利、人の意志、人の正常な要求」を信じ「詩人はまず人間だ」と主張する「自我」が見られること、詩が単一の主題の順序を追った展開ではなく、複雑な主題を暗示、含蓄を重視して多元的に多側面から提示する展開になっていること、などである。(第二章「新傾向的芸術主張和内容特徴」)

詩の表現には無限の可能性がある。しかし中国現代詩、特に建国後三十年の詩は「古典＋民歌」という単一の道を歩んできた。西欧十七世紀の古典主義と十九世紀のローマン主義の道を繰り返してきたといっていい。詩は歩めば歩むほど狭くなる道を辿ってきた。だが今日、多くの新しい詩が現れた。すでに新しい独自の表現手法が形成され、それが現代詩の構造、言語、リズム、音韻等の変革を促しつつある。具体的には象徴法、視点の変幻、時間空間の固有の順序の打破、直覚や幻覚の表現、視覚、聴覚、触覚など感覚の融合、交流、虚実の結合（徐敬亜の挙げている例でいえば「我是水車、鉱灯（実）」と「我是理想、我是希望（虚）」の結合）、躍動感に富んだリズム、平板でなく多元的な空間構造等の多用、自由詩形による創作、内在的リズムの重視による聴覚重視から視覚重視への変化といった特徴があげられる。（第三章「一套新的表現手法正在形成」）

彼らの創作は新しい詩の道と可能性を示した。これらの詩は、外国のモノマネではなく、まぎれもなく中国のものである。またまぎれもなく現代の詩で、国際的な水準に達している。このモダニズムの傾向はすでに創草期の第一歩を歩み終わった。この傾向は引き続き発展していくだろう。（第四章「新詩発展的必然道路」）

「詩群」はこのように朦朧詩に対し、系統的、全面的な評価を行ったものである。だが、この論文は発表後ただちに大きな反響を呼び、やがてよく知られるような批判の嵐にさらされることになる。

まず、八三年一月七日『当代文芸思潮』編集部は地元蘭州地区の詩歌工作者、評論家、教師など三十数人を招いて討論会を開きこれを批判した。[80] 次いで一月十日この編集部と中国文聯理論研究室が北京で座談会を開き、徐論文のうち二つの大きな問題（一、いかに民族文化の伝統に、とりわけマルクス主義影響下のわが国の革命文芸の伝統に、対処するか？二、文芸の創新は社会主義の方向を堅持すべきかどうか、中国の文芸はどこに行くのか？）について討論を行った。全国から四十数名の評論家、詩人、編集者を集めて開かれたこの会は、保守派詩人の賀敬之（文化部副部長）が発動したのだというが、席上馮牧（中国作家協会副主席）が演説し、次のように述べた。[81]（要旨）

「詩群」は中国民族文化の伝統、特に詩の伝統を否定し、革命文学の伝統を否定し、中国および世界のリアリズムの伝統を否定している。これは青年層の「三信危機」の文芸への現れである。「詩群」の歪風は海外から吹いてきた。中国現代文学史を書き替え、主流と支流を転倒させようとしている。この観点はいま形成の途中だが、国内にある思想混乱を引き起こしている。反撃すべきである。

そしてこの馮牧の演説を受けて、「詩群」と徐敬亜への批判が始まる。批判は「詩群」の掲載誌『当代文芸思潮』誌上と徐敬亜の出身地吉林省でとりわけ盛んであった。この二者が批判に責任を負ったものと思われる。その主なものを挙げれば、楊匡漢（一九四〇―）「評一種現代詩論」（『文芸報』八三年三月）、戚方「現代主義和天安門詩歌運動――対〈崛起的詩群〉質疑之一」（『詩刊』八三年五月）、暁雪（一九三五―）「我們応当挙什麼旗、走什麼路」（『当代文芸思潮』八三年四月）、程代熙（一九二七―九九）「給徐敬亜的公開信」（『詩刊』八三年十一月）、楊蔭隆「我国文芸必須堅持社会主義道路」（『吉林日報』八三年九月十二日）、鄭伯農（一九三七―）「在崛起的声浪面前――対一種文芸思潮的剖析――」（『当代文芸思潮』八三年六月）などがある。

「詩群」は、それではどういう点が批判されたのだろうか。論者たちの多くは「詩群」が、解放後の中国詩の在り方に否定的な態度をとっていることに批判を集中させている。例えば鄭伯農は、朦朧詩擁護の三つの「崛起」論（謝冕「在新的崛起面前」、孫紹振「新的美学原則在崛起」および徐敬亜「詩群」）はいずれも中国現代詩の歩みを否定的に見ているが、徐敬亜はその否定的評価を一歩進めたと非難している。[82] 事実徐敬亜は建国後の詩について「（建国後）三十年来、我々は畢竟どれだけ形式面の枠を突き破り、新しい創造をしたのか。広大な国家、大きな詩壇にどれだけ独創的な芸術的主張と実践をおこなった詩人や流派が生まれたのか。（中略）詩はまぎれもなく歩めば歩むほど狭くなる道を歩んでいる」と断言していた。

自らが中国詩の地平を開き、伝統を築いてきたと自負している詩壇の指導者、老詩人たちにとって、こうした発言は侮辱的であった。それは彼らのそれまでの業績を無視し、否定するものだったからである。少なくとも詩壇の主流がこうした主張を容認できなかったのも当然であった。

「詩群」へのもう一つの批判は、西方のモダニズムこそ今後の中国詩発展の主流になっていくとみている点に向けられている。モダニズム重視の主張は見方を変えれば、これまでの中国詩の技法や詩意識ではもうダメだといっているのと同じである。批判者は、それは社会主義文学自体を葬ることに通じる狭い道だと批判するが、その背後には自分たちの否定につながる主張への反発と敵意が流れていたことを見逃すわけにはいかない。

「詩群」に対する批判の大合唱のさなかの八三年十月、重慶で詩歌討論会が開かれた。(83)『詩刊』十二期に掲載された呂進、鄭伯農、柯岩（一九二九—二〇一一）らの発言要旨(84)を読むとこの討論会が謝冕、孫紹振、徐敬亜らの「崛起」理論と、それによって体系化されようとしている朦朧詩に、全面的な批判、否定を行うための会だったことがわかる。朦朧詩の命脈はほとんど断たれようとしていた。これに最後の一撃を加えたのが、八三年十月末から始まる精神汚染除去キャンペーンであった。

十六　精神汚染除去キャンペーンと朦朧詩

八三年十月中国共産党十二期二中全会が開かれた。十月十二日の会議で鄧小平が演説し、理論界、文芸界には「かなりひどい混乱、わけても精神汚染の現象が見られる」「思想戦線で精神汚染を許してはならない」と述べた。そしてその混乱の例として理論界における人道主義、疎外論、抽象的な民主の提起、文芸界における西側のモダニズム思潮、自我表現を目指す文芸、色情を宣伝する作品の出現等を挙げた。(85)こうして精神汚染除去キャンペーンが始まった。(86)鄧小平がモダニズムや自我表現といったとき、どのような具体的作品を念頭においていたかは分からない。しかし、現代詩の分野ではそれは朦朧詩および「三つの崛起」を指すことは明らかである。この運動が朦朧詩に反対する詩壇主流を勇気づけたのは間違いない。十月末には臧克家が、十一月初めには艾青がそれぞれ「清除精神汚染」を支持したと新聞は報じた。(87)

十一月三日の『文学報』は、吉林省文芸界が徐敬亜の「詩群」を批判したと伝え、四日には中国作家協会整党座談会で、李瑛が朦朧詩、自我表現、モダニズム追求の傾向を批判したことが報道された。このキャンペーンでは徐敬亜の「詩群」が、謝冕や孫紹振にまで遡って批判されたほか、楊煉の詩「諾日朗」や車前子（一九六三―）の詩「三原色」も批判を受けた。

楊煉「諾日朗（ノーラン）」は五つの詩から成る組詩で、題名のノーランとはチベットの男神のことという。彼はこの作品で、血と火、生と死といった凶暴なイメージを多用し、チベットの男神ノーランを信仰する人々の祭祀の熱狂、神人一体の精神世界を描いた。次はその第三首「血祭」である。因みに石天河は「諾日朗」全体を文革期の毛沢東崇拝への批判の詩と考え、「血祭」は武闘の象徴とする読み方を示しているが、(88)私も賛成である。

真紅の図案もて白き頭蓋骨を囲み、太陽と戦争に仕えまつれ／嬰児を殺した血と、割礼を施した血もて、我が綿々と絶えぬ命の滋養とせよ／黒曜石の刀もて大地の胸を切り裂き、心臓を高々と挙げよ／無数の旗印が格闘士の雄叫びのように、夕焼けの空に響き渡るだろう／我は生きており、微笑んで、誇り高く汝らを率い死を征服しようぞ／――己れの血で、歴史のために署名し、廃墟と儀式を飾ろうぞ／ならば、汝の悲哀を拭いされ！懸崖に山々の気魄を封鎖させよ／ハゲタカが幾度も急降下し、次々に吹き来る暴風のように、目の玉を啄み去る／苦難の祭壇で駆けあるいは倒れた身体は同時に激しく解き放たれる／久しき間見失われていた希望が鋭い飢餓に乗って帰り来り、叫びと賛美を撒き散らそう／汝ら何者かに従い弧を描く地平線に孤独なる身の壮麗さを発見し／そこで血を流し尽くす。死に赴く光栄は、死よりなお強大なり。

我に捧げるがいい！四十人の処女が汝らの幸運を歌わんとしておる／日に晒された黒い皮膚はよく透る銅の鈴のようで、齋戒と警備の中を行進する／かの気高くも卑劣な、無実にして罪深い、純潔にして汚らわしい潮の満干／果てしなく広がる記憶、我が奥義は痙攣する狂喜に伴い尽きることなく誕生する／宝塔は高々と聳え立ち、

山頂の暮色のために天に向かう一筋の道を指し示す／汝ら解脱せり——血だまりの中から、神聖に近付く

楊煉は『今天』には飛沙のペンネームで詩を発表していた詩人で、多く中国の伝統的土俗的世界に材を取るが、そこに中国社会の現実をだぶらせそれを批判するスケールの大きい詩を書く。この詩は例えば魯揚から「美醜を転倒し、新旧を混交し腐朽したものを神奇とみなしさえする創作傾向」を代表する精神汚染の文学として批判された。魯揚は「諾日朗」の形象は確実に現実生活の中のごろつき、好色魔、「性解放論」者および「種馬」「種牛」達の醜悪な行為を大々的に美化している。こうした形象は「男神」というよりは淫乱思想をばらまく疫病神だ」と口を極めて罵倒しているが、その批判の重点はこの詩が「わが国の社会主義精神文明と完全に反する一連の誤った思想傾向を表現している」ことにおかれている。(89)だが、この詩は「淫乱思想をばらまく」ために書かれたのではない。恐らく石天河が見抜いたように、文革期の毛沢東崇拝を生み出した中国民衆の心性を批判するために書かれたものだったのである。

車前子の「三原色」は次のような詩である。(90)

僕は、白い紙の上に／白い紙——何も描いてない／三本のクレヨンで／一色一本／三本の線を描いた／／物差しがないので／線はぐにゃぐにゃ歪んだ／／大人が言った（とても年をとっている）／赤黄青は／三原色だね／三本の直線は／三本の道の象徴だな／／——僕には訳が分からない／（何を言っているの?）そこでまた自分の描きたいように／三つの丸を描いた／／僕はできるだけ丸く描こうとした

精神汚染批判はこれをきっかけに朦朧詩を叩こうという既成詩壇の意思を明るみに出したが、同時に彼等の詩的無能力をもさらけ出すこととなった。

十七　朦朧詩論争の終焉　徐敬亜自己批判

こうした状況のもと、徐敬亜はついに自己批判を余儀なくされる。八四年二月のことである。「時刻牢記社会主義的文芸方向――関于《崛起的詩群》的自我批判」と題されたこの自己批判文の中で、徐敬亜は「老世代の理論工作者、各級の指導者、私の先生たちの指導と援助を得」「厳しい批判」を聞いて、「詩群」が社会主義の方向に背いていることを認識するに至った、と書いている。(91) それでは「詩群」の過ちはどこにあるのか。彼は書く。

文章の中で私は軽率にわが国古典詩歌の文化的伝統を否定した。数十年来のわが国の革命詩歌の発展序列を貶め、ないしは否定した。詩歌創作のリアリズムの原則を否定し、盲目的に西欧モダニズム芸術を推奨し、当時現れたある種の詩歌作品を「勃興する詩群」と称え、不適当な評価を行った。「反理性主義」と「自我表現」等の観念論の文芸観点を宣揚した。とりわけ重大なのは、芸術流派誕生の条件を分析するとき、実に「独特の社会的観点、甚だしきは統一的な社会主調と調和しない観点をもたねばならない」と主張し、また「私は信じない」の四文字で誤って詩人たちの過去の生活に対する態度を総括したことである。

徐敬亜の自己批判文は彼の文体ではない。真剣味のない官僚的な作文の調子で貫かれているのは、それが彼の抵抗だったということであろう。ここに書かれている観点こそ批判者の主張にほかならなかった。むろん彼が本気でこう考えているのでないことは明らかで、自己批判を強要した側にもそのことは分かっていたであろう。批判者にとっては徐敬亜が自己批判した、という形式が必要だったのである。彼の自己批判は三月五日『人民日報』に転載され、『詩刊』も四月号にこれを掲載した。詩壇指導部のメンツは一応保たれた形になった。朦朧詩論争はこうして終わりを迎えるのである。(92)

十八　朦朧詩の復活

朦朧詩派の詩人たちは以上にみたような批判・攻撃の中で次第に発表の場を失い沈黙を強いられていった。『詩刊』はすでに八二年秋以降彼らの作品を掲載しなくなっていた。八三年十一月『詩刊』は編集長鄒荻帆（一九一七―九五）の長編論文「読詩札記」を載せた。それは七六年からこの年までの詩壇の動向を総括したものだったが、この中では朦朧詩派の詩は完全に否定され、無視されていた。朦朧詩は完全に潰えさったかに見えた。

しかし、彼らは消え去ったのではなかった。八五年から朦朧詩派の作品は再び各地の文芸雑誌に掲載されるようになる。「論争」の中で常に引用された北島、舒婷、顧城、江河、楊煉の五人は朦朧詩の代表詩人としての地位を得た。舒婷の詩集は八二年にはすでに出版されていたが、[93] 他の朦朧詩人（主として『今天』の詩人）の詩は油印本の形で小範囲に広まったにすぎなかった。[94] だが八六年に入ると、彼らの作品集も公式に出版されるようになった。三月には顧城、[95] 五月に北島、[96] 九月楊煉、[97] 十二月にはこの五人の合集、[98] 八七年四月に江河の作品集がそれぞれ出た。[99] 芒克の詩集はやや遅れたが、八九年二月にやはり出版された。[100]『今天』以外の詩人の作品も含めたアンソロジーもこのころから刊行され始めた。最も早いものではすでに八二年遼寧大学中文系の学生たちが編纂した『朦朧詩選』（油印本）があるというが、[101] 私の知る限りでは老木、[102] 閻月君らのもの[103]が最も早い。さらにこの後「朦朧詩鑑賞」の類の書物も出版され始める。以上から知られるように、八五年を境に朦朧詩は出版ジャーナリズムの寵児になっていくのである。

朦朧詩の地位のこのような変化は、中国詩壇をとりまく環境（より具体的には政治環境）の変化によるものであった。八〇年代は鄧小平の進める改革開放政策が、従来の社会主義の諸制度を揺るがしつつ展開された時期である。社会主義システムを守ろうとする保守派（社会主義堅持派）と経済の改革開放（経済システムへの資本主義的要素の導入）を政治改革にまで広げようとする改革派（と仮に呼んでおく）の政治的ヘゲモニー争いが思想・文芸界にも対立抗争を作り出していた。それは、文芸を含むイデオロギー領域の活動を旧来の社会主義の原則によって展開しようとする（「収」＝引き締め）派と、より自由に民主的に展開しようとする（「放」＝緩和）派との対立と言ってもいい。

朦朧詩をめぐる「論争」がかなり一方的な「批判」に変わった背景にもこの保守派・改革派の闘争があった。「批判」のエスカレートした時期は保守派がブルジョア精神汚染批判に乗じて改革派（その先頭に立っていたのが総書記の胡耀邦（一九一五―八九））に攻勢をかけていた時期と合致している。だが、ブルジョア精神汚染批判はその行き過ぎを懸念する鄧小平の意向で八四年中止になり、八四年以後八七年まで改革派優位の局面が展開する。(105)そういう変化を示す文芸界における最初の出来事が八四年十二月から翌八五年一月まで開催された、中国作家協会第四回代表大会だった。(106)この大会には党中央を代表して胡啓立（一九二九―）が祝辞を述べたが、その中で「文学創作の自由」を保障した。大会は「創作の自由」を盛りこんだ新規約を採択して閉幕した。これは、「作家は自分の書きたいことを、書きたいように書いていい」ということを述べたわけで、これまで「文学は革命闘争の道具である」「文学は政治に従属する」(107)という制約のもとに文学活動を展開してきた中国の作家たちにとって画期的なことだった。

翌二月作家協会創作研究室は詩歌創作座談会を開催した。出席したのは二十数名。この座談会では朦朧詩論争についても取上げられ、参加者たちは「過去のある種の提起の仕方は反省すべきで、朦朧詩が探索している芸術形式は存在を許すべきだ」と見なしたと『文芸報』は伝えた。(108)

同時期に開催された『文芸報』主催「〝評論自由〟座談会」(109)では馮牧（一九一九―九五、作家協会副主席、『文芸報』前編集長）が、反省の弁を述べた。彼はこの数年来の文芸界の動向の中で『文芸報』は基本的に〝左〟に反対する立場に立ってきたが「ある種の理論問題の討論ではときに盲目性が現れたことがある。論争が尖鋭化したときには、偏った意見が現れたこともあった」と語り、その例としてモダニズム問題の討論と〝三崛起〟の討論をあげた。そして朦朧詩論争については以下のように述べた。

討論のはじめには百家争鳴（自由な学術論争）、思想問題として展開するよう何度も念を押し、政治問題にしないように何度も強調した。この討論は今振り返っても、一定の効果をあげ、また適切な文章もあった。だが文章のあるものは理が不充分で、深みに欠け、異なる意見間の十分な弁論、争鳴の発展を励ますようなものではなかった。このため（自由な学術論争という）我々の元の願いと目的は達成されなかった。これらの経験・教訓はいずれも真剣に総括するに値する。[110]

作家協会の実務面の実質的な責任者だった馮牧のこの発言は朦朧詩論争が「論争」から「批判」に変っていく事態をどうしようもできなかった党文化官僚の反省であり、同時に朦朧詩に対する承認であった。八〇年の章明の批判にはじまり、八三年の徐敬亜自己批判をはさみ、二年間の空白の後八五年から朦朧詩の詩人たちの作品集が次々に刊行されていく背景には、このような政治的変化が存在したのである。

ところで、この復活の時期とほぼ同じ頃、詩壇には「舒婷、北島の時代は過ぎた」（「時代は過ぎた」と訳したものの原文はpassという英語であり、あるいはこれは「無視する」という意味なのかもしれない）と叫び、自らを「新生代」「第三代詩人」などと呼ばれる新しい詩的世代が登場し始めていた。[111]

この詩人たちの多くは朦朧詩の詩的影響下に詩作を始めた者が多い。[112]だが、その作品には、朦朧詩がもっていたような社会性、政治性は余り感じ取れない。彼らの作品に共通するのは言語と純粋な美意識の追求であり、非社会的な自己といったものへの関心である。朦朧詩がもっていた理想主義や社会的関心はずっと後退している。そこに展開されるのが、時代や社会と鋭角的に関わろうとする朦朧詩風の詩意識の解体の風景であることは間違いない。だがそれは改革・開放政策の深まりとともに進行しつつあった中国社会の内的変化とパラレルなもので、一種必然的な成り行きだという気もする。「階級闘争」から経済の「改革開放」へ（政治の季節から経済の季節へ、激動の社会から安定した社会へ）という転換がもたらした巨大な変革が、「朦朧詩」（ここでは詩のスタイルから詩意識、詩人の社会的在り方まで含んで言っている）を批判する「第三代詩」を誕生させたのである。彼らについては次章で紹介することにする。

おわりに

以上、朦朧詩の誕生―論争―批判―挫折―復活の経過を追ってきた。振り返ってみると、その歴史には余りにも政治の影響が強く、詩史というよりは詩壇の権力の興亡史の趣さえあり、このような内容を詩史と称して記述することがためらわれるほどである。特に朦朧詩を有名にした論争は、これまでみたように改革開放路線の推進を軸に展開された中国政治（保守派対改革派の抗争）の文芸界の代理戦争の側面をもっており、それ自体はくだらないものだった、と言っていいだろう。批判派の議論の余りの低劣さは、それが逆に彼らの守ろうとした「社会主義文芸」やその前提になっている「毛沢東文芸思想」への威信の低下をもたらし、旧来の社会主義文芸の解体を促進し、新興の社会主義文芸たる新時期文学の勃興をもたらすきっかけになったと言いたくなるほどであった(113)。

だが、攻撃を仕掛けられた朦朧詩擁護派は、批判派との論戦のなかで、いくつかの文学上の遺産を残した。それが朦朧詩とその論争の詩史的意義と言えるだろう。以下それを述べて本章のしめくくりとしたい。

その重要な遺産の第一は、文学における〈自我〉の役割の重要性についての認識を広め、深めたことが挙げられるだろう。文学が作家の〈自我表現〉であることを承認するかどうかは、当代文学の核心的な問題点だったと言っていい。建国後の文学論争（文学批判）には常にこの問題が伏在していたのである。それがこの論争で当たり前のこととして承認されるようになった。むろん批判派はそういうテーゼそのものを認めようとはしなかったけれども。そしてこの認識は八〇年代の新時期文学に継承され、新時期文学を発展させる種子の役割を果たしたと私は考える。

第二の遺産としては、漢語によるモダニズム詩歌の技法を確立し、多くの模倣者たちを通じてそれを広めたことがあげられる。八五年の朦朧詩復権以後はモダニズムは、ごく当たり前の詩的技法になっていくのである。

第三に、朦朧詩が若い詩的世代に影響を与え、新しい潮流を生み出したことである。彼らが反対派と戦っているまさにその時期、前述したように、かれらの影響を受けて詩作を始めた者たちの中から、新生代、あるいは第三代とよばれることになる新しい詩的世代が生まれていた。彼らは同人誌（この形式も『今天』が始めたものだった）に拠って活動を始めていた。彼らの誕生は朦朧詩論争とは直接の関係はない。だがこの新しい詩的世代は、朦朧詩の否定ないし乗り越えをその綱領として出現したのであり、後述するように「朦朧詩」が論争によって発見され、その概念が論争の過程で確立したという経緯に照らせば、やはりこの論争の副産物だとは言えるだろう。

第四に、これは洪子誠も指摘していることだが、[114]この論争によって「朦朧詩」の何ものたるかが明確になったことである。朦朧詩の「論争」――批判の経緯を辿っていくと、それは批判派と擁護派の議論の中から、最初は明確でなかった「朦朧詩」という詩歌の性格や、そういう詩を書く文学グループとその輪郭が浮かび上がっていく過程であることに気づく。そのような視点から言えば、朦朧詩「論争」はまさに「朦朧詩」を〈発見〉し、その内容（朦朧詩とは何か、朦朧詩人にはどういう人がいるか、彼らを中国詩歌史にどう位置づけるか等）を確定していく過程だったのである。やがてその〈発見〉は、その源流を文革期の知識青年の上山下郷運動に求め、研究者を文革期に展開された文学活動というもう一つの〈発見〉に導いていく。[115]詩史的に見た場合、この論争の最大の意義は朦朧詩「論争」が「朦朧詩」を〈発見〉したことにある、という逆説にあるとも言える。

さて、八六年から八九年の間に朦朧詩派の多く、特に旧『今天』グループの大多数が留学、講義といった名目で海外に出ていった。[116]八九年六月の天安門事件を契機に彼らは祖国に帰らぬことを決めたようである。九〇年八月『今天』

がノルウェーで復刊された[117]。初めは小さなガリ版刷りの同人誌にすぎなかった『今天』は、権力の禁圧により国内での命脈を断たれたが、海外で「亡命文学者」グループの雑誌として復活した。復刊『今天』も、二十数年（ガリ版時代から数えれば三十五年に近い）を経て、もうすぐ百号を数えるまでになった[118]。今は香港に拠点をおきながら、大陸の有力作家・詩人に多くの寄稿者をもち、パリ、ニューヨーク、東京にも通信編集者を置き、さらに影響力をもつ国際的な中国文学研究者を編集顧問に擁する文学雑誌に成長している[119]。そこに展開される文学は、今後も「朦朧詩」という名詞とともに想起されるだろう。だが、その編集者群の中に、欧陽江河（一九五六―）、翟永明（一九五五―）、韓東、宋琳（一九五九―）、劉禾（一九五七―）などの名を見出す時、『今天』がすでに新生代詩人など朦朧詩後の詩人（詩人だけでなく作家、評論家も含むのだが）をも包摂した詩誌となり、世界中国語文学の一つの中心になっていることを知るのである。大陸にも「世界華語文学」の官製組織[120]があり、世界中の中国語文学者を結集すべく活動を続けている。しかしそれは中国という国家を中心に世界の中国語文学を展望する組織である。それに対し『今天』は中国文学を媒介に世界文学に入り込んでいこうとしているように思う。八〇年代に挫折した朦朧詩は、その後の国内での詩的成果をも取り込みつつ、新しい中国詩の世界を建設しつつあるのである。

注

（1）溝口雄三、伊東貴之、村田雄三郎『これからの世界史四　中国という視座』（平凡社、九五年六月、所収の「中国近世の思想世界」、一〇―一一頁）による。

（2）宋耀良『十年文学主潮』（上海文芸出版社、八八年七月、七二頁）。この書物は朦朧詩に高い評価を与えた最も早い時期の専門書である。宋は朦朧詩の歴史を1．準備期（一九七〇―七九年）、2．社会的に承認された時期（一九七九年三月―）、理論建設と争鳴の時期（一九八〇年五月―）のように区分しているが、それが終わったという認識を示していない。

（3）「地下文学」という言い方は楊健『文化大革命中的地下文学』（朝華出版社、九三年一月）に倣った。この書物には、後に朦朧詩の主要な書き手となる人々の文革期の文学活動を知る上で重要な資料が多数収められている。

（4）「上山下郷運動」についてはすでに多くの専著が出版されている。例えば、火木『光栄与夢想　中国知青二十五年史』（四川人民出版社、九二年八月）、杜鴻林『風潮蕩落（一九五五—一九七九）中国知識青年上山下郷運動史』（海天出版社、九三年三月）、顧洪章主編・胡夢洲副主編『中国知識青年上山下郷始末』（中国検察出版社、九七年一月）、定宜荘『中国知青史——初瀾（一九五三〜一九六八年）』（中国社会科学出版社、九八年一月）など。また『中国知青事典』（四川人民出版社、九五年九月）には劉小萌「〝文化大革命〟前的知識青年上山下郷」、「〝文化大革命〟中的知識青年上山下郷」などの専論を収める。以下の記述は一々注記しないが、これらの記事によっている。なお第三部第一章、第二章を参照されたい。

（5）顧洪章（注（4））によれば「〝文化大革命〟の展開で、学校は学生を募集せず、また卒業生の進学、就職の世話もせず、学校に残して「停課鬧革命」（授業を止めて革命をする）をやらせた。老三届の学生は大体一千百万人前後で、そのうち城鎮（人口三千人以上の都市や町）に住む者が約四百万人だった」（九六頁）という。

（6）『中国知青事典』（注（4））に付せられた「全国知識青年上山下郷人数一覧表」によれば一九六七年—七六年の十年間に下放した青年は一千四百二万六千人に達する。

（7）前掲『中国知青事典』によれば「城鎮（都市や町）の中学（＝高校）卒業生が上山下郷する場合、主に以下の三つの選択があった。（1）農村に行って定住（挿隊）する。（2）[農村出身者の場合］故郷に帰って農業をする。（3）生産建設兵団に参加するか、又は国営農場に行く」（史衛民、何嵐「生産建設兵団与知識青年上山下郷運動」『中国知青事典』三七頁）。「生産建設兵団」（略称「兵団」）とは、主として国境地帯または貧困地域に設けられ、軍の管轄下、軍隊式の組織で農業生産をおこないながら国家防衛の任務にあたった。中国人民解放軍の補完組織。全国に十二の兵団と三つの独立師団（農業生産師団）があったが、新疆兵団を除いてすべて文革期に設立され、七十年代に廃止された。

（8）楊健（注（3））、『中国知青事典』、火木、杜鴻林（いずれも注（4））にはその実例が多数示されている。

（9）楊健（注（3））九三頁。

(10) 劉達文『中国文学新潮（一九七六―一九八七）』（当代文芸出版社［香港］、八八年四月所収「談三位女作家崛起」二三〇頁）による。

(11) 宋耀良（注（2））三一頁。作品は七六年四人組逮捕後、杭州の民刊（非公然の民間刊行物）『我們』に発表され、『十月』八〇年一期に掲載された（劉達文［注（10）］、五三頁）。

(12) 『第二次握手』およびその作者・張揚については、山田敬三「『第二次的握手』――文革期「地下文学」の典型」（『古田敬一教授頌寿記念中国学論集』汲古書院、九七年三月所収）に詳しい。また楊健（注（3））二九九―三二二頁にも詳しい紹介がある。

(13) 「波動」は中国の意識流小説の先駆的作品とされる。七四年十一月に初稿が書かれた後、手抄本の形で広まり、七九年加筆されて北京の民刊雑誌『今天』に掲載（四号―六号）、翌八〇年八月「今天叢書」の一冊として刊行された。その後『長江』（八一年一期）に掲載されて広く知られるようになった。楊健（注（3））一六六―一七四頁に詳しい紹介があり、また是永駿による邦訳（『波動』書肆山田、九四年六月）がある。

(14) これらの手抄本について考察したものに、劉達文（注（10））所収の「「地下小説」的滄桑」（一七九―一八五頁）がある。また、楊健（注（3））三三二―三三六頁。

(15) 桑世博編『河北省旅游指南』（中国旅游出版社、八四年十二月）「第六節保定」のうち「白洋淀」（八一―八二頁）による。

(16) 以下、本節の記述は『詩探索』第十六輯［九四年四号］、（首都師範大学出版社、九四年十二月）の特集「当代詩歌群落」（一一九―一六四頁）の文章（宋海泉「白洋淀瑣憶」、斉簡「到対岸去」、甘鉄生「春季白洋淀」、白青「昔日重来」、厳力「我也与白洋淀沾点辺」、陳黙「堅氷下的渓流――談〝白洋淀詩群〟」）に基づく。なお、これらは廖亦武（注（19））にも再録されている。

(17) ［補注］六〇年から東ヨーロッパ「修正主義」国家の政治、哲学等の理論書が翻訳出版され、高級幹部や理論工作者の学習に供されるようになった。翻訳の対象はその後欧米の文学書などにも及ぶが、あくまで流通範囲は限定され、一般には禁書の扱いだった。文革期になって、高級幹部が打倒の対象になり、紅衛兵が「抄家（家宅捜索や財産の差し押さえ）」したり、幹部の子弟が家から持ち出したり、あるいは紅衛兵が図書館から盗み出したりすることで、これらの書物が民間に流出、紅衛兵の間で読まれるようになった。これらの書物は灰色、黄色など単色の表紙で装丁されていたため「灰皮書」、「黄皮書」などと呼ばれた。蕭蕭「書的軌道：一部精神閲読史」（廖亦武主編『沈淪的聖殿――中国二〇世紀七〇年代地下詩歌遺照』新疆青少年出版社、九九年四月、四―一六頁）はそれらの書物をリストアップしているが、そのうち文学書の一部をあげると、エレンブルグ『雪解け』（作家出版社、六三年）、ソルジェニーツィン『イワン・デニーソヴィッチの一日』（作家出版社、六三年）、カミユ『異邦人』上海文芸出版社、六一年）、サリンジャー『ライ麦畑でつかまえて』（作家出版社、六三年）、ベケット『ゴドーを待ちながら』（中国戯劇出版社、六五年）、ケロアック『放浪』［中国語訳《在路上》］（作家出版社、六二年）などがある。

(18) 陳黙「堅氷下的渓流――談〝白洋淀詩群〟」（注（16））による。

(19) 『詩探索』（注（16））の特集「当代詩歌群落」の林莽「主持人的話」（一一九―一二〇頁）による。それによれば、九四年五月『詩探索』編集部が「白洋淀詩歌群落尋訪」活動を組織し、討論会を開いた。その参加者たちが（文革期の白洋淀での文学活動について）最も正確な言い方として認めたのが「白洋淀詩歌群落」だった。

林莽はその詩歌群落を構成する内容として、以下の四点をあげている。1．活動期間　一九六九―七六年。2．構成者　白洋淀の各村落に下郷した詩歌芸術を共通して追求する、ゆるやかな結びつきの文学青年グループ。広義には北京や全国から訪ねてきた人々も含む。北京をルーツとするこの群落が後の朦朧詩や其の他の文学、芸術の名家となった。3．白洋淀詩歌群落が形成されたのは、ここに下郷した知識青年たちが自立した自分で思考する人々だったこと、交通が便利で、管理がゆるやかだったこと、一般人には読めない大量の内部発行などの哲学、社会科学、文芸関係の書物を読む機会があったこと等による。4．白洋淀詩歌群落は現代詩をその主要な基準（原文「標誌」）とする。

陳黙（注（16））は次のように規定している。「〝白洋淀詩群〟は六〇年代末から七〇年代中期（一九六九―一九七六）に、北京から河北の水郷白洋淀に挿隊した一群の知識青年によって構成される詩歌創作群を指す。主要なメンバーには芒克、多多、根子、方含、林莽、宋海泉、白青、潘青萍、陶雒誦、戎雪蘭らがいた。このほか白洋淀には挿隊しなかったが、これらの人々と密接な付き合いがあり、しばしば白洋淀に出かけて詩を通じて交わり、思想の交流をした文学青年たち、例えば北島、江河、厳力、彭剛、史保嘉、甘鉄生、鄭義、陳凱歌なども含むべきである。彼らも広義の〝白洋淀詩群〟のメンバーである」（一五九頁）

廖亦武主編『沈淪的聖殿――中国二〇世紀七〇年代地下詩歌遺照』（新疆青少年出版社、九九年四月）はその副題の通り朦朧詩の源流となった七〇年代の地下詩歌の資料を集めた書物である。この書物には『詩探索』（注（16））所収の記録も収められている。また、芒克、彭剛らの訪問記や白洋淀詩群にゆかりの人々に関する多くの資料が収録されている。

（20）沙龍活動について断片的に述べたものは少なくないが、専論としては宋永毅「中共文化大革命中的地下文学」（『中共研究』第三十九巻七期、中共研究雑誌社［台北］、九七年七月）がある。

（21）趙一凡については廖亦武（注（19））第三章「収蔵了一個時代的人：趙一凡」（一一五―一七六頁）に彼自身による「我的簡歴」、『今天』編集部「紀念趙一凡先生」、徐暁「無題往時」などの回想を収める。

（22）徐暁は趙一凡の晩年に知り合い彼から可愛がられ、その死後残された資料整理にあたった女性であるが、その回想「無題往時」（注（21））に「一凡の当時のサークルはまさに怪傑の集まる大本営と言ってよかった。あの時代の文学、芸術、思想を研究しようとすれば、彼らの中の何人かに注意をむけざるを得ないだろう」（一六二頁）と書いている。

（23）多多「被埋葬的中国詩人（一九七二―一九七八）」には「一九七二年夏北京の国務院宿舎、鉄道部宿舎にちっぽけな文化沙龍が生まれた。徐浩淵が促進者あるいは主宰者だった。云々」とあるのによる。多々のこの文章、および廖亦武（注（19））所収の廖亦武・陳勇「馬佳訪談録」（二二六―二三五頁）には当時このサロンに出入りしていた若い芸術家たちの姿が活写されている。サロンのメンバーとして馬佳は他に張廖廖（張郎郎の弟）、盧中南（書家）、李素蘭などの名をあげている（二一九頁）。

（24）許行「今天派と星星画派――在香港見到厳力」（『九十年代』八五年六月号）による。

（25）舒婷は「生活、書籍与詩」（『福健文学』八一年二期）で「一九七七年初めて北島の詩を読んだとき、マグニチュード八の地震以上のショックを受けた。北島の詩の出現はその詩自身よりももっと私の心を揺さぶった」と書いている。

（26）蔡其矯は『今天』の成立とその後の活動に関わってきた既成詩人である。彼は一九七五年頃艾青の紹介で北島と知り合った。また七三年には舒婷と通信を始め、外国の詩を紹介するなど詩人・舒婷の誕生に大きな役割を果たしている。七四年には廈門で会い、七七年北京の住居に訪ねてきた舒婷を北島やその友人たちに引き合わせたという。（廖亦武・陳勇「蔡其矯訪談録」廖亦武・注（19）、四九二頁）

（27）［補注］芒克の回想によれば、文学雑誌を作ろうということで周囲の青年たち（芒克は劉禹、張鵬志、孫俊世、陳焕興、陳嘉明の名を挙げている）に声をかけ、鼓楼近くの張鵬志の家で顔合わせの会を開いた。そこで七人から成る編集部が成立したという（唐暁渡のインタビュー「芒克訪談録」劉禾［Lydia H. Liu］編『持灯的使者』牛津［Oxford］大学出版社、二〇〇一年、三三八―三三九頁）。

（28）「北京の春」の始まりについて厳家祺・高皋著、辻康吾監訳『文化大革命十年史』［上下］（岩波書店、九六年十二月）は以下のように述べている（要旨）「七八年十一月十四日中共北京市委員会が七六年四月の天安門事件の名誉を回復し、二十二日『人民日報』が「天安門事件の真相」を発表、全国的に名誉回復を正式に行った。二四日貴州省から来た八人の青年（黄翔らを指す―引用者）が北京で啓蒙社を設立、文革と毛沢東の再評価を行うべきだと主張した。その数日間で西長安街に面する西単の壁に数百枚数千枚の大小壁新聞、スローガンが貼り出され、天安門事件の下手人の追及、文革期の被害者の名誉回復、政治制度改革などを要求した。これが「民主の壁」である。二十五日夜、壁新聞を見に来ていた数千人が自発的に第一回の「民主討論会」を組織した。二十六日鄧小平が民社党委員長・佐々木良作に壁新聞支持を表明、二十七日数千人の人々が西単から天安門広場にデモをし鄧小平が民主の壁を支持したことを祝った。二十八日夜天安門広場に数万人の民衆が集まって「民主討論会」を行った」（下巻、二四五～二四七頁）。この運動は香港のジャーナリストによって詳しくレポートされたが、それをまとめたものに、例えば、斉辛『中共的思潮与闘争』（七十年代雑誌社、八〇年四月）がある。運動全体を考察した論考に、江振昌『中国大陸青年民主運動之探討（一九七八―一九七九）』（幼獅文化事業公司、八一年五月）、劉勝驥『北京之春（一九七八～一九七九）』（幼獅文化事業公司、八四年三月）などがある。

（29）［補注］芒克はこう語っている。「……西単の壁にはもう沢山の大字報が貼られていて、地方から中央に直訴に来た人々がひっきりなしにデモをしていたよ。十月には雰囲気はかなり熱くなっていたね。あるとき北島、黄鋭と相談したんだ。内心の声を伝えるもっと有力な形式を考えるべきだと思うって。結論は、文学雑誌をやろうということだったわけだ。」（注（27）に同じ、三三八頁）

（30）劉再復らの座談会「《今天》的意義」（『今天』第十期［復刊第一号］、一九九〇年）。

（31）［補注］陳若曦「民主牆和民辦刊物」（『中国時報』八一年四月二十六・二十七日、後出『大陸地下刊物彙編』第四輯に再録）。この論文は、管見の限りでは民刊についての最も詳細なレポートである。なお「陳若曦談中国民辦刊物及其他」（『七十年代』一三八期、八一年七月）にも同じ数字が見えるが、こちらの方は「一九七九年から現在まで前後して五十一余の刊行物があらわれた」となっている。杜博妮 Bonnie S. McDougall「朦朧詩旗手——北島和他的現代詩」（『七十年代』一七二期、八四年五月）では三十一種という数字を挙げている。なお、八一年から八五年まで台湾でこうした民刊を集めて活字に起こした『大陸地下刊物彙編』（中共研究雑誌社編印、全二十輯）が出版されたが、そこには五十種の民刊が収録されている。民刊の主要なものについては、この彙編の各輯巻末に簡単な解題を付す。また宏欣「北京的民辦刊物」（『争鳴』一九期、七九年五月）の解説が有用である。また北米スタンフォード大学フーバー研究所は各種のルートを通じて収集した五種の民刊コレクションを所蔵するが、その目録（依牧 I-mu 編《Unofficial Document of the Democracy Movement in Communist China 1978-1981 中国民主運動資料》Hoover Press Bibliographical series 67, Hoover Institution, Stanford University, 1986）によれば、最も多いコレクションでは民刊雑誌七十タイトル、パンフレット三十二タイトルを数える。拙稿「民主化運動期の非公然出版物の文学資料——《沃土》を中心に」（『中華人民共和国の非公然刊行物における文学資料の調査・研究（平成十五—十六年度科学研究費補助金［特定領域研究（2）］）研究成果報告書』、二〇〇五年三月、一四頁）による。なおこの報告書は『大陸地下刊物彙編』所収民刊の概略を記述している。これら民刊やその背景の分析、研究は、劉勝驥（台湾・政治大学国際関係中心教授）の著書『北京之春（一九七八～一九七九）』（幼獅文化事業公司、八四年三月）、『大陸民辦刊物的形式和内容分析（一九七八～一九八〇）』（留学出版社（台北）、八四年五月）、『大陸地下刊行物研究（一九七八～一九八二）』（台湾商務印書館、八五年六月）が参考になった。

(32)『沃土』は七九年二月に創刊された。哲学、歴史、経済、法律、文学などの隔月刊綜合誌。創刊号は文学専刊、第二期には後に評判になった映画シナリオ、王靖「在社会的檔案里」が掲載されている。『秋実』は七九年三月創刊。はっきりと「業余文学愛好者」を対象とするむね「啓事」に書かれている。なお、この雑誌は、掲載作品には原稿料を支払うとしている。文学作品の発表を刊行目的に掲げた民刊には、ほかに『生活』(広州)、『原草上』、『嵐風』、『月満楼』、『百花』、『科学民主法制』などがある。以下発刊詞等の抜粋である。(注(31)・拙稿、二十頁)

『今天』「歴史終于給了我們機会、使我們這代人能把埋蔵在心中十年之久的歌放声唱出来。(……)過去、老一代作家們曾以血和筆写下了不少優秀的作品。(……)但是、在今天、作為一代人来講、他們落伍了、而反映新時代精神的艱巨任務、已経落在我們這代人肩上。」(致読者)

『沃土』「一、本刊是在憲法権利保障下和憲法規定範囲内的一份民間人文科学(包括哲学、歴史、経済、法律、文学等)的総合性双月刊。(……)六、本刊第一期為文学特刊。以後陸続出版哲学、歴史、経済、法律、文学等専刊和総合刊(不定期)等。」(創刊啓事)

『秋実』「我們力求把秋実辦成広大業余作者、文学愛好者的園地」(発刊詞)、「一、本刊団結広大業余文学愛好者為広大群衆服務、特別為工人、農民、学生、市民服務。二、本刊面向生活、要求作品真実性、趣味性、知識性、大衆化、篇幅不限、短小精煉作品尤受歓迎」(啓事)

『生活』(広州、七九年四月)「《生活》刊物主要是総合性文芸刊物也将発表我們対社会改革的意見及我們的看法。主要内容：詩歌、小説、雑文、文芸評論。」(発刊啓事)

『原上草』(七九年三月)「我們還称不上是文学青年、在我們的作品里也許不会有令人不忍釈手、豪華綺麗的文章」(発刊詞)

『嵐風』(七九年秋)「本刊為純文芸性、群衆刊物、力図用文芸的方式、在文芸領域中達到、(……)彰善闡悪的目的、(……)本刊以現実主義為基礎、賛助光明、伸長正義」(後記)

『月満楼』(七九年九月)「一、本刊是総合性文学月刊、主要以詩歌、散文、小説、雑文、漫画為主。二、本刊徴求各種形式、各種題材的文学創作、要求真実的反映生活、篇幅不限。」(啓事)

『百花』（七九年九月）「為了繁栄社会主義的文学芸術創作、活躍学術研究、豊富人民群衆的精神文化生活、《百花》月刊今天創刊了。《百花》月刊是以文学芸術創作和学術研究為主的綜合性月刊。《百花》月刊面向広大人民群衆、並誠心誠意地願意為広大人民群衆服務。」（創刊詞）

『科学民主法制』（七九年一月）「鑑于《民主牆》的偉大歴史意義、捜集、研究、整理《民主牆》詩文的工作是不可低估的。（……）我們原想在大量徴文的基礎上加以認真研究、挑選、整理、去粗取精、去偽存真、而後編一本《民主牆詩文選》。」（「創刊号：前言」）

(33)　その理由は五一年に制定された出版条例（「定期刊行物登記暫定条例」であろう）の「定期刊行物の発行には出版行政機関の登記が必要」という条項に違反しているというものだった。『今天』編集部は十月登記を申請するが受け付けられず、十二月末北京市公安局からの通達があり、一切の活動を終えるのである。鄂復明提供資料による「《今天》編集部活動大事記」（『沈淪的聖殿――中国二〇世紀七〇年代地下詩歌遺照』［注（17）］四四七―四四八頁）による。

(34)　「今天文学研究会」の成立と終焉までの経緯については萬之に詳しい回想（「也憶老《今天》」『持灯的使者』［注（17）］三一二―三一八頁）がある。それによれば、『今天』は公安局の警告を受けるや、当局が登記申請を受理するよう公開状（「致首都各界人士的公開信」）を発表し、同時に「今天文学研究会」を組織して、この会の「内部交流」の出版物という名義にし、これを拠点に申請が受理されるまで文学活動を続けようとした。つまり「今天文学研究会」は『今天』の活動を合法的に継続するための戦略だったのだが、公安局からこの会にも登記が必要であり、現状は登記されていない非合法組織で取り締まりの対象になるとの警告を受け、結局、活動終止となったわけである。

(35)　楊漫克「十年風雨暗故園《今天》未愧昨日光――詩人貝嶺対《今天》之追省」（『百姓』半月刊［香港］、一八七期、八九年三月）、貝嶺・孟浪「中国的非官方詩潮（上）」（『解放』［香港］、三十三期、八九年九月）によれば「七九年初め北京の民刊が「民刊連絡会」を成立させたが、芒克が出席、編集部同人に諮らず『今天』を代表して参加の署名をした。帰ってそれを告げると編集部の多数が反対した。政治的な活動に参加することは『今天』の目的に添わず、また危険だと考えたのだ。このとき北島だけは芒克を支持し、「もし将来事が起きるのを恐れるのなら、自分と芒克は『今天』を退会して、すべて今後の責任をとりたい」と言った。あれこれやりとりがあったが、結局五人の編集部員が先に退会してしまった。」のだという。［補注］前出（注（34））萬之の回想（「也憶老《今天》」）は、北島、芒克、黄鋭以外、退会した編集委員はすべて大学生であり、「より純粋な作家と学者の身分を保持したいと願っており、『今天』が西単民主の壁の他の政治的な民主化運動刊行物と共同行動をとることに反対だった。だから退会したのだ」と述べている（三〇一頁）。

（36）「星星画会」は黄鋭（『今天』創刊者の一人）、馬徳升らが発起した前衛美術家集団（明蕾「中国非官方芸術飲誉巴黎」『争鳴』八六期、八四年十二月）。「星星画会」の成員については江游北「北京街頭美展的風波」（『争鳴』二五期、七九年十一月）が簡単な紹介をしているほか、馬徳升については方方「白与黒的世界」（『七十年代』一四〇期、八一年九月）、明蕾「《星星》画家馬徳升獲得出国」（『争鳴』九八期、八五年十二月）が、王克平については明蕾「訪反叛芸術家王克平」（『争鳴』八四期、八四年一月）が、李爽については李健「〈李爽事件〉真相」（『争鳴』五〇期、八一年十二月）や、林希「在巴黎与李爽喜相逢」（『七十年代』一六九期、八四年二月）等が、厳力については許行「《今天》派和星星画派——在香港見到厳力」（『九十年代』一八五期、八五年六月）などが詳しい紹介を行っている。

「星星画会」は七九年九月北京の中国美術館前の空地を利用し、そこをロープで囲って露天の美術展覧会を開いたが、北京市公安局から交通と市民生活の妨げになるとして禁止を命じられた。彼らは北京市美術協会や北京市当局と交渉したが許可を得ることができず、ついにこの年の十月一日、建国三十周年の日「表現の自由」を求める抗議のデモ行進を行なった。この結果、北京市党委員会は美術協会に展覧会場を借すよう命じ、十一月になって展覧会は再開された。この事件は、当時、国際的なニュースとなり、「星星画会」の名が全世界に知られるきっかけとなった。『今天』はこの展覧会のため第六期の紙幅を割き、全面的に彼らをバック・アップした。この事件はいろいろな形で報道されたが、一番詳しく臨場感のあるのは壇庶「北京民間、《星星》美展被東城公安分局非法取締十月一日北京各民刊組織聯合挙行抗議集会和遊行」（『四五論壇』十三期、七九年十月）である。そのほか前出江游北「北京街頭美展的風波」や、江游北「一個曾被取締的美展」（『争鳴』二八期、八〇年二月）も参考になる。

（37）四月八日は、その三日前の四月五日がいわゆる第一次天安門事件の三周年記念日であり、しかもそれまで反革命事件とされていたこの大衆運動が、党によって正義の行動と認定された最初の記念日であるだけに、「北京の春」を推進していた民主化運動諸グループがさまざまな記念行事を行なった。『今天』第二期の「啓事」に「為了紀念『四五』運動三週年、本刊準備挙辦大型詩歌朗誦会……」とあるように、この詩歌朗読会もその一環として開催されたのである。民刊雑誌『四五論壇』によれば、朗読会は「北京の民間刊行物と民主化グループの支持を受けて」『今天』が主催したという（『四五論壇』第九期、「記者徐庶」署名の記事による）。『秋実』もこの朗読会について第二期に詳しい報告（阿鳴「記《今天》編輯部的一次詩歌朗誦会」）を掲載した。なお、この文章は『今天』第四期に転載され、小注は転載記事による。

(38)　その様子を伝えた『今天』第六期の「簡訊」によれば、参加者の中には内外のジャーナリストや文芸界の知名人士の姿もあった。会の始まる前に、この日朗読される作品を収録したパンフレットが売られ、ついで、会場に設営された舞台で、八人の朗読担当者によって、『今天』の作者たちの近作二十一首が朗読され、さらに、ハイネ、レールモントフ、プーシキンの作品も読まれたという。

(39)　「四月影会」については江游北「北京的民辦刊物和民辦展覧」（『争鳴』三三期、八〇年六月）参照。「四月影会」の責任者・王志平については明蕾「紀念〈四五〉運動一周年民運先鋒憶当年」（『争鳴』一〇二期、八六年四月）に紹介がある。

(40)　陳仲義「《今天》十年（一九七八—一九八八）——兼為今天派弁護」（『百花』［合肥］八九年一期、三七頁に引用）。なお陳仲義は舒婷の夫である。

(41)　『今天』の詩人たちにとって詩作が政治からの詩の自立を、〈近代〉を獲得しようとする苦闘そのものだったという点については、拙稿「〈近代〉を獲得しようとする詩人たち——《今天》覚え書き」（『中国詩人論　岡村繁教授退官記念論集』八六年十月、汲古書院）で論じた（特に九六八—九六九頁）。

(42)　是永駿「『今天』（1978~1980）総目録（初稿）」（『野草』五五号、中国文芸研究会、九五年二月、一二七—一三八頁）、鄂復明提供「《今天》編集部出版発行刊物総目」（『沈淪的聖殿——中国二〇世紀七〇年代地下詩歌遺照』［注（17）］四四九—四五六頁）を参考にした。なお拙稿「朦朧詩の源流・雑誌《今天》について」（『文学論輯』三三号、八六年十二月）でも「《今天》の目次」の再現を試みている。ただし、第五期を欠いたため完全なものではない。

(43) こうした考えは、しかし、体系的に「文学理論」として明示的に提出されているわけではない。それは建国後十七年、文革期および新時期（文革後）文学初期に展開されたさまざまな作品や理論の「批判」の中で提起され、承認され、くりかえし援用され、やがて成文化されないまま文学創作の自明（所与）の前提となっていた「理論」とでもいうべきものである。それは例えば作家・孫犂の以下のような発言からも明らかである。「成文化されてはいないが、根拠のある言い方がある。自分を書くな、自我を表現するな、さもなくば、プチブルの思想感情を氾濫させることになるぞ、というものだ」（孫犂「関于詩」『詩刊』七八年九期）。

(44) 『今天』の詩人たちの詩に則してこのような技法的特徴を論じたものに、例えば、王干『南方的文体』（雲南人民出版社、九四年九月）、『廃墟之花――朦朧詩的前世今生』（江蘇文芸出版社、二〇〇九年十一月）がある。また謝冕『詩人的創造』（生活・読書・新知三聯書店、八九年三月）も、当代詩の技法の概説書として有益だった。

(45) 公劉はこの文章を書きあげて『詩刊』に投稿したが、『詩刊』は長期間放置して発表しなかった。そこで公劉は改めて四川の詩歌雑誌『星星』に投稿、『星星』はその復刊第一号に掲載した。当時『詩刊』など詩歌専門雑誌が評論を重視しないのに不満をいだいていた『文芸報』主編の馮牧は副主編の劉錫誠と詩歌評論担当の高洪波にこの評論を掲載するよう命じ、『文芸報』は「按語」を付して転載することになったという（楊四平『中国新詩理論批評史論』安徽教育出版社、二〇〇八年三月、一七五頁）。

(46) この討論の発表論文を集めた『新詩創作問題討論集』（福建文芸編輯部編印、刊行年月不明、鉛印、全二八八頁）なる資料（松浦恒雄氏蔵書）がある。論文二十九編、付録に舒婷詩集『心歌集』（四十七首収録）を収め、「内部学習材料」とある。『心歌集』は黄勇刹「発現和創造――《心歌集》読後感」（『福建文学』八〇年六期）によれば「油印本、かつて発表された抒情短詩集」だという。舒婷自身の編集した私家本か、各詩に初出の刊行物名が付されている。あるいは討論用に編集されたものか不明。

(47) この会議は四月七日から二十二日まで広西民族学院、広西大学、中国作家協会広西分会、北京大学中文系、中国当代文学研究会、中国社会科学院文学研究所の共同主催で開かれ、百余名が参加した（成平「当代詩歌討論会簡況」『詩刊』八〇年六月号）。この会議に提出された論文や会議での発言は、全国当代詩歌討論会編『新詩的現状与展望』（広西人民出版社、八一年一月）にまとめられている。

(48) 前出、全国当代詩歌討論会編『新詩的現状与展望』。本書には張炯の「有益的探討、豊碩的収穫（代前言）」をはじめ、三十四編の発言稿が収録されている。

(49) 一九八〇年の「青春詩会」については、拙稿「一九八〇年夏の〈青春詩会〉と朦朧詩批判」（九州大学「文学論輯」三三号、一〇九—一二二頁、八七年十二月）を参照されたい。本節はその要約である。なお、歴次の「青春詩会」の概要については、楊志今、劉新風『新時期文壇風雲録（一九七八—一九九八）』上巻（吉林人民出版社、九九年四月）に「〝青春詩会〟十八年」（七六—九一頁）がある。

(50) 「青春詩会」の様子については、王燕生のルポ「青春的聚会——詩刊社挙辦的〝青年詩作者創作学習会〟側記」（『詩刊』八〇年十月号）に詳しい。

(51) 柯岩（中国作家協会書記、当時文化部副部長だった賀敬之の夫人）「関于詩的対話——在西南師範学院的講話」（『詩刊』八三年十月）による。八三年十月重慶の西南師範学院（現在の西南大学）で詩壇の保守派三十人余りが集まって、「重慶詩歌討論会」を開催した。該文は、そのとき柯岩が行った講演の記録である。

(52) 柯岩前掲（注（51））の文。

(53) この推測に関しては前掲（注（49））拙稿に述べた。

(54) 章明は当時解放軍広州軍区政治部所属、広東省文聯委員でもあった詩人。暁鳴は九葉派の詩人で当時北京師範大学教授だった鄭敏のペンネーム（朱先樹［注（56）］による）。

(55) 「鳩笛」は鳩の首につける笛。笛をつけた鳩を空中に放ち、そのときに発する笛の音を聞いて楽しむのである。

(56) 当時『詩刊』編集部にいた詩評論家・朱先樹の回想によれば、編集部は八〇年二月に章明の原稿を受け取ったが、別に鄭敏に依頼して朦朧詩肯定の文章を書いてもらい、「按語」を付して同時に掲載したのだという。朱先樹「〝朦朧詩〟問題討論及前因後果」（『詩刊』二〇一〇年二一期）。

(57)　この「詩歌理論座談会」は九月二十日から二十七日まで北京東郊の定福荘で開かれたので後に「定福荘詩会」とよばれた。この会には謝冕、孫紹振、丁力、李元洛、呉思敬ら朦朧詩論争をリードした評論家がはじめて顔を会わせた。会議での議論は朦朧詩擁護派と批判派の二つにはっきり分かれたと呉敬思は回想している。「観点を異にする双方の代表的人物が集まり、意見が真っ二つに割れ、双方は顔を真っ赤にして言い争った。だがまた誠に率直、自由であり、新時期以来の学術界の民主的雰囲気を示していた。（中略）残念なことにこうした自由で寛容な雰囲気は種々の原因で後には堅持できなくなっていった」（呉敬思『詩学沈思録』遼寧人民出版社・遼海出版社、二〇〇一年七月、の「自序」及び「啓蒙・失語・回帰——新時期詩歌理論発展的一道軌跡」二〇〇頁）なお、会議の詳しい記録は『詩刊』（八〇年十二月号）に掲載された（呉嘉、先樹「一次熱烈而冷静的交鋒」）。

(58)　丁力「古怪詩論質疑」（『詩刊』八〇年十二月号）。

(59)　朦朧詩に関する艾青の発言は少なくないが、ここは「首先応讓人看得懂」（『作品』八一年三期）。

(60)　擁護派とは謝冕、孫紹振、徐敬亜らを指す。ここの意見は暁鳴「詩的深浅与読詩的難易」（『詩刊』八〇年八月）、謝冕「在新的崛起的面前」（『光明日報』八〇年五月七日）のもの。

(61)　孫静軒「詩、属于勇者——从詩的〝朦朧〟与〝晦渋〟談起」（『詩刊』八〇年十二月号）。

(62)　尭山壁「也談〝朦朧詩〟」（『河北師範学院報』八一年一期）。

(63)　丁力「古怪詩論質疑」（『詩刊』八〇年十二月号）。

(64)　於可訓ら編『文学風雨四十年——中国当代文学作品争鳴述評——』（武漢大学出版社、八九年六月）、四七八頁。また「関于〝朦朧詩〟問題的討論総述」復旦大学中文系資料室編『新時期文芸学論争資料』（下）（復旦大学出版社、八八年五月）の「(一)什麼是〝朦朧詩〟」一三三頁参照。

(65)　民刊『今天』に所属し、当時は詩壇内ではまだ無名だった北島、芒克、江河、楊煉、舒婷、顧城らを、ここでは『今天』派という。

(66)　謝冕「失去了平静以後」（『詩刊』八〇年十二月号）。

(67) 謝冕「失去了平静以後」、公劉「新的課題——从顧城同志的几首詩談起」。

(68) 西欧モダニズム文芸は七九年から雑誌『外国文学研究』誌上を中心に紹介され始め、八〇年代を通じて強い関心がもたれ続けた。保守派の理解ではモダニズムは資本主義の腐敗した美学体系とされ、解放後の文学の理論的基礎であったリアリズムと対立する思潮とみなされていた。

(69) 臧克家「関于〝朦朧詩〟」(『河北師院学報』八一年一期)。臧克家は「門戸開放以後外国のものが一斉に入ってきた。(中略)そこで外国のブルジョア階級の腐朽した、立ち遅れた文学思潮と流派のいくつかが我が国でも氾濫し始めた。これが朦朧詩などの生まれた国際的影響である」と述べる。

(70) 徐敬亜「崛起的詩群——評我国詩歌的現代傾向」(『当代文芸思潮』八三年一期)。ただ徐敬亜は「朦朧詩」という語を用いていない。

(71) 洪子誠『中国当代新詩史』(人民文学出版社、九三年五月)巻一第一章第一節「背景」。

(72) 注(43)に引く孫犂「関于詩」(『詩刊』七八年九期)。

(73) 八〇年、当代文学研究会によって詩歌理論誌『詩探索』が創刊された。創刊号には「請聽聽我們的声音——青年詩人筆談」と題して、張学夢、高伐林、徐敬亜、顧城、王小妮、梁小斌、舒婷、江河の八人の短文が掲載された。彼らは八月に北京で開かれた『詩刊』社の「青年詩作者創作学習会」(いわゆる「青春詩会」)の参加者だった。

(74) 孫光萱「不要〝怕〟在詩中写〝我〟」(注(24)『新詩的現状与展望』による。以下同じ)。

(75) 任愫「詩人的職責」、張炯「有益的探討、豊碩的収穫」。

(76) 郭啓宗「抒情詩要抒人民的情」(『福建文学』八〇年六期)。王者誠「為誰写詩」(『福建文学』八〇年二期)。

(77) [補注]前出朱先樹(注(55))によれば、上級の指示により『詩刊』は八一年一月号の「問題討論」欄の原稿掲載を停止し、二月号から朦朧詩に否定的な論のみを掲載することにした。このとき孫紹振の原稿が送られてきたため、婉曲にこれを送り返した。しかし、再度指導部から指示があり批判用に孫紹振の原稿を使うことになり、孫から原稿を送ってもらったのだという。つまり、八一年三月は詩壇の指導部が朦朧詩に対して批判の態度を決めた時期であり、孫論文は朦朧詩批判の最初の標的として掲載されたわけである。

(78) 李黎「中国当代文壇的奇観――近年来新詩潮運動評述」(『批評家』八六年五期)。またこの点について孫紹振自身が関係者の実名を挙げて経緯を述べている。孫紹振「我与〝朦朧詩〞的論争」(『新的美学原則在崛起――孫紹振新詩論集』語文出版社、二〇〇九年十一月、九〇―一一七頁)。

(79) 徐敬亜のこの論文は、秋吉収による翻訳「蹶起せる詩群――我が国の詩の現代的傾向を評す」(岩佐編「八〇年代の中国詩――朦朧詩の誕生と挫折」『季刊中国研究』第二〇号、中国研究所、九一年五月、所収)がある。[補注]また、宇野木洋に「ポスト文革期における欧米理論受容」の一形態(欧米モダニズムの誤読)という視点から分析した「欧米理論の受容と「誤読」――「崛起的詩群」が投げかけた問題群」(『克服・拮抗・模索――文革後中国の文学理論領域』世界思想社、二〇〇六年三月、八五―一三五頁)がある。

(80) 璧華「投進中共詩壇的一枚炸弾――徐敬亜的「崛起的詩群」的述評」(『中国写実主義文芸論稿』当代文学研究社[香港]八四年四月)による。徐敬亜の「詩群」が批判される経緯については、当時掲載誌『当代文芸思潮』編集長だった謝昌余の回想に詳しく述べられている(謝昌余「《当代文芸思潮》雑誌創刊与停刊前前後後」靳大成『生機――新時期著名人文期刊素描』中国文連出版社、二〇〇三年一月、三四三―三七一頁)。それによれば、これが当時の文壇保守派のバックにいた賀敬之(中共中央宣伝部副部長)の意向が働いた、かなり意図的な批判だったことがうかがわれる。また、璧華が一月七日としているこの討論会は、一月十日の北京での座談会の後に開かれたような印象を受ける。

(81) 同じく璧華前出文(注(80))による。ここでの馮牧の発言要旨も璧華による。ただ謝昌余によれば馮牧はできる限り問題を政治問題化せず、おだやかな学術討論の形で収拾しようと腐心していたフシが窺える。

(82) 鄭伯農「在〝崛起〞的声浪面前――対一種文芸思潮的剖析――」。

(83) 『中国文学年鑑』「一九八三年文学紀事」には「会議は十月四日～九日まで開かれ、いかに社会主義文芸の旗を高く掲げ、より一層詩歌評論を発展させるかということ、特に詩歌創作中のリアリズムとモダニズムの問題について討論をおこなった。参加者は詩歌界の〝三崛起〞(「在新的崛起面前」「新的美学原則在崛起」「崛起的詩群」)理論を批判した」とある。

(84) 呂進「開創一代新詩風——重慶詩歌討論会総述」はこの会議の報告。鄭伯農「在〝崛起〟的声浪面前」、柯岩「関于詩的対話——在西南師範学院的講話」（注（50））は会議での講演。いずれも『詩刊』八三年十二月号掲載。呂進の文章は、会議の参加者が「この数年間に出現した、美醜を転倒させ、新旧をごったまぜ、空虚で絶望的で、暗く難解で、ゆゆしい過ちがあり、不良な影響を生み出した作品を批判した」と述べ、その例として北島「彗星」、「一切」、舒婷「流水線」、「牆」、顧城「空隙」などの作品を挙げている。

(85) 鄧小平「組織戦線と思想戦線における党のさし迫った任務」『現代中国の基本問題について』外文出版社（北京）、八七年。

(86) このキャンペーンを主導したのは当時党中央政治局委員だった胡喬木、党中央宣伝部長だった鄧力群、副部長だった詩人の賀敬之ら党内保守派のイデオローグたちだった。

(87) 「臧克家談要站在清除精神汚染闘争前列」（新華社、十月二十九日配信）、「艾青談清除精神汚染」（『経済日報』十一月一日）、いずれも『詩刊』（八三年十二月号）転載。

(88) 石天河「重評《諾日朗》」（『当代文壇』八四年九月号）。

(89) 魯揚「莫把腐朽当神奇——組詩《諾日朗》剖析」（『詩刊』八四年一月号）。

(90) 「三原色」については公劉が批判している。（公劉「詩要譲人読得——兼評《三原色》」『詩刊』八四年一月号）。

(91) 文章は初め徐敬亜の出身地吉林省の共産党機関紙『吉林日報』（八四年二月二十六日）に掲載された。

(92) 八四年四月『文芸報』第四号掲載の、向川整理「一場意義重大的文芸論争——関于《崛起的詩群》批評総述」は、徐敬亜批判のしめくくりと言っていいものである。

(93) 舒婷『双桅船』（上海文芸出版社、八二年二月）。

(94) 例えば芒克の詩集『心事』は「《今天》叢書之一」としてガリ版刷りの民刊（出版許可を得ていない刊行物）の形で八〇年一月に刊行された。

(95) 顧城『黒眼睛』（人民文学出版社、八六年三月）。

(96) 北島『北島詩選』（新世紀出版社、八六年五月）。

(97) 楊煉『荒魂』（上海文芸出版社、八六年九月）。
(98) 『五人詩選』（作家出版社、八六年十二月）。
(99) 江河『太陽和他的反光』（人民文学出版社、八七年四月）。
(100) 芒克『芒克詩選』（中国文聯出版公司、八九年二月）。
(101) 洪子誠、程光煒編『朦朧詩新編』（長江文芸出版社、二〇〇四年六月）の洪子誠の「序」による。
(102) 老木『新詩潮詩集』［上下］（北京大学五四文学社、八五年）。
(103) 閻月君、高岩、梁雲、顧芳編『朦朧詩選』（春風文芸出版社、八五年十一月）。
(104) 具体的には、胡喬木（党中央政治局委員）、鄧力群（党中央宣伝部長）、賀敬之（詩人、党中央宣伝部副部長）ら、党内保守派イデオローグとされる人々である。なお、注（86）参照。
(105) 李洪林『中国思想運動史（一九四九―八九年）』（天地出版社［香港］、九九年）。李洪林は胡耀邦政権の党中央宣伝部理論局副局長として政権を支えた改革派理論家。八二年に保守派と対立して解任された。八九年天安門事件のさいには学生を支持した。この個所は彼の体験に基づいて書かれている。
(106) 大会は八四年十二月二十九日から一月五日まで年を越えて開かれた。この大会では党中央宣伝部があらかじめ決めた理事の名簿を胡耀邦が「作家協会のような社会団体の指導者の人選を共産党が決めるべきではない」と拒否、作家の自由選挙に任すべきだと主張、その結果巴金が主席、劉雁賓が副主席に当選するなど、種々の変化がみられた（李洪林注（105））。『文芸報』（八五年二期）はこの大会が「創作自由」を打ち出したことを歓迎する専論を発表し、また大会の模様を特集している。
(107) 毛沢東『在延安文芸座談会上的講話』（四二年五月）。
(108) 小薇「新詩應該有更繁栄的前景――中国作家協会創作研究室召開詩歌創作座談会」（『文芸報』八五年四期）。
(109) この会議については『文芸報』記者による報道がある。何孔周「反対〝左〟的傾向実現評論自由――《文芸報》召開〝評論自由〟座談会紀要」（『文芸報』八五年三期）。
(110) 馮牧「関于創作自由和評論自由」（『文芸報』八五年三期）。

(111)　第三代詩人などの新しい詩的世代を「新生代」と言ったのは詩人の牛漢である（『中国』八六年六期「編者的話」）。彼らが朦朧詩を「仮想敵」とみなし、朦朧詩に対する批判を自分たちの詩的結集軸にしていたことについては、例えば程蔚東「別了、舒婷、北島」『鴨緑江』（八八年七期）を、この詩的世代の概観、主張については次章を参照されたい。

(112)　陳仲義「《今天》十年——兼為今天派弁護」（『百家』（合肥）八九年一期）は以下のような若い論者たちの発言を紹介している。「今の学院詩（大学で学生によって書かれている詩）が朦朧詩の勃興の後に誕生したこと、かつその源流が〝朦朧詩〟にあることは、必ず認めなければならない」（陳寿星、辛学明「〝学院詩〟与朦朧詩」『当代文芸思潮』八五年四期）、「今日の学院詩は疑う余地なく朦朧詩の影響を受けている。……しかも七九年、八〇年入学生の多くの作者たちは〝朦朧詩〟の模倣から現代詩の創作を始めたのだ。」（任民凱「探索的浪潮」『当代文芸思潮』八五年四期）。

(113)　当代文学を「社会主義文芸」として考察し、新時期文学を新興の社会主義文芸とみなす観点については拙稿「中国社会主義文化の解体」（アジア太平洋センター『アジア太平洋研究』第六号、二〇〇三年三月、一六―二七頁）参照。

(114)　洪子誠、程光煒編選『朦朧詩新編』（長江文芸出版社、二〇〇四年六月）の洪子誠による「序」（特に三―十一頁）。

(115)　これもすでに洪子誠が指摘しているように、九〇年代に入って、白洋淀に下放した北京の知識青年たちの詩歌活動や、七〇年代初期に北京で展開された秘密の読書活動、文革期を通じて展開された「地下文学」など従来の文学史が目を向けてこなかった文学活動に注目が集まり、さまざまな事実が発見されるに至った。例えば、楊健『文化大革命中的地下文学』（朝華出版社、九三年一月）や『詩探索』（九四年四期）の「白洋淀詩歌群落」の特集などはその主要な成果と言っていいだろう。

(116)　それらの人々には、北島、厳力、雪迪、萬之、顧城、江河、孟浪、貝嶺、李陀、高行健、査健英、劉索拉などがいる。なお拙稿「天安門事件後の中国文学界」（『西日本新聞』九〇年 六月二日）参照。

(117)　九〇年五月、当時ノルウェーに留学中だった北島、萬之と、出国して国外にいた文学者たちが『今天』の復刊について話し合い、八月復刊第一号が出た。

(118)　本章校正時点（二〇一二年十月）で手元にある最新号は二〇一二年夏号、総九七号。年四冊発行だから、十三年中に百号になる計算である。

(119) 九七号の奥付によれば、社長・欧陽江河、主編・北島、日本関係では田原が東京通信編集者。顧問委員には、馬悦然、クービン（顧彬）、是永駿らの名がある。

(120) 中国には世界華文文学会（二〇〇二年五月成立）があり、毎年学会を開催するほか、中国社会科学院に世界華文文学研究中心（九三年設立）が設置され理論研究を行っている。

第二章　朦朧詩以後の中国現代詩
――〈第三代詩人〉について――

はじめに

朦朧詩が詩壇の承認を得て、彼らの詩集や作品が書店の書棚や雑誌をにぎわし始めた八五年ごろ、文革期に生まれ、文革期に幼少年期を過した若者たちが、新しい詩的世代として登場し始めていた。こうした新しい詩的世代は、例えば王小竜（一九五四―）が「北島らの詩は多くの青年の作品に影を投じた。大学生たちは舒婷に向かってほとんど『サンタマリア』を歌いださんばかりだった。」[1]（「遠帆」八二年七月）と書くように、朦朧詩の影響下で詩作を開始した人々である。

後に知ることになるのだが、彼らの中には朦朧詩の影響を脱して、新しい詩を模索する者も少なくなく、八二年ころから新しい詩的グループ（「詩群体」）の結成が始まっている。例えば北京では八二年末に「男性独白派」なる群体が、南京でも同年秋「超感覚派」が、福建ではそれよりやや早く「大浪潮現代詩学会」や「超越派」などが結成されているという具合である。また、そうした結社に所属しない学生の詩歌愛好者の数も多く、そのうち甘粛の雑誌『飛天』「大学生詩苑」欄の投稿者で、後（八五年）に「大学生詩派」と呼ばれることになる反朦朧詩作詩者たちが形成する幅広い詩人群もあった。

このような動きは八四、八五年にいっそう強まる。例えば、八四年に結成されたものに「整体主義」（四川）、「〈他們〉文学社」（南京）、「莽漢主義」（四川）、「撒嬌派」（上海）、「咖啡夜」（浙江省）、「情緒流」（上海）などがあり、八五年には「体験詩流」（黒竜江）、「現代詩歌」（浙江省）、「海上詩群」（上海）など十余のグループが結成されている(2)。これらの群体の特徴は、朦朧詩とも詩壇主流とも異なる独自の「宣言」（「詩的綱領」と言ってよかろう）をもった作品とその発表誌（非公認の民間雑誌、いわゆる「民刊」である）を有している点である。これは明らかに七〇年代末の民主化運動（「北京の春」）の遺産である。若い詩的世代は（おそらくそれと意識せず）『今天』に結集した朦朧詩の詩人たちの戦いの形態を継承したのである。『詩刊』の編集者としてこの時期を体験した唐暁渡（一九五四―）はこう回想している(3)。

あの時期の民間詩壇を振り返ると、まことに風起こり雲湧くというべく、様々な声がかまびすしく響いていた。それは抑圧の構造の下で、長期にわたって蓄えられてきた詩の反発力の大爆発であり、同時代詩自身の活力とエネルギーの大開放であり、正真正銘のミハイル・バフチンの「言語のカーニバル」であった。もしその規模、気勢、言説、行為の方式がいずれも「文革」初期の紅衛兵運動の滑稽な模倣だというならば、その論議の余地のない自発性と多様性は前者との根本的区別を構成しているということも忘れてはならない。あるいは、それは中国式のダダイズム運動だったという方がもっと適切かもしれない。それは歴史の脈絡においてはあたかも少し前の「精神汚染一掃」運動に対する逆説的な諷刺となったたし、かつ、「指導者」たちに局面をコントロールし、「失地」を回復しようという望みを完全に断ち切らせたのだった。

こうした新しい詩的世代の動きは、しかし既成詩壇と公認の文学メディアからほとんど無視に近い扱いを受けていたためであろう、われわれ海外にいる者はほとんど知るところがなかった。私がそれを知ったのは八五年末と八六年初めに『詩刊』に掲載された二つの短い報道によってである。一つは『詩刊』副主編の邵燕祥（一九三三―）の「変革の中の中国現代詩の一瞥(4)」4、もう一つは苗雨時（一九三九―）の「ある自由な対話(5)」である。前者は八五年十月に香港で聞かれた「作家交流キャンプ」に参加した邵燕祥の発言記録で、彼はその中で最近「大学のキャンパスや工場から現われた二十歳過ぎの青年詩作者の中には、すでに〝舒婷、北島はpass（「無視、忘却」といった語感だろう）〟といっている者さえいる」と述べた。後者は、同じ八五年十月、中国社会科学院文学研究所当代文学研究室、北京大学中文系当代文学教研室、『詩探索』編集部が合同で開いた「当代詩の現状と予測」をテーマとする討論会の記録であるが、その中に記された呉思敬（一九四二—）の発言に、今の詩壇は「依然として政策の絵解きをやり、流行を追う一部の詩人」「すでに道を切り拓きながら、なお思索し、前進しつつある詩人」および「朦朧詩の芸術規範を突破しようとしている、さらに新進の詩人」の三つの層から成る、という指摘があった。

こうした資料によって、私（たち）は中国詩壇に新しい詩的潮流のあらわれはじめたのを知ったのだが、呉思敬の言う「朦朧詩の芸術規範を突破しようとしている、さらに新進の詩人」が、どういう主張をもった、どういう作品を書く、どういう詩人たちなのか、ということは何ひとつ知ることができなかった。それを一挙に解決してくれたのが、八六年十月、『詩歌報』（安徽省合肥市で発行されている現代詩専門の半月刊詩）と『深圳青年報』（深圳の新聞、週二回発行）が連載した、「中国詩壇一九八六　現代詩群体大展」（以下「大展」と略記）なる特集であった。それは当時『深圳青年報』の編集者であった徐敬亜が企画し、八六年十月二十一日の『詩歌報』に「第一輯」が、同じく十月二十一日と二十四日付の『深圳青年報』に「第二輯」「第三輯」がそれぞれ掲載されたものだった。それが、本章では〈第三代詩〉[6]とよぶが、後に〈新生代〉、〈後(ポスト)朦朧詩〉、〈先鋒詩〉、〈後新潮詩〉、〈後崛起〉、〈第二次浪潮〉などさまざまな名称[7]で呼ばれる群体、作品、その書き手たちの一覧にほかならなかった。「第一輯」にはまた徐敬亜の論文[8]や、北京で開かれた「新時期詩歌研討会」の記録[9]なども載っており、〈第三代詩〉の全容とはいかないまでも、大ざっぱな見取図ぐらいはつくれる内容であった。

さらにその二年後、徐敬亜、孟浪（一九六一—）、曹長青（一九五三—）、呂貴品（一九五六—）編『中国現代主義詩群大観一九八六―一九八八』が出版された。(10)「大展」を基礎にいくらかの補足を加えたものである。この二つの資料によって、朦朧詩後に既成の詩壇の外で展開されてきた中国詩の新しい情景をわれわれは目にできることとなったのである。

徐敬亜は「一九八六年七月までに、全国で非正式に〔登録された出版社を通さないで〕印刷された詩集は九百五種に達し、印刷された不定期の詩歌雑誌は七十種、非正式に刊行された活版詩雑誌、詩新聞は二十二種」あると述べている。(11)二つの資料が紹介しているのは六十余の詩歌グループ、その宣言、おもな構成員と作品であるが、その基本的内容はほぼ同じである。本章では、「大展」の内容を紹介し、それを通して八六年段階における〈第三代詩〉と詩人たちの外貌を見ておきたいと思う。

一　中国当代文学国際会議における舒婷の発言

中国詩壇における〈第三代詩人〉群の登場を最初に伝えた邦語文献は、私の知る限りでは、『季刊中国研究』に掲載された岸陽子の文章である。(12)これは八六年十一月に上海で開かれた中国当代文学国際討論会の参加記録だが、岸はその中で〈第三代詩人〉に触れた舒婷の発言をかなり詳しく紹介している。(13)本題に入る前にそれを見ておきたい。というのは舒婷の発言は八六年時点での〈第三代詩〉についてのかなり簡明な整理であり、「大展」を理解する上でかなり有益だと思うからである。さて、舒婷は新しく登場した詩的世代について次のように述べている〔ここでは岸の紹介を個条書きにして示す〕。

①　彼らはみずからを第三世代〔原文は「第三代人」、以下〔　〕内は岩佐による注である〕あるいは新世代〔原文は「新生代」〕と称し、文化、心理、言語を包摂する大胆な理論体系をつくりあげている。

②　彼らの出現は「朦朧詩」の盛行にたいする反動だ。
③　彼らは個体の生存から出発すると称し、生命というものに対する困惑感、不安惑、神秘感を強く表明している。また現代意識、超越意識に富み、感覚、思惟、想像力、情感、構築力のすべてにわたって一種の〝前衛〟的境地〔原文は「〝超文化〟的境界」〕を切り拓こうとしている。
④　表現技法においては淡彩化〔原文は「淡化」。主題を露骨に鮮明にせず、筋運びも曲折に富んだドラマチックなものを避け、物語りの背景は、時代や場所などを明示しない。作者の感情をそのまま吐露したりせず、できるだけ抑制する、そういう文学手法を「淡化」というようである。[14]〕を追求し、口語表現を尚び、フィーリング〔原文「語感」〕を重んじるという傾向をもつ。
⑤　具体的な詩人グループとしては、四川省を中心に出現した「非非主義」「整体主義」「莽漢主義」、南京の韓東や傅立の「感覚詩派」、上海の宋琳などの「現代都市派」、黒龍江の朱凌波、浙江省の詹子林などの「体験派」などがある。

〈第三代詩人〉とひとくちに言っても、その主張は千差万別であり、すべてが舒婷の整理の枠に入りきるわけではない。しかし、舒婷のこの整理は、例えば八六年九月の「新時期詩歌研討会」で出された〈第三代詩人〉に関する議論のうち、比較的一致した結論をふまえているようで、まず、かなり穏当なものといっていいと思う。

二　〈第三代詩人〉の諸グループ

（一）〈非非主義〉

〈非非主義〉グループは、八六年五月四日四川省成都で成立した。主要メンバーは、周倫佑（一九五二—、三十四歳〔八六年時点の年齢、以下本章全体を通じて同じ〕）、藍馬（一九五七—、二十九歳）、楊黎（一九六二—、二十五歳）、劉濤（女性、二十五歳）、何小竹（二十三歳）、吉木狼格（一九六三—、二十三歳）、李亜偉（一九六五—、二十三歳）、李瑶（女性、二十四歳）、二毛（二十三歳）、泓葉（二十歳）、寧可（二十三歳）、朱鷹（二十三歳）、梁暁明（一九六三—、二十四歳）、余剛（一九五七—、二十三歳）、敬暁東、凡幾、小安など。

作品発表誌として活版印刷の『非非』と『非非評論』を刊行している。ところで〈非非〉とは一体どういう概念なのか。次に周佑倫と藍馬の執筆した「非非主義宣言（摘要）」の全文を紹介する。

非非とは、前文化〔傍点は原文のまま。以下同じ〕思惟の対象、形式、内容、方法、過程、方途、結果の全体的な、原則的な名称である。また宇宙の本来の面目に対する本質的な描写でもある。「非非」は〝不是〔～にあらず〕〟ということではない。

事物と人間の精神を〝前文化状態に復帰〟〔?・（?は訳語がおおよそのものであることを表わす。以下同じ）原文「前文化還原」〕させた後には、この宇宙の擁しているあらゆるものは一つとして非非でないものはない。

非非主義は決してなにかを否定するのではない。それはただ自分を表明するにすぎない。非非は、開放性は不確定の中に存在することを知っている。非非主義はたえざる構造変化〔?・原文「変構」〕の中で自分を展開する。

非非には時間はない。それは直感と前文化の経験を通して意志を疏通させる。だから非非は無知であり、単純だ。

透明性は非非の追求の一つだ。非崇高化—反諷喩は非非詩歌の一般的特徴である。だが、これが非非主義のすべてであるわけではない。一つの新しい芸術観として、非非主義は一種の啓示であり、一種の方法でもある。

一・非非主義と創造の原点への復帰〔?・原文「創造還原」〕について（一）感覚の原初状態への復帰〔?・原文「感覚還原」、以下「還原」とのみ書く〕、（二）意識の還原、（三）言語還原の三つが含まれる。創造還原の具体的な方途は、三つの逃避——つまり知識、思想、意味から逃避すること、三つの超越——つまり論理、理性、語法を超越することである。

二・非非主義と言語　非非意識はことばに対する不信からはじまる。ことばを使って変構創作〔?・原文のママ〕をおこなう過程で非非主義はことばに対して、（一）非両義指向化〔?・原文「非両値定向化」一語が二つ以上の意味を表わさないようにする意だろうか〕、（二）非抽象化、（三）非確定化の三回の処理をする。

三・非非主義と批評　非非の批評方法は非非の芸術本体論（前文化理論および変構説）の具体的運用であり、世界の同時代の五大批評流派から独立している。非非主義は自分自身に向かいあう。それは芸術外の意味を表現することを目的としない。それ自身が意味であり、目的なのだ。

非非の批評方法の順序には（一）感覚処理、（二）意識処理、（三）言語処理がふくまれる。

非非芸術は、唯文化主義に反対する。だがそれは反文化というわけではない。それとは逆で、それは文化創造の本源を探ることに努力し、文化のよって来たる源泉を探求することに尽力する。非非主義は、〝新しい文化の基盤〟〔?・原文は「新的文化板塊」〕が、変革された人間たちの前文化の経験の中からたえず現われ、できるだけ早くこの演算＝論理の基礎の上に建てられた竣工まぢかの文化建築を完成させ、然るのちに、方向を変え、新たにとりでを築いて駐屯し、非演算＝非論理の基礎の上に、もっと別の多くの建築物をつくりあげ、〝唯文化主義〟を超越せよ！　とよびかけるものである。

次に〈非非主義〉の作品を一部翻訳してみる。

あの円形の樹の葉は私をじっと見つめながら／永遠にひらひらゆらめいている／私は突然腰をおろし　また突然たちあがる／なぜか不意に／自我がひろがっていく感覚がかすめる／／空中に浮かび／雨季といっしょに漂泊する／彼女たちは樹の枝の上に縦隊をつくって立ち／自分の写真をふって／活発な樹冠をつくる／彼女たちの笑みなど／もはや見慣れて珍しくもない／／（一連省略）／／だが彼女たちの存在しない表情は／私の顔色が曇ると　しだいに消えうせる／私の微笑の背後で／彼女たちの貞操は／ふたたび許され／あの一面の虚無の汗に游ぎ出る／私の水銀の動き／金属の拡がり　今度は　移動が／彼女たちを休みなく目ざめさせる／同じ朝に向きあって／あの円形の樹の葉は私が隠れた後も／やはりじいっと私を見つめている／こんな樹はもはや見慣れて珍しくもない

（藍馬「円形の樹」全四連のうち三連）

一・任意の一種の先験はすべて石段にすることができ君はひとつの化名を思いついた／二・気ままに登っていくあれら冷たく見つめる顔が羽ばたいてバラバラに飛び去った君が口をきくのも待たずに二度目にふりむいて依然としてあいまいな手つきが君をたちまち百歳も老けさせる

（周倫佑「十三段の石段」全十三連のうち最初の一と二）

周倫佑のこの詩は注釈が必要かもしれない。この詩は例えば第一連が「任意一種先験皆可作為台階你想起了某一個化名」であるように、句読点をわざとはずしてあり、また第一連が一行、第二連が二行、第四連は四行というふうに書かれ、それが視角的には十三段の階段状をなすように構成されている。〈非非主義〉の実践ということなのであろう。

（二）〈整体主義〉

〈整体主義〉〔「全体主義」と訳していいかどうか、自信がない。以下〈整体主義〉は原文のままとし、「整体」は「全体」と訳す〕グループは八四年七月十五日に結成された。メンバーは、石光華（一九五七―、二十八歳）、楊遠宏（三十九歳）、劉太亨（二十三歳）、張渝（二十三歳）、渠煒（一九六四―、二十二歳）らで、『漢詩：二十世紀編年史』などを出版している。次に彼らの宣言「整体主義者はかく語りき（宣言の一・節録）」なる文章を紹介しておく。

一・整体主義は、思想と称されるものの一種の実在形式として、相当程度、哲学の構築物〔?原文「構建」〕の様相で存在する。この思想が詩の中に身を置き、人類文化の最も知恵ある部分に浸透するとき、直ちに詩学の領域における整体主義の原初状態への復帰〔?原文「還原」〕となり、これと同時進行的な詩体状態を生み出す――われわれが〝整体主義詩歌〟と名づけているこういう詩体状態を、われわれは時に状態の詩として表現する。

二・整体主義は、人間の本質はその存在と全体〔原文「整体」〕とのつながりおよび生成〔?原文のママ〕にあると考える。人間をふくむ全体〔原文「整体」。以下同じ〕のみが、唯一の確かな意味をもった存在なのだが、人間もまた自分自身の有限性と主観性を一定程度超越してこそ、自分自身の確定性を得る可能性をもつ。（以下略）

三・整体主義の詩は自省の詩だ。それは人びとに知識を与えることを己れの任務とはしていない。同時に人類の知識が人間の終極の知識欲をみたすことができないことも知っている。だからそれは〔事物の存在の〕状態を顕在化させるだけで、〔存在の〕終極的な意味については答えない。それは知恵の利口さであって知力ではない。

四・整体主義の詩が自省の詩であるというときのその自省の所在は、この詩が、重要なのはなぜ整体なのかを説明することではなく――実際にも、説明は不可能なのだが――整体状態の描写ないし顕在化だということをわかっている点にある。人類のもつ多くの描写系統のうち、整体主義の詩だけが多様性の可能状態を許容しており、言語自身の限界を越えて本来の世界〔?原文「原真世界」〕の存在を体験する可能性をもっているのである。

五・整体主義は、超越というのは無限の可能性に向かって行くことだと考える。だから詩の超越とは、具体的な生命形態と人類の現存の生存状態を超え〔原文「超越」〕て、直接、全体に直面し、存在に向かって（自分を）解き放つことである。

六．整体主義の詩は一種の非生物学的な意味での生命存在として、その生命性は、それが整体運動の信号――物態〔?・原文のママ〕の自然の具象から原生命〔?・原文のママ〕の潜在意識および深層の理性等々に至る信号――の受信者だという点にある。（以下略）

七．整体主義詩の自省の所在はまた、整体主義詩のすべての活動がみな人間の意識の尺度の内にあるという点にもある。同時に整体主義詩は、詩の言語が、どうあがいたところで、〝実体の表現〟から直接転換して解き放たれ〝実体〟それ自身になるなど不可能だということを知っている。詩はただ単に一種の〝実体状態〟に到達したいと渇望するにすぎない。このことは、言葉にその媒介機能をすてて、全体の一つの有機的な層になれと要求するものである。言葉は一種の指向でしかないとき、実在自身により一層近づき、確かな意味を獲得するだろう。

難解な文であり、正しく訳せたかどうか自信がない。このグループの詩はどんなものだろうか。石光華と渠煒の作品を示すが、石光華のは伝統的な旧詩の世界に近い（訳を訓読スタイルにしてみたのは、その雰囲気を紹介したいためである）。渠煒の作品は、散文詩であるが、八五年から盛んになった〈ルーツ文学〉〔「尋〝根〟文学」〕と文学上の問題意識を同じくしているように感じられる。

壁上に霜の色の独り清寂なる有り／水に臨んで雲を観れば　原上の老樹は乱れし影を散らす／一片落葉するごとに潤声に随って西に向かう／閑なる者は　自ら閑　外に緩緩として睡りに去る／半山空しく音は隠隠として雨の若し

（石光華「暮れの泱」四連のうち第三連）

――人びとはみな溺れてしまった。最初に漏水した個所が身体をふらつかせたとき、船はもはや全部ひっくり返っていた。最初の日は四方八方に散らばって暮した人もいたが、一本の同じ根っ子に座り、お互いに眺め合っているうちに太陽が目に向かって出た。二日目、ある人が白い服を身につけ、真昼の月を見た。三日目、土を焼いて陶器をつくったところ、ある人が灰の中から秘密の灯り皿を掘り出した……その後、ある人の水草の中でねているうちに魚鳧にまとわりつかれて出産した……四日目、ある人が落ち着きはらって目をさまし、水を指さして姓とし……四日目を立てて水曜の日とした。

（宋渠、宋煒「大日是第四章川を渉る」第二連）

（三）〈莽漢主義〉

〈莽漢主義〉グループは八四年初め四川省で結成された。主要メンバーは、万夏（一九六二―、二十四歳）、胡玉（二十四歳）、二毛（二十四歳）、哀媛（女性、二十四歳）、郭力家（二十六歳）、胡冬（一九六二―、二十三歳）、梁楽（二十三歳）、柳箭（女性、二十三歳）、馬松（二十三歳）、李亜偉（二十三歳）。『現代詩』『中国当代実験詩歌』（グループ外の詩人と共編）などを出版したほか、油印版の『莽漢』『好漢』『怒漢』などの詩集を出している。メンバーにはそれぞれ本人の油印詩集がある。「莽漢」とは、軽率で粗匆な、男っぽいかもしれないがややデリカシーに欠ける人間のことをいう。とりあえず「がさつ者」という訳をあてておくことにする。このグループの詩的主張は次の「莽漢宣言」に述べられている。李亜偉の執筆である。

攪乱し、破壊し、それによって閉鎖的なニセの開放的文化心理構造を爆破することを主張する！

がさつ者たちはずっと前から、あれらほら吹きの詩（文革期に流行したスローガン式の勇ましい政治詩をさす）や、女々しい愛情詩が嫌いだった。がさつ者の詩は、中国詩壇全体に詩が低い声で唱われる時刻に、最も男性的な姿で誕生した。

がさつ者たちは今も、人の頭をくらくらさせるほど精密な内部構造（をもった詩）、或いは、奥深く難解な象徴体系（をもった詩）が嫌いだ。がさつ者の詩は、極めて率直公平な男性の眼で、現実生活に対し、細かいことを気にしない悠然たる、最も直接的な参入をおこなう。

　創作の過程では、がさつ者たちは、できるかぎり博学や高尚、深淵を避け、かの脳みそをしぼりつくすような、苛酷な詩作に反対する。

　創作原則の面では、意象の清新さを堅持し、情緒を複雑から簡明に向かわせ、それによって最も広範囲な共鳴を引きおこすこと、また詩に抽象の苦しみを受けさせないことを、特に重視する。一編の真のがさつ者の詩は、必ずや人の情感に強いショックをひきおこすはずだ。がさつ者の詩は最初から最後まで、独特の角度に立って、人生からさまざまに異なる情感状態を感じ取り、これまでになかったような親近感、ごくありきたりな日常感覚、および広範囲に拡がっていくようなユーモアによって、人類自身の生存状態に対する当代人の極度の敏感さを具体的に表現する。


一読明らかなように、このグループには〈非非主義〉や〈整体主義〉にみられる、自分たちの詩作活動を理論化・体系化しようという志向はみられない。

「莽漢」という仮面をつけて人生を演じ、その演技者の立場で詩を書こうとしている、というのが私の受ける印象である。李亜偉の「中文系（中国文学部）」という作品を紹介する。


中文系はエサをいっぱいまき散らした大河だ／浅瀬のあたりでは、一人の教授と一群の講師たちがちょうど網を打っているところだ／網にかかった魚は／岸に上がって助手になり、それから／屈原や李白のガイドをつとめ、それから／また網を打ちに行く／『野草』や『花辺文学』を完全に理解しようとする人は／魯迅を銀行にあずけ、利息を受けとる／／中文系でも外国文学を学ぶ／ポルチエ〔フランスの労働者で「インターナショナル」の歌詞の作詞者〕とゴーリキを重点的に学ぶ、ある晩のこと／トイレから一人の講師があわてた様子でとび出し／大声でどなった、「おい君たち！／早くおしっこしろ、中に現代派〔この詩の書かれた八四年頃は「現代派」批判が盛んだった〕が

いるぞ」／中文系はこんなふうに流れている／（以下略）　　（「中文系」全九連のうち第一連と最終連）

（四）韓東と〈他們〉

さきに一でみたように舒婷は韓東と傅立を「感覚詩派」という名称で括っている。[15] しかし「大展」によれば、韓東と傅立はともに南京の〈他們〉という結社の一員である。[16]〈他們〉は下に紹介する韓東の文章でもわかるように、ある詩的エコールをもったグループではなく、さまざまな詩観をもつ人たちの、かなりゆるやかな結びつきの集団のようである。韓東による紹介文と、彼の詩を読んでみることにしよう。

〈他們〉文学社は一九八四年春、南京で結成された。主なメンバーは、西安の丁当（一九六二—、二十四歳）、上海の小海（一九六五—、二十一歳）、福州の呂徳安（一九六〇—、二十四歳）、上海の小君（一九六二—、女性、二十四歳）、昆明の于堅（一九五四—、三十歳）、上海の王寅（一九六二—、二十四歳）、陸憶敏（一九六二—、女性、二十三歳）、南京の韓東（二十五歳）である。彼らの多くは今でもまだ面識のない友人たちである。

詩以外に、われわれには宣言の形式で人々に公布する必要のあるものは何もないかのようだ。詩の面での主張ということになると、それはわれわれにはある。だが、それも人によって異なる。たとえ同一人でも彼の考え方は変化している。より重要なのは、われわれのグループも随意だということだ。例えば王寅と呂徳安だが、彼らはこれ以前、或いはこの後か、それぞれ〈海上詩群〉と〈星期五〉のメンバーだった。一編のすばらしい詩には、われわれ全員が感動させられるかもしれない。しかし口に出す道理となると各々違う。これからみて、われわれが気が合うのは、より多くは、きっと精神か感受性かの面の原因によるのだろう。

次は韓東の詩である。

かわいい妻よ／俺たちの友だちがみんな帰ってくるんだよ／あいつらはもっと沢山のまだ俺たちの会ったことの

ない友だちを連れてくるだろう／このちっぽけな部屋は腰をおろす場所もないだろうよ／／かわいい妻よ／俺たちが一緒にいさえすれば／友だちは帰ってくるだろうよ／あいつらの多くは独身だ／ほかの独り者の家などに行きたくないのさ／あいつらがウチに来るのは／俺たちがとてもすてきな夫妻だからだ／俺たちにかわいい息子がいるからだ／あいつらは息子の小さい顔にひげ面を押しつけたいのさ／台所に押しかけて／若い主婦が魚を煮てくれるのを見たいのさ／あいつらは三杯も飲まないうちに酔っぱらい／トリの煮こみウドンの前でワンワン泣いて涙を流し／それからふらふらしながら何年も会わなかった恋人に会いに行き／一晩中結婚しようと口説くが／結局バチンと一発やられるだろう／（以下略）　（韓東「俺たちの友だち」）

韓東は紹介文の中で傅立の名をあげていないが、夏寧という人の書いた〈他們〉のメンバーを唱った詩（「他們」『他們』第一号）には、傅立の名が出てくる。(17)

（五）〈体験詩流〉と朱凌波

〈体験詩流〉は、舒婷が「体験派」と紹介している黒龍江省のグループである。八五年七月に結成され、メンバーは朱凌波（二十四歳）、宋詞（二十九歳）、馬力（女性、二十五歳）で、『入口のない世界』という詩集を出しているようだ。その詩的主張「体験詩流宣言に代えて」は次のように述べる。

彼らは非文化的階層に生活し、非芸術的な職業に従事している。彼らの直感と良心が詩という危険な仕事を選ばせたのだ。

ある日彼らが、非芸術的な力の核心と実体に触れたとき、彼らの生活は悲劇的な色彩におおわれ、目に見えない大きな腕に支配されるようになった。彼らは辛い体験をした。そういう体験をたえずくり返し、悽惨になると、彼らの心は無関心になり、何も感じなくなり、冷酷になった。そしてすべてを単なる体験にすぎないとみなすようになった。しかし奇妙なことに温かな香りや、音楽、美しいおもかげが欲しくなると、それだけでまた失われた衝動や激情をすべてよびもどすことができた。そこで彼らは時には芸術を、時には自分自身を軽んじた。芸術的息吹きの希薄な時代に、彼らは変形することとねじ曲げるという表現方法で、人間性の光を屈折させて引き出すことしかできなかった。またブラックユーモア風の言語で傷痕の重なる魂を慰めることしかできなかった。このために、彼らの詩中には一種の奇奇怪怪な、凶悪危険な、神秘的な、荒唐無稽な、退廃的な気配がたちこめている。

彼らは虚無主義者である。かっては理想主義者だったけれども。

彼らからすれば、すべては目的であり、それ以上に手段である。

現代芸術の生命の効果を得るための、体験詩の唯一の最もすぐれた点は、体験を超え、それによって抽象的意味と形而上の雰囲気をつくり出すところだ。

芸術の神聖なる祭壇に向かって、彼らは片膝をつき、額に手をあてて誓う。良心は死なず！　芸術は永遠だ！と。

（朱凌波執筆）

次に彼らの詩作のサンプルを一つ紹介する。

ぼくの身の回りにはいつも　空席がある／／ある日えもいわれぬいい匂いをかぎ／まぶたを下ろし　ひそひそと小声で語った／／突然／ある予感が／ぼくを驚かせ不安にさせた／目を見開き　身体を走らせた／なんとやはり空席だ／／そこで／ぼくもさよならだ／空席を　ひとつ残して

（朱凌波「空席」全文）

（六）　詹小林と〈現代詩歌〉

舒婷が朱凌波とともに「体験派」として名を挙げている浙江省の詹子林という人物は「大展」には見当たらない。

しかし同じ浙江に詹小林という人がいる。彼は八五年六月、王彪（二十六歳）、海平（二十七歳）らと〈現代詩歌〉という結社をつくり、『現代詩歌報』を出版している。「《現代詩歌報》の主張」という小文はこう自己紹介している。

〝現代詩歌報〝は現代詩の〝雑家〝であり、現代詩に対して寛容な態度をとる。／だが、われわれは〝もえるような理想〝だとか〝輝やかしい道〝といった類の俗っぽい美辞を現代詩の語句にもぐりこませはしない。〝閃光のように車輪が飛び行く〟といった安っぽい賛辞に誌面を占領させるようなことは決してしない。われわれの寛容は兄弟流派に対してであって、現代詩の反動的勢力に対してではない。

次は詹小林の作品。

散水車からオレンジジュースが吹き出す／老酒の瓶いっぱいに白髪が生える／広告の看板が風の中を動きまわる／白い波の歯みがきチューブからうどんがしぼり出される／生まれたばかりの女の子が妊娠した／男は全員髪を剃りテカテカ頭になる／模様のある日傘をさした少女が水面に立つ／若者はみな森の中へ泳いでいく／（以下略）

（「荒誕」）

（七）　その他のグループ

以上、舒婷の整理にそくして〈第三代詩人〉のグループを紹介してきた。〈第三代詩人〉群で重要なのは、彼らだけではあるまい。しかし限られた紙幅ではすべてを紹介することはできない。残りの緒グループについては、その名称、構成員の氏名などを以下に列記するにとどめる。記載の順序は、グループの名称（原文のまま〈　〉で示す）、所在地、グループ結成の時期、メンバーの氏名、備考（出版物の名、宣言、主張の抜粋など）である。

○〈男性独白派〉　北京　八二年十二月　蘇歴銘（二十五歳／以下数字のみ）、包臨軒（二十四）、李夢（二十六）。

われわれは虚偽の芸術の時代に生まれ、裏切りの声の中で真の芸術の時代におごそかに帰依する。われわれは解釈に反対し、図解に反対する……（……は省略を示す。以下同じ）われわれは確信する、現代詩は作者と読者が共同しで創作し完成させる芸術形式で、詩は文学を主導する先駆者だということを。

（「男性独白」抜粋）

○〈海上詩群〉　上海　八五年一月　劉湯池（二十四）、陳東東（一九六一―、二十五）、陸憶敏（二十四）、黙黙（二十二）、孟浪（二十五）。ほかに王寅、成茂朝、郁郁、海客、天游など。

詩が現れたが、技巧はわれわれの手中から次第に消えていった。詩の生命はもう一種の〝生命〟ないし死んだ物に反抗している。……ことばと生命の示す魅力がわれわれをとりこにした。ことばの発する呼吸は、生命よりももっと親しく、もっと安らぐ。……

○〈撒嬌派〉　上海　八四年四月　胖山（二十四）、京不特（二十一）、銹容（二十二）、軟発（二十四）、土燒（二十三）。

彼らは上海師範大学の学生グループであるようだ。

この世界に生きていると、しばしば気にくわないことがある。気にくわないと腹を立て、ひどく腹を立てると壁にぶつかる。頭を傷つけ血を流すと、ほかのやり方を考える。怒るだけではだめなのだ。超脱しようと思うが世間をすてきれない。そこでわれわれは甘えることにした。……われわれの努力は言いたいことを少し言い、〝言う技術をちょっと身につけることだ。

（「撒嬌宣言」抜粋）

○〈超感覚派〉　南京　八二年十月　常征（三十七）、王一民（二十五）、樊迅（二十八）、陳飆（二十五）、馬巧令（二十五）、姚永寧（二十八）、張啓龍（二十五）。

芸術の実践がわれわれに告げているように、すぐれた詩は感覚を超越し、芸術の姿態は物質を超越し、自我の表現は自我を超越している。詩のすべての奥義は言外の意、象外の情にある。

（「〝超感覚詩〟宣言」抜粋）

○〈日常主義〉　南京　八三年一月　海波（二十三）、葉輝（二十一）、亦兵（二十三）、祝龍（二十一）、林中立（二十五）、海濤（十八）、馬亦軍（二十三）。

あれら偶然の、理由のない、不確実な、さまざまな些事が、われわれが人類の日常性を表現する最も自由自在な契機となった。われわれは未来などに積極的な関心はもたないが、生命環境には切実な、適切な理解をもつ必要を表明する。

（「日常主義宣言」抜粋）

○〈東方人〉　南京　八六年六月　柯江（三十二）、閑夢（二十二）、也耕（二十六）、林林（三十）、暁陽（二十三）。

《東方人》は……東洋特有の悟性を以て東洋人の人生観、倫理観、審美観と東洋気質を掘りおこす。……《東方人》は、芸術創作は随意で自由な組み合わせであるべしと強調し、創造力と魂の自由を縛る一切の枠に反対する。

（「《東方人》詩社宣言」抜粋）

○〈新自然主義〉　江蘇省　八五年五月　程軍（二十六）、江中人（二十六）、張若愚（二十）、蕭軍（二十四）。

われわれは詩が書けると感じた。詩人に違いないと思った。書いた。かなりうまく書いた。こうして感覚も自然、書いても自然、すべて自然である。

（「新自然宣言」全文）

○〈呼吸詩派〉　江蘇省　盲人（二十五）、貝貝（二十五）、月斧（二十五）、岸海（二十五）、南島（十八）。

われわれは言おう、詩は一種の呼吸にすぎないと。……われわれは自由に呼吸したい。十年前の天安門広場の詩会は全民族の困難な呼吸であった。……

（「呼吸派宣言：詩は情感の呼吸だ」抜粋）

○〈極端主義〉　浙江省（杭州）　八五年　梁暁明（二十四）、余剛（五七年生まれ）、王正雲（二十二）、李浙鋒（二十）。

詩誌『四分五裂』を発行。

極端主義は規則に反対し、論理に反対し、理性をにくみ、古来からの習慣となったものすべてを疑う。……極端主義は専横主義と理解してもいい。それは自分だけを重視し、外界は終始自分の家だと考える。

（「極端主義創作原則」抜粋）

○〈地平線実験小組〉浙江省　八二年八月　蒼剣（二十六）、寧可（二十三）、張鋒（二十三）、任貝（二十三）。
われわれは完璧な理論に従うより、一編のいい詩の方を信じたい。（「所謂宣言」抜粋）

○〈咖啡夜〉浪江省　八四年九月　唐剣（二十四）、王文稲（二十）、陸火亮（二十一）、王蔚（女性、二十一）、王平（二十二）。
われわれは動乱の後、中国大地に花咲き実をみのらせた真の退廃派である。この退廃は、朦朧詩に対する超越、学院詩に対する決裂だ。（「咖啡夜宣言」抜粋）

○〈世紀末〉安徽省　八二年　杭煒〔舟子〕（二十四）朱雄国〔野雪〕（二十四）、張資平〔海容〕（二十四）、孟浪（二十八）。このグループは上海の〈海上詩群〉とも一部重なる。
われわれは無邪気にまた執拗に詩は生産力の祖伝の秘方ではなく、人生の総括報告でもないと考える。それはわれわれの理想の決死隊なのだ。（「世紀末宣言」抜粋）

○〈大浪潮現代詩学会〉福建　八二年六月　茫方（四十七）、葉衛平（三十一）、崔晟（三十二）、黄来生（二十六）、蕭春雷（二十四）、魯萌（二十五）、李仕淦（二十五）。
われわれは……A．狭い現実圏の囲みから歩み出て、人生の時間空間を拡げることに力を尽す。……B．創作思惟の領域を拡げ、虚静の心境を表現する。……C．苦心の技巧を超越して、大技巧を追求する。（「〝大浪潮〟宣言」抜粋）

○〈超越派〉福建　八二年七月　田黙（二十五）、青宇（二十八）、潮汐（二十五）、江城（二十六）。
一〇．〝大衆化〟〝民族化〟〝回帰〟などのスローガンを粉砕し、中国の詩壇も西洋の詩壇も今までまだ見たことのない美を創造する。（「〝超越派〟宣言一〇」抜粋）

○〈三脚猫〉河南　？　呉元成、白戦海、白書荘。かつて河南大学〈羽帆詩社〉の中核メンバーだった。

○〈東方整体思惟空間〉　湖南　八五年六月　海上（三十四）、羅見（二十五）、子原（二十八）、視毅（二十三）、董宇峰（三十）

一群の苦行する魂が新しい智力の空間を探しあてた。物質の暫しの形象のほか、それはびっしりと分布するタテ糸と横糸で、思惟が走っているのだ！

（「東方整体思惟空間宣言」冒頭）

○〈〝裂・変〟詩派〉　湖南　八六年二月　頑強（二十四）、劉桉（二十八）、陳沈（二十六）、朴小玲（二十三）。

われわれの唯一の崇尚する信条は変化だ。たえず自己を発見し、打ち破り、新たに組み合わせる。芸術の力はここにある。……われわれの手本はピカソだ。

（「〝裂・変〟宣言」抜粋）

○〈游離主義者〉　深圳　八五年　貝嶺（二十七）、馬高明（二十八）、石濤（二十九）、陸憶敏（女性、二十四）。

詩は一種の夢想だ。目ざめと昏迷の間で叙述しようする一種の夢想だ……詩人の創作は生命自身の要求だ。……詩人は狂想狂で、たかだか自己の内心の帝王であるにすぎない。

（「游離主義者」抜粋）

○〈南方派〉　浙江省　八五年三月　柯平（一九五六―、三十）、伊旬（一九五三―、三十三）、曹剣（二十六）。

われわれは詩の美的価値を重視する。とりわけ現有の時代を通貫する美的価値を重視する。だからわれわれはできる限り、美しく珍しいイメージや人を感動させる劇的なディテールを選ぶ。

（「南方派宣言」抜粋）

○〈自由魂〉　四川省重慶　八五年十月　剣芝（三十七）、式武（三十六）、杜虹（三十）、楊祥（四十三）、慶豹（二十八）、陳鵤（四十四）。

われわれは〝自然の妙を上となす〟という芸術鑑賞を信奉し、もっぱら彫琢を事とするものはみな人に喜ばれないと考える。……〝自由魂〟の意味は心で理解できるが説明はできない。文字の泥沼に陥る宣言はそれ自身が不自由だ。

（「非宣言的宣言」抜粋）

○〈〝八点鐘〟詩派〉　吉林　八五年五月　宋志綱（三十四）、肖振有（三十三）、劉鴻鳴（二十六）、馬志和（三十）。

《八点鐘》は単に時間詞であるだけではない。われわれは血液をつくる二つの太陽をもっている。どの一滴の血が詩でないことがあろう？

（「八点鐘的鍾声」一部）

○〈雪海詩派〉チベット　八六年四月　洋滔（三十九）、摩薩（四十二）、蔡椿芋（二十二）、黄帆（二十九）、馬麗華（三十二）。

神聖で、奇妙で、神秘的な雪の海原に直面し、われわれは重々しく雄大な崇高で古雅な詩風を推賞する。幻想的で斬新、奇怪でしかも淳厚な美学的境地を追求する。チベットの仏教的な雰囲気、浄化されたこの一面の雪の領域の中で……

（「雪海詩宣言」抜粋）

以上は詩的結社といっていいものだが。このほかに二人だけのグループ、あるいは一人で一派を唱えるものがある。また、～派、～主義などと名乗らないが、〈第三代詩人〉として活動している人もいる。以下それを列挙していくことにする。

○〈西川体〉北京　八一年九月　西川（一九六三—、二十三）
○〈体験（情緒）詩〉北京　八五年九月　華海慶（二十三）
○〈超前意識〉北京　八六年三月　邵進（三十）
○〈求道詩〉北京　微茫（二十六）
○陳雷　北京
○劉自立（一九五二—）北京
○除虹　北京
○陳燕妮　北京
○〈迷宗詩派〉吉林　焦洪学

○〈純情詩〉　吉林　八六年一月　流浪
○〈特種兵〉　吉林　八五年十二月　郭力家（二十六）
○〈超低派〉(18)　吉林／婁方、盧継平（この派の詩論は「超低空飛行理論」という。〈超低派〉の名はこれに由来するようだ）
○〈霹靂詩〉　吉林（長春）邵春光
○〈主観意象〉　上海　八二年八月　呉非（二十九）
○〈情緒流〉　上海　八四年　陳鳴華
○〈色彩詩派〉　江蘇　八五年八月　王彬彬（二十）、暁梅（二十）
○〈闡釈主義〉　江蘇（南京）　八三年六月　楊雲寧（二十六）
○〈新〝口語〟詩派〉　江蘇（南京）　八五年　趙剛（二十一）、朱春鶴（二十六）
○〈卦詩〉　浙江（杭州）　蒼剣
○黄石　浙江
○〈立方主義戦士〉　浙江　付浩
○〈病房意識〉　安徽　曹漢俊（二十九）
○黎陽　河南
○〈真人文学〉　湖北（武漢）　野手
○〈流派外離心分子〉　湖北（武漢）　八六年五月　王弘強（十九）、司徒葉丹（女性、十八）（武漢大学学生らしい）
○〈悲憤詩人〉　湖南　諶林
○〈九行詩〉　四川　八三年九月　胡冬　乖〈莽漢主義〉の創設にかかわったが、いまは批判的。
○〈新感覚派〉　四川（重慶）　八四年九月　非可（二十二）

○〈群岩突破主義〉　四川（重慶）　八六年五月　朱建（二十七）、劉芙蓉（女性、二十三）

○〈莫名其妙〉　四川（成都）　八六年　楊遠宏（三十九）

○〈無派之派〉　四川（成都）　開愚（一九六〇―）

○〈新伝統主義〉　四川　廖亦武（一九五八―）、欧陽江河（一九五六―、三十）

○李建忠　四川

○熊偉　四川

○尚仲敏　四川（かつての〈大学生詩派〉（注（19）参照）のイデオローグ）

○柏華（一九五六―、三十）、欧陽江河（三十）、翟永明（一九五五―、女性、三十一）、孫文波（一九五七―、二十九）、鍾鳴（三十三）　この五人はグループではないが、往来が密接で人は〈四川五君〉といっている。

○〈生活方式〉　貴州　唐亜平（一九六二―）

○〈情緒哲学〉　貴州　黄翔（一九四一―）

○〈四方盒子〉　貴州（貴陽）　趙建秀

○〈黄昏主義〉　雲南（昆明）　劉陽、彭国梁

○王坤紅　雲南（昆明）

○〈太極詩派〉　陝西　八五年三月　島子（一九五六―、二十九）

○〈後客観〉　陝西（西安）　沈奇（一九五一―）

○張子選　甘粛

○張鋒　海南島

おわりに

以上が「中国詩壇一九八六　現代詩群体大展」に掲載された、新しい詩的世代の主張の概要である。[19]では、彼らの主張や作品は、いまの中国でどのように評価されているのだろうか。まず、八六年当時の詩壇の反応をみてみよう。

私はこの頃ずっとある問題を考え続けています。つまり（さまざまな新しい主張や観念が）次々に現れる文学の現状にどう対面するか、という問題です。いま見たところ、突然やってきたこの文学の変革に対し、われわれは明らかに必要な心理的準備を欠いています。われわれがもともと期待していたのは、当代文学の伝統に対する修復ということだけでした。文学が一旦魔法の靴を履いたとたん、自分でも制御しようなく、停止することなく回転しつづけ、頭も目もくらむような状態におかれるとは思いもしなかったのです。

これは、朦朧詩の積極的な擁護者であり、新しい詩の潮流を理論づけてきた北京大学・謝冕教授（『詩探索』主編）のことばである。[20]この発言は、新しい詩的潮流をどう扱ったらいいか困惑していた、当時の中国詩壇の雰囲気を物語っている。しかし、こういう困惑をのりこえて詩壇の理論家たちは、この新しいグループにとりあえずの位置づけを与えようと努力していたようである。次に八六年九月に北京で開かれた「新時期詩歌研討会」[21]における彼らへの評価を通して中国での当時の評価の一端を紹介してみたいと思う。

この「研討会」には、謝冕をはじめ楊匡漢、曾鎮南（一九四六—）、劉暁波（一九五五—）など三十数名が参加し、〈第三代詩人〉について激しい討論を展開したようである。

「研討会」では、〈第三代詩人〉のさまざまなグループについて、「（彼らを）帰納することは困難であり、詩人の一人一人がみなそれぞれ、自分こそ光を発つ星体だと考えている。人を興奮させる混乱状態を呈している」とする、謝冕教授の現状認識が受け入れられ、また、彼らの詩は「〔詩語や表現の〕生活化、口語化、通俗化がみられ、平民意識〔一般人にはついていけないような高踏的意識の反対〕が表現され、個性、人格が声高に主張され、個体生命の体験が重視されている」という特徴をもつこと、それは、彼らの〝自我〟認識の深まりを反映している、という点で出席者全員の意見が一致したという。

しかし、具体的な点になると出席者の意見はさまざまで、例えば王幹（一九六〇―）は〈第三代詩人〉の特徴を「北島ら〔朦朧詩人〕は歴史全体の背景のもとに人間をおき、冷静に思索する、痛苦にみちた理想主義だ。それに対し〈第三代詩人〉は、反文化、反理想、反歴史を追求している」と分析する。これに対し王欣は「多くのグループは反文化、反理想、反歴史とはいえない。個別のグループの見解で〈第三代詩人〉全体を概括すべきではない」と指摘している。

また、〈第三代詩人〉には、総じて人生や世界に対する一種の冷淡さ、ある場合には茶化したような態度がみられ、それが『今天』派の朦朧詩人などの真剣さ、マジメさとある対称をなしているといえるが、これについてもさまざまな見解が出されたようだ。例えば盛子潮は「それは世界や人生に対する普遍的な異邦人意識〔原文「陌生感」〕、喪失感なのだ」と解釈し、謝冕教授は「彼らは生活に対し、冷淡な態度をもち、人生や社会に対し責任をもとうとしない。彼らには期待があるのに常に喪失する。そこで、不安の中で一種の嘲笑的態度を示すのだ」と説明するといったように。

以上は、八六年当時の同時代評価の一端であるが、四半世紀余を経た今日でも〈第三代詩〉と詩人についての議論が決着しているわけではない。いま概観しただけでも、分かるように個々の詩人の詩意識や群体の詩観には違いがありすぎるからである。だが、彼らをくくる大きな共通項がないわけではない。

一つは詩史的な共通点である。〈第三代詩〉詩人はいずれも朦朧詩の影響下に詩作をはじめた世代である。そして

〈第三代〉という命名が示すように詩史における新しい世代という明確な自己認識があり、おおむね〈第二代〉＝朦朧詩への反逆を詩的発条としている。しばしば引かれるものだが、次の程蔚東（一九五三―）の「別了、舒婷北島」（「さらば、舒婷北島」[22]）はそのことをよく示している。

ぼくは思う、あなた方とお別れすべきなのだと、舒婷、北島よ。あなた方はかつて朦朧し、ぼくらも後について朦朧した。だが間もなくぼくらは突然気づいたのだ、何を朦朧するのか？と。あなた方は一切を信じなかった（北島の詩「一切」に懸けている。以下括弧内は程蔚東が念頭においている詩の題名）が、また一切を信じないのでもなかった（舒婷「這也是一切」）。あなた方は道に迷ったタンポポ（北島「迷途」）のために朦朧し、遠いと近い（顧城「遠和近」）の争いのために朦朧した。あなた方の発した声は奇異で勇敢なもので、もしかしたらサロンにも買い手があるかもしれず、あるいは世事に疎い学生の中でもう少し朦朧していくことができるかもしれない。一たび現実生活に入るや、ぼくらは発見した。あなた方は余りに美しい、余りに純潔で、余りにロマンティックだ、と。そこでぼくらは痛みに耐えて手放すのだ。さようなら、舒婷北島。ぼくらは朦朧から現実へと出かけなければならない。

ここでの「舒婷北島」や動詞として使われている「朦朧」はむろん朦朧詩とその書き手世代の比喩である。この文は今言った〈第二代〉＝朦朧詩への反逆という、彼ら〈第三代詩〉の詩的出発を語る代表的な声といえよう。

朦朧詩への反逆は、つまりは朦朧詩の特徴とされた詩意識、詩的観念への反逆ということでもある。それが〈第三代詩〉の一つ目の共通項である。徐敬亜は「大展」に付した「前言」でこう指摘している[23]。

朦朧詩は詩にヒューマン（原文「人文」）な美を溢れさせ、濃密な封建的中国で、厳粛にすごいことをやってのけた。（中略）崇高と荘厳は必ず非崇高と非荘厳によって否定されねばならない――〝反英雄〟と〝反意象〟はポスト崛起（徐敬亜による〈第三代詩〉への命名）詩群の二つの大きな指標である。」「歴史は朦朧詩の批判意識と英雄主義の傾向を決定した。それは疑いなく貴族的な匂いを含んでいた。だが社会の全体式精神の高まりが退潮すると、それは普通の中国人の実際の生存からますます離れていった。（中略）動乱（「文革」を指すだろう）の後、中国人の真実の生存、日常の些事、鶏毛蒜皮（つまらぬ小事）、七情六欲（人間のあらゆる感情と欲望）が至るところに流れ出した――〝反英雄化〟とは英雄（人の作り出した神）を含む神の体系への反動であり、現代人の自尊自重の平民意識の上昇であり、興奮の矛先を最後には人間自身に向けた一種の必然の結果だ。

この衒学的な表現から徐敬亜による〈第三代詩〉の特徴となるキーワードを取り出せば、「反意象」、「反英雄、反貴族臭」、「非崇高、非荘厳」であるが、それはつまり「意象によらない形象」、「普通人の真実の生存の描写」、「平凡、些事への視点」への重視が〈第三代詩〉の特徴だということになるだろう。概括的に言いかえれば、とりわけ〈他們〉の詩人群に顕著な「大きな物語」への拒否である。これらはすでに前出八六年段階での議論でも指摘されたことであり、今日でも〈第三代詩〉を語るときのキーワードになっている。

第二番目の共通項は「ことば」、より正確に言えば「詩」を成立させる「ことば」への関心である。〈第三代詩〉の諸群体の中でそれが際立って強く見られるのが〈非非〉主義グループである。すでに見たように（三〇八頁）〈非非〉の方法は「感覚還原」「意識還原」「言語還原」の三つから構成されるのだが、その具体的方途は、知識、思想、意味の三つからの「逃避」と、論理、理性、語法の三つを「超越」することであった。「還原」が「原初状態への復帰」の意味で使用されていることから類推すると、彼らの創作における「ことば」は、原初状態（それがどういうものかは語られていない）にあり、だからこそというべきか、「意味」から逃避し、「語法」を超越したものということになる。「非非主義と言語」の項では、「非非意識はことばに対する不信から始まる」と述べ、だから作詩の際に存在することばをそのまま使うことはせず「三回の処理を行う」としている。その内容は実は余り明確ではないのだが、これまでさまざまな意味や用法を沈殿させ、手あかにまみれた既成の「ことば」ではなく、生まれたばかりの純粋無垢な「ことば」（そのようなものがあるかどうかは問わず）を想定し、それを詩のことばとして使おうと主張しているようである。ただ残念ながら彼らはその理論的主張を納得させるような具体的作品を残しておらず、それがかれらの弱点である。そしてこのことは、「主義」や「宣言」を掲げて登場した多くの詩群にも共通して言えることのように思う。

〈他們〉にも「ことば」への強い関心がある。韓東は『他們』第三期でこう書いている。「われわれが関心をもつのは詩それ自身である。詩を詩たらしむものである。ことばとことばの運動が生み出す美感の生命形式である。われわれが関心をもつのは、個人としてこの世界に深く入り込んでいく感受、体得、経験である。彼（詩人）の血の中に流れる運命の力である」(24)。孫基林はこの文を「言語の運動が生み出す美感が詩人の生命の形式であり、だから詩自身に帰ることは詩人の生命自身に帰ることだ」と解釈し、これは「ほかでもなく〈他們〉詩の理論的基礎」(25)であると述べる。またここの「ことば」について、磊新(26)はこう解説する。「ここでの言語とは、彼ら（韓東たち）からすれば、より多くのものは一種の口語化した言語である。……だが口語は彼らにあっては、決してたんなる形式ではなく、深く分厚い内容を背負った口語言語であり、この内容こそ世界に対する人の生命体験である。あるいは、彼らが強調する言語とは詩人の生命が感受する〝語感〟であって、単純に、干からびた言語ないし口語なのではない。」

　言葉への関心は朦朧詩にもあった。だが朦朧詩人たちの関心は主として建国後の現代詩を成立させている政治的な言語体系と詩美（例えば政治抒情詩に体現されているような）を解体させ、新たな詩語の体系（その組み合わせの方法も含めて）を構築することにあったように思う。だからこそ彼らは建国後の詩が自己規制してきた語彙を用いて崇高な意象を組み合わせた詩の世界を築き上げたのである。〈第三代詩〉の言語への関心は、そのような朦朧詩の言語体系をいかに解体させ、独自の詩的言語を作り出すかにあったと言えるだろう。それが〈非非〉では原初の言語であり、〈他們〉では口語（語感）だったのである。

〈第三代詩〉の第三の特徴は、「文化」に対する叛逆的姿勢である。これについての孫基林の解説を要約すると以下のようである。中国の建国後詩は政治との関わりを逃れられず、政治の道具と化してきた。朦朧詩もその例外ではなかった。詩人たちの思考は政治から離れることができなかった。詩には常に現実的な政治感、あるいは現実の政治と結びついた歴史感が入り込んだ。これらはすべて文化意識の表現形式で、長期にわたって詩を詩たらしめなくしてきた障害であった。かくして、詩の本体を再建する〈第三代詩〉の革命はここから始められ、「非文化」（「文化」の否定）がこの革命の標識、出発点となった。「非文化」のもう一つの動機は既成の文化に対する懐疑と清算だった。人間は文化を創造するが、同時に文化によって作られる存在であり、終始、文化の世界に生きている、文化の動物である。〈第三代詩〉人はこれに憂慮と疑問を抱いた。彼らは確信した。人類はかつて懐かしい真の楽土、即ち前文化の世界に生きていたのだ。だが後に人は文化を作り、同時にこの純粋の浄土を破壊した。これ以後、人は本源の意義と面目を失い、文化の網にまとわりつかれ、文化の仮面と符号で現れるようになった。（八〇年代初期の「異化（疎外）論争」で「人は腐朽した社会制度や社会悪で異化される」という議論があったが）〈第三代詩〉人たちは、人は単に社会悪で異化されるのではなく、それよりずっと大きい文化と文化の種々の形式によって異化される。人は非人（人でなくなる）になり、世界も非世界になる。こうした認識に基づき、〈第三代詩〉人たちは、非文化から始めて、一つの本体世界を再建し、人と世界の本来の姿を再現させようと企てたのである。〈他們〉の「真に帰り朴に返る」や、〈非非〉の「前文化還原」などはその歩みである。(27)

孫基林（一九五八―）はこういう理解に基づいて「非文化は〈第三代詩〉の総体的思想基盤だ」という。そして、かかる意味での「文化」が詩という形で存在する以上、「文化」は必然的に具体的な状態、表現形式で出現する。朦朧詩にあっては「崇高」がこういう「文化」の現れの美学的形態であり、「意象」は「文化」が存在できる形式だった。だから「非崇高」と「非意象」が〈第三代詩〉の非文化の二大標識となった、というわけである。

孫基林の見事な解説は、しかし、〈第三代詩〉の真の姿勢を言いきっていないように私は思う。確信は持てないながら、私は〈第三代詩〉の「文化」は実は現実の「中国社会主義体制」の暗喩ではないかと感じているからである。そのように読めば、〈第三代詩〉は朦朧詩などよりはるかに危険な詩歌の運動だったことになる。国家権力はこのことをよく見抜いていたであろう。八九年六月四日の「天安門事件」をきっかけに中国政治と文化の再度の左傾化(「資産階級自由化」反対を柱とする思想的引き締め)が始まり、五月から六月まで続いた民主化運動で積極的な役割を果たした知識人、ジャーナリスト、学生運動の指導者たちが職を追われ、指名手配された。国外に出る者、逮捕される者も少なくなかった。〈第三代詩〉の関係で言えば、八月、〈非非主義〉の周倫佑、〈整体主義〉(後には〈都市詩〉)の宋琳(一九五九—)らが「反革命扇動」の容疑で逮捕、拘禁された。翌年三月には〈新伝統主義〉の廖亦武、〈莽漢主義〉の万夏、李亜偉、巴鉄らが「反革命扇動」容疑で四川で逮捕拘禁された。[28] このような状況の下、〈第三代詩〉は、運動としては解体していくのである(もちろん個々の群体の消滅にはそれぞれ固有の事情もあり、必ずしもすべてが政治的圧力によって潰えたわけではない)。

第四の特徴は、いま触れたように、それが詩歌の「運動」として展開されたという点であろう。すでに見てきたように〈第三代詩〉は「大展」に掲載されただけでも六十を超える詩歌群体が、宣言と民刊(非公認の)詩雑誌によって既成詩歌の体系に叛逆の声を挙げた詩歌運動だった。この運動について当時の詩壇は極めて冷淡であった。数年前の朦朧詩が、たかだか『今天』という民刊一冊に依拠した運動だったのに、その評価が全詩壇を巻き込むほどの論争を引き起こしたのに比べれば、詩壇の無反応は驚くほどだったと言える。手元の資料で確認できるのは、先に紹介した八六年九月の「新時期詩歌研討会」が最初である。だがこの討論を受けて議論が巻き起こったということはないようである。唐暁渡によれば、八八年五月に開催された「全国当代新詩討論会」で〈第三代詩〉の評価が会議の争点になったという。[29] これが数少ない反響の一つである。だが、繰り返すように、その後間もなく天安門事件以後の厳しい政治時局面の中でこの詩運動は詩史的な位置づけを与えられることもなく消えていくのである。

以上〈第三代詩〉について概観してきた。九〇年代以後の中国詩の重要な一角を占めることになるこの詩人群について、書くべきことはまだまだある。だが、ここでは八〇年代までの活動に記述を限る。最後にこの詩現象について簡単なまとめを述べて、本章を終えたい。

朦朧詩が切り開いた八〇年代の新しい表現の詩の流れを「新詩潮」というが、詩史的には〈第三代詩〉も新詩潮の流れに位置付けられるだろう。この潮流は朦朧詩の影響下に作詩を始めた詩的世代を主体としており、各地で自前の雑誌を創刊し、多くは自らの詩的観念を宣言の形で掲げ、それに共鳴する者と共同で創作活動を展開した。その詩的観念に共通するものは、朦朧詩と、それが形成する詩語、美意識、文学的姿勢に対する批判、扳逆であり、「反崇高」「反英雄」「反意象」「反文化」などのことばでくくることができる。また詩的言語に対する強い関心をもつこと、現実の政治に対するアンチの姿勢のあること、作詩活動が運動として展開されたことも大きな特徴である。主な詩的グループ（本章では「群体」とも記した）には、〈非非主義〉、〈他們〉、〈整体主義〉、〈莽漢主義〉、〈海上詩群〉、〈体験詩流〉などがあり、また多くの個人あるいは数人の群体がある。洪子誠は、これらに加えて、さらに翟永明、唐亜平、伊蕾（一九五一—）など同時代にあらわれた「女性詩歌」も〈第三代詩〉の重要な実績と見なしている(30)。

〈第三代詩〉の諸グループは八二年ごろから現れたが、八四—八五年の間に急速に群体の数を増やした。はじめ既成詩壇から無視されたが、八六年十月徐敬亜たちがこれらの群体の活動（群体名、宣言、構成員、作品例など）を発表したことで、大きな注目を集めることになった。だが、八九年「六四天安門事件」後の政治と文化界の左傾化の中で、その活動は中断し、多くのグループが群体としての活動を止めて行った。ただ、この運動からは、韓東、于堅をはじめ九〇年代の詩歌の先頭にたつ多くのすぐれた詩人が生まれた。九〇年代に入り、詩人たちの関心は「個人の詩作」に移るが、それは八〇年代の群体活動に対する反動（反省）という側面があるだろう。また九〇年代詩の大きな特徴とみなされる「平民化」（普通の市民のごくありふれた生活に視点をおき、その苦楽のさまや喜怒哀楽の情をうたう）傾向[31]も、〈第三代詩〉の切り開いた詩風を継承したものと言えるだろう。

注

（1）王小竜「遠き帆」（老木編『青年詩人談詩（教学参考資料）』北京大学五四文学社、八五年）。

（2）前章で見たように八三年〈精神汚染一掃キャンペーン〉のもとで朦朧詩への総攻撃が始まり、朦朧詩は禁圧され、八五年にまた復活するが、こうした現象はその影響の一つと言えるのではあるまいか。

（3）唐暁渡「人与事――我所親歴的八〇年代《詩刊》」（靳大成主編『生気――新時期著名人文期刊素描』中国民族出版社、二〇〇三年一月所収）。

（4）邵燕祥「変革中的中国新詩一瞥――一九八六年十月十三日在香港大嶼山〝作家交流営〟的発言」（『詩刊』八五年十二月号）。

（5）苗雨時「一次自由的対話」（『詩刊』八六年一月号）。

（6）〈第三代〉という語は一般的には牛漢が雑誌『中国』八六年第六期「編者的話」で提出したとされている。洪子誠は次のように書いている。「柏華の回想によれば〈第三代詩人〉は一九八二年十月四川の万夏、胡冬、廖希らが言い出したものだ。この年の夏休み、四川の成都、重慶、南充などの多くの大学の詩社の代表三十余人が重慶に集まり、自分たちの世代を〈第三代詩人〉と命名した。（第一代は郭小川、賀敬之、第二代は北島ら『今天』派だった）」。また『現代詩内部交流資料』（民間刊行物、四川省東方文化研究会、整体主義研究会編）八五年第一期の「第三代詩会」特集の「題記」「共和国の旗幟とともに登場したものは第一代／十年〔文革をさす〕が第二代を鋳造した／大きな時代のひろびろとした背景のもとに、われわれが誕生した／――第三代人が」や、「〈朦朧詩〉の北島たちが第一代、楊煉ら〈文化詩派〉が第二代、その後が第三代」という説も紹介している。洪子誠・程光煒編『第三代詩新編』「序」、（長江文芸出版社、二〇〇六年七月）。

（7）これらの名称については洪子誠『第三代詩新編』の「序」（前掲注（6））に詳しい。

（8）徐敬亜「生命：第三次体験」『詩歌報』（八六年十月二十一日号）。

（9）苗雨時「詩的観念和詩的反思――『新時期詩歌研討会』紀実」（『詩歌報』八六年十月二十一日号）。

（10）『中国現代主義詩群大観一九八六―一九八八』（同済大学出版社、八八年九月）。

（11）徐敬亜執筆の広告「《深圳青年報》、安徽《詩歌報》将于十月隆重推出新中国現代史歴史上第一次規模空前的断代宏観展示中国詩壇一九八六　現代詩群体大展」（『深圳青年報』八六年九月三十日）」。

（12）岸陽子「『中国当代文学国際シンポジウム』に出席して」（『季刊中国研究』第六号、社団法人　中国研究所、八七年三月）。

（13）舒婷のこの発言は「潮水巳経漫到脚下」の題で香港の『開放月刊』（八七年六月号）に載った。原載は『当代文芸探索』（八七年二月号）というが未見。

（14）曹文軒「淡化趨勢――試折一種新的文学現象」（『百家』八六年一期）による。

（15）このうち「感覚詩派」はグループの自称ではなく、作風の特徴をとらえてつけられた名称ではないかと思う。というのは韓東も傅立も「他們」に属しており、ネーミングするとすれば「他們」派とでもいうべきだからだ。「現代都市派」についても同じ疑いをもつが、そう断定する根拠がない。次節の（四）「韓東と〈他們〉」を参照されたい。

（16）『他們』第一号に総主編として傅立の名が記されている。ただし劉春によれば「面倒を避けるため『他們』は主編をおかず、傅立というでたらめな名をつけて「名はあるが実のない」主編とした」という。劉春『一個人的詩歌史』（広西師範大学出版社、二〇一〇年二月）。

（17）劉春前掲書（注（16））はこの詩の傅立も実在の人ではないと否定している。

（18）『中国現代主義詩群大観一九八六―一九八八』では〈超低空飛行主義〉としている。

（19）このほか、〈朦朧詩派〉が含まれているが、省略した。『中国現代主義詩群大観一九八六―一九八八』には、「大展」に紹介されていない〈円明園詩群〉、〈星期五詩群〉、〈大学生詩派〉、〈上海　都市詩〉が収められているので、それを紹介しておく。〈円明園詩群〉北京　八四年　黒大春（二六）、雪迪（二九）、刑天（二二）、大仙（二八）、殷龍龍（二三）、大杰（二八）。孟浪、徐敬亜によれば「円明園詩群は北京の『今天』の後に比較的大きな影響を与えた前衛詩人群」だという。解説を執筆している隠南はそれが八三年から八六年まで活動し、北京大学、中国人民大学、北京外国語学院、北京師範学院、北京林学院などで開かれる芸術祭や、詩歌朗誦会に出かけて行って「熱心に現代詩の種をまいた」と述べている。

〈星期五詩群〉福州　八二年　呂徳安（二六）、金海曙（二五）、曾宏（二六）、林如心（二三）、魯亢（二四）、卓美輝（二三）。「命名は週末の愉快な気分と関係がある。これもわれわれにできるだけ平凡で簡潔な態度で詩と生活を正常な関係におかせようとしているのである」。

〈大学生詩派〉全国　ほぼ八二―八五年の間。主要メンバー、于堅、韓東、尚仲敏、燕暁冬ら。〈朦朧詩〉の後、〈第三代詩〉がまだ姿を現わしていない八四―八五年頃に生まれ、相当な影響力をもったようだ。解説を執筆した尚仲敏は、「大学生詩派それ自体はたかだか一勢力の別称として提出されたにすぎない。それは明確な意味をもたない。」と述べ、この詩派の魅力は「その粗暴、浅薄、嘘八百のでたらめ」にあり、反撃目標は「博学と深遠」にあるという。また「その芸術的主張はa.反崇高。」「b.言語に対する再処理――意象を消滅する！」「c.それは（詩の）構造などもたない。その全体的な情緒は二文字にすぎない。つまり、冷酷！」と書いている。

孟浪はこれに注を加え「私の理解する〈大学生詩派〉は、八四―八五年より早く形成された。主な作者は七八年から八十年の入学生で、韓東、于堅、王寅、封新成らである。彼らは当時自費出版の民間詩刊（当局の認可をうけていないという意味で「地下詩歌雑誌」）の交換を通じて前衛的文学活動を開始した。公平に言えば、これらやや年齢の高い〝大学生詩派〟の中堅の、その大部分の人の作品の芸術傾向と理論的見解は尚仲敏の言っているものとは一致しない。……興味のある読者は〝他們文学社〟の作品と〝自釈〟を参照されたい。」（八八年五月）と書く。

この孟浪の注に対し徐敬亜がさらに注を加え、「孟浪と違い、私は〝大学生詩派〟の本当の形成は八五年だと思っている。その最も早いひな形は甘粛省の雑誌『飛天』の「大学生詩苑」に淵源がある。そこにはかつて当時の各大学の詩の領袖たち、例えば韓東とか于堅などが集まった。八五年尚仲敏と燕暁冬が編集する『大学生詩報』によってはじめて明確な考え方が提起され、作品が集まった――集団の形成の角度から言えば、これは重要なことである。」（八八年五月）と書いている。

〈上海　都市詩〉創立時間不明　張小波（二三）、孫暁剛（二五）、李彬勇（二四）、宋琳（二八）。「必ず認めなければならないのは、われわれがいま一種の危険な実験を行っていることだ。1．都市文化の背景化の人間の日常的心理（異常心理も含む）に関心を注ぎ、詩と個人の生命との対話を促しているが、瑣末な、ないしは崇高性を失う結果に変わりやすい。2．芸術的に「都市の人工的景観」を作り出し、符号に新たな質感を帯びさせ、できれば自然を喪失した原始に親しむ。3．抒情に反対し、媒介を信用しないため、言語上、混乱無秩序状況の見かけを呈するが、これは常に生命現象と同じであり、同時にわれわれの困難の所在でもある。しかしわれわれにはどれから選べばいいかわからない。唯一の出路は否定の中で自分を確立することだ。（八六年十月）

（20）謝冕「文壇就是競技場――詩歌評論家謝冕一席談」（『文学報』八六年十二月二十五日）。

（21）苗雨時「詩的観念和反思――『新時期詩歌研討会』紀実」（『詩歌報』八六年十月二十一日）。

（22）程蔚東「別了、舒婷北島」（『文匯報』八七年一月十四日）。

（23）徐敬亜「歴史将収割一切」（『深圳青年報』八六年十月二十一日）。

（24）孫基林『崛起与喧囂――従朦朧詩到第三代』（国際文化出版社、二〇〇四年十二月）所収の「〝他們〟論」に引く韓東執筆の文（「他們」）。

（25）孫基林前掲注（24）「〝他們〟論」。

（26）磊新「従朦朧詩到新生代詩」（王偉光主編『中国新時期文学30年（一九七八―二〇〇八）』中国社会科学出版社、二〇〇八年十月所収）。

（27）孫基林、前掲注（24）所収の「文化的解消」による。

（28）唐暁渡整理「一九七九―一九九三年中国詩壇大事記」『文学交流資料　現代漢詩』（第十五・十六巻、九四年秋・冬合刊）。『現代漢詩』は九一年一月、北京で創刊された民刊雑誌。「各種の風格、各種流派のすぐれた作品を集め発掘する」と謳い、本章で見たような〈第三代詩〉の主要詩人が「編集委員」として名を揃えている。

（29）唐暁度、前掲注（28）「一九七九―一九九三年中国詩壇大事記」。

（30）洪子誠・程光煒選編『第三代詩新編』（長江文芸出版社、二〇〇六年七月）「序」参照。

（31）この点については、呉思敬『詩学沈思録』（遼寧人民出版社・遼海出版社、二〇〇一年七月）所収の「九〇年代詩歌的平民化傾向」に詳述されており、啓発を受けた。

第三章 「帰来」という主題
――八〇年代中国詩の一面――

はじめに

「帰来詩人」（帰ってきた詩人）、あるいは「復出詩人」（返り咲いた詩人）と呼ばれる一群の詩人たちがいる。[1] 中華人民共和国成立後の歴史は、一面ではさまざまな文芸批判運動、あるいは文芸批判の形をとった政治運動の継起の歴史でもあった。そしてそれらの運動の中で多くの文学者が、さまざまな罪名を負わされて次々に文壇から姿を消していった。「帰来詩人」「復出詩人」とは、建国後の運動の中で詩壇を追われたが、文革後名誉回復されて「帰来」「復出」した詩人たちをさす（本章では「帰来詩人」という）。

文革期のプロレタリア文壇は、七六年十月の四人組逮捕によって建設途上で崩壊する。[2] その主体となるべき凡百の労農兵作家たちが退場したあと、再建された文壇を埋めたのは、長い空白を経て復活した既成作家たちと、文革期に社会の下層で生活した経歴をもつ「知識青年」作家たち（彼らの中には「労農兵作家」として文革期のプロレタリア文壇で活躍した者も少なくない[3]）であり、出発期の新時期文学（文革後の文学）の繁栄をもたらしたのも彼らであった。事情は詩壇も同じで、新時期初期の詩壇の主要な書き手となったのは、帰来詩人と知識青年詩人だったと言っていい。

だがわが国では帰来詩人の詩作は、艾青や「九葉派」と「七月派」の詩人の一部を除いて紹介されたり、論じられたりしたことはないように思う。[4] 八〇年代以降の同時代中国の現代詩への関心（それとても極めて少数の人々による狭く限定されたものにすぎないが）は、ほとんどが「新詩潮」の主役となっていく知識青年詩人たちの朦朧詩や新世代詩に注がれ、帰来詩人の作品が注目されることはまずなかったのである。その理由の一半は帰来詩人が、詩の書き手としては余りにも年老いており、活動期間が短かったということにも帰せられよう。だが、それ以上に建国後の中国現代文学が生産されるシステム（制度、あるいは体制と言い換えてもいい）や発想様式の制約をこれらの詩人たちが免れることができなかったことが大きいと思う（後述）。

本章は七〇年代末から八〇年代初の短い数年間に書かれた帰来詩人の「帰来」をテーマにした作品について、いま指摘した問題とも関連するその詩史的位置づけを考えてみようとするものである。

一　「帰来詩人」について

帰来詩人の定義については、洪子誠の以下の説明がもっとも簡潔である。本章でもこの説明に従う。

〝復出〟（あるいは〝帰来〟）詩人についてはいろいろな考えがある。広義の理解では、建国後の（〝文革〟期を含む）異なる時期に執筆、発表の権利を制限／剥奪された詩人を指す。だが、詩壇では〝復出〟という概念を用いるとき、多くは以下のような説明が普通である。つまり〝文革〟発生以前（特に五〇年代）さまざまな打撃を受けて作品の執筆と発表をやめた詩人たちのこと。これは本書で使用する〝復出〟の概念の内容でもある。(5)

洪子誠の定義では文革期までは詩壇で活躍していたが、文革の中で批判攻撃されて失脚し、文革後名誉回復されて詩壇に復帰した詩人は含まないことになる。こういう定義には、文革まで（場合によっては文革の途中まで）詩壇の主流として振舞っていながら、文革後に政治の犠牲者の顔をして再登場した人々への皮肉（批判）がこめられているような気もする。それはさておき、では帰来詩人とは具体的にどういう詩人たちであろうか。

例えば王光明（一九五五―）が「「帰来詩人」という名詞はある詩人群に対する概括というよりは、むしろ当代中国文学の独特で重要な現象を述べたものと言った方がいい。事実、「帰来詩人」という概念が指し示す対象は、ある種の風格の流派ということでは簡単に整合させようのないものである。」と言うように[6]、彼らは何か文学的エコール（綱領）を掲げて登場した詩人群ではない。だが、その文学的経歴ないし詩的傾向によっていくつかのグループに類別することができる[7]。いまその経歴によって分類すれば、以下のグループ（この順序には別に意味があるわけではない）に分けられよう。

一番目は一九五七年反右派闘争のなかで「右派分子」と認定され、詩壇を追われた詩人たちである。その中には三、四〇年代にすでに名をなしていた艾青[8]、公木（一九一〇―九八）、呂剣、蘇金傘（一九〇六―九七）らがいる。また五〇年代初めに頭角を現した若い詩人たち、例えば梁南（一九二五―〇〇）、公劉、白樺（一九三〇―）、孫静軒、流沙河、邵燕祥、周良沛、胡昭（一九三三―〇四）、高平（一九三五―）、林希（一九三五―）、昌耀（一九三六―〇〇）、趙愷（一九三八―）といった詩人たちもこのグループに入れることができよう。数の上ではこの人々が一番多い。彼らが「右派」とされた理由は同じではなく、人によってそれぞれ異なる。

二番目のグループは一九五五年のいわゆる「胡風反革命集団」のメンバーである。胡風のほかに、魯藜、緑原、牛漢、曾卓、彭燕郊、冀汸、羅洛らがいる。いずれも抗日戦争のさい、胡風が主宰した文芸誌『七月』（一九三七年創刊―四一年終刊）や『希望』（一九四五―四六）の執筆者で、その関係から「七月派」の名でよばれ、胡風と何らかの関わりをもつ人々である。

三番目は、芸術的志向が社会主義リアリズム全盛の世に容れられず、詩壇からひそかに退場した詩人群である。その代表が、八〇年代以後「九葉派」の名で呼ばれるようになった人々で、辛笛、陳敬容、杜運燮、鄭敏、唐祈、唐湜、袁可嘉、穆旦などがあげられる[9]。彼らは四〇年代後期に上海で創刊された『詩創造』（一九四七―四八）や『中国新詩』

（一九四八）などの詩誌に拠って国民党支配地区で活躍したが、その詩的傾向や技法がモダニズムであったため、建国後の詩壇では冷遇され、無視されてきた。同じような事情は蔡其矯についても言え、彼もこのグループに括ることができるだろう。

以上から知られるように帰来詩人は、建国後の政治やそれと関連する芸術上の理由で詩壇から消え、文革後ようやく復帰したという共通の体験をもつが、詩壇から退場した理由も復帰後の作品の傾向もむろんそれぞれに同じではない。だが、長い不在を経て詩壇に復帰したという経歴だけが彼らを一括りできる唯一の理由であるわけではない。彼らはいずれも建国後の中国が作り出した政治的事件や文学上の観点の分岐からくる有形無形の圧迫に起因する詩壇からの放逐と、それに引き続く苦難坎坷の人生を経て、ようやく元の生活を取り戻した、言い換えれば、「異常な過去」を体験し、異常な時間の支配する歴史空間から「尋常な現在」にほぼ同時期に生還したという共通の人生体験があり、それゆえに、その体験を生還後の文学の糧とする（せざるを得ない）という共通の文学的姿勢をもつ人々である。そしてそれこそが彼らを一括して帰来詩人と呼ぶことのできる理由でもあったのである。

二　帰来詩人の詩の主題

帰来詩人の詩の主題は何であろうか。いま述べたように彼らには「異常な過去から尋常な現在への復帰」という共通の人生体験があり、その体験を復帰後の文学の糧とするほかなかった。彼らの詩の主題は、従って以下のようなものに収斂していった。

まずは、帰来のよろこびである。例えば流沙河は「帰来」でこううたう。

帰ってきたぞ、帰ってきたぞ／生きて遠くから帰ってきたぞ／冥王星ほども遠い距離／まるで太陽系の縁から帰ってきたようだ。／／私は目に涙をためながらこっそりと帰ってきた／霜の朝だ、幸い誰にも見られなかった。／帰ってきたのはお前をひとめ見たいがため／あのころ八年間住んだ部屋を。
（「帰ってきたぞ」一九八〇）[10]

流沙河は五七年四川省文学界の一大事件だった「草木篇」批判で右派とされ勤務先の『星星』編集部を追われた。当時まだ二十六歳、前途を嘱望される青年詩人として詩壇に登場したばかりだった。七八年右派の身分は取り消されたものの、完全に名誉回復されたのは七九年九月である。翌月『星星』が復刊になり流沙河も編集部に呼び戻された[11]。「帰来」一首はその喜びをうたった詩で、詩中「おまえ」というのは編集部のあった四川文聯である。だが、流沙河のように無邪気、直截に帰来のよろこびを叫ぶ詩は多くはない。むしろ陳敬容のようにおだやかな日々を迎えられる喜びを抑制した筆致で書くことが多い。

私たちの心は／幾度も死んだ／人生の／黒雲が城を圧する日に遭うたびに／／これから心には／生だけがあり、死はないはず／心はきっと愉快に／今日明日あさってと／新しい日々を迎えるはず
（「山に登ろう」一九七九）

帰来の詩はまた、苦難坎坷の人生を歩ます原因をつくった党の責任を追及し、批判する「告発の詩」であるべきである。だが告発が声高く叫ばれることはない。自分はこんなにひどい目にあってきた、という控えめな逆説的な告発はあるけれども。その理由は政治体制がそれを許さないことを詩人たちが自覚しているからだが、同時に彼ら自身に「そのような党を自分は許そう」という寛容があるからだ。例えば梁南は「私は怨まない」と宣言する。梁南は五八年右派とされて以後、黒龍江省の北大荒で重労働に従い、入獄も経験している。解放軍に所属したこの詩人の苦難の人生を支えたのは「自分は無罪」という信念だったというが[12]、それは党と人民への信頼、愛に裏づけられたものだった。

馬の群れが花を蹴散らすが／花は／相変わらず馬のひづめを抱きかかえもの狂おしく口付けしている／ちょうど

自分が捨てられたのに／捨てた人間を変わらず愛しているように

（「私は怨まない」一九八〇）

この倒錯とも見えかねない心理について、季紅真が「これがこの世代の詩人の生活、思想、芸術の総括なのだ[13]」と言い、周良沛が「この詩は不幸に出会った中国知識分子の心理状態をしっかり捉えて表現している[14]」と擁護するように、「告発」の回避には中国知識人が苦難に遭遇したときの伝統的な対処法（心理）が働いているのであろう。それはまた蔡其矯の文革期の詩「私は祈る、炎暑に風があり、冬には雨の少ないように／花咲けば赤も紫もあるようにと／私は祈る、愛情があざ笑われることなく／つまずいたら支えてくれる人のいることを／（中略）／私は祈る／いつか、もう誰一人／私のように祈る者がなくなるように！」（「祈求」一九七五）のような、静かな抗議をたたえた祈りにも通ずるだろう。

苦難を逆に得がたい体験とみなす心理もうたわれる。趙愷の「我愛」はその例である。

私は愛する、過ぎ去った二十二年を／貴重だったとは思う、だが惜しくはない。／この世に私より幸運なものがいるだろうか／私は幸いにも民族の悲劇に出演したのだ／五〇万人の俳優／四分の一世紀の／二千年にわたって続く主題の。

（「私は愛する」一九八〇）

趙愷は江蘇省の地方都市で小学校教師をしていた五八年、わずか十九歳で右派とされ詩壇から消え、四十歳をすぎてようやく「平反」（名誉回復）された。「我愛」は十一聯九十二行の長詩（引用は第四聯）だが、苦難の人生の一齣一齣を回想しながらそれを「愛する」と言い切ることで精神の平衡を保とうとしている。

趙愷は同じ詩の中で、「平反通知」を受け取ったとき「あの頃泥土にしまっておいた涙を掘り出した。／時間はもうそれを琥珀に変えていたが／琥珀の中にはまだ温かな記憶きらめいている」と書く。尋常な過去から生還した詩人たちは、その喜びや安堵のなかで「泥土にしまっておいた涙」つまり異常な過去を振り返り、それを対象化せずにはいられないのである。それは自らの苦難の日々をよみがえらせ記憶する作業であり、その苦難の中で多くの貴重なものを失ったことを確認する作業であった。そのときに湧いてくる哀切な喪失感、これが帰来詩人の作品に底流する共通の感情であり、この詩人たちの詩情をつくりあげている。

例えば艾青のうたった、逝って返らぬ時間の喪失感は、その代表的なものである。

失われた歳月は／どこで失ったかもわからない――／少しずつ少しずつ消えたもの／十年二十年の間失ったもの／喧騒の都市で失ったもの／遙か遠くの荒野で失ったもの／あるものは人の行き交う小さな駅だったし／あるものは物寂しい石油ランプの下だった／失ったものは紙片と違い、拾うことなどできない／それどころか一杯の水を地面に撒くのに似て／乾いてしまえば、影さえみえない。／時間は流れる液体――／ふるいや網では掬えない。／時間は固体には変われない／化石になったらいいのに／何万年経っても岩層の間にみつけだすことができるから。

（「失われた歳月」一九七九年）

私見によれば建国後の中国詩で「喪失感」が歌われたことはない。親しく愛する人の死でさえも、その悲しみを力に変えるという文脈の中で書かれ、失った悲しみそれ自体が主題となることはなかった。その点から言えば、「喪失感」の主題化は詩史的には新しい現象であり、現代詩に新しい領域を拓いたという評価ができる。

さて、地面にまいた水のように「乾いてしまえば、影さえみえない」時間への喪失感は、それを「紙片」や「固体」や「化石」のように、確かなものとして残しておきたいという願いとセットになった感情である。なぜなら、ここでは時間は「記憶」であり、時間の消失は記憶の消失と同義だからである。それは帰来詩人たちがそこから生還した「異常な過去」理不尽な不条理な過去の記憶が風化し、消失してしまうことだからである。こうして帰来詩人の多くはより確かなモノを選び、そこに記憶を繋ぎとめ、固定しようと試みる。次節で述べる帰来詩人がさかんに書いた「詠物」の詩は喪失感の裏返しと言えるように思う。

三　帰来詩人の詩法――詠物――

帰来詩人たちは、いま見てきたように帰来の歓喜、異常な時間の回想、失われた人生の記憶や失ったものへの愛惜、そこに生じる喪失感といった感情をうたった。だが、感情の直叙は帰来詩人に共通する詩法ではない。彼らに共通するのはむしろモノに託して感慨や志を述べる伝統的な「詠物」の詩法である。それも多くは、「化石」や「貝殻」、発見されたダイヤモンドのような、容易には壊れない、強固な外殻をもつものや、樹木のように一箇所に立ち動くことのない事物が詠物の対象に選ばれている。それはすでに述べたように、確固たる対象に、捉えがたく茫漠とした時間や記憶を閉じ込め、「異常な過去」の出来事と「尋常な現在」に生還した自分とを客観的に描きたいという欲求に基づくのではなかろうか。以下そうした詠物の詩をいくつか読んでみよう。はじめに艾青の帰来詩の代表作とも言える「魚化石」を見よう。艾青は中国詩壇を代表する詩人で、抗日戦争期には胡風の『七月』にも多くの作品を発表した。建国後反右派闘争で反党と批判され、翌五八年党を除名された。七八年新作「紅旗」の発表でその健在が明らかになり、大きなニュースとなったほどその存在は大きい。七九年にはもう中国作家協会副主席に就任している。

動きは活発、／精力は旺盛、／波しぶきの間を跳びはね、／大海原を浮沈した。／／不幸にも火山の爆発に遭い、／いや地震だったかもしれない、／自由を失い、／灰の中に埋められた。／／何億年も経って、／地質調査隊員が、／岩層の中におまえを見つけたが、／依然としてさながら生きているかのようだ。／／だがおまえは沈黙し、／ため息さえつかない、／ウロコとヒレは何の損傷もない／だが動くことはできない。／／おまえは絶対の静止、／外界にはなんの反応もしない、／空も水も見えず、／波しぶきの音も聞こえない。

（「魚の化石」）

生き生きと動き回っていた魚が、突然の地震か火山の爆発で灰に埋まり、長い時間を経て化石となって発見された。

何の損傷もない魚はまるで生きているようだったが、しかしもはや「絶対の静止」と化している。そしてこの魚を見舞った運命は同じ時期、同じ場所にいた多くの魚群に共通のものだった。魚の不条理な死と、化石として再発見された、生きているかのような魚を見つめる詩人、この詩が感動を生むとしたら読者がそこに作者が無量の感慨をこめたであろう帰来詩人（たち）の放逐と生還の物語を読み込んでいるからである。だが艾青はこれに続けて「化石を凝視していれば、／馬鹿でも教訓を得る、／運動を離れたら／生命はない。／／生きているなら闘わねばならない、／闘いのなかで前進するのだ、／たとえ死んでも、／エネルギーは使いつくさねばならない。」と書き、詩を終える。中国の詩評家はここに艾青の詩人としての真面目を見て絶賛する。だがどうであろうか。詩としての完成度から言えば、引用部分で終わる方がいい。この二聯は余計である。この二聯が付け加えられることで、詩は「闘いのなかで前進せよ」というイデオロギー詩に堕してしまっているからである。

実は、艾青もふくめ第一グループの帰来詩人の詩には、最後にこういった社会主義の公認イデオロギーを加えることで、せっかくの詩情を壊してしまっている作品が少なくない。この問題については後で述べることとし、ここではもう少し作品をみていくことにしよう。

美しいトラ模様が／おまえの身体で燃えるようにと光る／何がおまえをこんなにぴかぴかに磨き上げたのか／何がおまえをこんなにきらきらに擦り上げたのか／／（一聯省略）／／絶望の海底に長い年月を過ごし／広い波濤の中で転げ回り／全身は玉でできた甲冑／最も傷つきやすい生命を保護している　（「虎斑貝」一九七九）

やはり艾青の「虎斑貝」。省略の一聯は貝の美しさを描写した部分。詩人がこの貝に惹かれたのは「絶望の海底に長い年月を過ごし／広い波濤の中で転げ回り」その硬い殻で「最も傷つきやすい生命を保護している」ところにあった。その苦難の経歴が貝の美を作り上げたという表現には、帰来詩人の苦難の閲歴と、しかしその閲歴が己れの人間を鍛えたという自負がひそかに忍び込ませてあると言えるだろう。

貝殻をうたった詩は少なくない。流沙河や魯藜にも「貝殻」と題する作品がある（流沙河の「貝殻」は一九七四年の作）。梁南も貝殻を書いた（「貝殻・樹・我」一九八〇）。ここでは魯藜の「貝殻」を紹介する。

どうかこの貝殻を手元に残しておいていただきたい／私が人生の海原で拾ったものだ／ここには波と潮に打たれてできた何本ものぎざぎざがあり／大時代の強風暴雨で鋳込まれた硬い角がある／血のあと、涙のあとがある／その涙の珠が凝固した真珠はもう海底に沈み／今貝殻の中に残っているのは／熱い、苦痛の心の模型／／（二聯省略）／／どうかこの貝殻を手元に残しておいていただきたい／私が人生の海原で拾ったものだ／真珠でないからといって嫌わないでほしい／砂礫から拾ったものだからと捨てないでほしい／砂礫と苦水の中で成長したからこそ／純潔な明るい珠を育てたのだ／暗黒の深淵から来たからこそ／あんなにも光明を愛しているのだ

（「貝殻」一九八〇）

魯藜の貝殻は美しいものではない。ぎざぎざと硬い角のある、砂礫の中から拾ってきた貝殻だ。だがそのぎざぎざや角は「大時代の暴風雨」、詩人が経なければならなかった血と涙の経歴が作り出したものだ。「砂礫と苦水の中で成長し」「暗黒の深淵から来た」満身創痍の貝殻、だがその貝殻が「真珠」「純潔な明るい珠」を育てたのだ、と書いたとき貝殻は帰来詩人の人生を象徴する意象に変わった。そうした意象の中では、「真珠」や「純潔な明るい珠」はむろん「熱い、苦痛の心」の象徴にほかならない。そして当時の中国の言語体系に照らせば、それは党や人民への変わらぬ忠誠の心であった。

「真珠」は帰来詩人が好んで扱った詩材であった。もちろん真珠という詩材はこの時期に特有のものではない。例えば艾青はすでに五〇年代の詩で「深緑の海のなかで／太陽の精華を吸い取る／おまえは虹の化身／きらきら一面の朝霞のように輝く／／花の露の形に思いをこらし／水晶の素質を喜ぶ／観念が心に育まれ／凝結して一粒一粒の真珠となったのだ」（「真珠貝」一九五四）と、「真珠」をうたっている。真珠を「観念が心に育まれ／凝結して」できたと

した奇抜で洒落た見立てがこの作品の成因である。そこに真珠を通して表白したい思想や観念があるわけではなく、真珠への賛美があるにすぎない。

だが帰来詩人のうたう真珠は違う。蔡其矯の「真珠」はこう書かれる。

貝の傷は／やわらかい体内に／大きく硬い障害物が侵入したのだ。／一月また一月、一年もう一年／一層その上にまた一層と粘液がくるみ／それにまるみ、潤い、光沢、滑らかみをあたえる。／それは苦痛の結晶、海の涙／だが人の世に珍重されるものとなる！／私はそれにはまだ海の塩辛さが付いているように思う／それはきらきらした涙の光！／太陽と月と星と雲の悲泣を帯びている！

（「真珠」一九七九）

また周良沛の「真珠」はこう書かれる。

なにが明かり（光明）なのかもう分からない／牢は自分に目があるかさえ分からぬほど暗い／ある日、風を入れ禁をとかれ、窓を開けたら／陽光に突然目をえぐられてくらくらした／／私はずっと――待ち、待ち、待った／私はたえず――信じ、信じ、信じた／地上の家はすべて窓を開けることができ／太陽の光を見たとき目がくらむことなどないと信じた。／／砂が真珠貝のなかで磨き磨かれるように／珠が貝のなかでころげにころげるように／待つ耐え難さのなかで、それでも待った／信じる信じがたさのなかで、それでも信じた。／／同志への友愛、先輩への尊敬／困難のさい互いに支えあうのは、ただ真心だけ／流れ逝く歳月、人が不幸に出会ったとき／時間は珠を磨く砂に似て　磨けば磨くほど貴重になる／最後に、それは値段などを超える／生活の信念、真理の追求／きらめく純粋な感情――／真の珠、真のこころ……

（「真珠」一九七九）

蔡其矯にせよ周良沛にせよ、真珠は魯藜の貝殻がそうであったように彼らの人生の象徴である。蔡其矯は「網から漏れた右派」とされ、その詩作は幾度となく批判された[15]。周良沛は五八年右派として筆を奪われ、文革期には逮捕され独房に入れられた経験をもつが[16]、詩はその実体験をうたったもので、それが読者の感動を喚起するのである。

白樺も真珠を書く。彼の「真珠」は建国後三十年の歴史と「浩劫」(「大破壊、大虐殺」。文革を指す語だが、詩人の真意は文革だけではなく反右派闘争など建国後の政治運動をすべて指していよう)を回顧し、そこから民族の「覚醒」という「真珠」を拾い出そうと呼びかけるものだ。

真理はしばしば真珠のように／精神と生身の身体の長い苦痛の中での結晶だ：／三十年の歳月は一個の巨大な真珠に凝結した／その名を覚醒という／／(中略)／／私は同志と同胞たちにお願いする、勇気をもって回顧しよう／それは勇気をもって前進するため：／われわれが気軽に投げ捨てていた真珠を拾えば／われわれはやがて世界で最も豊かな人民になるのだ

(「真珠」一九七九)

鄭敏も「真珠」の詩を書いた。彼女は人工の養殖真珠は「最も美しい」が「本当の真珠ではない」、本物の真珠は美しいが「最も美しい真珠ではない」と書く。ここには革命的な言辞が反革命的な集団(この時期の四人組への認識)によって語られ、社会主義建設を叫ぶ大言壮語の背後には惨憺たる現実(荒廃した国土と人民生活の破壊)が横たわっていたという建国後の歴史への反省が詠みこまれているといえるだろう。

以上、化石、貝殻、真珠を対象とした帰来詩人たちの詩を見てきた。これらの詩には建国後の現代詩にはみられない特色があることに気づく。それは詩の感動が詩人の実体験によって保証されていることである。言い換えれば、これらの詩は詩人の自伝にほかならないということである。やがて八〇年代の主流になっていく青年詩人が帰来詩人もふくむ旧世代の詩人たちと対立したとき、その大きな対立点の一つは「自我」をどううたうかだった。建国後の詩は「私」個人の想いや感情を「小我」と称し、それをうたうことをブルジョア個人主義として禁じた。詩は「われわれ」の、階級や集団の想いや感情(大我)を代弁するものでなければならなかった。現実の体制の中では「われわれ」とは「党」にほかならないから、詩は党の意思を代弁するものでしかなかった。だが、帰来詩人の詠物詩はモノに託した詩人の自伝という性格をもった。それは建国後の詩の不文律を冒すことだったのだ。彼らの詩にはもう一つ建国後

の歴史への反省が語られている。これも建国後の詩にない新しい現象である。詩がこのような新しい性格を帯びることができたのは、「思想解放」の機運のもと、詩人たちが歴史の被害者という身分で詩壇に復帰したからにほかならない。

帰来詩人の貝や真珠の詩はもっとあるかもしれない。このほか帰来詩人ではないが、李瑛（一九二六―）のようにやはり「貝殻」や「真珠」と題する詩を書いた者もいる（いずれも一九八〇年の作）。詠物の対象にはほかにダイヤモンド、樹木がある。いずれも硬い、容易には壊れないモノ、たやすくは動かせないモノである。だが紙幅の関係でその検討は別の機会に待つほかない。

四　帰来詩人の詩史的位置

最後に帰来詩人の詩の特点や彼らを中国現代詩史にどう位置づけるかについての考えを述べて本章を終えたい。

帰来詩人がその経歴・出自によって右派詩人、七月派（＝胡風集団）詩人、九葉派詩人の三グループに大別できることは始めに述べた。その文学的方法は前二者が社会主義リアリズムの立場に立つのに対し、九葉派はモダニズムを追求し、詩風は同じではない。しかし彼らには共通の人生体験があり、それを復出後の文学的出発点とした。その詩作には内容は異なるものの深い喪失感が底流し、それが帰来の主題の基調を成している。喪失感の主題化は建国後の中国詩では最初の試みであり、詩の扱う感性の領域を拡大したのは彼らの功績である。彼らは感情の直叙より詠物の手法で思いを述べることが多く、モノに託して坎坷不遇の人生をうたったが、それは自ずと自伝の形式をとることとなった。それは同時に彼らの詩に「自我」（小我）の詩という新しい性格を与えた。また彼らは自己の体験を特権として歴史への反省を語った。これらはいずれも建国後の詩のもたなかった新しい性格で、帰来詩の特徴といえる。それはまた後の朦朧詩や「反思文学」の先駆けという意義をもっていた。

私見によれば、五四時期の知識人たちは、中国人にとってよき人生とは自分をとりまく「暗黒」に打ち勝って「光明」を獲得することだ、あるいはそのために奮闘することだと考えた。また当時は中国社会の「暗黒」は政治の腐敗、帝国主義列強の侵略などに起因するという認識は普遍的なものだったから、多くの知識人は、中国人がよき人生を獲得するためには社会の「暗黒」を打破して中国の「光明」を獲得しなければならない、と考えていた。これは五四時代の知識界に共有の認識であった。こういう認識から出発して書かれた現代詩をふくむ文学を、序章では「〈暗黒〉に打ち勝って〈光明〉を求める文学」だという風にモデル化（定式化）し、その創作の発想法を〈暗黒／光明〉モデルとよんだ。五四期に誕生した〈暗黒／光明〉モデルが、その後長期にわたって中国文学の創作モデルとなった。この創作モデルは中華人民共和国成立後は「社会主義の敵（暗黒）に打ち勝って社会主義（光明）を強固にする」という読み替えによって建国後文学のなかで延命したが、この創作モデルが終焉したとき新しい文学時期が始まる、というのが序章でも述べたことだった。

帰来詩人のうち右派詩人と七月派詩人はこの創作モデルと方法上の社会主義リアリズムに拠って作詩をしてきた人々である。復出後の詩人が、さきに艾青の「魚化石」で見たように詩的完成度よりもイデオロギー的要請を重視するのも、彼らがこの創作モデルの束縛を脱することができていないからである。艾青や周良沛が八〇年代の朦朧詩など新しい詩的潮流（つまりは新しい創作モデル）に批判的なのも同じ理由である。[17] 一方、九葉派詩人たちは、もともと建国後詩壇においてこの創作モデルに与することができず、詩壇から消えていくほかなかった人々だった。彼らは建国後禁じられ、批判されてきた思想や観念を再検討、再評価しようという文革後中国社会の「思想解放」の潮流と、社会の全分野に及んだ新旧の権力交代の機運にのり、「四〇年代詩の再評価」を掲げて文壇に再登場した。[18] 彼らは〈暗黒／光明〉の創作モデルからむろん完全に自由ではなかったが、四〇年代中国詩壇で発揮されたその手法（モダニズム）

は、社会主義リアリズムの限界を破ることができた。右派、七月派詩人は八〇年代中期以後に急速に詩壇での影響力を失っていくが、九葉派は詩的影響力をむしろ増していく。そうした事実は、この時期を境に〈暗黒／光明〉モデルの凋落が始まることを物語るもののように思う。帰来詩人の登場と退場は、詩史的にはこのモデルの「最後の復活」と「凋落の時期の開始」を象徴するものであったと言えよう。

注

（1）「帰来詩人」という語は例えば呉開晋主編『新時期詩潮論』（済南出版社、九一年十二月刊）が用い、洪子誠・劉登翰『中国当代新詩史（修訂版）』（北京大学出版社、二〇〇五年四月）も「〝復出〟（或〝帰来〟）詩人」という語を用いる。程光煒『中国当代詩歌史』（中国人民大学出版社、二〇〇三年十二月）では「帰来的詩人」としている。「帰来」は直接には艾青の詩集『帰来的歌』（四川人民出版社、八〇年五月）が出所であろう。ただ七九―八〇年には「帰来」の題名をもつ詩作品（例えば、流沙河「帰来」、梁南「帰来的時刻」など）が喧伝され、また「帰来」をテーマとする作品が多数発表された。それが「帰来詩人」の名が生まれ、定着した背景だと思う。また彼らを「帰来者」と一般化して呼ぶことも多い（例えば洪子誠の前出書）。

（2）文革期のプロレタリア文壇の建設については、岩佐『文革期の文学』（花書院、二〇〇五年三月）を参照されたい。

（3）この点については、岩佐「文革期の地方文学雑誌について」（九州大学大学院言語文化研究院『言語文化論究』No.二〇、二〇〇五年一月、一三―二三頁）に述べた。

（4）艾青については秋吉久紀夫（『艾青詩集』土曜美術出版販売、一九九五年三月）と稲田孝（『現代中国の詩星　艾青訳詩集――芦の笛』勁草書房、一九八三年九月）に翻訳・解説がある。九葉派の穆旦、鄭敏、七月派の牛漢、阿壠については、これも秋吉久紀夫の「現代中国の詩人」シリーズに翻訳がある。いずれも復出後の作品と詩人の解説が含まれている。論文では坂井東洋男「艾青――その悲劇」（岩波講座現代中国第五巻『文学芸術の新潮流』一九九〇年一月所収）。

（5）前出、洪子誠・劉登翰『中国当代新詩史（修訂版）』第九章一二九頁。

（6）王光明『現代漢詩的百年演変』（河北人民出版社、二〇〇三年十月）。その第十二章（五六三頁）。

（7）程光煒『中国当代詩歌史』（中国人民大学出版社、二〇〇三年十二月）では、世代による分類を行っている（第九章、二一〇―二一一頁）。

（8）生卒年や経歴は各詩人の集のほか閻純徳主編『中国文学家辞典（現代分冊）』一―六巻（四川文芸出版社、七九年十二月―九二年七月）による。ただし本章以前に既出の詩人については、生卒年は省略した。卒年については二〇一一年十二月を下限として調べたが、誤りもあると思う。ご寛恕を請う。

（9）「九葉派」の名は一九八〇年袁可嘉らがこの九人が四〇年代に書いた詩を一冊にまとめ『九葉集』（江蘇人民出版社、八一年七月）として出版したことによる。

（10）引用の詩は初出あるいは詩人の集から選ぶことを原則としたが、謝冕、唐暁渡主編『魚化石或懸崖辺的樹――帰来者詩巻』（北京師範大学出版社、九三年十月）などの選集や新詩鑑賞辞典の類も参照した。一々は注記しない。

（11）この経緯については岩佐「流沙河「草木篇」批判始末」（山田敬三先生古稀記念論集刊行会編『南腔北調論集――中国文化の伝統と現代』汲古書院、二〇〇七年三月、五一一―五三八頁）に書いた。

（12）邵燕祥「梁南和雷雯：両个黒竜江的苦役詩人」（『人民文学』二〇〇六年第三期）。

（13）季紅真「帰来：失去的与得到的――略論新時期詩歌的帰来主題」（『文明与愚昧的衝突』浙江文芸出版社、八六年十一月、二二三三頁）。

（14）周良沛「我不怨恨」解題（辛笛主編『二〇世紀中国新詩辞典』漢語大詞典出版社、九七年一月、五九八頁）。

（15）蔡其矯「簡歴及著作」（『蔡其矯詩選』人民文学出版社、九七年七月、三四七頁）。

（16）周良沛「答問」（『詩刊』八〇年七月号、五四頁）。

（17）艾青「従〝朦朧詩〞談起」（『文匯報』八一年五月十二日）、周良沛「有感想〝新的美学原則〞的〝崛起〞」（『文芸報』八一年十期、十二―十六頁）など。

（18）『九葉集』（注（9）参照）の袁可嘉「序」（三―十八頁）。同書には九人の詩人の四〇年代の作品のみ収録する。

第四章　「新生代」詩人・韓東の大衆像

一

　文革後の中国詩の流れを振り返ってみると、その最も先端のところで、詩意識や審美感の領域を切り開き拡大してきたのは、常に既成詩壇の外にいた一群の無名詩人だったことに気付く。最初にその役割を演じたのは、七〇年代末の民主化運動（「北京の春」）のなかから現れた詩人たち、——今はもう世界的に有名になった北島、芒克、舒婷、江河、楊煉、顧城といったいわゆる朦朧詩派（『今天』グループ）である。彼らはあっという間に既成詩壇主流を脅かす勢力に育ち、ほとんど圧倒的な影響力で八〇年代前半の中国詩をリードしていった。だが彼らも八三年末には権力の禁圧によって姿を消す。その空白を埋めるように登場してきたのが第二章でみた「第三代」とか「新生代」（以下一括して「新生代」と言うことにする）とかよばれる青年詩人たちである。彼らの詩的活動は八四年ごろからはじまっているが、新しい詩的世代として一挙に詩壇に登場するのが八六年で、そのきっかけとなったのが「中国詩壇一九八六現代詩群体大展」（第四部第二章参照）である。

　文革期までの詩壇は、「社会主義リアリズム＋革命的ロマンチシズム＋伝統的民歌」という公式に縛られ、現実をとらえ描く力を失っていた。朦朧詩派はその詩壇に、新しい表現と発想をもたらした。表現におけるモダニズム、発想における自我や個の重視がそれである。

彼らの詩は、多く民族の歴史や時代の課題、人間の疎外といったものを主題に選ぶが、特徴的なのは、詩の中で詩人たちが、歴史、社会、時代と鋭く対峙し、社会、時代に対する告発者のように現れる。そしてそのことが朦朧詩に一種の英雄的な身振り、悲劇的な色彩を与えるのだと思われる。

例えば、彼らの代表的人物である北島は、「卑劣は卑怯者の通行証／高尚は気高き者の墓碑銘」という有名な書き出しをもつ「回答」をこのように書く。

告訴你吧、世界、
我—不—相—信！
如果你脚下有一千名挑戦者、
那就把我算作第一千零一名。

お前に告げよう、世界よ
僕は――信じ――ない！
もしお前の足元に千人の挑戦者が倒れているとすれば、
それならば僕を千一人目にするがいい。

またやはり有力な朦朧詩人の江河は、天安門広場に着想した詩「記念碑」でこう書く。

我想
我就是紀念碑
我的身体里壘満了石頭
中華民族的歴史有多沈重
我就有多少重量
中華民族有多少傷口

私は思う
私こそ記念碑だ
私の身体には石がぎっしり積み重ねてある
中華民族の歴史の重みこそ
私の重さだ
中華民族の傷口の数だけ

我就流出過多少血液　　私は血を流したのだ

楊煉はもっぱら中国社会の基層に澱のように積み重なっている土俗的な要素、伝統的な事物を素材に、中華民族の深層心理や文化構造を解き明かそうとしている詩人だが、彼もまた「黎明のために、生命のために／（中略）／純潔な信念に沿って／暗黒にむかって歩み、死と抱擁しよう」「歴史を再び深淵に陥れないために／（中略）／苦痛の心で世界をささえよう／呼び掛けと吶喊をささえよう／沈黙は死と同じだから」（「為了」）と歌い、こう叫ぶ。

仮如古老的希冀　　もし古い希望が
還被鉄鏈緊鎖、我就寧願　　なおやはり鉄鎖で繋ぎとめられているのだったら　私はむしろ
投入熔炉、再次沸騰　　溶鉱炉に身を投じ　もう一度煮えたぎり　沸騰し
把新誕生的理想交給鋼　　新たに生まれる理想を鋼に手渡したい
我曾経死亡過千百次　　私はかつて何千回何百回と死んできた
我仍準備再死亡千百次　　今後とて何千回何百回と死ぬ用意はある

（「……のために」）

朦朧詩人たちのこうした詩句に共通するのは、時代の暗部、不正、非合理と対決し、それを告発しようとする姿勢である。詩作は彼らの闘いそのものである。比喩的に言えば彼らは肩肘はって時代にむきあっている。

これに対し、「新生代」の詩人たちはもう少し軽やかに生きようとしているようにみえる。時代と折り合いをつけ、すいすいと、時代をいなしながらやっていこうとしているようにみえるのである。彼らは朦朧詩人のように「苦痛の心で世界をささえ」たり、世界を告発したりはしない。彼らが歌うのは、ごく普通の庶民大衆の、ありきたりな日常

や、折々の感慨である。

こうした「新生代」詩人やその作品の誕生が、文革後の改革・開放路線のもたらした中国社会の変化、それにともなう社会意識や時代感情の変化に見合うものであることは疑う余地がない。

二

さて、その「新生代」と言われる人々の中で、私が最も注目しているのが、韓東という詩人である。

韓東の経歴などについては、余りよく分からない[1]。彼について書かれた断片的な資料をつなぎあわせると、ほぼ次のような経歴の詩人である。

一九六一年五月南京で生まれた。六九年下放した両親について江蘇省北部の農村（洪沢湖の湖畔だという）に行き、七八年までそこで暮らす。七八年山東大学哲学系に入学。大学在学中の八〇年から詩を書き始め、八一年には南京の文学雑誌『青春』の詩歌賞を受けた。八二年卒業。西安財政経済学院に二年間勤務した後、南京に帰り、八九年現在南京審計［会計監査］学院教師。八五年南京で丁当、于堅、小海、小君らと〈他們〉文学社を結成し、もっぱらこのグループの一員として詩作活動を展開している。

このような経歴から浮かび上がってくる一人の中国人の像を、想像も交えながら思い描いてみる。それは、大都市の中流以上の階層（文革中両親が下放しなければならなかったのは知識人か幹部かであったためだろう[2]）の家庭に生まれ、小学校に入ってすぐ農村に行き、そのまま農民同様の生活を十年近く過ごした青年である。僻地の寒村で農民として暮らしながら、しかし家では幹部か知識人かの両親との、知的な生活が営まれていたであろう。七八年再開された全国統一大学入試を受験、名門山東大学に合格している。独学か、それに近い勉強だったであろう。頭もよかったに違いないが、家庭環境にも恵まれていたと思う。朦朧詩の世代のように、自らの意志で下放したわけではない。農民になって社会主義の新しい農村を建設しようという気負いや意気込みはない。八歳で農村に行き、農作業をやりながら育った。ごく自然に農民の意識や感情を身につけた。しかもそれを客観化できる位置にいた、といっていいだろう。そういう体験から生まれた詩がある。「温柔的部分（穏和で従順な部分）」（八五年）である。

温柔的部分

我有過寂寞的郷村生活
它形成了我性格中温柔的部分
毎当厭倦的情緒来臨
就会有一陣風為我解脱
至少我不那麼無知
我知道糧食的有来
你看我怎麼把清貧的日子過到底
并能従中体会到快楽
而早出晩帰的習慣
撿起来還会像鋤頭那様順手
只是我再也不能収穫什麼
不能重複其中毎一個細小的動作
這里永遠懐有某種真実的悲哀

穏和で従順な部分

ぼくには寂しい農村生活の体験がある
それはぼくの性格の穏和で従順な部分をつくった
あきあきする気分が襲ってくるたびに
一陣の風がぼくを救ってくれる
少なくともぼくはそれほど無知ではない
ぼくは食糧の来歴を知っている
君にわかるだろう　ぼくが貧しい日々をどう生き抜いたか
またその中から喜びや楽しみを得ることができたか
そうして早く出かけ遅く帰る習慣
拾い上げればまだ使い慣れた鍬のように困難を感じない
ただもう何も収穫できないし
その中の一つ一つの細々した動作を繰り返せないだけだ
この点に永遠にある種の真実の悲哀を抱いている

就像農民痛苦自己的荘稼　　　農民が自分の作物に苦痛を感じるような

韓東のこういう経歴を「新生代」詩人の典型的経歴と見なすわけにはいかない。しかし朦朧詩世代のように文革や下放に熱狂した経験もなく、かといって文革後の世代ほどすんなりと文革批判に順応できるわけでもない、といった彼の世代的位置は、「新生代」詩の作風(3)とかなり深い関連があるように思う。

ここではこの韓東の詩を幾つか読み、「新生代」詩に具現されているような、最近の中国詩の一面を覗いてみたい。

三

你見過大海　　　君は海を見たことがある

你見過大海　　　君は海を見たことがある
你想像過　　　君は想像したことがある
大海　　　海を
你想像過的大海　　　君は海を想像し
然後見到它　　　それからそれを見た
就是這様　　　それだけのことだ
你見過大海　　　君は海を見てしまい
並想像過它　　　想像もした
可你不是　　　しかし君は

一個水手
就是這様
你想像過大海
你見過大海
也許你還喜歡大海
頂多是這様
你見過大海
你也想像過大海
你不情願
讓海水給淹死
就是這様
人人都這様

船乗りではない
それだけのことだ
君は海を想像した
君は海を見た
さらに君は海を好きになったかもしれない
せいぜいそれだけのことだ
君は海をみた
海を想像もした
だが君は
海で溺れ死にたくはない
それだけのことだ
人はみなそうだ

（一九八五年）

「君は海を見たことがある」「君は海を想像したことがある」（「見た」「想像した」と訳した箇所も原文は「見たことがある」「想像したことがある」と、過去の経験を表す語法になっている）「それだけのことだ（是這様）」というたった三文字の句が、繰り返し現れる。それはちょうど海岸に打ち寄せる波のようでもあり、単調な繰り返しの日々のようでもある。「想像する」「見る」ということの次に来るべきものは、何らかの「行動を起こす」「行為をする」ことであろう。しかし「君」は何もしない。行動と行為を断念し、ただ「想像」し、「見」る。それだけのことである。だが人の平凡な日常は、そういう行動行為の断念によって守られ、維持されていることもたしかである。三字の句の繰り返しは、日常生活が断念の繰り返しであることをも暗示し、この詩全体にある虚無感、ある悲哀を漂わす効果を生んでいる。

「海」は平凡な日常生活を送る人間が時に抱く日常性からの脱出の夢の比喩でもあろうか。夢が実現しそうになる。しかし夢を実現させることは、今の日常を捨てることである。人は自分の夢想した冒険の前で尻込みし、また平凡な日々に帰っていく。大それた野望も、冒険への情熱も意志もなく、ただ夢をみるだけ。「それだけのことだ」「せいぜいそれだけのことだ」「人はみなそうだ」[4]。

この詩は「大雁塔について」（一二六頁参照）とともに、韓東の一番気に入っている作品だという[5]。

四

山　民

小時候、他問父親
〝山那辺是什麼〟
父親説　〝是山〟
〝那辺的那辺呢〟
〝山、還是山〟
他不做声了、看着遠処
山第一次使他這様疲倦
他想、這輩子是走不出這裡的群山了

山の民

幼いころ、彼は父親に尋ねた
「山のむこうは何？」
父親は答えた「山だ」
「むこうのむこうは？」
「山だ。やっぱり山だ」
彼は話すのをやめて遠くを見つづけた
山は初めてこんなふうに彼を疲労させた
彼は思った、一生涯この山から抜け出せないな

海是有的、但十分遙遠
他只能活幾十年
所以没等到他走到那裡
就已死在半路上
死在山中

他覚得応該帯着老婆一起上路
老婆会給他生個児子
到他死的時候
児子就長大了
……
他不再想了
児子也使他很疲倦
他只是遺憾
他的祖父没有像他一様想過
不然、見到大海的該是他了

海は確かにある。だが余りに遠い
おれは数十年しか生きられない
だから海に行き着かないうちに
途中で死ぬだろう
山の中で死ぬだろう

彼は思った　女房を連れて一緒に出かけるべきだ
女房は子供を生んでくれるだろう
おれが死ぬころには
息子は大きくなる
……
彼はもう考えるのを止めた
息子も彼をひどく疲れさせたから
彼はただ遺憾だった
祖先が彼のように考えなかったのが
もし考えていてくれたら　海を見るのは彼だったはずだから

（一九八九年）

題名の「山の民」は原文「山民」。山地に住む男を描いた、分かりやすい詩である。原文も、翻訳にほとんど困難を感じない、平明な中国語で書かれている。言わずもがなの感もするが、一応大意を繰り返しておこう。

山の民が生きているのは幾重にも重なる深い山にとりかこまれた地、気が遠くなるほど深い山奥である。「山の向こう」もその「向こうの向こう」も山であるような場所である。文明から隔絶され、情報から絶縁された世界である。彼はそこで生まれ、育ち、「一生涯この山から抜け出せないな」と思いながら生きている。

彼は海というものがあることを知っている。その実在を信じている。しかしそこには自分の生きているうちには到達できないと思っている。

そんな彼でも海に行こうと思うことがある。そのときには女房を連れて出かけよう。女房は子供を生み、彼は途中で死んでも、その子供が大きくなるだろう。だが彼の思考はそこで中頓する。彼は大きくなった息子が海を見るというところまで想像する前に「ひどく疲れ」てしまって「これ以上考えるのをやめる」のである。

彼は自分では海に行こうとはしない。息子の世代のことも考えたくはない。彼がただただ遺憾に思うのは、自分の先祖がどうしてもっと早く自分のように考え、途中までで行ってくれていなかったかということである。そうしてくれていれば自分は労せずして海を見ることができたのに。

韓東がこの詩で描きたかったもの、それは中国の大衆像だったのではないか。後でまた触れるけれども、解放後の中国で流布されてきた観念では、大衆は革命の原動力にほかならなかった。毛沢東の革命理論や、社会主義の文学・芸術が流布してきた大衆像を幼年、少年期の韓東がどれだけ理解していたかは知らない。しかし韓東は自分の体験を通して農民の何たるかをよく知っていた。それを根拠に彼はいままで流布されてきた大衆像にアンチを唱えようとしているのではないか。現実の大衆はそんな簡単なものではないぞ、これが韓東がこの詩を書いたモチーフではないかと思うのである。

しかし、そういう大衆像を実在のものとして描くことはできない。危険である。「大衆は革命の原動力」というテーゼはまだ生きているからである。韓東が「山民」を実在の場所、実在の人間ではない民話的世界、そこに住む架空の人物であるとして設定したのはそのためであろう。ただそういう設定によって「山民」は実在の大衆よりもっとリアルな大衆像の造型に成功したのであるが。

詩の理解のために、もう少し付け加えれば、この詩を読む中国人が、彼が文革の体験者なら、必ず想起するに違いない毛沢東の文章がある。「愚公移山」（四五年六月）という文の次のような部分である。[6]

むかし華北に北山の愚公という老人が住んでいた。老人の家の南側には、太行山と王屋山という二つの大きな山があって、家に出入りする道を塞いでいた。愚公は息子たちを引き連れ、くわでこの二つの大きな山を掘り崩そうと決意した。智叟という老人がこれを見て吹きだし、こういった。「お前さんたち、そんなことするのは余りにも馬鹿げているじゃないか。お前さんたち親子数人で、こんな大きな山を二つも掘り崩してしまうなんてとてもできゃあしないよ」愚公は答えた。「私が死んでも息子がいるし、息子が死んでも孫がいる。子子孫孫と絶えることがないのだ。この二つの山は高いけれども、これ以上高くなりはしない。掘れば掘るだけ減るのだから、どうして掘り崩せないことがあろうか」と。愚公は智叟の誤った考えを反駁し、少しも動揺しないで、毎日山を掘りつづけた。これに感動した上帝は、二人の神を下界に送って、二つの山を背負い去らせた。

「愚公移山」は毛沢東が抗日戦勝利目前の一九四五年六月に開かれた中国共産党第七回大会でのべた閉会の辞である。毛沢東はこの前に全党と全国人民に「革命は必ず勝利するという確信を持たせ」「決意を固め、犠牲をおそれず、あらゆる困難を克服して、勝利をたたかいとるよう自覚させるべきだ」と述べ、愚公の話をし始めるのである。そして、この話を紹介した後、さらにこう続ける。

いま中国人民の頭上にも、やはり帝国主義と封建主義という二つの大きな山がのしかかっている。中国共産党ははやくから、この二つの山を掘り崩してやろうと決意してきた。我々は必ずやりぬき、絶え間なく働きつづける。

そうすれば我々も上帝を感動させるだろう。この上帝とはほかならぬ全中国の人民大衆だ。全国の人民大衆が、一斉に立ち上がって、我々とともにこの二つの山を掘るなら、どうして掘り崩せないことがあろうか。

古代の思想書『列子』に基づく「愚公移山」の寓話を、毛沢東は革命精神を喚起するアジテーションに変えてしまったが、この文章は文革期に、「決意を固め、犠牲をおそれず、あらゆる困難を克服して、勝利をたたかいとる」ことを教えるものとして大いにもてはやされた。特に自然条件に恵まれない辺境の農山村では、「愚公移山の精神」がしきりに強調された。

韓東にとっても「愚公移山」の物語は農村生活の記憶と結びつくものなのであろう。第三連「女房は子供を生んでくれるだろう／おれが死ぬころには／息子は大きくなる」は、明らかに「愚公移山」を意識した表現である。別のテキスト（恐らく初出）では「息子は大きくなる」の後に「息子にも女房ができるだろう／息子にも息子ができるだろう／息子の息子にも息子ができるだろう」という三行が続くが、これは「愚公移山」の「私が死んでも息子がいるし、息子が死んでも孫がいる。子子孫孫と絶えることがないのだ」を受けた言い方であるに違いない。

「山民」の主人公は、しかし、何世代かかろうと海に行ってやろう、とは考えない。山の民は未来のことを考えて行くうちに疲れてしまう。もうそれ以上考えるのが面倒になってしまうのだ。韓東が山の民をそのような存在として形象化しているところに、私は彼が農村体験の中で掴み取った大衆認識を見ることができるように思う。

五

この詩と同じく山とそこに住む男を書いた「山」という題の詩がある。「山民」との連作であるという(7)。次のような詩である。

山

他站在那里
一無所有
他站在那里
脚下、頭上、前後左右
都是這座山

這山是一塊巨大的石頭
上面没有一棵樹
上面什麼也没有

他想、這才叫山呢
這才叫山呢……

他崇拝這座山
因為這座山摔死了他的父親
累死了他的馬
這山叫他回不去了

山

彼はそこに立つ
何一つ持たず
彼はそこに立つ
足元、頭上、前後左右
どこもかしこもこの山

この山は一つの巨大な岩で
表面には一本の樹木もない
表面には何もない

彼は思った　これでこそ山だ
これでこそ山といえる……

彼はこの山を崇拝している
この山は彼の父親を転落死させ
彼の馬を疲労死させたから
この山は彼を帰れなくさせてしまった

他看着這座山　　　　彼はこの山を見ている
一動不動　　　　　　じっと動かないまま
心里慢慢塁満了石頭　心の中をゆっくりと積石がみたしていった

（一九八二年）

満山満目すべて石である。そういう荒涼たる山に、不動の点のように立ち尽くす男。このほとんど水墨画を思わすような風景が、この詩の舞台である。韓東の暮した江蘇省北部の山地は海抜四、五百メートルという低い山しかない。この岩山も、むろん現実のものではなく、さきの「山民」と同じく、韓東の作り出した架空のイメージであろう。詩の眼目はむろん水墨画を描くことにあるのではない。荒々しい風土の中で生活している「彼」の生活意識を書くことにある。

「一つの巨大な岩である」ような山に一人立ち尽くす「彼」は、「これこそ山だ／これでこそ山といえる」と思う。そう思うのは彼が岩山以外に山を知らないからであろう。彼は緑滴る山など見たこともない。彼にとって「山」とは岩山なのであろう。だが、この山は中途半端な岩山ではない。一本の樹木もなく、見渡すかぎり全て石ばかりの、徹底した岩山である。だからこそ「これこそ山だ／これでこそ山といえる」と思うのである。

彼はこの山を崇拝している。「この山は彼の父親を転落死させ／彼の馬を疲労死させた／この山は彼を帰れなくさせてしまった」からである。

そういう山を見ていると「心の中をゆっくりと積石がみた」すように思われる。山と彼は一体になっていくのである。

この詩の「彼」もまた韓東が農村の体験のなかから掴み取った大衆像なのであろう。

韓東たちが農村生活を送っていた頃、中国では自然改造の大衆運動が盛んだった。全国各地で、多くの農民を動員し、農地を開拓する事業が進められた。そのモデルケースとして、農業にはとても適さない岩山に、何十年もかけて麓から土を運び、山上の岩を掘って水を溜め、岩を穿って用水路を引き、ついに農地に改造した、という事例がいろいろ喧伝された。河南省林県とか河北省の沙石峪などがその有名な村である。このような村の人々はいわば現代の愚公、あるべき大衆の生きた見本であった。

この詩に現れる「山」は私自身参観したことのある沙石峪や、宣伝映画で見たことのある林県の自然を思わせる[8]（というより私には韓東がはっきり沙石峪や林県を想定しているようにさえ思われる）。だが詩の中の「彼」は、沙石峪や林県の農民たちの、山に挑み、山を征服し、改造しようという積極性とは無縁である。「彼」は山を畏怖し、むしろ、山（＝自然）と調和し、一体になって生きようとしている。文革期の大衆観から見れば、否定的な、後ろ向きの大衆である。だが韓東は実在の大衆なんてこんな存在なのだよ、と言っているように思われる。そしてこの詩の「彼」のほうが文革期に書かれた詩の中の自然に挑む大衆像よりよほどリアリテイのあることも事実なのである。

六

以上、韓東の詩を幾つか紹介した。これらの詩はいろいろな読み方ができようが、私の問題関心からいえば、すべて「中国の大衆の在りようをテーマとした詩」ということで括ることができる。そしてあらかじめ結論風に言ってしまえば、これらの詩に出てくる人々は、これを大衆という点から見れば解放後の中国文学に初めて出現した大衆像なのである。なぜそう言えるのか。その答えとして、最後に、解放後の中国文学における大衆像を概観してみることにする。それによって韓東の詩に現れる大衆像の新しさを逆照射することができると思うからである。

解放後の中国文学において大衆は革命の原動力、無限のエネルギーを湛えたダムのような存在としてとらえられてきた。その強さ、その賢さ、新しいもの（具体的には社会主義とその成果）を受け入れようとするその進歩性、積極性——解放後の中国文学のなかで大衆は常にそうした化粧を施されて登場してきた。

こうした大衆像の源流は毛沢東である。

「大衆こそ真の英雄である。われわれ自身の方がとかく滑稽なほど幼稚だ」(9)「人民大衆は無限の創造力をもつ」(10)「われわれは大衆を信じるべきだ。党を信じるべきだ……この二つの原理を疑うなら、どんなことをしても成功しない」(11)「大衆の中には極めて大きな社会主義の積極性がかくされている」(12)

これら異なる時期のさまざまな発言の断片からも知られるように、毛沢東は大衆への信頼を繰り返し語った。毛沢東はさらに文学者に対し「文学・芸術は人民大衆のもの」であり、人民大衆に歓迎されるものでなければならない、そのためには人民大衆の中に入り、彼らと結びつき、彼らの生徒となり、彼らを熟知しなければならないと述べた。(13)

こうした大衆観と文学への要請に呪縛され、中国の文学は長く大衆のもつ肯定的な、積極的な面しか描けないでいた。というより進んだ部分も、遅れた部分もともに持ち合わせ、賢くも愚劣でもあるような「あるがままの大衆」を描こうという姿勢そのものを持っていなかった、というべきかもしれない。

こういう大衆観の被害者は文革期の下放青年たちであった。文革期は、毛沢東の積極的な大衆観が空前の規模で宣伝されていた時である。高校卒業後ただちに、辺境の農村に下放した青年たちは、農民大衆は最も革命的で、知識人よりずっと賢くすぐれていると信じ、その農民の「気高い品性に学び、革命者として自己を鍛えなおそう」という理想に燃えていた。(14) しかしその後の農村生活で彼らが直面したのは農民大衆の、愚昧、保守的、閉鎖的、消極的な実像であった。

この時期には下放青年によって書かれた農村生活の体験記、手記、小説、詩が数多く出版された。だが、そこに現れる農民たちは毛沢東の大衆観の引き写しだといって過言ではない[15]。

文革後の文学は、七〇年代末から八〇年代初めにかけ大いに発展した。それは文学が解放後の文学に与えられた種々の枠・タブーを破ることができたからだといっていい。しかし、今言ったような大衆観はなかなか打ち破られることがなかった。しかし、「あるべき大衆像」と「実在する大衆」とが違うではないか、という感慨はずっと潜在していたはずで、そういう感慨はいつかだれかによって書き留められるべきものだった。それを最初に行ったのが、私見によれば方含の「人民」という詩である。方含はやはり下放を経験した青年詩人で、一九七九年北京で起こった民主化運動の中から生まれたアングラ雑誌『今天』のメンバーである。この詩は七九年当時、文革期の政治的失脚や冤罪事件の再審査や名誉回復を求めて地方から上京してきた人々の悲惨な境遇に触発されて書かれたものであろう。『今天』第三号（七九年四月）に掲載された。

もしかしたら、ある日／私たちが人民について話し出して／空しさと抽象を感じなくてすむときが来るかもしれない

そのとき／苦痛と呻きの一声一声が／水滴のように寄り集まって／山も押し退け海も覆す大波を巻き起こすだろう／朦朧たる思想の一切れ一切れが／原子エネルギーのように凝集し／すべてを打ち壊す巨大な力を放つだろう

そのとき、人民は／もはや独裁者が命令を宣告するとき／無条件賛成を示すために挙手を迫られる／無力な手の一つ一つではなくなっているだろう／（中略）／もはや無実を訴えるため地方から上京した孤独な単独者ではなくなっているだろう／寄る辺もなく、子供を連れ／風雪の夜寂しい外れの横丁に身を寄せあっている／（中略）

そのとき私たちは自分の身体で／「人民」の二文字の意味を体得するだろう／足を地球に踏ん張り、宇宙に面と向かい／成熟した思想を大地に育て／私たちの熱血を岩漿のように沸騰させ／すべてを創造する巨大なエネル

ギーに転化させるだろう
　このような日はあるいはまだ遙か先のことかもしれない／だが私は思う、見通しもない先のことではなくなったと／見ていただきたい、新しい世紀の最初の曙光が／北京西単の民主の壁に射しているのを

「人民」について話し始めると「空しさと抽象を感じ」てしまう。そういうふうに人民について書いた者は、方含以前にはだれもいなかった。

文学者たちの共通の理解によれば、「人民」(「大衆」と言い換えても同じである)を描くさい、崩してはならない二つの前提があった。一つは大衆は無限のエネルギーをはらみ、歴史の原動力だという大衆観であり、もう一つは社会主義の下では、人民は、政治の、経済の、社会の主人公である。彼らはあらゆる分野で生き生きと働き、幸せに生きている、という大衆像である。そういう当為は決して手放してはならないものであった。それが、毛沢東の文芸理論が文学者たちに与えた枠であった。だが、この詩は社会の主人公であるべき人民・大衆が「独裁者が命令を宣告するとき／無条件賛成を示すために挙手を迫られる／無力な手」に堕している状況への悲しみと怒りを述べている。現に今生きている「大衆」を、「苦痛と呻き」に喘ぐ「無力な手」として描いている。そのような大衆像は方含によってはじめて提示されたものである。つまり「実在する大衆」というものが、ここに初めて描き出されたわけである。

むろん、作者の方含はここで新しい大衆観を提示しているわけではない。方含は依然「人民、ただ人民こそが世界の歴史を創造する原動力である」といった毛沢東の大衆観に呪縛されている。その拠ってたつ大衆観は文革前のそれの枠をはみ出すものではない。方含のやったことは、「あるべき大衆」とは違う「実在する大衆」を描いて見せることだったにすぎない。

方含が書いたのは、現に目の前にいる「実在の大衆」だった。いまここにそういう実在の個々の大衆の原型であるような存在を考えてみる。そしてそれを吉本隆明の用語[16]を借用し、「あるがままの大衆」像ということにする。

だが、ではそれは整理して言えばどういう存在か、と聞かれても、即座にうまい答えも思い浮かばない。ただ、（これも吉本隆明からの援用だが）少なくとも生涯を自分の生活圏の内側だけで過ごし、そこを一度も出ることなく生き、そして死んでいく、そういう存在がまず頭に浮かぶ。彼の思想も決して彼の生活圏を出ることはない。彼は生活において保守的であり、思想や行動において閉鎖的、変化や進歩に対し警戒的で、怠惰である。こうしたいわば毛沢東風の大衆観の裏返しであるような大衆像が〈原型〉として頭に浮かぶのである。そういう「あるがままの大衆」像は、前に言った毛沢東の文芸理論の前提する大衆像の対極にあるものであることになる。そういう大衆像は詩の世界ではようやく八〇年代になって出現する。それが今見てきた韓東の詩だ、というのが私の結論である。

「君は海を見たことがある」「山民」「山」といった韓東の詩群はそうした大衆の像を、ほとんどお誂え向きといっていいほどうまく形象化してみせているのである。

（一九九一年六月）

注

（1）本章は九一年六月に執筆。当時、韓東についてはわが国ではまだよく知られていなかった。

（2）［補注］韓東の父は作家の方之（一九三〇—七九）。方之は本名韓建国、南京で育つ。高校生時代学生運動に投じ、入党。解放後は大学進学の機会を放棄して共産主義青年団の指導に携わりつつ、小説を書いた。五七年南京市文聯で専業作家となるが、同年高暁声、陸文夫、葉至誠らと文学結社「探求者」を結成、「生活に関与する」文学を主張して批判された。間もなく文学活動に復帰したが、文革で批判され下放、健康を壊した。七八年文聯に復帰、七九年名誉回復された。同年発表した小説「内奸」は全国優秀短編賞を得た。同年逝去している。

（3）［補注］「新生代」詩の作風として「反崇高」「反文化」「詩語の口語化」「個人への関心」などがしばしば指摘される（第四

部第二章参照)。筆者もそうした指摘に賛成である。

(4) ［補注］もちろんこの詩を「反崇高・反文化」という新生代詩評価のキーワードに即して読むこともできる。例えば、坂井洋史によれば、劉納(『詩・激情与策略——後現代主義与当代詩歌』中国社会出版社、九六年三月［未見］、四五頁)にこの詩について以下のような言及があるという。「絶えず繰り返される「そんなものだ」、「せいぜいそんなものだ」の句は、過去の詩人が海に対して与えてきた、あらゆる美しい意味を解消し、「海」をごく当たり前の事物に格下げし、かくして詩人の所謂「海」は普通の人間の「海」になったのだ。「君は望まない／海で溺れて死ぬことは」という現実的な心理の暴露は、過去一切の「海」に関わる神話を撃破し、過去の詩人たちが「海」の上に積み重ねてきた、一切の美しい紋様を洗い流したのだ。」坂井『懺悔と越境　中国現代文学史研究』(汲古書院、二〇〇五年九月、四〇七頁)。

(5) 『青年詩選(一九八五—八六)』(中国青年出版社、八八年三月)の「韓東」の項による。

(6) 翻訳は『毛沢東選集』第三巻(北京外文出版社、六八年七月)による。

(7) この二首はともに雑誌『青春』八二年八月号に掲載された。

(8) 沙石峪は河北省にある人口八百余の寒村。全村石と岩に覆われ、土のほとんどない高地に村民が少しずつ麓から土を運び作物の実る田地に変えた。六〇年代に周恩来が「現代の愚公」と称えたことで知られ、文革期には人民の刻苦奮闘精神の見本として喧伝された。林県は河北省北部、太行山地にある。六十年から六九年までの約十年をかけて、太行山の断崖絶壁に百八十のトンネルを掘り、全長二千キロの用水路(紅旗渠)を完成させたことで知られる。この困難な工事も映画などに記録され、文革期には盛んに上映された。

(9) 毛沢東「《農村調査》的序言和跋」〈『農村調査』の序言と後記〉(四一年)。

(10) 毛沢東「《中国農村的社会主義高潮》的序言」〈『中国農村における社会主義の高まり』序言〉(五五年)。

(11) 毛沢東「関于農業合作化的問題」〈農業共同化の問題について〉(五五年)。

(12) 毛沢東「《中国農村的社会主義高潮》的序言」〈『中国農村における社会主義の高まり』序言〉(五五年)。

(13) 毛沢東「在延安文芸座談会的講話」〈延安文芸座談会での講話〉(四二年)。

（14）本書第三部第二章「文革期文学の一面――高紅十と『理想の歌』を中心に」を参照されたい。
（15）当時の下放青年たちの体験記、手記については「文革期文学の一面―高紅十と『理想の歌』を中心に」の注（31）でその一端をみられたい。ほかに小説や詩について拙稿「文革期上海における文学出版物の執筆者たち」「『朝霞』『朝霞叢刊』の執筆者たち」（いずれも拙著『文革期の文学』花書院、二〇〇四年三月所収）のリストでその一端が知られよう。
（16）吉本隆明「情況とは何かI――知識人と大衆」（『自立の思想的拠点』徳間書店、六六年十月）。

第五章　旧世代詩人の新生

——四川の詩人・梁上泉の詩をめぐって——

はじめに

　中国詩における八〇年代、いわゆる新時期の詩について北京大学の洪子誠教授は「それは五〇年代以来の現代詩が最も生命力を持った時期だといっていい」（洪子誠・劉登翰『中国当代新詩史』人民文学出版社、九三年五月刊）と評し、それを推進してきた詩人群を、1　文革中迫害されたが、四人組追放後いちはやく詩的活動を再開した「五、六〇年代に終始詩壇で活躍していた詩人たち」、2　五〇年代以来の政治運動の中で批判を受け、文革前に詩壇から姿を消し、文革後詩壇に復帰してきた詩人たち（例えば「七月派」の詩人、反右派闘争で批判された右派詩人等）や西欧のモダニズム詩の影響を受け、詩壇に受け入れられないまま沈黙を余儀なくされた詩人たち（例えば「九葉派」の詩人）、および3　七〇年代以降登場した若い詩人たち、の三グループに分類している。洪子誠教授の言う所はおそらくその通りであろう。私は教授の考えに賛成である。

　しかし同時代中国の詩の読者や批評家たちから見たとき、この評価はおそらく正しくない。公平に言って、八〇年代の詩の読者が熱中し、批評家が好んで論じてきたのは2と3の詩人群であって、1の詩人たちはその対象外であったからだ。彼らから見れば、新時期詩を推進してきたのは第2と第3のグループだけだったはずである。読者や批評家が第1グループの詩人に冷淡であったわけは、第2、第3グループの詩人が持て囃されたその理由が、彼らには欠けていたからである。つまり、第2グループの詩人たちは、建国後しばらくして、さまざまな理由で詩壇を追われ、その詩的能力を発揮できぬまま坎軻不遇の歳月を過ごしてきた。いわば世人の同情を得る立場にあった。文革後詩壇に復帰した詩人たちは、その坎軻不遇の経歴を詩的発条として嘆きと告発の声をあげた。それらの作品はなお旧来の社会主義リアリズムの詩観にたっていたが、長い者は三十年近くに及ぶ不遇の経歴から発せられる声は読者の心を揺さぶってやまぬものがあった。また第3グループの詩人たちは、おおむね文革期に青少年期を過ごし、精神の廃墟を抱えており、その廃墟の中から詩的歩みを始めた人々であった。彼らは社会主義リアリズム的文学観に制約されてはいたものの、技法的には旧来の詩がもたない新しい表現を試みた。その作品が若い世代を中心に広く読者を獲得したのも当然であった。

それに対し、第1グループの詩人たちは建国後ほぼ一貫して詩壇の主流であり、文革の時期を除いて政治的迫害を受けたことがなかった。彼らはずっと詩壇の陽の当たる場所にいたのである。また彼らの多くは社会主義リアリズムの文学観を信奉しており、文革後の詩壇では保守派と目されている。若い世代が勃興したときそれに批判的だったのもこのグループの詩人たちであった。そういうことへの反感が、八〇年代の読者や批評家の間に第1グループの詩人に対する冷淡な扱いを生み出しているというのが、私の観測なのである。さらに私自身が、このグループの詩人たちを、新時期という時代にとっくに乗り越えられ、新時期詩になにものももたらすことのない、むしろ障害ですらあるような、時代遅れの存在のように考えていた。私の新時期詩の見取り図の中にはこうした詩人たちの占める場所はなかった。

だが、去年（九三年）九月四川省重慶で開かれた中国現代詩の討論会で四川の詩人梁上泉氏と面識を得、その詩集を読んだ（その事情については付記に書いた）ことで、私の考えは少し変わった。第1、第2グループの詩人たちは概ね解放前ないし解放直後から詩を書き始めていて、だいたい一九三〇年代前半より前に生まれた人たちだから、今もう六十歳以上である。こういう詩人たちを中国では老詩人と呼ぶ。だが私は彼らを「旧世代の詩人」と呼ぶことにしたい。彼らが、文革前の詩壇の主流だった社会主義リアリズムの文学観に拠って詩作を行ってきた（そしてほとんどが今もなおそうである）という点で、そうした文学観から自由である若い世代と区別できると考えるからである。

梁上泉氏は旧世代の詩人である。頂いた名刺には四川省作家協会副主席、重慶市作家協会副主席、一級作家とあり、上の分類でいえば第1グループの詩人ということになる。近著『梁上泉詩選』（四川文芸出版社、九三年四月）は、彼の初期から最近までの作品が網羅されており、その詩人としての全貌を窺うことができる。この詩集を読むうちに私は梁上泉氏の作品が初期のものと最近のものとでは違っていることに気づき、第1グループの詩人たちへの私の偏見を改めなければならないかもしれないと感じた。そして梁上泉詩の変化は、梁氏が新時期の詩的潮流に迎合し己れの詩風を変えたというようなものではなく、文革後の社会的変化と文学観の変化に促されて梁氏個人の詩的資質が開花した結果で、一種自然なりゆきというべきかもしれないと考えた。もしそうだとすれば、梁上泉詩の変化を論じることは、解放後の中国現代詩全体を律してきた社会主義リアリズム的文学観の問題点を問うことにもなる。梁上泉という詩人の紹介を兼ねてそういう問題を考えてみたいというのが本章執筆の動機である。

一　初期の詩作品

梁上泉はその詩人としての歩みを、解放直後の辺境地帯を歌うことからはじめ、それによって注目され始めた人である（その経歴については文末の付記を参照されたい）。その作品は、五六年以後次々に詩集にまとめられ出版された。いま初期の作品集だけをあげれば、次のようである。

『喧騰的草原』中国青年出版社、五六年。

『雲南的雲』中国青年出版社、五七年。
『開花的国土』中国青年出版社、五七年。
『従北京唱到辺疆』中国少年児童出版社、五八年。
『寄自巴山蜀水間』新文芸出版社、五八年。

これら詩集の題名からも、出発期の彼の詩的主題が中国の辺境を歌うことにあったことを窺い知ることができる。五〇年代初期、解放軍の兵士として辺境地帯で暮らし、その生活を歌った青年たちが少なからずいた。公劉、白樺、顧工（一九二八―）、雁翼（一九二七―二〇〇九）、傅仇（一九二八―八六）、高平、李瑛らがそうした人たちである。梁上泉もその有力な一人であった。北京大学の謝冕教授はこの人びとについて次のように書いている。「五〇年代に出現した一群の詩人のうち、少なからぬ人々がこの土地（西南辺境）と関係がある。だが我々が驚かされるのは、同じ土地に住み、同じ環境で活動し、ほぼ似たような経歴を過ごしたにもかかわらず、それぞれに違う芸術的風格を作り出していることである」（「新中国と共に歌う――建国三十年詩歌創作回顧の一」『共和国的星光』春風文芸出版社、八三年六月）。

ところで、梁上泉が詩を書き始めた五〇年代は、いわば中国文学がその総力を傾けて「建国神話」ともいうべき「新社会賛美の文学」を作り出しつつあった時代である。解放前の中国社会がどんなに酷い状態であったか、国民党がどれ程腐敗堕落していたか、共産党と解放軍がどれだけ勇敢に戦ったか、毛沢東を初めとする指導者たちがどれほど偉大であるか、新社会がどんなに素晴らしいか、解放後中国社会はどんな風に変わったか、文学のテーマはそれを描くことだった。作家たちはそれこそ熱情をこめて、それを書いた。梁上泉の詩も基本的にこの神話の一つである。解放後の現代詩に「政治抒情詩」という新たな領域を切り開いた郭小川は五〇年代初期の詩作を振り返ってこう述べたことがある。「あのころ、社会主義革命と社会主義建設の偉大なスローガンがすでに大空に響き渡っていた。私はどうにもこらえきれず宣伝員の姿でもって、一行また一行と政治的な詩句を書いた。全く抗日戦争の時代に村々の土塀に動員の標語を書いたのと同じように」（「月下集権当序言」《談詩》上海文芸出版社、八四年十二月）。これは郭小川に限らず建国初期の詩人たちに共通の文学的態度である。彼らにとって詩を書くことは、そもそも「宣伝鼓動員的姿態」で新社会を賛美すること以外ではありえなかった。梁上泉（公劉、白樺、顧工、雁翼、傅仇、高平、李瑛たちも）は主に西南辺境に材を取った作品の中で新社会を賛美する「頌歌」を歌い上げた。梁上泉の詩にも「宣伝鼓動員的姿態」が遺憾なく示されている。例えば、彼はチベットを次のように歌っている。

這一天、金沙江
　　瀾滄江
　　　雅魯蔵布
在一起縦情歓唱。
這一天、二郎山
　　折多山
　　　色斉拉
在一起閃閃発光。
因為這座〝金橋〟
従首都架到了拉薩
跨過千山万水

この日、金沙江が、
　　瀾滄江が、
　　　ヤルサップ江が
ともに心ゆくまで喜びの歌を唱った。
この日、二郎山が、
　　折多山が、
　　　サチラ山が、
ともにきらきらと光を放った。
なぜならこの「金の橋」が、
首都からラサに架かり、
千山万水を跨いで、

帯来了東方的彩霞。

（四〜十連略）

珠穆朗瑪女神
聴到了這个喜訊
将更高地昂起銀光閃射的冠冕
驕傲地望着遠大的前程。

喜馬拉雅山上的哨兵
聴到了這个喜訊
緊握着比白雪還亮的刺刀
将更有信心撥開那戦争的烏雲。

這荘厳的時刻呵
使我們無比歓騰
北京是幸福的発源地
我們和祖国一道
正—在—前—進！

東の朝焼けを連れてきたから。

（中略）

チョモランマ峰の女神は、
この吉報を聞けば、
銀色にきらめく冠をもっと高くあげ、
遠大な前途を誇らしげに眺めるだろう。

ヒマラヤ山上の哨兵は、
この吉報を聞いたら、
雪よりも白く光る銃剣を握り締め、
戦争の暗雲を吹き飛ばす自信をもっと深めるだろう。

この厳かな時が、
僕らを比べようのない喜びに沸き立たせる、
北京は幸福の源、
僕らは祖国と共に、
前—進—し—て—い—る！

（「〝金橋〟通車了（〝金の橋〟が開通した）」五四年）

ここに見られるように、彼の歌うチベットは峻険な山々に閉ざされた秘境ではない。建設の槌音響く新中国の一地方である。この詩を書いた五四年末、梁上泉はようやくまだ二十三歳にすぎない。高校卒業前に解放軍に入り、辺境を転々とした若者にとって、チベットは自分たちが防衛し、自分たちが開発しなければならない祖国の新たな領土であった。文芸工作団の創作員の一員として、彼は辺境がどのように変わっていくかを伝えることが、自分の使命だと考えていたであろう。この詩は、五〇年代初期という時代そのものがもつ、新国家建設に向けた明るく、若々しい雰囲気、これからはすべてが良くなっていくという未来への期待感、そうした勃興期の社会の時代意識を上昇的に受け止めた詩人の感性と、新中国の宣伝者という使命感が結びついて生まれた詩意識の産物にほかあるまい。彼はそれをやや誇張された感情表現に包んで投げ出している。このような作風を「感情表現型賛美」と呼んでおく。

深夜……
一陣急鳴的炮声、
在山拗里回応、
孩子哇哇啼哭、
也把熟睡的阿媽驚醒。

阿媽軽声哼唱、
手拍在孩子身上。

深夜……
激しい砲声がひとしきり、
山あいの寒村にこだました、
子供がぎゃあぎゃあ大声で泣き、
熟睡していた母親まで驚いて目を覚ました。

子供の体の上で拍子をとりながら、
母親は小声であやす。

〝睡吧、娃娃、
別吵、別嚷、
這是解放軍的開山炮響。

〝在我們這個地方、
再没有罪悪的槍声、
彼此都親如兄弟、
再不会互相打仗。

（中略）

〝我們睡在暖和的爐辺、
他們却開着冰凍的雪山、
那走向天堂的和平大路、
在甜夢里向前伸延……。

阿媽笑着睡去、
孩子偎在胸前。
睡吧、都放心地睡吧、

「さあ、寝んねしなさい、
騒がないで、おとなしくしなさい、
あれは解放軍が山を切り開くハッパの音なんだから」

「ここにはもう、
罪深い銃声はないの、
みんな兄弟のように親しくて、
もう戦ったりはしないんだから」

（中略）

「私たちは暖かい炉端で寝ているけど、
あの人たちは冷たく凍った雪山を開いている。
天国に向かうあの平和の大通りが、
夢の中で前に伸びている……」

母親は笑いながら眠っていく、
子供はぴったりと胸に寄り添っている。
眠るがいい、二人とも安心して眠るがいい。

這里夜夜炮響、　　ここは毎晩砲声が響くが、
這里夜夜平安！　　毎晩がなにごともなく平安だから。

（「這里夜夜平安（ここは毎晩が平安だ）」五五年）

この詩も「〝金の橋〟が開通した」と同じ詩意識から作られた作品である。前の詩が新国家に組み込まれたチベットの変化をいわば国家指導者のような視点で腑瞰的に描いたものとするならば、この詩はチベット山中に住むチベット族の視点から変革中のチベットを描こうとしている、と一応はいえる。しかしここに写されたチベット族の母子には肉体感（存在感）が稀薄である。この母子が新中国賛美のために仮構された存在だからである。むろんこの詩から私たちが聞くのは「宣伝鼓動員」たる梁上泉の声を通して語られる新国家のイデオロギーにほかならない。梁上泉詩のこういう作風を「イデオロギー型賛美」と呼ぶことにする。

初期梁上泉詩の本質は新社会賛美にあるが、作品の中にはそれが余り目立たぬもの、背景に遠ざかっているような詩もある。例えば雲南を歌った次のような詩がそれである。

雲南的雲海茫茫、　　雲南の雲海は茫々と涯なく広く、
淹没了谷地高崗、　　谷間も丘も雲の下、
紅日怒湧而出、　　赤い太陽が躍り出て、
衝開了金濤銀浪。　　金銀の雲の波を蹴散らす。

前去会哨的小隊、　　歩哨の交替に向かう小隊が、

扛着閃光的刀槍、　　ぴかぴか光る銃剣を担いでいる、
像一群出航水手、　　まるで出航する水夫たちが、
揚起撃波的船槳。　　波を蹴立てるオールを揚げているようだ。

我写首戦歌当祝福、　　私は戦歌を書いて祝福し、
伴他們一道遠航、　　彼らと一緒に遠航し、
穿行在雲南的雲里、　　雲南の雲をくぐりぬけ、
去巡守万里辺防。　　万里の辺境防衛の巡視に行く。

（「雲南的雲（雲南の雲）」五六年）

これは一幅の華麗な絵画である。詩人は高い山の上に立っている。眼下に果てしない雲海が広がる。南方の雄大な自然を背景に、そこで辺境防衛の任務につく兵士たちの日常を描いた詩である。いわば一枚の絵のように、銃剣を担いで雲海の上を遠ざかっていく一隊の兵士たちの姿が写し取られている。絶叫も宣伝もない。静かな、美しい抒景詩である。こういう作風を「抒景型賛美」と呼ぶことにする。

二　初期作品の特徴

わずか三つの詩で詩人・梁上泉を論ずることは、もちろんできない。しかし『梁上泉詩選』を卒読した限りでは、初期梁上泉の作品を、その作風（賛美の型）に従って分けると、大体ここに紹介した三つのタイプに分類できるのではないか、という印象を受けた。つまり、Ａ「〝金の橋〟が開通した」のように、やや誇張された感情表現型。Ｂ

「ここは毎晩が平安だ」のような、イデオロギー型。C「雲南の雲」のように、感情や賛美イデオロギーをできるだけ押さえた風景描写型、である。これらに共通するのは、初期の詩にあっては辺境の、以後はむろん国内各地の風景・風物を、国家の運命や、党と社会主義中国への賛美と結び付けて描写するという手法である。そして、彼の真骨頂（謝冕教授のいう「芸術的風格」もまた）はCのタイプの詩に現れ、成功している作品もこのタイプに多い、というのが私の印象であった。

ただここで確認しておきたいのは、前に述べたように、梁上泉が詩人として出発した五〇年代が新国家と新社会を賛美する「建国神話」の時代だったという事実である。解放前にすでに詩人としての地歩を確立した詩人たち（例えば有名なところでは艾青や何其芳など）は、解放後直ちにはこの神話作家の列に加わることができなかった。彼らは暗いテーマを暗い声で歌うことに慣れ過ぎていた。彼らは自分の自我をみつめることから詩人として歩み始めた人々だった。だが、梁上泉のような五〇年代から活躍した詩人にとって、詩ははじめから新社会の賛美（あるいはその対比としての旧中国の暗黒の暴露）のために存在した。問題はその賛美や暴露をどのような技法・表現で行うかであった。このように考えると、梁上泉がAやBのような詩を書いたのは彼がそれを望んだというよりは、彼の属した時代がそれを彼に強いたのだということに気がつく。この時代に詩人になるということは「宣伝鼓動員」になるということ以外ではありえなかった。私は、梁上泉の詩人としての資質はCの「雲南の雲」に見られるように、自然の風景を抒情豊かに受け止める感受性の力にあると思う。しかし、その資質をそのまま美しい風景詩の形で表現する道は閉ざされていたのである。

三　詩風の転換

『梁上泉詩選』を読んでいくと、文革後、それも八〇年以後梁上泉の詩風に変化（転換）が現れるのが分かる。文革期を含めて、それ以前の中国現代詩の一つの大きな特徴は「自我の不在」であるといっていいが、文革前の梁上泉の詩もその例に漏れない。どの詩にも見事なほど「私」がない。彼は党と社会主義の宣伝者として自分を限定している。彼の詩には梁上泉という人間の肉声がない。彼の詩をどれだけ読んでも「彼という人間」は見えてこない。それが変わるのが八〇年代以後なのである。次の二つは、いずれも八〇年代初期に書かれた。

杜鵑啼落西窓月、
曙光催出早行客、
今日向何方？
穿繞雲山疊。

ほととぎす鳴き終わり西窓に月、
朝立ちの客を促す夜明けの光
今日はどちらの方に？
越えていくのは雲かかる山の重なり。

仰観飛瀑流泉、
俯瞰龍潭虎穴、
聴不完鶯鶯燕燕、
看不尽花花葉葉、
緑的緑似戦士衣、

流れ落ちる滝を仰ぎ見、
深く険しい谷底を覗きこむ、
あたりに満ちる鳥の声
あたり一面花とその葉
葉っぱの緑は戦士の制服

紅的紅似先烈血……　　花の赤は革命烈士の鮮血のようだ……

（「城口行（城口を行く）」八一年）

炒糖砂板栗的気息、　　甘栗を炒める匂い、
熱騰騰地漫溢不断、　　ほかほかと溢れて尽きず
夾来雑着菊花的清香、　　清々しい菊の香りと混ざりあい
在大街小巷里飄散、　　大通りにも路地にも漂い流れ
它告訴久不出城的人們、　　長らく街を出たことのない人達に知らせる
山野已是成熟的秋天！　　野山はもうすっかり秋だと。

（「秋訊（秋の便り）」八二年）

先に、新社会賛美を本質とする初期の彼の詩が、その賛美の仕方に従って三つのタイプに分類できると書いた。このうち、ＡとＢは、新しい社会や新しい生活の賛美のために歌うという「宣伝鼓動員」としての詩意識が要求した詩法である。だがＣはどうも違うように思われる。Ｃは彼の詩人としての資質からやってきた方法であろう。ここに挙げた二つの作品からはＡやＢを生み出したような詩意識は姿を消しているのが、その推定の根拠である。これらの詩は、主にＣに（言い換えれば自分の資質に）依拠して書かれているといっていいのではないか。八〇年代初期の詩からは、かつてのＡ、Ｂタイプが姿を消し、このようにＣのタイプが主流を占めるようになることからも、Ｃ的な詩的態度こそが彼の資質だろうと思われるのである。だがこの段階では、梁上泉はまだ新しい方法を見出だしてはいない。その詩に残骸のように「戦士の制服」や「革命烈士の鮮血」といった語彙がつき纏っていることからも分かるように、さらにまたそれらの語彙が、「新しい社会や新しい生活の賛美」をほとんど喚起するものではないことからも分かるように、彼の詩意識はＡ、ＢとＣの間で揺れ動いている。

『梁上泉詩選』に拠る限り、彼の詩が徹底的に変わるのは、だいたい八三年以後であろう。詩から宣伝者としての影が薄れていき、それと共に、詩の構成が堅固になり優美さや抒情性の度合いが増してくる。私が、その典型的な例と考えるのが「蘇州　花売りの声」である。

夢繞姑蘇、　　夢は姑蘇をめぐり、
情思翻騰、　　想いは乱れる
在那里探尋、　　そこで探し尋ね
在那里傾聴、　　そこで耳を傾けた
深巷的売花声。　　路地の奥の花売りの声。

二十年前、　　二十年前
我到過那座水城、　　あの水の街に行った
売花少女的声音、　　花売りの少女の声は
音楽似的婉転、　　音楽のように美しい抑揚があり
秋水般的透明。　　秋の水のように透明だった。

〝買花喲、買花、　　「花ぁだよぉ、花ぁ、
買茉莉花！〟　　茉莉花は要らんかねぇ！……」
花帯着清香、　　花は清々しい香りを放ち

人帯着清芬　　　人清々しい匂いを漂わせ、
随着風児流動。　風のままに揺れ動いている。
流動、流動、　　ゆらゆら揺れ動きゆれうごき、
留下個永恒的夢。永遠に変わらぬ夢を引き止める。

（「蘇州売花声（蘇州　花売りの声）」八三年）

二十年前の定かではない思い出を、路地の奥から聞こえてくる花売りの声（聴覚）と、風にゆらゆら揺れる花（視覚）という感覚的イメージで歌った哀感ただよう抒情詩であり、それまでの梁上泉の詩風と際立つ変化が見られる。彼は一、二と訣別し、自分の資質に忠実な詩を目指し始めた、というのが私の感想である。

五　梁詩変化の原因

ところで、梁上泉の詩がこのように変化した原因は、一体なんだろうか。

結論から先に言えば、それは八〇年代以降、経済の改革・開放政策の進行がもたらした中国社会の大変動と、ソ連をはじめとする社会主義圏の崩壊、それによって引き起こされた彼の詩意識の変化にほかならない。先に初期の詩について、建国初期の時代意識を上昇的に受け止めた詩人の意識と、社会主義の宣伝者としての使命感が結びついて生まれた詩意識の産物というふうにいったが、八〇年代以降の中国社会の現実はそのような詩意識を破産させずにはおかないものであった。さらに言えば、八〇年代以後新たに生まれた文学現象（詩の領域で言えば、「朦朧詩」や「新生代詩」など）とそれを支える新しい文学意識も、梁上泉風の詩意識がもはや無効であることを示すものだった。彼の詩

意識は八〇年代に入って解体するほかなかったのである。国際的な社会主義圏の崩壊、国内的な社会主義運動の低迷、かつて自分が信じ賛美してきたものへの否定的評価、新しい文学の登場、一口にいえば神話時代の終焉が、彼の使命感をも喪失させ、神話と使命感から形成されていた彼の詩意識を解体に導いた。八〇年代以後の梁上泉の詩はその解体の産物にほかならない。

六　新しい詩意識——詩人の再生——

では、梁上泉の八〇年代以後（とりわけ八三年以後）の詩を生み出しているのはどのような詩意識であろうか。私には、それは「喪失していた自我の回復」への欲求だと思われる。仮に八〇年代以前の詩意識の中核を「公共のために歌う」ことだとすれば、新しいそれは「自分自身のために歌う」意識だといっていい。例えば次の詩にはそれがはっきりと表れている。

我最初的朦朧愛、
悄悄地給了
一個同班的女孩。

私の朦朧たる愛は、
一人の同級生の女の子に
こっそりと捧げられた。

女孩的那一瞬、
那些情態、
到我生命的終結、

その一瞬の女の子の
表情としぐさ
私の命の終わるときまで

也難忘懐。　忘れ難い。

夕陽的光、　夕陽が
把她勾勒成金像、　彼女を金色の像に描き出し
信手采下的摘野花、　摘み採った野の花が
在她唇飄香。　唇の辺りに香りを漂わす。

香風給我伝逓　匂いのいい風が伝える、
一朶純真的微笑、　純真な微笑み
一個温情的信息、　穏やかで優しい感情の情報が
就従那年那時起、　その年のその時から
儲存在我的記憶。　私の記憶に蓄えられている。

可她辞世太早、　だが彼女は余りに早く世を去った
我暗自把她悲悼、　私はひそかに彼女を悲しみ悼んだが
這段綿綿隠情、　この綿々たる秘め事を
她至死也不知道……　彼女は死んでも知りはしない……

（「朦朧愛（朦朧たる愛）」八八年）

八八年五月、もはや老境に近い五十七歳の年の作。ここには初恋の思い出がうっすらとした哀愁に包まれて投げ出

されている。この詩を例にあげたのは、ここに生身の作者の内心の感情が、先に見た「蘇州　花売りの声」などよりもっと強く、濃厚に描出されているからである。この詩は彼個人にしか関わりのない純然たる「私事」がテーマであり、肉声で語られた「彼という人間」の物語なのである。

変化は、例えば風景を歌った詩にも現れている。

烈焔在噴吐、　　　　烈しい炎が噴き出している
溶岩在噴吐、　　　　溶岩が噴き出している
地心蘊蓄着太多的熱能、　　地球の中心には有り余る熱エネルギーが蓄えられていて
連自己也封不住。　　　　自分でも閉じ込めておくことができないのだ。

一旦冷却下来、　　　　一旦冷却してくると
寒気又凝聚太多的水珠、　　寒気が今度は多すぎる水滴を集め
把一個火山口、　　　　火口を
変為沈思的湖。　　　　沈黙のまま思索する湖に変える。

（「沈思湖（沈思の湖）」八七年）

これは単に風景を歌った詩ではない。そこには彼自身のそれまでの人生への観照がある。そこに彼が歌い続けてきた建国後の中国社会への批判意識さえ感じ取ることができる。これまで三のタイプの作品として表現されていた彼の資質が、新しい詩意識を得ることによって、いっそう発揮されていることが分かる。

彼は自分のために歌い始めた。自分の思い出を、自分の愛を、自分の風景を……。彼はもはや「何かのために歌う」

ことを止めた。抒情の資質を武器に、彼が自分の歌を歌い始めたとき、彼は旧世代の詩人であることを止め、「新時期」の詩人として再生したのである。

おわりに

かつて萩原朔太郎が「詩には成熟はない。ただ変化があるだけだ」という意味のことを述べたことがある。だが、梁上泉の詩風の変化のあとを辿ってみると、この言葉は必ずしも全面的とは言えないように思える。八〇年代以後の詩には、単なる変化だけではなく、やはり詩としての成熟を読みとらないわけにはいかないからである。しかし、梁上泉の作品のそういう詩的成熟はほとんど評価を受けていない。最近続々と出版されるようになった「文学詞典」の類いは、相変わらず彼を五〇年代詩人としてしか評価していない。そればかりか、『梁上泉詩選』の解説「生活に惚れ込み、時代に惚れ込む」（「鍾情生活、鍾情時代」）を書いている野谷でさえ、そのなかで八〇年代以後の作品には一言も触れず、相変わらず初期の詩にのみ高い評価を与えている。その理由はなんだろうか。

その一つは「はじめに」でも書いたように、文革後の詩の読者や批評家の間では、洪子誠教授のいう第2グループ、つまり解放後の政治運動の中で批判され詩壇を追われて、文革後再び復帰したいわゆる「帰来的詩人」たち（季紅真「帰来、失去的与得到的」《文明与愚昧的衝突》浙江文芸出版社、八六年十一月）と、新たに登場した第3グループの若い世代（例えば朦朧詩派）が寵児であって、第1グループの詩人群のように文革期を除いては批判もされず、さして苦労もなく詩壇の陽の当たる場所におり、文革後再び詩壇の主流となった人々に対しては冷淡だったという事情であると思う。だがそれ以上に大きな理由は、社会主義の「宣伝鼓動員」たることよりも、自分の内面を歌いはじめた旧世代詩人の変化に、第1グループの詩人が指導部を占めている詩壇主流がとまどっているということではないか。文革後詩壇に復帰した第2グループの詩人群、いわゆる「帰来的詩人」たちにせよ、若い世代にせよ、「真」の社会主義を求め「偽」の社会主義を批判する告発者の相貌で登場してきた。その詩作の根底には基本的に「公共」のために歌う詩人の社会的責任を重視する発想がある。また技術的にモダニズムの手法を取り入れようとも、文学観は社会主義リアリズムに規定されていることは否めない。従って、こういう詩人に高い評価を与えることに、詩壇主流はなんのためらいもない。だが、梁上泉は違う。彼の転換は、こうした発想や文学観との訣別によってもたらされたものだ［その訣別を促したのはむろん八〇年代以降の改革・開放政策にともなう中国社会変化であるが、梁上泉の新しい詩意識は、やはりこの社会的変化の中から八〇年代半ばに登場した新生代詩人（特に韓東ら「他們」グループ）のそれに似通っている。新生代詩人は「公共」のために歌うといった発想や社会主義リアリズム的文学観とは無縁な地点で詩作をおこなっている］。社会主義リアリズムを手放すことのできないでいる詩壇主流は梁上泉の転換をどう評価したらいいか分からないでいる、そのとまどいが転換後の梁詩の無視につながっているというのが、私の考えである。

中国現代詩は、建国後ずっと社会主義リアリズムの文学観に基づいて創作されてきた。だが、実はそれは才能ある詩人にとっては、創作の促進ではなく、桎梏としてしか機能しなかったのではないか。だがその文学観が権威としてふるまっている以上、その破産は宣言や声明によってではなく、しばらくは具体的な作品によって示されることになるだろう。旧世代詩人・梁上泉の詩的再生と成熟［や新生代詩人の活躍］は、その意図せざる実践にほかならない。

付記1

九三年九月初め、重慶にある西南師範大学で「九三華文詩歌国際研討会」（主催・同大学中国新詩研究所）という学会が開かれ、私も参加した。日本での学会のイメージから、私は研究者しか来ていないものと思い込んでいたのだが、研究者だけでなく多くの専門詩人も参加していた。主催地の関係であろう、四川の詩人が比較的多かったが、ともかくそのおかげで、私は、名前だけはよく知っているいろいろな詩人と知り合うことができた。これは、私にとっては思いがけない収穫といってよかった。この人たちは多く自分の詩集を持参していて、それを互いに交換しあったり、新旧の知人に贈ったりしていた。私は数少ない外国からの参加者ということで珍しがられ、いろいろな方々から、小さな旅行鞄なら一杯になってしまうほどの詩集を贈られた。北京に帰り、その内からまず梁上泉氏の詩集を抜き出し、拾い読みした。特別の理由があったわけではない。詩歴が長く、名前だけは知っているこの詩人と、私は記念写真をとっていた。その写真を送るついでに、頂いた詩集の感想を一言ぐらい書いておかなければ、といった程度の動機からである。梁上泉氏の詩はそんなに難解ではない。むしろ大変分かりやすい。おかげで私は詩集をいい加減にではあるが、通読した。これはその感想文ということになる。なおこの文章は北京大学で書き、当時たまたま同じ宿舎に滞在中だった先輩の片山智行氏（大阪市大教授）に読んでもらった。片山氏からは辛辣な批評をいただいたが、その意見に従って書き直したところも少なくない。記して氏に感謝する。

付記2　梁上泉氏の略歴

梁上泉、本名は梁上全、一九三一年六月四川省達県の貧しい農家に生まれた。やはり四川の詩人・流沙河と同年の生まれである。《梁上泉詩選》に付されている「自序」によれば、父親は文字も余り知らない農民だったが、長男の彼に大きな期待をかけ、「人の王」になってほしいと願ったのだという。「人の王たる者は、全である。そこでこの字を名前とした。だが私には生まれつきそういう運はないし、そういう大それた望みもない。そこで密かに意味を読み替えた。自分は「むしろ白水（「白湯」の意味）を飲もうとも、人の王なぞにはならぬ」。白水は「泉」という字になる。そこで「全」（音はチュアン）を「泉」（音はやはりチュアン）と変え、今までずっと使っているのである」というのが、彼のペンネームの由来である。

姉と妹、四人の弟がいたが、女の子は学校には行かず、弟たちも解放後初級中学を終えると皆農民になった。だが長男の彼は、八歳で私塾に入り、その後小学を終えて百二十里離れた県城の初級中学に入学した。このとき「家族の者たちはまるで科挙の秀才にでも合格したかのように思って、惜しまず借金し私に学問させようとした」とは、彼の書いているところである。

当時四川の田舎の学校には日中戦争の動乱を避けて流浪している知識人が教師をしている例が少なくなかった。梁上泉の学校にも「さまざまな省のなまりで授業をする」「比較的水準の高い流亡の教師」がいた。少年の彼はこの教師たちから砲声の意味や、赤軍の長征の意味を教わった。中学卒業後、引き続き高校に進んだ。この時代に国文の教師の指導で文学に目覚めて詩を書きはじめ、壁新聞を作って習作を発表した。またこの人の紹介で共産党の外郭団体のメンバーと接触したりした。四八年には習作の一部が上海の雑誌に掲載されたという。こうしてすっかり文学青年になった梁上泉は、四九年には文学サークルを結成し『新星』という雑誌を出した。これは解放軍に入るまで続いた。

五〇年末、高校卒業を目前にした梁上泉は家族の期待を裏切って解放軍に入ってしまう。解放軍に入った彼は、五一年秋から、西南軍区公安部隊文工団の創作員として、七年にわたり辺境地帯を中心に各地を転々とし、そこでの体験をもとに詩を書くようになる。

初めは五一年当時建設中だった成都・重慶鉄道の建設現場に入り、労働に従事しながら作品を書いた。翌年夏から半年間、雲南の辺境に行き、国境の警備所で兵士たちに読み書きを教え、またパトロールや戦闘任務にもついた。五四年暮れから五五年春にかけてチベットを訪れ、五六年夏には雲南辺境を再訪している。また同年北京で開かれた全国青年文学創作会議に出席し大きな収穫をえたという。因みに五六年は、二月『人民文学』に彼の詩作品を高く評価する論文（「成長中的青年詩人」）が掲載され、また最初の詩集『喧騰的草原』が中国青年出版社から出版されるなど、梁上泉が詩人としてようやく認められるようになった年である。

五七年梁上泉は解放軍を退き、重慶市歌舞劇団に入り、シナリオ作家となった。青年作家の多くが文壇を追われることになった反右派闘争は、彼は何事もなく切り抜けている。彼と同じように辺境を歌った公劉や、白樺が、また彼と同年で、ともに全国青年文学創作会議に出た同じ四川人の流沙河が詩壇から姿を消したのに、梁上泉はその間も間断なく詩を書き続け、相次いで詩集を出しているわけである。以て彼の詩が当時の詩壇の主流の好みと一致するものだったことが分かる。

六五年九月からは解放軍工程部隊に従って一年間ベトナムに滞在した。文革の初期逮捕されたが、間もなく名誉回復され、七〇年代初めには創作活動を回復した。文革後は八二年重慶市文連に移り、専業作家となった。

以上が、梁上泉の経歴である。五七年までの前半が詳しく、それ以後が駆け足なのは拠った資料がすべてそうなっているからである。逆にいえば、それは、梁上泉への評価が「五〇年代に活躍した詩人」、私のいう旧世代の詩人たちの一人という評価にとどまっていることを示している（本章の意図はそういう評価に異を唱えたいということにもある）。

（一九九三年十月二十五日北京で初稿）
（一九九四年十月十五日福岡で改稿）

第六章　香港現代詩の一面
――王良和とそのザボン連作について――

はじめに

中国文学の対象として台湾、香港、シンガポールといった中国語圏の文学作品も含めようという機運が現われたのはいつごろからだろうか。私は一九九三年初夏香港中文大学に二ヶ月間滞在し、文革期文学の資料調査に従事したが、その折、大学図書館に香港・マカオ文学のコーナーがあるのを見て、中国文学には、実はこういう領域もあったのだ、という感慨と同時に、中国文学の対象領域を大陸だけに限って考えてきた自分の視野の狭さを反省させられた記憶がある。二〇〇〇年から山田敬三先生を代表とする科研共同研究「環太平洋圏の華文文学に関する基礎的研究」のメンバーに加えていただき、大陸以外の中国語圏の作家の文学活動についていくらか知見を広めることができた。それをきっかけに多少は親しみのある香港の文学についても資料を集め、研究成果を科研の報告書に発表したり[1]、資料を翻訳したりもした[2]。最終章には同報告書所収の香港現代詩にかんする文章を再録する。中国現代詩史は、大陸以外の中国語圏の作品や創作活動にも目を向けなければならないという、自分の研究方向の確認のためでもある。

香港の現代文学は、もともと「内地」とよばれる中国大陸の作家たちによって作られてきた。戦乱を避け、あるいはもっと別な理由で香港に寄寓した内地文壇の既成作家たちが香港を舞台に文学活動を展開した。それが香港文学の出発点だった。従って出発期の香港文学は内容的にも質的にも大陸の文学と異なるところはなかった。だが、中華人民共和国が成立した一九四九年以後はそれまでと異なる新しい段階に入る。内戦を避けて香港に居住していた作家の多くは、新中国成立と同時に大陸に帰還した。それと入れ替わりに、大陸の政権と相容れない作家、文人たちが香港に流入してきた。彼らは「南来作家」と呼ばれるが、こうして四九年を境に香港文壇は大陸の政権に敵対的ないし批判的な「南来作家」たちが大きな発言力をもつようになり、親中国的な作家グループと対立するようになった。これを後押ししたのがアメリカの政治資金によって運営されていた様々な反共出版社、宣伝機関だった。五〇—六〇年代の香港文壇を支配していたのは激しい左右のイデオロギー対立であった。

こういう状況が変化するのは七〇年代後半、中国の文革終了後のことである。中国が階級闘争路線から経済建設（＝改革開放）路線に転換したこと、ソ連や東欧圏の崩壊といった香港をとりまく世界情勢の変化がその大きな原因であることは確かだが、ほかに香港文壇内部の人的構成の変化を見逃すことはできない。それは五〇—六〇年代の文壇をリードした冷戦時代世代の退場と、それに替わる本土作家世代の登場である。七〇年代後半以後、左右のイデオロギー対立といったレベルでの〈政治〉は、もはや香港文壇の主要テーマではなくなっていた。文壇の関心は〈文学〉そのものに、あるいは文学をめぐる〈探索〉や〈実験〉に移り始めていた(3)。

ここでは、こうした香港文学の大きな転換期にその詩的活動を開始した王良和という詩人と彼の代表作と言っていいザボン（柚子）を扱った詩を紹介し、香港現代詩の一面を窺おうとするものである。

一　王良和について

王良和は一九六三年香港で生まれた。原籍は浙江省紹興である。香港で生まれ育ち、香港の文化や教育の下で成長した作家を「本土作家」（香港っ子作家、香港の市民意識を具えた土着作家）というが、王良和はその本土作家の一人ということになる。その略歴は以下のようである。

一九八七年香港中文大学新亜書院中文系卒業後、九六年まで高校（余振強記念第二中学）教師をつとめた。九六年香港教育学院中文系に移り、現在もそこで教壇に立っている。この間、香港大学大学院修士課程で学び、九五年修士論文「劉大白の詩およびその詩論の研究」によって哲学修士の学位を得た。九七年には香港中文大学大学院で教育学の課程を終え、二〇〇一年香港浸会大学（The Hong Kong Baptist University）でPhDを得た。学位論文は「詩観の衝突と主流の争い：香港八、九〇年代詩壇の流派紛争――「鍾偉民現象」に照らして見る」というものだった。

王良和自身が「私は文学賞出身だ」[4]というように、彼は香港の様々な文学賞で優秀賞を獲得している。最初の受賞は一九八〇年第七回青年文学賞の文学批評初級部門二等賞、新詩部門優異賞で、十七歳の時である。青年文学賞は香港大学と香港中文大学の学生会が主催するもので、以後八、九回青年文学賞を受賞、八三年以後は第三、四、六、八、十一回の市政局中文文学創作賞、八三年度大母指詩賞、八四年から八七年まで四回連続して中文大学高雄先生記念文学賞、九三年第二回市政局中文文学双年奨詩賞および散文推薦優秀賞、九七年第一回香港芸術発展局文学賞、二〇〇三年第七回香港中文文学双年奨など数々の文学賞を受賞している。香港における文学賞の文壇的意味やその実態などについては余りよくわからない。しかしこうした文学賞の受賞歴が、王良和の香港詩壇における評価を示すものであることは間違いない。もっとも王良和は九〇年香港浸会学院（当時）の中文系の学生のインタビューで「文学奨に参加するのは純粋に賞金を得るためなのです」[5]と語っていることも付け加えておきたい。

八六年処女詩集『驚髪』を山邊社から出版。『驚髪』に収められた作品は、この年に台湾に去った香港中文大学時代の彼の文学上の師・余光中（一九二八―）の強い影響下で書かれたものだった。[6]王良和自身が上のインタビューに答えて、『驚髪』は「一人の青年作家が大詩人たちの後を模倣して残した記録で、私の模索段階の習作だと言っていい」と語っている。余光中は二八年南京生まれの詩人。四九年中華人民共和国成立後香港経由で台湾に渡った。七四年に招かれて香港中文大学中文系教授に就任、以後八六年香港を去るまで十二年間中文大学で教鞭をとった（余光中が香港を去ったのは香港返還に不安を感じたためと言われる）。余光中の詩は「新古典主義」といわれるが、それは中国古典に詩想の淵源をもつものであるようだ。(7) 香港在住中の詩集に『与永恒抜河』洪範書店（台北）、七九年刊、などがあり、その作品は香港詩壇に大きな影響を与えたとされる。(8)

王良和は「香港における余派の門人の一人」と言われた。(9) しかし王自身は何とか余光中の影響から脱け出し、独自の詩歌世界を築きたいと考えていたようである。そのきっかけとなったのが第二詩集『柚灯』詩双月刊出版社、九一年刊で、楊健民はこの詩集の出版を、余光中の影響を脱して「自己の独立した詩歌の品格形成にむけて踏み出した重要な一歩」と評している。(10) また王良和も前引のインタビューで「最近のザボン詩は風格が全く異なり、『驚髪』を好む読者たちには受け入れがたいでしょう。……私は詩人はたえず殻を破ろうとすべきで、他人が彼のある種の作品を高く評価したからといって、模索、変化の追求に臆病になってはいけないと思います。そうでなければあまりにも悲しい」と述べている。

さて、この詩集の最も重要な作品は、ザボンを様々な角度から描いた九編の連作であるが、実はこれも「柚子三題」のタイトルで一九八八年の香港市政局文学奨の一等賞を得たものである。そして詩集『柚灯』は九三年に第二回香港中文文学双年奨の詩組で受賞した作品集である。(11) 香港中文文学双年奨は九一年に設けられ、過去二年間の香港における最も優れた文学作品に与えられる。第二回は、小説組で西西（一九三八―）、散文組で黄国彬（一九四六―）が同時受賞している。詩組の評判（審査員）は北京大学教授謝冕、香港大学講師・詩人の也斯（一九四八―、梁秉鈞）、雑誌『明報』副刊編集者で作家の黄炎培などだった。(12)

九四年には新穂出版社から第三詩集『火中之磨』を出した。九七年第四詩集『樹根頌』を呼吸詩社から出版した。(13)

最も新しい詩集に『尚未誕生』東岸書店、九九年十二月刊、があるが、これは八六年から九八年までの代表作を集めたものである。このほか、散文集に『秋水』突破出版社、九一年刊と『山水之間』匯智出版社、二〇〇二年刊があり、また小説集『魚呪』青文書屋、二〇〇二年刊がある。

二　王良和のザボン連作

王良和の詩は、身辺のありふれた事物を素材にするものがほとんどである。それは、ここに取上げるザボンや、ただの樹木、野菜、花、家具、古ぼけた家屋、石像などといったものである。だがそれらは彼の作品舞台の単なる装置などではない。彼の詩は素材たる事物そのものを描こうとする。画家がモノをキャンパスに実在させようとするように、彫刻家がモノをそこに在らしめようとするように、王良和は対象となる事物を言葉によって、詩という形式の中に正確に再現しようとする。それは、王良和自身が認める「リルケの深い影響」のもとに彼が掴んだ方法だった。それについて彼はこう述べている。「詩人はまず事物に対し観察をおこない、その後モノの感覚世界に入っていこうと試みるが、モノのもつ感覚を外部に向って放射し、外在の世界を測定しようとさえする(14)」。それでは、詩人はどのようにこの方法を詩作に適用しているのだろうか。以下、その詩法に注目しつつ、彼のザボンを素材にした連作を紹介しよう。

「ザボン」連作は、すでに述べたように王良和が余光中の影響を脱して自己の詩風を確立する転機となった詩群であるが、それが連作たらざるを得ないのは、事物の実在を言葉によって再現するには、事物のもつ様々な相と関係性（人と事物との、また事物相互の関係性）を描かねばならず、しかもそれは一つの詩作品だけでは描き切れないからであろう。彫刻のような造型芸術ならば、彫刻によってザボンを再現すれば事足りる。それが説明によって事物を再現するほかない言語芸術の弱点である。

まず連作の最初の詩「観柚」（ザボンを観察する）を読んでみたい。

観　柚

路上、我常停下仔細審視的
是一株柚樹挺在金陽下
墨緑的柚子在叢叢緑葉里
遮掩隠蔵、相同的顔色
差点教我的眼睛掠過

正因為常向這静止的生命凝眸
禁不住曾偸偸
於低枝擷下了一個
分不清成熟抑或生渋
渾円的実体有自己的重量
捧於掌中、隔着亮緑的皮層
誰知道它成長的底蘊？

一刀落向果心

ザボンを観察する（観柚）

道で、私がよく立ち止まって細かく観察するのは
太陽の下に真直ぐに立つ一本のザボンの木
濃い緑色のザボンがよく茂った葉に
覆われて隠れている、同じ色で
危うく私の目を掠めてしまいそうだ

この静止した生命にいつも眼を凝らしているために
たまらなくなってこっそり
低い枝から一個もぎ取ったことがある
熟れているのか生なのか区別がつかなかったが
真ん丸い実体には自分の重みがあった
両手に包むが、きらりと光る緑の皮を隔てているのだ
ザボンの成長の実情は誰にも分からない

ぐさりと芯までナイフを入れる

分割的痛楚来自破裂的声音
像要剖開晴雨的奥秘——
内外厚厚的皮層層層連結
占去大半空間、而果肉
小不起眼却如雪亮的眼睛看我

不過是平凡的柚子罷了
吊在枝上也会讓路人忽視的
就算通体来回去観察、也僅是
没有辺界的一個円形
而我要在円周外逡巡呢
還是従平面走進立体?
移開那表面的視覚、我便看見
円中心最幽深的世界

分割される痛みが破裂の音からやってくる
晴雨の神秘を切開しようとするかのように——
内も外も分厚い皮が一層一層繋がり
空間の大半を占めていて、果肉の方は
小さくて目立たないが、真っ白に輝く目のように私を見ていた

たかが平凡なザボンにすぎない
枝にぶら下がっていても通行人から無視される
全体をあれこれ観察してみても、せいぜい
境界をもたない一個の円形にすぎない
そして私は円周の外で逡巡しているのがいいのか
それとも平面から立体に入ろうか?
その表面の視覚を移したとき、私には見えた
円の中心の最も奥深い世界が

（八六年九月四日）

「観柚」の冒頭で「立ち止まって細かく観察する」と彼が言うように、それはまず対象となる事物の細かい観察から始まる。その目的は「境界をもたない一個の円形にすぎない」「平凡なザボン」の「円の中心の最も奥深い世界」を見ること、そしてそれを記述し、一個の実在として出現させることである。

だが表面の観察だけでは十分ではない。実際に対象に触れ、その内部まで観察しなければならない。「剝柚」（ザボ

ンを剝く）が書くのはそれである。ザボンは人間にとっては食べ物である。食べ物としてザボンを扱うのであれば「一気にナイフを入れて切り分け食べてしま」えばいい。だが、「実在」として「中心に隠された謎を徐徐に明らかにし」ようと思えば、「固く握った拳骨の指を無理に引き剝がして掌をひらかせる」ように「皮を少しずつ」剝いていくほかない。詩人が選ぶのはむろん後者である。詩は、対象に触れ、対象と闘うことで見えてくる事物の一面を描く。ザボンの皮を剝こうとする指が感じる抵抗感を通して、ザボンの生命力を肉感的に伝えている。

だが、それが一体どうしたというのか。ザボンの「実在」が明らかになったからといって、それでどうだというのか。そのような詩を書いたからといってどうだというのか。最後の二行はそのような世間の常識を形象化した、というべきであろうか。

剝　柚

捧着一枚金色的月亮
這熟透的柚子在掌中
沈重、実在、我思索着応該
一刀剖開吃掉還是
掐入皮層層層去剝開
像強把緊握的拳頭翻成仰掌
中心隠蔵的奥秘徐徐展現
猝然一驚、我訝異這弱小的果実

ザボンを剝く（剝柚）

金色の月を捧げもっている
熟しきったこのザボンは掌の中にある
重い、実在の手応えがある、私は思索している
一気にナイフを入れて切り分け食べてしまうべきか　それとも
皮を少しずつ剝いて
固く握った拳骨の指を無理に引き剝がして掌をひらかせるように
中心に隠された謎を徐徐に明らかにしていくべきか
驚いた、不思議なことにこの弱い果実が

竟以強大的力量有意地
与我指爪的撕力相抗
似乎在暗示
不可小覰、更不可相欺
我鬆弛的五指複蓄勢拉緊
強横的指傾勁暴増
只些微撕下毫釐的果皮便無法超越
它成熟的中心宛然
包孕着高山、大地、泥土
雲和風和充沛的陽光
一場暴雷雨、河流急急
這一切都施力于皮間
堅拒着人力節節逼近。我
深深吸気並且
催動臂間的血脈於肌腱
奮力拉扯撕剝、只感覚
対方正以堅忍的意志
沈黙、倔強、剛毅
姿態従容対我的咬牙切齒

なんと強い力で意識的に
皮を剝こうとする指の力と対抗しているではないか
まるで　馬鹿にしてはいけない、ましてイジメてはだめだと
暗示してでもいるかのように
緩めた指にまた勢いをつけて引っ張ると
横暴な指は急に力を増す
わずか数ミリ剝いただけでこれ以上は越えようがない
その成熟の中心にはさながら
高い山、大地、泥土
雲と風とあふれる陽光
一場の暴風雨、激しく流れる河川が孕まれているかのようで
これらすべてが力を皮の間に加え
人の力が次々に逼り来るのを堅く拒んでいるのだった。私は
ふかぁく息を吸い　かつ
腕の血管と筋肉を動員し
力を奮ってひっぱり、割き、剝くのだが、感じるのはただ
相手がまさに堅忍不抜の意志で
沈黙し、屈することなく、剛毅に
悠然たる態度で私の切歯扼腕に対していることだけ

我思索着応該
譲軟垂的手自果皮上移開還是
堅持、直到果皮徐徐剝落

此時、有人笑着遞来
一柄銀晃晃的刀子

私は考えていた
ぐったりした手を皮から離すべきか、それとも
あきらめず、少しずつ皮が剝がれ落ちるまで粘るべきか

その時だ、誰かが笑いながら
きらりと光るナイフを渡してくれた

（八八年二月十四日）

しかし、たとえ実物を手に取り、手触りを確かめながら、どれほど詳細に正確に観察したとしても、所詮は外部から対象に迫ることでしかない。事物の実在を現出させようとするならば、対象となる事物の内部から事物の相を明かにすることが必要である。そのためには事物に没入し、果ては事物そのものと化すことが必要であろう。「薄い皮のザボン」（薄皮柚）が書くのはそれである。この詩で「私」とは「皮」である。ここで果肉が「少しずつ膨れ始め、圧力が四方八方から迫ってくる」のを感じるのは、もはや「剝柚」に見たような外在する指ではない。それはザボン自身である。事物の外にあって事物を観察する者であった詩人は、ザボンの皮と化して、対象の内部に入りこんでいる。

柚　皮（薄皮柚）
我感到中心的果肉開始
徐徐膨脹、圧力従八方逼來
許多鼓勁的手臂和手掌

薄い皮のザボン（薄皮柚）
私には感じられる　真中の果肉が
少しずつ膨れ始め、圧力が四方八方から迫ってくるのが
沢山の力の漲った腕と掌（てのひら）が

推着相囲的牆、似乎
騒動和不安

不必焦慮、我曾経
以幾寸的厚皮層層環覆你
任過強的陽光烤炙碧緑的肌膚
豪雨嘩嘩劈打、狂風揺撼
失控的桅杆随時会断折
我緊抓下墜的枝条
努力穏住重心
阻遏風濤和暗湧
闖進中心平静的水域
受傷的表皮痊癒再受傷
歳月里老去、粗礦、色衰

像這一帯谷底的柚子
我知道造化的安排
層層環覆的柚皮原不是
這円球主要的角色

周りの壁を押している、まるで
騒ぎ立て　居ても立ってもいられないように

焦る必要などない、私はかつて
何寸もの厚い皮の層でおまえをぐるぐると覆い
強すぎるほどの陽の光が緑の肌を焼き
豪雨が膚を打ち叩き、狂風が揺さぶるに任せた
制御不能のマストはいつ折れるか知れない
私は垂れ下がった枝にしがみつき
重心を安定させようと努め
風濤と闇より湧き来るものをくいとめ
中心の波静かな水域に飛び込んだ
傷ついた表皮は癒えてはまた傷つき
歳月の中で老いゆき、ざらざらに磨かれ、色褪せた

この一帯の谷底のザボン同様
私には大自然の采配が分かる
幾重にも環状に被うザボンの皮は　もともと
この円球の主役ではない

曾是保護的囲牆、只怕
最終会窒礙成長
守衛的責任随皮層収縮
我逐歩譲出空間、退向
漩渦的外縁
領土的辺界
不作私意的留存
你無限的膨脹原是我無尽的
充実、我応該欣然
以最薄的金色皮弁
涵納你豊盛的生命
清新的気流従気孔進出、貫通
里外和諧的世界
我放心従高処下墜
破裂的皮弁成就你新生
平静地、挟着種子捲入
漩渦般迴圏運転的自然

かつては保護するための外壁だったが
最後には成長の障害になるかも知れぬというだけで
守衛の責任は皮層とともに縮まった
私は次々に空間を譲り渡し
渦の縁辺
領土の辺境に退いた
私的な感情を残す気はなかった
お前の無限の膨張は実は私の尽きることない
充実なのだから、私は当然喜んで
最も薄い金色の皮袋
お前の豊かで盛んな生命を包むべきだ
清新な気流が気孔から出入りし、
内と外の調和した世界を貫くなら
私は安心して高みから墜落する
破裂した皮袋がお前の新生を完成させ
静かに、種子を挟んで
渦のように循環してめぐる自然の中に巻き込まれる　（九〇年四月十二日）

「柚灯」（ザボンのランプ）も「薄皮柚」と同じ方法を用いるが、詩の趣きは異なる。「柚灯」とはどのようなものか。

想像するほかないが、ザボンの中をくりぬいて果肉を取りだし、乾燥させた後、ランプとして使うのであろう。詩はランプの器となったザボンを、そのザボンの立場から描く。ザボンをくりぬいた空洞、その中に灯油を入れ火を灯す。詩人はそれを空から星が降りたと書く。星はランプの灯火となり、灯油に映る炎は水に浮かぶ蓮の花びらのようにゆらめく。詩人はザボンと一体化し、燃え上がる星の灯芯が美と快楽に陶酔するさまを感受する、それは秋の夜に灯されるのであろうザボンのランプの美しさをうたっているのだ。そして詩にはそのランプを客体化（風景）し、それを眺める人間（詩人自身）も書きこまれている。

思い残すことはない、この人生お前と
短い旅をし
風景になり　またこの世の風景も見たのだ……。

秋の夜に点燈するザボンのランプの美を風景としてではなく、ザボンの体験として書いたところに、王良和の独創がある。事物の実相から、その美の描写へ――それは王良和詩の進歩であり、方法の深まりにほかならない。

柚　灯

如此甘心讓一柄小刀
分割自己的身体
渾円的果肉斂蔵着種子
全退出去了

ザボンのランプ（柚燈）

こんなふうに　一本の小刀に　甘んじて
自分の身体を断ち切らせたのだ
まるい果肉には種子がしまってあったが
それも自我の中心から

自我的中心
豊盈的満月退出了雲層
留下一襲乾燥的皮衣
秋風中漸次襤褸

都説刮空的果皮暴露於空気
細菌里外逡巡、発黴、乾癟
香気将瞬息逸去
我却感到中心一片空霊
敞開才感覚空間無限
封閉的恢弘如大地展放
納入慈和的星空
毎一顆星都渇望大地注視
我仰望、一顆明亮的星悠然下降

你軽軽駐足於我的中心
我便彷彿蓮舟一弁
搭渡浮過秋夜的水域
従蕊心開始

すっかり出ていった
ふっくらと丸い満月が雲の層から脱け出すみたいに
一着の乾いた皮衣が残り
秋風の中でだんだん襤褸（ぼろ）になった

誰もが言う　くりぬかれた果物の皮は空気にさらされると
細菌が内外を歩き回り、黴がはえ、干からび
香は瞬時に逃げてしまう　と
だが私は中心に一面の空霊の在るのを感じた
がらんと何もないからこそ空間の無限を感じる
閉ざされた広さは大地のように延び広がり
慈愛に満ちた星空が収まる
どの星も大地を渇望し注視している
空を見上げると、明るい星が一つ自在に下降してきた

おまえはそっと私の中心に足を停めた
私はハスの花びらの船に
乗りこんで秋の夜の水域を浮かびゆくかのようだ
ランプの芯から始まり

灯花徐徐坦綻、柔弁外翻
同心的光暈一圏圏拡散
自我明亮一直到極辺縁
暖暖地、敷着我全部的傷口

温熱的気流充溢於中心
収縮的皮層徐徐地膨脹
前所未有的充実与豊盈
完全遮掩不住、一層透一層
直到表皮所有的細孔
都微泛着一衣金光
因一片光暈以熾熱相擁
潜蔵的香気遂感動得屢屢釈出
縈繞、交纏、一如炉香軽逐遊糸
子夜寒涼、風、簌簌戯弄樹葉
我翹起皮弁如翻起你外衣的領
已経結成一盞灯了——
宇宙最巨大的承諾与応許
我探身端詳、却見你

灯の花はゆっくりと綻び、柔らかな花びらは外に反り返る
同心の光りの輪がひとつ又ひとつと拡がり
自我は明るく輝き一番周辺まで照らし
暖かく、私の傷口全てを覆っている

熱せられた気流が中心に満ち溢れ
縮んでいた皮層は徐徐に膨張して
かつてなかったほど充実し豊かになる
完全に蓋をしきれないから、皮の一層一層を透かして
表皮の細い穴のひとつひとつにまで
金の光がほのかに浮かんでいる
一面の光暈が灼熱でひしめいているため
潜在していた香りが感動して解き放たれ
絡み合い、まとわりつき、丁度香炉の煙のように空中を浮遊する
真夜中は寒く、風が、さらさらと木の葉をなぶっている
私は服の襟を立てるように自分の皮袋を上に伸ばし
もはや一皿のランプとなっていた——
宇宙最大の応諾だ
私は身を乗り出して仔細に眺め、お前が

因為美麗因為快楽
在唼喋的風声中悄悄地流涙
熾熱的落在我的掌心
我便彷彿在死亡与永恒之間来回

我可以承托你一生的涙呢
当所有熟透的柚子突破一声
自樹上落入泥土
無遮掩的燭火熄滅於風中
我們却在風濤与波声中浮蕩
像一弁蓮舟
随縁靠着半開的舷窓外望
没有什麼遺憾的了、今生有你
短暫的旅程
成為風景也見到了人間的風景……

美しさと快楽とによって
ざわめく風の中で人知れぬよう涙を流しているのを見た
熱いものが私の掌に落ちた
私は死と永遠との間を往来しているかのようだった

私はお前の一生分の涙を引き受けてもいい
完熟した全てのザボンはぽとんと音立てて
樹から泥土に落ちる
覆いのない燭火が風の中で消えるとき
われわれは一枚の蓮の花びらの船のように
風と波の音の中を揺られて漂い
半開きの舷窓から外を眺めるのだ
思い残すことはない、この人生お前と
短い旅をし
風景になり　またこの世の風景も見たのだ……

（八八年十一月十三日）

「夢柚」（夢にザボンを見る）は幻想的な物語に寄せて詩人の思索を語る作品である。自然の秩序に従うのではなく、自分の意思によって花を咲かせ、実を実らせることはできないのか、という切実な願い（問い）を抱いて、真夜中、

「長い時間をかけて／山里の原野から枝を伸ばして」詩人の寝室にやってきたザボンと詩人との対話によって構成された詩である。自然を描く伝統的手法は、桜に春を知り、木々の紅葉に秋を感じ取る、季節のめぐりの中で自然を眺め、その時々の感慨を詠う。そのような伝統的な文学手法はここでは拒否され、逆転されている。

ザボンは季節の制約をはねのけて、自己を実現させようとする。そのザボンに対し「私」は「生命にはいわゆる大完成などありません」と、自然の摂理を越えることの不可能を諭す。それは生活者・王良和の認識であろう。そういう認識の延長には「孤柚」（ひとりぼっちのザボン）に見られるような、社会の不条理や差別を告発したり批判したりせず、個人の奮闘によって路を切り開くべきだとするような人生認識があると思う。

だが、同時に詩人・王良和はザボンのいだく夢に共感している。それは「孤柚」（ひとりぼっちのザボン）の「変形したザボン」や「碧柚」（碧のザボン）の「時をこえて落ちない緑のザボン」への共感・賛嘆に通じる。「ひと房ひと房と焼け焦げ自ら焼死していく」ザボンの花はその願いの切実さの形象である。現実のさまざまな制約の中で生きる生活者には、自ら焼死せねばやまぬほどの強い夢があっても、それを断念せねばならないことがある。うっすらと、部屋中に漂う香ばしいにおいは夢を断念した者の無念の象徴である。王良和の生活者の認識と詩人としての夢への共感の矛盾が、においとして部屋中に漂っているのである。

夢　柚

我嗅到濃烈焼焦的香気
随一陣風掀簾竄入
匍匐於四牆、壁鐘、長短針
方才過了子夜

夢にザボンを見る（夢柚）

濃い香ばしいにおいを嗅いだ
一陣の風とともにカーテンを巻き上げて潜入し
四方の壁、柱時計、長短針に身をひそめている
真夜中を過ぎたところだ

春寒節節催逼
季節乃於鐘擺間跌盪嬗遞
趁夜浮槎渉水、無声地進行
如此寂静我翻身聴見
枝葉交相伸展的声音
悄悄地、沿壁攀爬
却因焦急而推擠碰撞
微声趨響、自怯而頓止
我拡大的瞳孔驚見窓外
月影幽微、一陌生的枝椏挟花葉
横臥於窓中央、扭曲、掙扎
一串串的柚花焦灼自焚
如雪欲煎于烈火、成煙逸走
它目光焦慮、堅強並且軟弱
静默間婀近我的床縁説話：

「請你告訴我
我為什麼只能挺立？
無依而必須自持

春の寒さがズシリズシリと迫る
季節は振り子の間を揺れながら移り
夜に乗じて筏で水を渡り、音もなく進む
こんなに静かだ　寝返りをうつと聞こえてきた
枝と葉が延びて拡がる音
そおっと壁に沿って這いのぼる
だが焦って押しあい犇めきあいぶつかりあう
微かな音が響き、ひるんで急に動きを止めた
驚きで拡がった私の瞳孔が窓外を見た
月影おぼろ、名も知らぬ樹の枝が花と葉を挟み
窓の真中に横臥し、捻じ曲がり、もがいているのだ
ザボンの花がひと房ひと房と焼け焦げ自ら焼死していく
雪が激しい炎に焼かれるときのように、煙となって逃げていく
その目は焦慮に満ち、強靭でしかも軟弱
沈黙の間なよなよと私のベッドの縁に近づきこう言うのだ

「どうか教えていただきたいのです
私はなぜ真直ぐ立っているしかできないのですか？
拠り所もないのに自分で自分を支えねばならず

多惑而必須清醒
封閉的心霊終於開放成花
而季節時来戯弄忤犯
迫不及待了、超越与完成
我将以潜蔵的意志自主
啊綿長的春季無止地延長
請你教我、如何突破時間的限制
一夜孕痛明朝結碩果
印証生命的大完成？」

它態度誠懇、苦思不得答案
似乎経歴了長時間
自山郷野地延伸而来
焦急地、焦急地等待結果、
我微笑：

「生命無所謂大完成
審視自己的子房吧」

惑うことが多いのに必ず醒めていなければなりません
心は閉じているのに終には開いて花となり
季節はときどき悪戯しにきます
もう待ち切れないのです、超越と完成とを
私は内に秘めた自分の意志でやりたいのです
ああ長い春は止まることなく続いていきます
どうか教えてください、どのようにすれば時間の制約を突破し
一晩痛みを孕んで次の朝には大きな実を結び
生命の大完成を証明できるのでしょうか？」

その態度は誠実ねんごろで、苦しみ思うが答えが得られず
長い時間をかけて
山里の原野から枝を延ばしてここに来
いらいら、じりじりしながら結果を待っているようだった。
私は微笑み答えた

「生命にはいわゆる大完成などありません
自分の子房をよくよく見られるがいい」

它吃驚、似乎醒悟又彷彿
抽身反芻我的話
花葉忽忽撤離
瞬間逸出夜空
如流星回帰宇宙

我翻身醒転、但覚斗室微明
窓外不見樹影、淡淡的、一室余香斂

その者は驚き、悟ったようでもありまた
退いて私の言葉を反芻しているようでもあった
花と葉はたちまち撤退し
瞬く間に夜空に飛び出し
流星が宇宙に回帰したかのようだった

私は寝返りをうち目がさめてベッドを転がり、部屋がほの明るくなったのを感じた
窓外には樹は見えず、うっすらと、部屋中に香ばしいにおいが漂っていた

（八八年七月二十六日）

前引劉登翰『香港文学史』は一連のザボン詩について「人生に対する彼の省思が寓されている」と述べているが、(15)「孤柚」（ひとりぼっちのザボン）はその傾向が特に強く表れている詩のように思う。

上層社会に生まれ育ち、特に努力もすることなく恵まれた人生を歩む者がある。その一方、下層社会で生まれ、逆境に育ち、不遇の生活を送る者がいる。そういう不条理や差別の存在する人間社会を、王良和はザボンの樹に重ねて見ている。だが彼の思考はその不条理や差別の告発、批判には向わない。〈変形したザボン〉の〈意志〉に向う。低い枝に実をつけ、陽光に恵まれず、十分な栄養も行き渡らず、「ねじれ曲がって梨の形になり／真性のザボン族からはじきだされ」るような変形したザボンは、「表にでない剛強で黙って耐え忍び／秋風が吹いて濃い緑が黄金色に変ると／同じように熟し、同じように香を漂わす」、そこに詩人は逆境に負けない強い意志を見て取り、それを賛美す

る。その背後には「人生は強い意志で切り開き闘いとっていくものだ」といった古風な生活者的人生認識が横たわっているように思う。

孤　柚

那変形的柚子叫我思索
意志的問題
一樹累累的果実各自争取
充足的陽光和雨水
高枝上占拠
最有利的位置
不経意膨脹成優美的円形
下墜的枝条印証
壮碩的生長堅実的重量

尷尬的対比是那羸弱的柚子
孤懸於低枝一角
辺遠的枝条
養分蹇蹇伝遞
陽光却総被頂部的果実承接

ひとりぼっちのザボン（孤柚）

その変形したザボンは
意志について思索を誘う
鈴なりの果実はおのおのが
十分な陽光と雨水を手に入れようと頑張っている
高い枝で
最も有利な位置を占めれば
なぜか自然に膨張し優美な円形になる
下に垂れた枝は
たくましい成長とたしかな重量を実証している

対比して　いけないなと思うのは　その弱弱しいザボンが
ひとつだけ低い枝の一角に寂しくかかっていることだ
遠辺の枝には
栄養分が順調にゆきわたらない
陽光は決まっていつもてっぺんの実に取られてしまう

一如罪臣流放於辺疆
貧瘠如何成就豊盈？
終於、扭曲成梨子的形状
像擠出了真正的柚族、只宜
掉落或者枯萎

我訝異於它頑強的個性
従然乾癟却並不怯於
裸露在空間呈現自己的整体
甚至在微雨中
讓洗濯的表皮映着亮光
従容対着啁啾的小鳥吐納
不像是脆弱
潜蔵的剛強黙黙忍耐
等秋風把墨緑吹成金黄
一様地成熟、一様地飄香

辺境に流された罪臣と同じだ
やせた土地にどうして豊かな収穫が望めよう？
終には、ねじれ曲がって梨の形になり
真性のザボン族からはじきだされて、ただ
地に落ちるか　枯れ萎れて当たり前であるかのようだ

私はその頑強な個性が不思議だった
たとえ干からびても
空間に自分の全体をさらすことを躊躇わない
しとしと雨の中で
洗われた表皮を光りに映させ
悠然として囀る小鳥に向って呼吸する
脆弱にはみえない
表にでない剛強で黙って耐え忍び
秋風が吹いて濃い緑が黄金色に変ると
同じように熟し、同じように香を漂わすのだ

（八六年九月五日）

「碧柚」（碧のザボン）は、逆に秋になっても実ることなく「わざと季節の神様に逆らっている」「時をこえて落ちない緑のザボン」への賛歌である。熟れていてもいなくても、季節が巡れば落下する。「外の世界から／己の成長の順

序を量ることに慣れてしまっている」ザボン、かつて草むらで見つけたザボンは見かけは熟したザボンに変わらなかったが、食べてみたら強い酸っぱさと渋みがあった。見かけは同じでも、成熟したものとそうでないものがある。その差を生むのはザボン自身が「内なる虚と実を探知」し、内部の成熟（「実」）に忠実であることだ。詩人が季節になっても落ちない緑のザボンに驚喜するのは、そのザボンが自分の未成熟をそのまま曝け出しているからだ。それこそ「実を結ぶことの誠を知り、それに執着」しているからだ。

この詩には王良和の倫理観がよく表れている。それはやはり古風な生活者の倫理とよぶほかないものである。あるいはここには彼の教師的人生態度が横たわっているのかもしれない。外の世界だけに敏感な没主体的な生き方（「表皮の鋭い感覚」）などやめろ（「中心にしまっておけ」）、主体性を確立し己の主体に忠実に生きよ（「内なる虚と実を探知」せよ）という、やや教訓的な匂いがないわけでもない。

碧　柚

中秋過後、樹上的柚子便相継
突破一声墜到環樹的草地
疏落的金黄中却見一個
碧緑猶似生渋吊在高枝
有意与季節之神対抗
帯一点傲岸、和倔強
堅持初実的本色
一如逆風的清醒着。西風初起

碧のザボン（碧柚）

中秋を過ぎてから、樹上のザボンが次々に
ぽとりぽとりと樹の周りの草地に落ちた
ちらほらする黄金色の中に一つだけ
緑で一見まだ熟していないのが高い枝にぶら下がっているのを見た
わざと季節の神様に逆らっている
少し傲岸で、強情に
最初に実に成ったときの姿を守り抜き
風に逆らう覚醒者のようだ。秋風が吹きそめると

多少柚子感知季節的嬗遞
従枝果的相連処開始
急急転黄並且蔓延
映着秋陽軽泄自驕——
将臨的完成、和下墜的快感

我想起、曾在草地上撿獲
一個辞枝自落的柚子
想像它熟透的豊饒与甘美
錯愕的舌上却歴歴留下
並不軽微的酸渋
不知道如何分辨
偽熟的果皮、和色素
一切的柚子都慣於
因襲去年成熟的時令
慣於接納風向、従外界
審度自己生長的程式
譲表皮敏鋭的触覚
斂回核心吧、輻射向八方

沢山のザボンが季節の移ろいを感知し
枝と果実のつながる辺りから
大急ぎで黄色に変り　伸びて行き
秋の陽に染まってそっと誇りを洩らすのだ——
間もなくやってくる完成と、墜落の快感の

私は思い出す、かつて草むらで拾った
枝を離れて落ちたザボンのことを
熟れ切った豊饒さと甘さを想像したが
裏切られた舌にははっきりと残った
強い酸っぱさと渋み
熟した皮と色が見かけだけかどうか
どうして見分けたらいいのだろうか
どのザボンも
去年の成熟の季節を踏襲することに慣れ
秋風を受け入れ、外の世界から
己の成長の順序を量ることに慣れてしまっている
表皮の鋭い触覚を
中心にしまえ、四方八方に放て

探知内在的虚実
熟者自熟、落者自落
那逾時不落的碧柚却教我驚喜
是它、自知且執着結実的誠意

内なる虚と実を探知すれば
熟れるものは自然に熟れ、落ちるものは自然に落ちる
あの時をこえて落ちない緑のザボンは逆に私を驚喜させる
あれこそ、実を結ぶことの誠を知り、それに執着するものだ

（八六年十月二十一日）

おわりに

以上ザボン連作に見た王良和の詩的世界は、香港現代詩の中でも独自のもののように思う。では、その独自性はどこにあり、どこから来たのだろうか。最後にその問題に触れておきたい。

香港文学が、多く、香港というかつての殖民都市、今やアジア有数の金融都市の風貌やそこに生きる人々の現実（生活の事実だけではなく、都市が引き起こす感覚や情感も含めた現実）に眼をむけ、それを写そうとする都市文学であるのに対し、王良和の詩はあわただしい現実に背をむけて事物と向き合い、事物の実在（事物そのもの）を凝視している。事物の実在の凝視、それが王良和詩の独自性だと言っていいだろう。

本章では、その独自な詩的世界を、彼の詩法を手がかりに示そうとした。ひたすら事物に向う彼の思考と技法が、ザボン連作のような独自の世界を形成したのである。すでに見たように王良和の詩風が一変するのは、このザボンの連作からである。王良和自身「私の事物詩（原文「詠物詩」）はかなり深くリルケの影響を受けていると思う」[17]と述懐している[16]が、このような詩法に辿りつき得た第一の理由は、やはりリルケの影響に帰すべきものであろう。またザボン連作のような「詠物詩」のスタイルの選択は梁秉鈞の影響があるのかもしれない。[18]梁もまた様々な事物を詠う詩人

である。「香港文叢」中の彼の集には「詠物詩」の項があり、その巻二「蓮葉」は蓮の葉をテーマにした連作である。[19]もっとも、洛楓（一九六四―）が指摘するようにその「詠物」の詩法は全く方向を異にしており、[20]王良和の詩法はやはり彼の独創と考えるべきであろう。

詩史的に見れば、王良和のような詩法が可能になったのは、彼の詩作が、最初に触れた香港文学の転換期、〈政治〉よりも〈文学〉そのものを主題にしようとする時代の雰囲気の中で開始されたということと関係があるだろうが、それを論ずるだけの力はない。今はそういう思いつきだけを述べて稿を閉じたい。

（二〇〇四年七月）

＊翻訳のテキストには『尚未誕生』東岸書店、九九年十二月刊、を用いた。

注

（1）山田敬三編『境外の文化――環太平洋圏の華人文学』（汲古書院、二〇〇四年十二月）。
（2）盧瑋鑾著、岩佐昌暲・間ふさ子訳『香港文学散歩』（九州大学大学院比較社会文化学府、二〇〇五年三月）。
（3）劉登翰「当代香港文学近期発展的社会背景和思潮特徴」（『香港文学史』（注（6））第十一章）。
（4）「起「従青年文学奨発展管窺七、八十年代香港文壇概況」座談会」（『呼吸詩刊』第二期、呼吸詩社、九六年九月）。
（5）これは王良和が香港浸会学院中文系の雑誌『新宇』編輯部のインタビューに答えたもの。「従《鷲髪》開始――与王良和談詩」（香港浸会学院中文系会『新宇』第二七期、九〇年五月）。
（6）劉登翰主編『香港文学史』（人民文学出版社、九九年四月）。ただし王良和の項（第十四章第二節）は楊健民執筆（「陳徳錦、鍾偉民、王良和等和〝新穂〟詩人群」）。その影響の具体的な相については、黄維樑「吐露港上一海鷗――王良和《鷲髪》序」（『鷲髪』、山邊社、八六年）に詳しく述べられている。

（7）梁敏児「懐郷的完成：余光中的詩与香港」（黄樑主編『活発紛繁的香港文学——一九九九年香港文学国際研討会論文集（上冊）』香港中文大学新亜書院・中文大学出版社、二〇〇〇年所収）。金文京「香港文学瞥見」は余光中の詩について「中国古典の伝統と西洋現代文学の手法を融合させた」と評している。また作品の翻訳・紹介に、林水福・是永駿編、是永、上田哲二訳『台湾現代詩集』（国書刊行会、二〇〇二年一月）、劉燕子・秦嵐主編『藍・BLUE』（第三期、二〇〇一年三月）の余光中特集などがある。

（8）陳智徳「詩観與論戦——「七、八〇年代香港青年詩人回顧専輯」的史料補充」（『呼吸詩刊』創刊号、呼吸詩社、九六年四月）。

（9）楊健民、注（6）に同じ。

（10）楊健民、注（6）に同じ。

（11）この時の受賞作品紹介を審査員の一人であった黄国彬が書いている。黄国彬「柚光燁燁——簡評王良和的《柚灯》」（『香港文学』第一一一期、九四年三月）。

（12）「（市政局文娯通訊）本港文壇盛事・表揚傑出作家」（『明報』九四年一月十六日）による。

（13）因みに言えば、『樹根頌』を出版した東岸書店は、九六年四月王良和がその仲間の詩人たちと刊行した詩誌『呼吸』の発行元であり、『尚未誕生』を出した東岸書店は旺角にあるいわゆる二楼書店だが、もっぱら詩集を初めとする文学書を扱う。店主の梁志華氏は自身も詩人で『我們』という詩誌のメンバー。そしてその『我們』は九五年夏、芸術中心（香港市政府の機関であろうか）主催で開かれた講習会「詩作坊」の受講者たちが九六年六月に結成したのだが、そのときの講習会の講師が王良和だったという因縁がある。

（14）「詩歌、心霊的印記——王良和先生談詩歌創作」（『文苑』革新号第四期、嶺南学院学生会中文系会、九五年）。

（15）楊健民、注（6）に同じ。

（16）「詩歌、心霊的印記——王良和先生談詩歌創作」（『文苑』革新号第四期、嶺南学院学生会中文系会、九五年）。

（17）リルケの影響の実際については実のところよく分からない。管見に入ったもので最も詳細な分析は、香港の女流詩人・洛楓（一九六四―）の「渾円的実体有自己的重量――論王良和的「詠物哲理詩」」である。洛楓のこの論文は王良和の第四詩集『樹根頌』の解説として九五年に書かれたが、リルケのほかロダンや香港の指導的詩人・梁秉鈞（也斯、一九四九―二〇一三）の影響についても論じている本格的な王良和論で、詩の読みについて教えられるところが多かった。また江弱水「新的焦点与另外的詮釈――従《里爾克墓前》看王良和近作」（江弱水『抽思織錦――詩学観念与文体論集』作家出版社、二〇〇一年所収）は『柚灯』から『火中之磨』、さらに『樹根頌』までの十年間、王良和はほとんどオーストリアの詩人リルケの影響下にあった」と述べ、リルケの王良和詩における影響の痕跡を詳述している。

(18) 洛楓（注（17））では「いくつかの作品評論会で、王良和の「詠物詩」は梁氏の影響を受けて生まれたと指摘した人もある。」と述べている。

(19) 集思編『（香港文叢）梁秉鈞巻』（三聯書店［香港］、八九年十一月）。この中で梁は八二年にアメリカから一時帰港したさい、郊外の蓮池が消え、蓮が市区の縁辺に生えているのを発見、「蓮は古典絵画の中で常に見かける意象である。いま都市の蓮の花の境遇を目にしたことで、私は蓮の変奏で、人と人、芸術と芸術、場所と場所などの様々な関連する問題を考えることになった」と書いている（「電影和詩、以及一些湾湾曲曲的街道（代序）」）。

(20) 洛楓（注（17））には「だが、梁秉鈞と王良和の作品を比較すると、同じく「事物」を描写や思考の対象としていながら、描写の方法と思考の方法には截然とした違いがあり、全く正反対でさえある。前者が「拡散式」であるのに、後者は「凝縮式」の観照なのである」という指摘がある。

後書き

七〇歳を過ぎ、もうすぐ第二の定年を迎えようというときになって、ようやく自分のこれまで書いてきた中国現代詩関係の文章を一冊にまとめようということになった。

そういう気が以前からなかったわけではない。もう十年ほど前から、これまでに書いてきた文章を『中国現代詩史論』とか『中国現代詩人論』といった題名の書物にしたいと思い続けていたのだ。だが、文章の多くは締め切りに迫られて、参考にすべき先人の業績を余り顧みることもなくそれこそ匆々の間に書いた粗雑なものである。一冊にまとめるなら、先行研究もじっくり読んで、加筆修正したうえでもっと精密なものにしてから、と考えていた。

そうこうしているうちに、古稀の年齢を越えてしまった。校務は相変わらず繁忙。しかし、壮年の元気は衰え、気力も減じるのを自覚するに及んで、もう、無理なことは考えず、多少ともましな原稿だけ集めて一冊にしようと気持ちが定まった。大学の付属研究所叢書の一冊として出版できそうだということが分かったのも気持ちの定まった原因である。

本書に収めたものは、基本的に中国現代詩史を主題とするか、多少でも詩史的な視点をもつ文章である。主題となっている時代に応じ、現代（民国時代）、建国後、文革期、文革後と四時期に分け、それぞれを一部とした。ただ、いずれも通史を意図して書いたものではなく、いろいろな事情と、その時どきの興味、関心に応じて書いた独立の文章である。そのために首尾一貫性に欠け、内容の重複も少なくないことをお許しいただきたい。

本書で特に力を入れて書いたのは「序章」と、文革期の詩、および「朦朧詩」の章である。ついでに言えば、自分で気に入っているのは、第一部では馮至の「蛇」を論じた文、馮乃超の詩語「蒼白」について書いたもの。第二部では、流沙河の批判の経緯を調べた文章、第三部の二編。郭路生の話は、もとの文章の抜粋であるが、私の文革期文学論でもある。第四部では、いま言った第一章の朦朧詩と第三章の「帰来」詩人の話である。第二章の〈第三代詩人〉は、資料の紹介だが、資料的にはまだ役に立つと思い収録した。

「序章」は、題名こそ「中国現代詩史を貫くもの」としたが、内容はプロレタリア詩に偏っていて新月派や九葉派など非プロレタリア詩への目配りが欠けている。だが私はこうした詩派の詩にも〈暗黒／光明〉モデルは影響を与えていると考えている。本当はこの視点で、これらの流派の詩も包括した中国現代詩史を書くべきだし、かりにそうでなくても、収録した「論文」には、すべてこの観点が貫かれるべきものであった。将来、なお余力があれば、「〈暗黒〉と〈光明〉の現代詩史」を書き、ケリをつけたい。

「朦朧詩」と文革期の文学は、私がずっと関心をもってきた分野である。

私は一九八〇年九州大学教養部に採用されてから、主として文革期の文学と現代詩の方面の勉強をしてきた。文革期文学は、文革後期（七三年―七八年）の五年間を中国で過ごしたことが、現代詩は日本の詩が好きだったことが、それを研究対象に選んだ潜在的な理由になっているだろうと思う。だがそれだけではなく、研究者としての出発点が八〇年だった、ということも大きな理由になっているのを感じる。

中国の一九八〇年は丁度、五〇年代から文革期までの政治運動、思想闘争の中で批判され、文化界を追われた作家、詩人、思想家、学者たちが次々に名誉回復され復活してきた時期であり、中国文学が活気を呈し始める時期だった。私は中国から帰国（七八年）して間もないことや、妻が留学生として北京に残っていたこともあって、切実な関心をもって同時代中国の動向を注視していた。

私の文革期文学や現代詩への関心も、客観的な文献史料的関心ではなく、同時代者としての生々しいそれだった。文革期文学に関しては、文革時期に活躍していた、つまり私がまさに同じ時代、同じ社会に生活する者としてその作品の読者だった、浩然や張永枚といった文学者たちが今どうしているか、文革期の代表的な文芸誌『朝霞』の執筆者たちは今どうしているか、ということが気がかりだった。現代詩については「朦朧詩」が気になっていた。朦朧詩のことは、まだ日本ではほとんど知られていなかった。当時勢いを失いつつあった北京の民主化運動の帰趨、その中で発行されたアングラ雑誌、香港の雑誌にしばしば紹介される北島、舒婷、顧城などの名前とその作品、それらに強い関心をもった。そういう人々のことを調べ、書きたいという思いが、その頃の私の「研究」を支えていた。次々に現れる新しい作家、詩人、その作品を読んで、それについて紹介する、そういう作業に意味があるような時期でもあった。本書の文章の多くは、そうした日本の学界の雰囲気の中で書いたものである。

本書の構成を考えていた時、これまでに書いた中国現代詩に関する文章を読み返した。執筆当時いろいろな資料を調べ、ようやく見つけた新しい事実が今はもう、誰もが知っているありふれた知識になっている。ショックだった。だが、これは同時代の出来事を扱う文章が免れがたい運命である。繰り返すように、多くはもともと同時代的な関心のみで書いた文章である。書かれた事実がそれだけで意味をもたなくなっていても当然である。本書を刊行するのは、これらの文章が時事的な解説をこえた学術的意味をもつと信じるからだし、わが国にはまだ中国現代詩だけを対象にした書物がほとんどなく、小著のようなものでも多少は「拋磚引玉」の役割が果たせるはずだと、強気に、思うところがあるからである。

初出は以下の通りである。ただし、各章とも大幅な加筆訂正を加えている。

序　章　中国現代詩史を貫くもの――〈暗黒／光明〉という創作モデル――

＊初め「関于〈暗黒／光明〉模式」の題名で九五年九月ライデン大学（オランダ）開催の「中国現代詩国際学術討論会」で口頭発表（中国語）後、「中国現代文学中的伝統創作思維模式」として南京大学中国現代文学研究中心編

『中国現代文学伝統』人民文学出版社、二〇〇二年十二月、に収録。これに加筆した科学研究費研究成果報告書『文学創作の発想法に基づく中国現代文学史の研究』（平成十二年度〜十四年度科学研究費補助金（基盤（C）（2））二〇〇三年三月、に基づく。ただし、修正加筆している。なお、第四部第三章の注（17）を参照されたい。

第一部　曙光の時代

第一章　中国現代詩史（一九一七年―四九年）概略

＊書き下ろし。注（1）に記したように記述の枠組は孫玉石「二〇世紀中国新詩：一九一七―一九四九」による。

第二章　世紀末の毒――馮至の「蛇」をめぐって――

＊初出も同じ題名。九州中国学会『九州中国学会』三十一巻、九三年五月、に発表。

第三章　郭沫若『女神』の一面

＊「福岡滞在期の郭沫若文学の背景その他」として九州大学大学院言語文化研究院『言語文化論究』No.17、二〇〇三年二月、に発表したものより抜粋。

第四章　象徴詩のもう一つの源流――馮乃超の詩語「蒼白」をめぐって――

＊初め「浅談〝蒼白〟」と題して「中国新詩理論国際学術研討会」（二〇〇一年十二月、北京香山飯店）で口頭報告した原稿の日本語訳。香坂順一先生追悼記念論文集編集委員会編『香坂順一先生追悼記念論文集』、光生館、二〇〇五年七月、に発表。

第二部　建国後十七年の詩壇

第一章　三つの「大雁塔」詩――政治の時代から経済の時代へ向かう中国詩――

＊同じ題名で『わかりやすくおもしろい　中国文学講義』中国書店、二〇〇二年五月に発表。引用詩に原文を補った。

第二章　建国後の中国詩壇――詩人であること、あるいは詩の生まれる条件――
＊書き下ろし
第三章　翼の折れた鳥――第一次『詩刊』の八年――
＊初め『《詩刊》（一九五七―一九六四）総目録・著訳者名索引』（岩佐昌暲主編）、中国書店、九七年十二月、の解題として書いた「一隻被折断翅膀的鳥――《詩刊》的七年」の日本語訳（「十七年」から文革期文学へ――第一次『詩刊』の場合」言語文化研究叢書Ⅶ『文革期の文学』九州大学大学院言語文化研究院、二〇〇三年三月、同修訂版『文革期の文学』花書院、二〇〇四年三月所収）に、加筆した。初出の題名は「八年」とすべきところを「七年」と誤っている。
第四章　流沙河「草木篇」批判始末
＊同じ題名で、山田敬三先生古稀記念論集刊行会編『南腔北調集』東方書店、二〇〇七年七月、に掲載。
第三部　地上と地下・あるいは公然と非公然――文革期の現代詩――
第一章　文革期の非公然文学――郭路生（食指）の詩――
＊「紅衛兵運動の挽歌――郭路生の詩について」の題名で、神戸大学中文会『未名』第十三号（九五年三月）、第十四号（九六年三月）に連載したものより、一部抜粋。なおこの章および次の第二章の文は『文革期の文学』にも収録。
第二章　文革期文学の一面――高紅十と『理想の歌』を中心に――
＊同じ題名で、神戸大学中文会『未名』第一号、八二年二月、に発表。
第四部　文革後・いわゆる新時期の現代詩
第一章　朦朧詩――その誕生と挫折――
＊「朦朧詩――《今天》から徐敬亜まで」中国研究所「季刊中国研究」第二〇号、九一年五月、を元に、「朦朧詩

の源流・雑誌《今天》について」『文学論輯』第三十二号、八六年十二月、「一九八〇年夏の〈青春詩会〉と朦朧詩批判」九州大学『文学論輯』第三十三号、八七年三月、「〝朦朧詩の発見〟——「論争」から「批判」へ——」

九州大学大学院言語文化研究院言語研究会『言語科学』第四十号、二〇〇五年三月、などの内容を補った。

第二章　朦朧詩以後の中国現代詩——〈第三代詩人〉について——

＊同じ題名で中国研究所「季刊中国研究」八号、八七年九月、に発表したものに加筆。

第三章「帰来」という主題——八〇年代中国詩の一面——

＊同じ題名で『九州中国学会報』第四十六巻、二〇〇八年五月、に発表。

第四章「新生代」詩人・韓東の大衆像

＊同じ題名で、敍説舎『敍説』Ⅳ、九一年八月、に発表。引用詩に原文を補った。

第五章　旧世代詩人の新生——四川の詩人・梁上泉の詩をめぐって——

＊同じ題名で、九州大学中国文学会『中国文学論集』第二十三号、九四年十二月、に発表。

第六章　香港現代詩の一面——王良和とそのザボン連作について——

＊同じ題名で、山田敬三編『境外の文化——環太平洋圏の華人文学』汲古書院、二〇〇四年十二月、に収録。ただし原文を補った。

二〇一二年度ノーベル文学賞受賞者に中国作家莫言が選ばれた。そのことで中国現代文学を読んでみようと思う人は増えたであろうか。増えたであろう。だがそれが現代詩の分野に関心をもつ人の増加に影響を及ぼしたとは思えない。中国現代詩の読者は少ない。現代詩の歴史に興味をもつ人はもっと少ない。だが、ごくわずかでも本書によってこの領域に関心をもつ人が現れてくれるならば、著者としての望み、それに勝るものはない。

すべての書物の出版がそうであるように、本書もまた国内国外の多くの方々（元になった原稿執筆に際しご教示を賜った方、資料その他でお世話になった方等）のご助力を得て成った。お名前をいちいち挙げることはしないが、それらの方への感謝の気持ちは忘れない。ここで改めてお礼を申し上げたい。ただ刊行に際し内容面でご教示を仰いだ熊本学園大学・石汝杰教授、李珊准教授、中国社会科学院文学研究所・劉福春研究員、実務面で種々ご高配をいただいた方々、熊本学園大学付属海外事情研究所所長米岡ジュリ教授および研究所常任委員の各位、事務局学術文化課の東勇一課長、研究所担当の島田直子さん、刊行を引き受けてくださった汲古書院の石坂叡志社長、特に初校以後、何度も大幅な修正を加えるなど、大変なご苦労をおかけした編集担当の柴田聡子さんには、お名前をあげてお礼を申し上げたい。

なお、本書は熊本学園大学付属海外事情研究所、海外事情研究叢書の一冊として刊行されるものである。それを記して謝意を表したい。

二〇一二年十一月

岩佐昌暲

索　　引

凡例

1．これは本書で言及した、人名、書名、作品名（論文を含む）、詩史と関係ある事項についての索引である。

2．配列は五十音順とし、漢字で書かれている項目は「漢音」による音読みに従うことを原則としたが、例えば日本語訳の書名、作品名などは、日本語の読み方に従っている場合がある。

3．採録の範囲は、本文および本文中に現れる引用文にかぎり、章末の注は除いている。ただし、第四部第二章の注（19）は本文に準ずる扱いとし、採録の範囲に入れた。

4．立項は、節を一つの単位とし、各節で最初に出現する項目のみを採った。従って一つの節で重複して現われる人名、書名、事項があっても、索引には一度しか現われていない。

5．人名で本名と筆名の両方が出現する場合は、両方とも採ることを原則とした。

6．書名、作品名等で中国語原文とその日本語訳名の両方が出現する場合は、原則として中国語原文を採っている。

7．書名では、単行書は『　』、新聞雑誌は《　》で示し、作品名はそのままにしている。著者、作者名の分かるものはすべて項目の後に（　）で補っている。

8．同じ内容を指しながら章によって表記の異なる事項がある場合、簡潔な表記に統一した。例：「朦朧詩論争／朦朧詩をめぐる論争」→朦朧詩論争、「大我／「大我」」→大我、など。

人名索引

サ行

書名・作品名索引

サ行

タ行

ワ行

事項索引

著者略歴

岩佐　昌暲（いわさ　まさあき）

1942年島根県生まれ。1971年大阪市立大学大学院文学研究科博士課程単位取得退学。北京第二外国語学院専家、九州大学教授を経て、05年から熊本学園大学教授。九州大学名誉教授。中国現代文学専攻。研究の重点は中国現代詩、文革時期の文学、郭沫若文学など。

主な著書に『中国少数民族の言語』（光生館、1983年）、『文革期の文学』（花書院、2004年）、『八〇年代中国の内景――その文学と社会』（同学社、05年）、編著『《詩刊》総目録著訳者索引』（中国書店、97年）、『紅衛兵詩選』（劉福春と共編、中国書店、01年）、『中国現代文学と九州』（九州大学出版会、05年）、同中国語版（南京師範大学出版社、11年）、『郭沫若の世界』（花書院、10年）、翻訳『香港文学散歩』（共訳、九州大学比較社会文化学府、05年）、謝冕著『中国現代詩の歩み』（中国書店、12年）など。

中国現代詩史研究

平成二十五年三月二十一日　発行

著　者　岩　佐　昌　暲

発行者　石　坂　叡　志

整版印刷　富　士　リ　プ　ロ　㈱

発行所　汲　古　書　院

〒102-0072　東京都千代田区飯田橋二-五-四

電　話　〇三（三二六五）九七六四

ＦＡＸ　〇三（三二二二）一八四五

ISBN978-4-7629-2998-4　C3098